Claudine Hallier

Railin
Die letzte Göttin

I0595257

Claudine Hallier

Railin
Die letzte Göttin

Roman

Bibliografische Information der Deutschen Nationalbibliothek:
Die Deutsche Nationalbibliothek verzeichnet diese
Publikation in der Deutschen Nationalbibliografie;
detaillierte bibliografische Daten sind im Internet
über http://dnb.dnb.de abrufbar.

TWENTYSIX – Der Self-Publishing-Verlag
Eine Kooperation zwischen der Verlagsgruppe Rand-
om House und BoD – Books on Demand

Herstellung und Verlag:
BoD – Books on Demand, Norderstedt

ISBN: 978-3-7407-3241-7

Elin

Ich falle. Der Strudel von Raum und Zeit wirbelt um mich herum. Jahrtausende, Jahrhunderte, die grenzenlosen Weiten des Universums, Galaxien der Unendlichkeit ziehen an mir vorbei. Ich falle vom Gipfel der Unendlichkeit auf die Erde, mit der Aufgabe die verlorene Zutat zur Entfaltung meiner göttlichen Macht zu finden und die Erde vor drohender ewiger Dunkelheit zu bewahren. Mein Name ist Elin, ich bin eine Göttin. Die letzte Göttin.

Vor beinahe tausend Jahren haben die Götter aufgehört zu existieren. Damals waren sie das letzte Mal auf der Erde gewesen, um die Erdenbewohner vor der Machtübernahme durch die Schatten zu bewahren. Der Kampf hatte vorerst in einer unbarmherzigen, brutalen Schlacht geendet, während der die Verbindung der Schatten zerschlagen und alle Götter, bis auf mich, durch das Tor der Unendlichkeit gegangen waren. Besiegt waren die Schatten jedoch nicht.

Nach jener letzten Schlacht war ich von meiner Schwester Iris und ihrem Hexenzirkel gerettet worden. Ich hatte gekämpft, hatte wie alle anderen versucht die Schatten auseinander zu treiben. Eine kleine Schattengruppe hatte es geschafft mich zu isolieren, doch bevor sie mich in den Strudel ziehen konnten, hatte ich mich mit letzter Macht aufgebäumt und mich aus ihrem Sog befreien können. Das hatte mich meine gesamte Kraft gekostet, ich hatte meine göttliche Gestalt nicht halten können, und war in meiner menschlichen Hülle auf die Erdoberfläche gestürzt, während die anderen Götter in die Unendlichkeit katapultiert wurden. Meine Schwester hatte mich zu den Elfen gebracht, mit deren Hilfe wir auf den Gipfel der Unendlichkeit geflohen waren.

Nun bin ich auf dem Weg zurück auf die Erde. Die Schatten verbinden sich wieder, sie versuchen erneut die Erde ins Dunkel zu stürzen. Doch wir können sie vernichten. Ich kann sie vernichten, wenn ich das Rätsel um die vollkommene göttliche Macht löse und diese Entfalte.

Das Rätsel lautet:

„ … Zu entfalten deine göttliche Macht füge hinzu was erschaffen dich hat … „

Die Zeit drängt und die Handlanger der Schatten, die dunklen Bewohner, Vampire, werden versuchen mich aufzuhalten.

Ich spüre die Erdanziehungskraft. Fühle die schwere. Ich kann es schaffen, muss es schaffen. Ich bin die letzte Hoffnung der Erdenbewohner. Die träge Schwerfälligkeit der Atmosphäre umfängt mich. Bremst mich. Mühselige Langsamkeit trägt mich Umlaufbahn für Umlaufbahn elendig schleichend näher an die Erdoberfläche heran. Tag- und

Nachtphasen wechseln im Minutentakt, Wolken, erstrahlen schillernd in Morgen- und Abendrot. Was ist das? Etwas stimmt nicht! Ich falle! Die Atmosphäre verschlingt mich!

Elin schlug die Augen auf, es war dunkel, ihr Körper schmerzte furchtbar. Schemenhaft erblickte sie eine dunkle Gestalt, die sich über sie beugte. Diese Gestalt, … Ein Vampir!

>>Die Schatten…<<, flüsterte sie erschrocken und Dunkelheit umfing ihre Sinne.

1

Raimond

Raimond lief mit energischen, langen Schritten die kaum beleuchtete Straße entlang. Es war eine dunstige, dunkle Nacht, Nebelschwaden durchzogen die Häuserschluchten, der Asphalt schimmerte noch feucht vom abendlichen Regen. Er war bei Max gewesen. Wegen Max waren Thomas und er vor einem Jahr in die Stadt gekommen. Max hatte berichtet, dass vermehrt Schatten gesichtet worden waren und ein Angriff auf den Elfenstein bevor stand. Thomas und er sollten bei der Verteidigung helfen. Thomas, sein bester Freund, der ihm vor vielen Jahren das Leben gerettet und vor genau einem Jahr den Tod gefunden hatte. Er war von den Wölfen zerfleischt worden. Oben beim Elfenstein. Verzweifelte, zehrende Wut durchströmte Raimond bei der Erinnerung an jene Nacht. Thomas und er hätten die Gruppe Vampire, die von den Schatten mit dem Angriff auf den Elfenstein beauftragt waren, aufhalten können. Aber die Wölfe waren bereits zum Schutz der Elfen eingetroffen und Thomas war Mitten in das Gemetzel geraten. Wut und Trauer loderten in Raimonds Brust, als er in einer Seitengasse zwei seiner Artgenossen beim Jagen bemerkte. Normalerweise interessierten ihn die Jagdgewohnheiten seiner Artgenossen nicht, es ging ihn nichts an. Nur eine Sache war ihm wichtig, er ließ seine Opfer niemals leiden. Im Gegensatz zu den beiden Vampiren, die er in der Gasse bemerkt hatte. Sie spielten mit ihrem Opfer, was bedeutete sie waren nicht besonders hungrig. Zwei Vampire und ein junger Mann in Todesangst. Die Vampire schubsten ihr Opfer zwischen sich hin und her, wobei sie abwechselnd Schlückchen weise von im tranken und sich über die offensichtliche Angst des jungen Mannes amüsierten. Das war die Sorte Vampire, die von den Schatten eingespannt werden und die Raimond dafür hasste. Die Szene, die sich im darbot widerte ihn an. Es waren bestimmt nicht diese zwei gewesen, die vor einem Jahr an dem Angriff auf den Elfenstein beteiligt gewesen waren, aber das war Raimond egal. Sie hätten es sein können. Mit all seiner Wut ging er auf die zwei los, prügelte brutal auf sie ein. Er wollte ihren Tod.

>>Verschwinde von hier!<<, befahl er gerade noch dem jungen Mann, der vor Angst wimmernd am Boden kniete,

bevor er den einen Vampir mit einem Hieb gegen die Hauswand schmetterte, dass ihm mit lautem, knirschenden Knacken das Rückgrat brach und er zunächst bewegungsunfähig auf dem Bauch liegen blieb. Blut rann ihm aus einer klaffenden Wunde aus dem Hinterkopf. Den anderen packte Raimond an der Gurgel, drückte ihm den Hals zu und wollte ihm mit der nächsten Bewegung den Kopf abreißen, doch der Andere hatte sich erstaunlich schnell regeneriert und packte Raimond von hinten mit dem Arm um den Hals. Der Griff war nicht besonders fest, einen rippenbrechenden Tritt in den Bauch musste er jedoch einstecken, bevor er sich aus dem Griff befreien, seinen Angreifer über die Schulter zu Boden befördern und ihm den Kopf von den Schultern reißen konnte. Der verbliebende Gegner trat Raimond, der noch über seinem Opfer gebeugt, dessen Kopf in den Händen hielt, gegen den Kopf, dass sein Kiefer brach und er rücklinks zu Boden krachte. Blut rann ihm aus dem Mund, seine Rippen waren noch nicht wieder ganz regeneriert, als sein Gegner ihn an den Haaren packte und gegen die Hauswand presste. Aber Raimonds Wut war noch nicht verflogen. Er sammelte seinen Kräfte und rammte dem Vampir mit dem er kämpfte die Faust in die Brust. Die oberste Schicht von Haut und Sehnen zerriss unter der Wucht seines Hiebes. Raimond drang mit der Faust in den Körper seines Gegners ein, suchte das Herz, packte es und riss es mit einen schnellen Ruck heraus. Sein Gegner blickte noch eine Sekunde ungläubig auf sein Herz in Raimonds

Hand, bevor er leblos zusammen brach und zu Boden sackte. Raimond stand einen Moment schwer atmend da, blickte hinab auf seine Opfer, dann ließ er das Herz neben den am Boden liegenden Kadaver fallen. Es schlug mit einem schmatzenden Geräusch auf. Raimond stieg über die zerfetzten Kadaver hinweg, ließ sie liegen, bis zum Morgengrauen würden sie bereits unkenntlich verwehst sein. Er schritt die zwielichtig beleuchtete Straße entlang. Er war noch immer wütend und aufgewühlt, das Scharmützel hatte ihm nicht die gewünschte Befriedigung der Rache gebracht. Er musste an den Ort zurückkehren, an dem Thomas ein Jahr zuvor den Tod gefunden hatte. Er musste hinauf zum Elfenstein, sonst würde er keine Ruhe finden, selbst auf die Gefahr hin das nächste Opfer der Wölfe zu werden.

Es war nicht weit bis zu ihm nach Hause. Raimond stapfte, mit sich und der Welt hadernd, die drei Häuserblocks entlang, bis er das ehemaligen Fabrikgebäude in dem er sich ein Loft eingerichtet hatte, erreichte. Sein Auto parkte direkt davor, er musste nicht hinauf, die Autoschlüssel hatte er immer dabei. Er ließ den Motor an und bog mit quietschenden Reifen auf die Straße. Er raste die dunkle, regennasse Straße entlang, die Häuserschluchten der Stadt mit ihren matten, gelblich scheinenden Straßenlaternen zogen schemenhaft an ihm vorüber. Erst, als er die Waldgrenze erreicht hatte beruhigte er sich langsam und fing an seine Umgebung wieder wahrzunehmen. Es war nicht mehr weit bis zur Abfahrt ins Dickicht des Waldes, von wo aus er nur noch zu Fuß weiter konnte. Was mache ich hier eigentlich, fragte er sich grimmig. Dieser Ort war gefährlich für ihn. Die Wölfe waren vermutlich in der Nähe und sobald die Elfen seine Gegenwart spürten, würden sie ihren Schutzwall errichten. Aber das war Raimond egal, es trieb ihn in diesen Wald. Er musste dort hin. Er lenkte den Wagen scharf von der Straße in eine kaum als Weg erkennbare Lücke zwischen den dichtstehenden Stämmen. Als das Dickicht zu eng wurde hielt er den Wagen an, stellte den Motor ab, besann sich, bevor er ausstieg. Etwas stimmte nicht. Mit einem Mal war seine Wut vollkommen verflogen und seine Vampirsinne in Alarmbereitschaft. Er stieg langsam aus und lauschte in den Wald. Es war mucksmäuschenstill, nicht ein Blatt regte sich, absolute Windstille. Normalerweise regte sich so viel Leben im Wald, dass es ihm beinahe zu laut war, wenn er sein Vampirgehör einsetzte. Aber es war nichts zu hören, absoluter Stillstand. Raimond ging langsam in den Wald hinein, seine eigenen Schritte so leicht und lautlos, wie es ihm als Vampir möglich war. Was ging hier vor? Es wäre das schlaueste gewesen so schnell wie möglich das Weite zu suchen, aber das konnte er nicht. Er musste wissen was passierte, außerdem zog ihn etwas ungreifbares weiter. Er konnte nicht stehen bleiben. Die Lichtung mit dem Elfenstein war schon fast in Sichtweite als es losbrach. Ein ohrenbetäubendes Getöse, wie startende Turbinen eines Düsenjets, woraufhin eine Explosion in der Nachtluft zerbarst. Raimond platzten augenblicklich die

Trommelfelle, der stechende Schmerz zwang ihn in die Knie. Dann fegte ein Windwirbel über ihn hinweg, der ihn gegen einen, unter der Sturm Böe ächzenden, Baumstamm schmetterte. Ein greller Blitz blendete ihn, bevor er unsanft zu Boden stürze. Ein wildes Getöse rund um ihn herum, das so schnell vorüber war, wie es angefangen hatte. Raimond lag auf dem Bauch im Unterholz des Waldes, wartete auf die vollständige Regeneration seines Körpers, lauschte. Ein derartiges Wetterphänomen hatte er noch nicht erlebt, eine solch spontane, kurze, explosive Energieentladung war ungewöhnlich aber sicher nicht ausgeschlossen. Er brauchte einige Minuten, bis sich seine Augen von dem grellen Blitz erholt hatten, doch dann erblickte er etwas. Ein schwaches Schimmern im völligen Dunkel des Waldes, nur wenige Meter von ihm entfernt, zwischen den Wurzeln einer riesigen, uralten Eiche. Raimond rappelte sich langsam auf, lauschte, bewegte sich beinahe lautlos in Richtung dieses Schimmerns. Als er angekommen war, glaubte er seinen Augen nicht zu trauen. Eingebettet in die Wurzeln dieses gigantischen Baumes lag ein Menschenmädchen, eine junge Frau, bewusstlos, nur bekleidet mit einem hauchdünnen hellblauen Hemd, das ihren Körper gerade notdürftig bedeckte. Sie hatte sehr lange weißblonde Haare, die sie wie eine vom Mond angeleuchtete Wolke einrahmten. Raimond, noch immer verdattert über seine Entdeckung, kniete sich neben das Mädchen und strich ihr eine Haarsträhne aus der Stirn, was ihr Gesicht zu Vorschein brachte. Ihre makellose, elfenbeinfarbene Haut schimmerte wie Sternenglanz. Sie sieht aus wie eine kleine Fee, dachte Raimond und schalt sich im selben Augenblick selbst für diesen aberwitzigen Gedanken. Er berührte sie leicht am Arm, versuchte sie zu wecken. Als sie begann sich zu bewegen sprach er sie leise an. >>Hallo<<, sagte er sanft.

Elin schlug die Augen auf und blickte ihm direkt in seine.

>>Die Schatten...<<, flüsterte sie erschrocken und ihr schwanden die Sinne.

Raimond traf es wie ein Schlag, durchzuckte ihn wie ein Blitz. Kurz war er nicht in der Lage zu denken, doch dann realisierte er wieder wo er war. Die Geräusche des Waldes kehrten zurück, es rumorte, die Wölfe waren nicht weit. Es war gefährlich. Sanft hob er das Mädchen auf und so schnell er konnte zurück zum Auto.

2

Das Erwachen

Was hatte das zu bedeuten? Was hatte dieses Mädchen dort oben in den Wäldern zu suchen? Dieses Mädchen mit den ungewöhnlichsten Augen, die Raimond je gesehen hatte, welches jetzt bewusstlos in seinem Bett lag. Diese Augen. Was war es, das diese Augen so ungewöhnlich machte? So weit wie die Tiefen des Universums, als ob all umfassendes Wissen in ihnen verborgen wäre, in einem tiefdunklen, ruhigen blau, gespickt mit kleinen tanzenden Fünkchen. Dieser eine panikerfüllte Blick, bevor sie ohnmächtig geworden war hatte ihn völlig aus der Fassung geworfen. Er fühlte sich auf unerklärliche Weise für sie verantwortlich und fühlte eine Art Beschützerinstinkt in sich aufkeimen. Doch da war noch ein anderes Gefühl, welches sich in ihm ausbreitete, ein Gefühl, das er nicht zu beschreiben vermochte, so etwas wie eine dunkle Vorahnung stieg in ihm auf. Was hatte sie mit den Schatten zu tun?

Raimond erinnerte sich an den ersten Versuch der Machtübernahme durch die Schatten vor beinahe tausend Jahren. Er dachte nicht gern daran zurück, es war eine verdammt dunkle Zeit gewesen. In diese Welt der Zerstörung geboren, hatte er kurz in ihr gelebt, war getötet worden, verwandelt und hatte schließlich selbst unter dem Zwang der Schatten gedient.

Er wusste was die Schatten wollten. Weltherrschaft. Warum? Darauf hatte er keine Antwort, er war einer ihrer manipulierten Handlanger gewesen, der die Drecksarbeit ausgeführt hatte. Der Auftrag, zerstöre, terrorisiere, töte, erschaffe neue Vampire, vergrößere die Armee. Die Manipulation erreichen die Schatten durch Eindringen in die Köpfe willensschwacher Wesen, pflanzen ihren Auftrag ins Bewusstsein und ziehen weiter, mit dem Ziel die vollständige Verbindung zu vollziehen.

Raimond schauderte beim Gedanken an diese heimtückischen, hinterhältigen, bösartigen, manipulierenden Wesen, die auch ihn selbst schon einmal kontrolliert hatten. Er wollte das nie wieder erleben. Die Schatten ließen damals die dunklen Bewohner die Menschen terrorisieren, und Vampire waren es, die damit beauftragt gewesen waren die Elfensteine zu zerstören. Sie sind es wieder. In jenen dunklen Umständen war Raimond zum Vampir geworden und terrorisierte, mordete, zerstörte. Heute war er alles andere als Stolz darauf, aber damals kannte er es nicht anders. Und dann. Dann waren die Schatten plötzlich verschwunden. Nicht vernichtet, aber weg. Mehr wusste er nicht. Die Manipulation jedoch hielt bei den meisten dunklen Bewohnern weiterhin an, sie überfielen und mordeten, wie es ihnen zuvor die Schatten befohlen hatten. Doch die Erdenbewohner fingen an sich zu wehren, sie hatten gespürt, dass die drohende Dunkelheit verschwunden war. Sie hatten es schließlich geschafft sich zu befreien, lebten ungezwungen, hatten sich entwickelt. Doch wie lange noch? Die Dunkelheit hat sich wieder erhoben.

Raimond überlegte, was die Elfen wohl wissen mochten. Oft hatte er sich das bereits gefragt, mit dem Gedanken nach dem Warum gespielt. Wenn ich sie doch einfach nur fragen könnte, grummelte es erneut in seinem Gemüt, doch er kam wegen ihres Schutzwalles nicht nahe genug an sie heran. Mal davon abgesehen, dass sie auf Vampire im

Allgemeinen nicht sehr gut zu sprechen sind, und sich Menschen nicht zeigen. Raimond selbst und Thomas hatten es sich zur Aufgabe gemacht die noch verbliebenen Elfensteine zu schützen und zu verteidigen. Sie wussten nicht, warum die Elfensteine so wichtig waren nur, dass sie auf der Zerstörungsliste der Schatten ganz oben standen, aber eben aus diesem Grund hielten Raimond und Thomas sie für besonders Schützenswert. Die Elfensteine, moosüberwachsen oder rankenüberzogen, liegen meist auf einer Lichtung tief im Wald versteckt. Es gibt nur noch wenige, weit verstreut, nach den vernichtenden Angriffen. Ihre Lichtungen sind mit einem Schutzwall vor dunklen Bewohnern versehen, ein Zauber, den ihnen die Hexen kurz vor ihrer Flucht gezeigt hatten, dieser Schutzwall lässt keinen dunklen Bewohner nahe an den Stein herankommen. Damals gab es diesen Verteidigungszauber noch nicht, dennoch hatten einige Elfen entkommen können. Raimond erinnerte sich, er war dabei gewesen, panisch hatten sie sich mit ihren kleinen Flügeln flatternd ins Unterholz gerettet, versteckt in Baumwurzeln wartend, bis sie es wagen konnten neue Steine zu besiedeln. Sie sind so groß wie ein menschlicher Finger und ähneln in ihrer Gestalt einer Mischung aus Raupe und Schmetterling, ohne Füße oder Arme, dafür überproportional große, scharfe Augen, noch ergänzt durch zwei wippende Fühler, und gespitzte Ohren. Eigentlich ganz putzig, überlegte Raimond, so lange sie einen nicht auf dem Kicker haben. Es war ihm im Grunde ganz recht nichts weiter mit ihnen zu tun zu haben, es reichte sie aus der Ferne zu beschützen, was ab und zu gar nicht so einfach war, weil sie die lästige Angewohnheit haben beim kleinsten Anzeichen von einem Vampir die Wölfe zu rufen. Wölfe, wie die, die Thomas zerfleischt hatten. Wut klopfte wieder in Raimonds Brust, auch wegen der Sinnlosigkeit, diese sturen kleinen Dinger, dachte er. Die Wölfe folgten ihren Instinkten, sie unterscheiden nicht, ein Wolf riecht einen Vampir, der Jagdtrieb wird ausgelöst, der Funke des Jagdtriebes springt im Rudel von Wolf zu Wolf, was das Rudel zu einer unaufhaltsamen Lawine zerfleischender Bestien werden lässt.

Raimond schauderte, er hatte keine Ahnung wie er die Schatten aufhalten sollte. Thomas und er hatten die Elfen und Menschen gegen die verwüstenden Vampire beschützt und verteidigt, doch Thomas war tot und gegen die Schatten selbst konnte er nichts ausrichten. Raimonds Blick fiel wieder auf das Mädchen in seinem Bett und er überlegte erneut, was sie darüber wissen konnte. Die Menschen hatten keinerlei Überlieferungen aus jener Zeit.

Raimond tigerte in seinem Loft auf und ab. Die Sonne würde bald aufgehen, das was man unter der dichten Dunstschicht der Stadt Sonne nennen konnte. Das Mädchen schlief noch immer, ihr wallendes fast weißblondes Haar, am Ansatz glatt, ringelte sich in den Längen zu weich fallenden großen Wellen, umrahmte beinahe ihren kompletten Körper, weshalb es so aussah, als liege sie auf einer

bauschigen Wolke. Einige Male hatte sie sich unruhig ge-
wälzt und es schien als würde sie jeden Augenblick aus
einem Alptraum erwachen. Tat es aber nicht. Raimond
wagte es nicht sie zu wecken. Sie führte offensichtlich einen
inneren Kampf aus. Genau wie er. Er blieb an einer der
Fensterfronten des riesigen Raumes stehen und blickte auf
die unter ihm liegenden verhangenen Lichter der Stadt. Es
war eine dunstige, dunkle Nacht. Ideal für jagende Vampire.

Vampire. Raimond sann über seine eigene Spezies.
Was machte einen Vampir aus, einen dunklen Bewohner,
wie sie im Volksmund genannt wurden? Äußerlich unter-
schieden sie sich kaum von den Menschen, nur in ihren
Augen liegt beim genauen hinein sehen ein bedrohlicher,
stechend heller Schein, der sie bläulich schimmern lässt,
umrahmt von gemeißelten Gesichtszügen. Ihre lederne
Haut spannt sich straff um ihre drahtig schlanken Körper,
definiert wie bei Raubtieren, was ihre Bewegungen außerordentlich geschmeidig erscheinen lässt. Sie werden wegen
ihrer Emotionslosigkeit gefürchtet, gnadenlos Jagen und
Töten sie, wie es ihnen aufgetragen ist. Wenige, einzelne
haben sich von dem Zwang befreit und haben ihre Mensch-
lichkeit wiedergefunden.

Raimond sah an sich herunter, auf die deutlichen Spuren des Kampfes an seiner Kleidung. Er zog seine schwarze
Lederjacke aus, die zuvor bereits einiges abgekriegt hatte
und auch dieses Scharmützel überleben würde. Das weiße

Shirt hingegen war nicht mehr zu retten, zerrissen und blutbefleckt. Seines eigenen Blutes und dem seiner Gegner. Beide tot. Er würde dieses Shirt noch wechseln müssen, bevor das Mädchen aufwachte schoss es ihm durch den Kopf. Doch zunächst schaute er, die Stirn an seinen am Fensterrahmen abgestützten Arm gelegt, in den Nachthimmel und dachte an die Ereignisse der letzten Nacht. Verdammt, dachte Raimond und die verzweifelte, zehrende Wut, die beim Gedanken an seinen toten Freund in ihm loderte, schäumte wieder auf. Er schlug mit der Faust gegen den stählernen Fensterrahmen. Angewidert riss er sich das besudelte Shirt vom Leib und ging ins Bad um sich Blut und Schmutz vom Körper zu waschen. Er stand vor dem großen, grell beleuchteten Spiegel im Badezimmer, der über dem Waschtisch hing, stützte sich mit beiden Armen auf, beugte sich vor und blickte sich selbst in die stechend blau schimmernden Augen. Seine dunkelblond, gelockten Haare, die ihm wild in die Stirn fielen, klebten ihm feucht und schmutzig von Blut und Dreck im Gesicht. Auf seiner nackten, drahtig muskulösen Brust waren die Spuren seiner Rippenbrüche bereits verschwunden. Er sah sich im Spiegel und zum wiederholten Male während des letzten Jahres fragte er sich, was das für eine Person ist, die ihn so bedauernswert verächtlich anschaut. Was war nur aus ihm geworden? Schnell entledigte er sich seiner Jeans und Stiefel, stieg unter die Dusche, wusch sich die Todessehnsucht der letzten Nacht aus den Poren. Als er den großen

Raum wieder betrat hörte er an dem Atem des Mädchens, dass es aufgewacht war. Rasch zog er sich frische Hosen und ein sauberes Shirt über, bevor er langsam zum Bett herüber ging in dem sie lag.

Elins erster Gedanke galt dem äußerst kuriosen Traum den sie gehabt hatte. Sie war gefallen, tief und lange, sich im Kreis drehend. Lichtblitze, Galaxien, überall Sterne waren an ihr vorübergezogen. Dann Wolkenfetzen und schließlich war sie in einer Art Tornadoauge umhergewirbelt worden. Ihr Körper schmerzte. Jede einzelne Faser schien geprellt, oder kurz vorm zerreißen. Physischer Schmerz! Sie empfand physischen Schmerz! Warum kam ihr das so merkwürdig vor? Sie stöhnte leise auf, als sie versuchte sich zu bewegen, ein dumpfer aber intensiver Schmerz pochte in jeder ihrer Muskelfasern. Als sie die Augen aufschlug blickte sie an eine hohe graue Waschbetondecke, von breiten Stahlträgern gehalten. Ein mattes künstliches Licht erhellte notdürftig den Raum in dem sie sich befand. Was ist passiert? Wo bin ich? Ich liege in einem Bett?! Ihr Blick fiel auf die zwei massiven, hoch aufragenden Stahlpfosten am Fußende dieses überdimensional veranlagten Bettes in dem sie, eingewickelt in dicke Decken, umrahmt von aufgeplusterten Kissen, lag. Das Bett war so groß, sie hätte vier Mal hinein gepasst. Ein leichtes Panikgefühl stieg in ihr auf, ihr Herz begann zu rasen und ihr brach kalter Schweiß aus. Das war nicht richtig. Es stimmte etwas ganz und gar nicht.

Aber was? Sie dachte fieberhaft nach, ihr Name war Elin und sie war auf der Erde und … Nichts. Absolute Leere, sie konnte sich an nichts mehr erinnern. Plötzlich blitzten in ihrem Kopf diese stechend hellen Augen auf, ihr Herz schien eine Sekunde auszusetzen um dann mit einem festen harten Schlag wieder in den gewohnten Rhythmus überzugehen. Sie hatte sich so sehr erschreckt, dass sie sich mit einem Ruck aufgesetzt hatte.

Sie saß schwer atmend in diesem riesigen Bett, als sie eine Bewegung wahrnahm. Eine dunkle Gestalt bewegte sich auf sie zu, kam näher, setzte sich auf die Kante des Bettes. Ihr Herz schlug ihr bis zum Hals. Die Gestalt war ein Vampir. Ein dunkler Bewohner!

Raimond versuchte sich ihr so langsam wie möglich zu nähern, >>Hallo<<, sagte er behutsam. Elin starrte ihn starr vor Angst aus ihren funkelnden Augen an. Und ja, er erinnerte sich richtig, so tief und weit wie das Universum.

>>Hab keine Angst. Ich tue dir nichts<<, sprach er langsam und ruhig, bemüht um einen beschwichtigenden Unterton. Kein Wunder, dass die Kleine Angst hatte. >>Ich bin Raimond. Verrätst du mir deinen Namen?<<

>>Du bist ein Vampir!<<, presste sie panisch hervor. Sie atmete schnell und hielt krampfhaft die Arme um ihre Knie geschlungen.

>>Das stimmt. Aber bitte glaube mir. Ich werde dir nichts antun<<, versuchte Raimond sie zu beschwichtigen.

Er neigte leicht den Kopf zur Seite und betrachtete sie einen Augenblick. Ihr wallendes, im weichen Seitenscheitel fallendes, von den Kissen zerzaustes Haar ringelte sich auf der Decke, die sie an sich herangezogen hatte. Krampfhaft versuchte sie ihre bebenden, blassrosa Lippen, eingefasst von ihrem elfenbeinfarben schimmernden Gesicht, zu beruhigen. Die Fünkchen in ihren Augen schienen in ihrer Angst schneller zu tanzen. Raimond war fasziniert, sie hatte etwas weltfremdes, entrücktes an sich, als käme sie aus einem weit entfernten Zauberland. Vielleicht war sie ja wirklich eine Fee. Raimond musste bei diesem Gedanken über sich selbst lächeln. Ihr Anblick war einfach bezaubernd.

>>Elin. Mein Name ist Elin.<<, flüsterte sie vorsichtig. Ihr Atem wurde ruhiger.

Raimond lächelte verzückt, >>Hallo Elin. Geht es dir gut?<<

>>Ich, ähm … Ich, Ich denke schon.<<, stammelte sie und begann sich umzuschauen, sie beruhigte sich ein wenig, sie schien nicht verletzt zu sein und dieser merkwürdige, verwirrt wirkende Vampir schien sie nicht fressen zu wollen. Er hat sogar irgendwie etwas liebenswürdiges an sich, dachte sie, als sie ihn betrachtete, so unbeholfen wie er da saß. >>Wo bin ich? Was ist passiert?<<, fragte sie dann, die Situation war ihr dennoch nicht geheuer.

>>Du bist in meiner Wohnung. Ich habe dich letzte Nacht bewusstlos im Wald gefunden und hierher gebracht. Es ist gefährlich da draußen. Was hast du denn da ge-

macht?<<, erklärte er, wartete ihre Antwort jedoch nicht ab, sondern fuhr mit der für ihn wichtigsten Frage fort. >>Du hast die Schatten erwähnt Elin. Was weißt du über sie?<<

Elin sah ihn nur verständnislos an, realisierte aber in diesem Augenblick erneut, dass sie keine Ahnung hatte. Ihr Kopf war leer, sie erinnerte sich an nichts. Sie kannte ihren Namen, wusste dass sie auf der Erde war, in diesem Bett saß und mit einem Vampir sprach. Das Panikgefühl steigerte sich wieder und sie fühlte wie sich eine heiße Flüssigkeit in ihren Augen sammelte. Was ist hier nur los? Was soll das? Wald? Schatten? >>Ich weiß es nicht!<<, brach es in verzweifeltem Schluchzen aus ihr heraus, >>Ich weiß gar nichts!<<

Tränen füllten schimmernd ihre Augen und rannen ihr schließlich über die Wangen. >>Ich erinnere mich an gar nichts Raimond. Ich weiß nicht wer ich bin!<<, hauchte sie atemlos vor Entsetzen. >>Ich weiß nicht was ich hier tue oder wo ich herkomme. Du sagst du hast mich im Wald gefunden aber ich weiß nicht wie ich dorthin gekommen bin.<< Elin weinte bitterlich. Sie fühlte sich verzweifelt und verlassen, schluchzend drückte sie ihr Gesicht in die Decke, die sie um ihre Beine gewickelt hatte.

Raimond sah sie fassungslos an. Seine Gedanken überschlugen sich. Sie weiß es nicht? Was sollte das heißen, sie weiß es nicht! Und jetzt weint sie auch noch. Oh Mann! Großartig! Was zu Hölle hab ich mir da schon wieder eingebrockt? Ein heulendes Menschenmädchen, das nicht weiß wo es herkommt! Und ich hab das Ding jetzt am Hals oder was. Verdammt! Und warum verdammt nochmal ist dieses kleine Ding so bezaubernd?! Du meine Güte! Raimond fühlte eine Art Hilflosigkeit in sich aufsteigen, ein Gefühl, mit dem er es in seinem langen Leben noch nicht zu tun hatte. Das verunsicherte ihn. Aber gleichzeitig meldete sich noch ein anderes Gefühl, welches sich als äußerst ausgeprägt entpuppte. Sein Beschützerinstinkt war erwacht, er würde auf dieses Mädchen aufpassen, koste es was es wolle.

>>Hey, hey, hey… Das wird schon wieder<<, war alles, was ihm einfiel. Unbeholfen fischte er ein Shirt, das auf dem Boden lag heran, um ihr damit die Tränen zu trocknen. Dabei stelle er sich so ungelenk an, dass Elin ihm schließlich das Shirt aus der Hand nahm und ihre Nase hineindrückte. Er schaute verlegen auf seine Knie, absolut unschlüssig was er tun sollte und rutschte nervös auf der Bettkante hin und her. Was war nur los mit ihm, dachte er, er war doch sonst nicht so unbeholfen. Er beschloss nicht albern zu sein, das war schließlich nur ein Menschenmädchen und streckte langsam seine Hand in ihre Richtung aus, sie wich nicht zurück, um ihr eine Haarsträhne aus der Stirn zu streichen. >>Du hast dir bestimmt nur den Kopf angeschlagen. Und nach ein wenig Ruhe ist alles wieder gut, dann bringe ich dich nach Hause<<, brummelte er unsicher. >>Ok?!<<, versuchte er eher sich selbst mit einem schiefen Lächeln zu überzeugen, als sie.

24

Die Tränen waren versiegt, Elin schnüffelte noch in Raimonds Shirt, welches außerordentlich gut roch, wie sie fand, und überlegte was sie tun sollte. Dieser etwas tollpatschig wirkende Vampir wollte ihr offensichtlich helfen, sie fühlte sich verloren und allein, aber konnte sie das Risiko eingehen zu bleiben?, er war ein dunkler Bewohner. Aber was für andere Möglichkeiten hatte sie? Sie wusste ja nicht einmal wo sie war, geschweige denn wohin sie gehörte, also beschloss sie diesem sonderbaren Exemplar eine Chance zu geben, sie fühlte er würde ihr nichts tun. >>Ok!<<, erwiderte sie schniefend, sah ihm direkt in seine stechend hellen Vampiraugen, spiegelte seine Geste, indem sie ihm eine seiner blonden Locken aus der Stirn strich, dabei sanft seine Schläfe streifte, den Kopf leicht neigte und ihm ein schüchternes Lächeln schenkte.

3
Max

Elin schaute sich in Raimonds Loft um, sie war allein. Raimond war zu einem Max gegangen, sie hatte ein Bad genommen, sich den Schmutz des Waldbodens abgewaschen und war in Raimonds Freizeithosen und Shirt geschlüpft. Die Sachen passten ihr einigermaßen, Raimond war nicht viel grösser wie sie selbst, vielleicht einen halben Kopf, nur die Hose musste sie am Bund umkrempeln. Das Loft, das oberste Stockwerk eines leerstehenden, ehemaligen Fabrikgebäudes bestand aus einem einzigen riesigen Raum, unterteilt von stählernen Stützpfeilern, nur das Badezimmer hatte einen kleinen abgetrennten Bereich auf der Rückseite. Die Rückwand mit einem vergitterten Aufzug als Eingang bestand aus einer massiven Steinmauer, die rundum von Fensterfronten ergänzt wurde, wodurch sich ein beeindruckender Panoramablick über die Stadt erstreckte, bei klarer Sicht, was recht selten vorkam, war sogar der angrenzende Waldrand erkennbar. Getragen wurde alles von massiven Stahlträgern, die sich über die Decke erstreckten. Der Eingang befand sich in der Mitte der Rückwand, etwas zurückgesetzt der Aufzug in einem kurzen Flur. Rechts davon stand das riesige, freistehende Bett, wodurch beinahe die komplette Seite des Raumes ausgefüllt wurde. Links vom Eingang erstreckte sich eine Küchenzeile, übergehend in einen Sitzbereich mit zwei gegenüber stehenden Sofas, in der Mitte ein flacher Wohnzimmertisch. Die Einrichtung an sich war eher zweckmäßig und unscheinbar, alles in Grautönen gehalten, es sah nicht so aus, als würde Raimond viel Zeit an diesem Ort verbringen, oder Wert auf eine individuelle Einrichtung legen. Es wirkte eher wie ein vorübergehender Rückzugsort, als ein zu Hause. Es gab keine Gardinen, oder Jalousien an den Fenstern, was Elin wunderte. Sie fragte sich warum ausgerechnet ein Vampir, dem Sonnenlicht unangenehm war, einen Ort bewohnte, der am Tag lichtdurchflutet war und nicht abgedunkelt werden konnte, später stellte sie fest, dass nur die schwachen, dunstver-hangenen Strahlen des Sonnenunterganges tatsächlich den Raum erreichten. Noch mehr wunderte sie sich allerdings über die Tatsache, dass sie sich über diesen Aspekt wun-derte. Wie hatte sie wissen können, dass Raimond ein Vampir war und diese das Tageslicht nicht mögen. Wieso waren ihr all die Gegenstände um sie herum und Gebräu-che nicht fremd? Wie konnte sie ihren Namen kennen, aber nicht wissen woher sie kam? Was hatte sie nur in diesem Wald gemacht? Verdammt, dachte Elin in einem Anflug von Frustration. Sie fühlte sich hilflos und allein. Die Angst und Panik, die sie beim Aufwachen empfunden hatte waren Wut und Ärger gewichen. Ihre Hilflosigkeit frustrierte sie und das machte sie ärgerlich. Sie hoffte Raimond würde vielleicht schon irgendwelche Informationen über sie haben, wenn er zurückkam. Sie hatte keine Angst mehr vor ihm, sie vertrau-te ihm sogar, er würde ihr nichts tun, irgendetwas in ihr war sich dessen sicher. Es war zwar äußerst ungewöhnlich, dass sich ein Vampir um einen Menschen sorgte und dabei sogar etwas zu Empfinden schien, aber aus unerklärlichem Grund fühlte sie sich in seiner Gegenwart sicher. Es war zum verrückt werden. Elin pfefferte das schmutzige hell-blaue Hemd, welches sie im Wald getragen hatte, wütend auf den Boden. Dann besann sie sich einen Augenblick. Es hatte keinen Sinn trotzig und wütend zu sein, die Dinge waren so wie sie waren. Sie hatte ihr Gedächtnis verloren.

>>Hey Mann, alles klar?<< Max stellte ein Glas und eine Flasche hochprozentiges an den Platz wo Raimond sich an die Bar setzte und musterte ihn, er war früh dran für seine Gewohnheiten. >>Du warst gestern Abend nicht wirklich gut drauf, als du gegangen bist.<<, bemerkte er, während er fortfuhr die Barbestände aufzufüllen. Er war mittleren Alters, hatte kurzgeschnittene, dunkle Haare und einen stämmigen Körperbau, welcher durch seine selbst auferlegte Arbeitsuniform, bestehend aus schwarzem, gebügeltem Hemd und Hosen, ergänzt durch eine ebenfalls schwarze Weste mit gelbem Einstecktuch, woneben zwei Stifte klemmten, unterstrichen wurde. Max litt ebenfalls unter dem Verlust von Thomas, weshalb er Raimond aus verständnisvollen, gutmütigen Augen ansah, während er den Abendbetrieb seines Restaurants vorbereitete. Max war eine Institution in der Stadt, standesübergreifend war sein Restaurant die beliebteste Adresse, was an seinem simplen, wie produktiven Konzept lag, welches vorsah für die Gerichte nur regionale Zutaten vom Marktplatz zu verwenden. Von langen Transportwegen für Lebensmittel hielt er nichts, es reichte, dass er eine Auswahl exklusiver Getränke für die abendlichen Besuche der High Society heranschaffen musste. Sein Publikum war genau so breit gefächert, wie sein Bekanntheitsgrad und seine bodenständige Speisekarte, machte ihn umso beliebter. Bei Max aß und unterhielt sich jeder gerne. Das Lokal an sich war aufgeteilt in einen Bar und einen Speisebereich, welcher schlicht aber stilvoll

in gedeckten Farben gehalten war, ein hinterer separater Teil des Raumes wurde noch renoviert.

Raimond, der in seinem obligatorischen Jeans mit Shirt Outfit einen visuellen Stilbruch des Ambientes darstellte, schenkte sich ein, stürzte das Glas in einem Zug runter, schenkte sich nach, und stürzte das zweite Glas hinterher. Das dritte drehte er zwischen seinen Fingern und starrte hinein.

>>Ist was passiert?<<, fragte Max, der Raimond ansah, dass etwas im Busch war.

>>Nur das eine oder andere Scharmützel.<<, antwortete Raimond gedankenverloren. Er musste mit Max über Elin reden, er musste einen Plan machen, wie am besten vorzugehen war, um herauszufinden wer sie war und wie sie in die Schattengeschichte passte, wusste aber nicht recht damit herauszurücken, es war doch alles sehr mysteriös.

>>Ah. Du meinst die zwei Vampirkadaver, zwei Blocks von hier? Das warst du, ja?!<<, Max hatte vermutet, dass die zwei auf Raimonds Konto gingen, als er am Morgen von den Kadavern erfahren hatte, er sah Raimond jedoch an, dass das nicht alles war. >>Hmm. Ist es jetzt besser?<<

Raimond starrte noch immer in sein Glas. Dann blickte er hoch und sah Max direkt ins Gesicht. >>Max, ich glaub, ich hab da ein Problem.<<, startete er einen ersten Versuch.

Max war seltsam belustigt, Raimond saß auf seinem Hocker wie ein unbeholfener Teenager, >>Ein Problem?! … Oh Je, … was mag das wohl sein…?<<, er amüsierte sich über die hilflose Ernsthaftigkeit die Raimond ins Gesicht geschrieben stand. >>Kannst du dich nicht entscheiden welche Haarfarbe dein Abendessen haben soll? ... oder ...?<<, doch da war etwas von aufrichtiger Sorge in Raimonds Blick zu erkennen, was Max so gar nicht einordnen konnte, er wurde aufmerksam, da war tatsächlich etwas im Busch, dachte er.

>>Nein, ich meine es ernst Max!<< Raimond rutschte auf seinem Hocker nach vorne, stützte sich auf die Arme, nahm noch einen großen Schuck und sprach zögerlich weiter, >>Ich habe letzte Nacht etwas gefunden.<<

Max hob die Augenbrauen. >>Gefunden?<<

>>Ja, gefunden.<<, druckste Raimond, >>Oben beim Elfenstein.<<, er wusste, dass Max das nicht gefallen wird.

Max Stimmung änderte sich schlagartig, >>Du bist also gestern noch beim Elfenstein gewesen, ja?!<< Er hatte das insgeheim befürchtet, Raimonds unbedachter Leichtsinn ärgerte ihn, >>Mann du weißt das es gefährlich da oben ist. Vor allem für dich! Ich kann ja verstehen, dass du schräg drauf bist wegen Thomas. Aber so ein Scheiß ist echt überflüssig!<<

>>Ja, ich weiß!<<, diese Standpauke hatte Raimond erwartet, >>Es geht jetzt aber nicht um Thomas, sondern...<<, wie sollte er das nur erklären, dachte er und warum fiel es ihm so schwer?

>>Nicht um Thomas,<< Max war wirklich sauer, >>Ok! Um was geht es denn dann?<<, er machte sich Sorgen um

Raimond und befürchtete er könnte etwas dummes anstellen. >>Was hast du denn da oben im Wald beim Elfenstein so grandioses gefunden, dass du nicht mit der Sprache rausrücken willst?<< Max hatte Raimond noch nie so erlebt, was konnte da nur hinter stecken, überlegte er.

>>Ein Mädchen.<<, sagte Raimond knapp und ärgerte sich, dass er nicht einfach einen sachlichen Bericht der letzten Nacht abliefern konnte, sondern irgendwie emotional reagierte. Er schaute von seinem Glas auf, dann wieder zurück und wieder auf Max.

Wie bitte?, dachte Max, das darf jawohl nicht wahr sein, >>Ein Mädchen?!?<<, und starrte Raimond, der bloß nickte, ungläubig an. >>Willst du mich verarschen?!<<, am liebsten hätte Max laut gelacht, so unerwartet wie diese Aussage ihn traf, doch aus Raimonds Blick sprach der pure Ernst, er rutschte auf seinem Stuhl hin und her, hielt sich an seinem Glas fest, dann stammelte er drauf los, >>Ja, ähm, Nein! Ihr Name ist Elin, da war ein Gewitter oben im Wald und dann lag sie da auf einmal bewusstlos unter einem Baum. Was hätte ich denn machen sollen? Sie liegen lassen? Sie ist jetzt oben bei mir im Loft, sie ist ein ganz bezauberndes kleines Ding. Nur hat sie ihr Gedächtnis verloren. Und jetzt... Ja, und jetzt...<<, und blickte Max erwartungsvoll an. Max glaubte nicht, was er da hörte, >>Sag mal, kann es sein, dass deine letzte Mahlzeit ein paar Zusatzstoffe enthalten hat?<<, und schüttelte ungläubig den Kopf. >>Im Ernst Rai! Was erzählst du mir da für eine Räuberpistole?<<

Raimonds erste Erleichterung wich leichter Verärgerung. >>Im Ernst Max<<, sagte er völlig ruhig, >>das Mädchen ist bei mir zu Hause.<<, er sah Max direkt in die Augen.

Max war noch immer perplex, lenkte aber ein. >>Also schön Rai. Dann erzähl mal bitte von vorne von deinem Waldmädchen.<<

>>Sie ist nicht mein Mädchen.<<, widersetzte Raimond und schenkte sich nach.

>>Aber bezaubernd. Ja?!<<, argumentierte Max mit hochgezogenen Augenbrauen.

Raimond brummelte nur eine Antwort vor sich hin, rutschte auf seinem Stuhl herum und begann Max die Ereignisse der letzten Nacht zu erzählen. Max runzelte die Stirn und sah Raimond ernst an. >>Bist du schon auf die Idee gekommen, dass dieses Mädchen von den Schatten auf den Elfenstein angesetzt worden ist?<<

>>Was? Das ist doch absurd. Wie kommst du denn darauf Max?<<, auf diese Idee war er tatsächlich nicht gekommen.

>>Was ist daran absurd Rai?<<, setzte Max an, der die gesamte Geschichte äußerst absurd fand und alles, was er nicht erklären konnte mit Misstrauen quittierte. >>Überleg mal. Die Schatten versammeln sich da oben hinter dem Bach im Unterholz des Nadelwaldes. Der Elfenstein ist ihnen noch immer im Weg, nachdem der Angriff letztes Jahr schief gegangen ist. Und so unschuldig deine Elin auch

scheinen mag, sie war da oben und weiß etwas über die Schatten ... Richtig?<< Raimond hatte das Bild dieses bezaubernden Geschöpfes im Kopf und konnte sich beim Besten Willen nicht vorstellen Elin könnte auf der Seite der Schatten stehen und ihn ärgerte welche Richtung dieses Gespräch eingeschlagen hatte. >>Du denkst sie war manipuliert den Elfenstein anzugreifen? Wie hätte sie das alleine schaffen sollen?<< Das war wirklich absurd, dachte er.

>>Vielleicht war sie nicht allein, bevor dieses ominöse Wetterphänomen aufgetreten ist<<, konterte Max misstrauisch, >>es ist etwas schief gegangen und jetzt weiß sie nichts mehr davon, oder tut nur so. Kannst du diese Möglichkeit absolut ausschließen?<<

>>Nein<<, musste Raimond missmutig zugeben, ihm gefiel diese Wendung absolut nicht, er blinzelte Max ärgerlich an, der bereits fortfuhr, >>Also gut, dann schlage ich vor, du behältst die Kleine im Auge, falls die Schatten versuchen sie zu reaktivieren. Ich hör mich um, ob jemand mit ihrer Beschreibung auffällig geworden, oder vermisst wird und ich schicke jemanden hoch um nach den Elfen zu schauen.<<

Raimond war enttäuscht, er hatte sich darauf gefreut gemeinsam mit Max zu überlegen, was zu tun war, er war aufgeregt gewesen von seiner Entdeckung zu berichten und einen Plan zu machen, dass sein Besuch so endet hatte er nicht erwartet, dennoch lenkte er ein, der Plan klang vernünftig. >>Ok Max. Wir müssen eh rausfinden wohin sie gehört.<< Er hatte nicht erwartet, dass sein Freund so feindselig auf seine Entdeckung reagieren würde. >>Kannst du mir bitte noch etwas zu Essen für sie einpacken, sie muss schon halb verhungert sein.<< Sein Beschützerinstinkt war wieder erwacht und mischte sich in seine Enttäuschung über diesen Besuch, was ihm aber eine klare Erkenntnis bescherte. Er fing an sich Sorgen um Elin zu machen, sie war ganz alleine bei ihm zu Hause. >>Max<<, begann er selbstsicher, >>sie ist nicht manipuliert … Noch nicht! Wir müssen sie vor den Schatten beschützen, sie sind hinter ihr her … Da bin ich mit sicher.<<

>>Mir gefällt die Geschichte nicht Rai. Da ist was im Busch.<<, brummte Max zum Abschied.

4
Der Ausbruch

Elin saß auf einem der hohen Hocker in Raimonds Küchenzeile und beobachtete ihn, wie er ihr das Essen von Max auf einen Teller füllte. Er stand mit dem Rücken zu ihr, so dass sie seine schlanke, drahtige Gestalt betrachten konnte. Seine Muskeln an Rücken und Armen zeichneten sich detailliert unter dem dünnen Stoff seines eng anliegenden, dunkelgrauen Shirts ab, dessen Ärmel er bis zu den Ellenbogen hochgestreift hatte. Er war trotz seiner Muskeln eher schmal gebaut, was seine raubtierhaften, eleganten Bewegungen als Vampir noch unterstrich. Elin fuhr mit ihrem Blick von seinen nackten, recht großen Füßen, über seine langen, schlanken Beine, an der kleinen Wölbung seines Hinterteiles kurz innehaltend, weiter über seinen Rücken, hinauf zum Kopf, wo sich seine goldblonden Locken im Nacken kräuselten. Irgendwie konnte sie ihren Blick nicht abwenden, seine Gestalt hielt sie gefangen. Mit seinen kräftigen, sehnigen Händen, die so aussahen, als ob sie schon viel grobe Arbeit geleistet hatten, hielt er einen Teller voll mit dampfendem Essen, als er sich zu ihr umdrehte. Eine seiner Locken hing ihm in der Stirn und Elin juckte es in den Fingern ihm diese Strähne hinters Ohr zu streichen, wie sie es schon zuvor getan hatte. Er stellte den Teller vor ihr auf die Theke und reichte ihr Besteck.

>>Was ist?<<, fragte Raimond, der Elins Blick nicht deuten konnte. Den ganzen Rückweg von Max hatte er befürchtet sie könnte weggelaufen sein wenn er zurückkommt, zu verdenken wäre es ihr nicht. Umso mehr hatte er sich gefreut sie zu sehen, als er zu Hause angekommen war, sie trug seine Sachen, was ihn schmunzeln ließ. Eine Welle der Erleichterung hatte ihn durchflutet und was ihn noch mehr freute war, dass sie anscheinend keine Angst mehr vor ihm hatte und nicht mehr so verzweifelt war. Sein Entschluss stand fest, er würde ihr helfen und sie beschützen.

>>Nichts<<, antwortete Elin und griff nach Messer und Gabel. Ein wunderbarer Duft des großen Berges gekochter

Kartoffeln mit geschmortem Fleisch und dicker Bratensoße stieg ihr in die Nase, augenblicklich zog sich ihr Magen vor begehren zusammen. Sie hatte keine Ahnung gehabt, wie hungrig sie war und begann begeistert zu essen. Es schmeckte wunderbar und ein warmes, wohliges Gefühl breitete sich in ihrem Körper aus. Raimond lehnte auf der anderen Seite der Theke an die Arbeitsplatte der Küchenzeile und lächelte über ihren gesunden Appetit. Als sie den Teller halb aufgegessen hatte und der erste brennende Hunger gestillt war regte sich Elins Neugier.

>>Hast du etwas über mich herausgefunden?<<, fragte sie, während sie Kartoffeln mit Bratensoße zusammenstampfte. Sie hatte sich gefreut ihn zu sehen, als er endlich nach Hause gekommen war und nicht nur weil sie auf Neuigkeiten gewartet hatte.

Raimond verschränkte die Arme vor der Brust und sah sie ernst an, >>Nein. Noch nicht. Sieh Elin das ist nicht ganz so einfach, du bist dort oben aufgetaucht wie aus dem Nichts.<<, er wollte ihr behutsam beibringen, dass es eine Weile dauern konnte und wollte unbedingt vermeiden, dass sie wieder anfing zu weinen. >>Aber es gibt einen Plan.<<

>>Warum hast du mich mitgenommen?<<, fragte Elin weiter, wenn es schon keine Informationen über sie gab, wollte sie mehr über diesen seltsam menschlichen Vampir erfahren, >>Es scheint, ich mache dir einen Haufen Umstände.<< Elin manschte weiter in ihren Kartoffeln und sah ihn neugierig an. Raimond stieß sich von der Arbeitsplatte

ab und setzte sich auf den Hocker ihr gegenüber. >>Sag mal, hätte ich dich einfach liegen lassen sollen? Wohlmöglich hätten dich die Wölfe zerfetzt, oder die Schatten hätten dich geholt. Irgendetwas ist dort oben letzte Nacht passiert und du steckst da mitten drin und wir werden herausfinden was du damit zu tun hast.<< Raimond war wieder vom Hocker aufgestanden, er war aufgewühlt und versuchte eigentlich wieder eher sich selbst zu überzeugen, als sie. Unruhig lief er in der Küchenzeile auf und ab.

>>Danke<<, sagte Elin sanft. Raimond blieb abrupt stehen, drehte sich zu ihr um und sah sie verwundert an, >>danke, dass du mich gerettet hast und mir jetzt hilfst. Weißt du, … es macht mich wahnsinnig nicht zu wissen wer ich bin. Ich muss diese Tatsache für den Augenblick akzeptieren und das ist verdammt schwierig. Aber sag mir bitte wenn es irgendetwas gibt was ich tun kann, um dir bei der Suche nach meiner Identität zu helfen, diese Ungewissheit ist schrecklich!<< Elin schaute ihm direkt ins Gesicht und er sah die ehrliche Verzweiflung in ihrem Blick, es rührte ihm das Herz, er durchquerte die Küchenzeile, nahm eine ihrer Hände zwischen seine und sah sie eindringlich an. >>Elin, ich verspreche dir, dass ich alles tun werde um dir zu helfen<<, er zögerte, natürlich könnte er jetzt sofort mit ihr in den Wald fahren, wo er sie gefunden hatte und versuchen, ob ihre Erinnerungen wieder kommen würden. Das wäre das logischste, doch wenn die Schatten hinter ihr her waren, überlegte er weiter, würden sie auch dort sein und auf sie

warten. Er konnte sie keinesfalls erneut dieser Gefahr aus-
setzen, außerdem wollte Max jemanden nachsehen lassen,
ob es dort Spuren gab. Nein, überlegte er weiter, wenn er
sie mit raus nehmen würde, würde er sich permanent Sorgen um sie machen und könnte sich nicht auf die Spurensu-
che konzentrieren, deshalb fuhr er fort, >>für den Augenblick hilfst du mir am meisten, wenn du hier bleibst. Hier bist
du in Sicherheit. Du scheinst der Teil von etwas größerem
zu sein, das werde ich dir noch erklären. Vertraust du mir?
Und bleibst erst einmal hier?<<

Elin atmete tief ein, hier bleiben und nichts tun? Das
gefiel ihr nicht sonderlich, aber wenn es tatsächlich gefährlich war rauszugehen, blieb ihr wohl nichts anderes übrig.
Was meinte er mit `Teil von etwas größerem`? Konnte sie
ihm vertrauen? Aber diese Frage hatte sie sich bereits
selbst beantwortet. Sie horchte auf ihr Gefühl und das sagte
ihr, dass sie diesem Vampir glauben konnte. >>Ok, Raimond, ja ich vertraue dir … Also, was ist der Plan?<<

>>Isst du das noch auf?<<, fragte Raimond auf ihren
halb leeren Teller deutend, froh über ihre Antwort und den
Funken Kampfgeist in ihrer Stimme, keine Spur mehr von
verzweifelten Tränen. Elin schaute überrascht auf ihren
Teller, den hatte sie ganz vergessen. >>Ja, tue ich.<<, sagte sie bestimmt und fing wieder an zu essen.

>>Gut!<< Raimond ließ ihre Hand lächelnd los. >>Also,
der Plan sieht erst einmal so aus, dass Max und ich uns
umhören, ob jemand mit deiner Beschreibung vermisst wird

oder irgendwie auffällig geworden ist. Ich denke, dass wir nicht direkt morgen, aber bald eine Spur haben werden.<<

>>Wer ist Max?<<

Oh je, dachte Raimond, Konversation, reden war nicht wirklich seine Stärke, er würde ihr viel lieber einfach nur beim Essen zuschauen, was ihm überraschender Weise Freude bereitete, aber natürlich war sie neugierig. Und Reden war besser als Tränen, also, >>Max ist ein Freund, ein Mensch. Ihm gehört ein Restaurant und er kennt ne Menge Leute, von denen ihm einige noch Gefallen schuldig sind … er hat das Netzwerk bereits in Gang gesetzt, es sollte nicht lange dauern bis er jemanden gefunden hat, der dich kennt.<<

Elin kratzte die letzten Reste Soße von ihrem Teller und schob ihn nachdenklich zur Seite. >>Das hört sich irgendwie so an, als ob ihr denkt ich wäre als Partygag im Wald ausgesetzt worden.<<

Raimond, der nach ihrem Teller gegriffen hatte hielt in der Bewegung inne und schaute sie sehr ernst an. >>Nein Elin das glauben wir nicht, ich wünschte es wäre so einfach. Es tut mir leid, wenn ich mich eben etwas unbekümmert ausgedrückt habe. Ich wollte dir nur Mut machen, aber ehrlich gesagt vermuten wir, dass die Sache sehr ernst ist. Und ich hoffe sehr, dass wir verdammt schnell herausfinden wie du da hinein passt … ach so, im Übrigen, der Polizeichef gehört mit zum Netzwerk, er ist eingeweiht.<<

>>Warum denkt ihr es ist so ernst?<<

>>Weil du die Schatten erwähnt hast!<<

Elin schreckte ein wenig zusammen. Raimond war es wirklich ernst, er war beinahe laut geworden. Sie überlegte angestrengt. >>Nach den Schatten hast du mich schon einmal gefragt. Ist das die größere Sache von der du gesprochen hast?<<

>>Ja, und ich werde dir alles erklären<<, in diesem Augenblick wünschte er sich inständig, Max würde anrufen und die ganze Sache tatsächlich als Partygag klarstellen, aber das passierte nicht, >>erinnerst du dich denn wirklich an überhaupt nichts?<<

Jetzt war es Elin die beinahe laut wurde, sie sprang verärgert vom Hocker auf und sagte mit Nachdruck, >>Nein Raimond ... Nein, da ist nur ein dunkles Nichts in meinem Kopf, ein großes schwarzes Loch, und das macht wahnsinnig. Ich habe den ganzen Tag versucht mich an irgendetwas zu erinnern, aber nichts, ... absolut nichts. Ich meine, das kann doch nicht sein! ... Ich fühle mich so hilflos und das macht mich wütend. Denkst du nicht, ich würde es dir sagen, wenn ich etwas wüsste?!<<

Wow, dachte Raimond, da hat aber jemand verstecktes Temperament, wo war denn das kleine verängstigte Mädchen geblieben? Diese Überraschung störte ihn absolut nicht, im Gegenteil, trotzdem versuchte er sie zu beruhigen. >>Schon gut. Schon gut.<<,sagte er und ging beschwichtigend auf sie zu. >>Natürlich würdest du das. Das weiß ich. Es ist nur...<<

>>Es ist nur was?<<, brause sie ihn an.

>>Es ist nur, dass Max denkt du könntest etwas mit einem erneuten Angriff auf den Elfenstein zu tun haben<<, platzte es aus ihm heraus, er hatte ihr das eigentlich nicht erzählen wollen, aber es war besser, wenn sie es wusste, >>und unter dem Einfluss der Schatten stehen.<<

Elin schwieg und starrte ihn an, ihr schwirrte der Kopf. Das war tatsächlich ein größeres Ding. Ein Ding, das sie nicht verstand. Max war wohl sehr misstrauisch, dachte sie, aber das würde Raimond ihr schon noch erklären, es schien jedoch gerade eine ganz andere Frage im Raum zu stehen. Es schien nicht nur darum zu gehen ob sie Raimond vertraute, sondern auch, ob Raimond ihr vertraute. Sie stellte sich ihm gegenüber und sah ihn direkt an. >>Glaubst du das auch Raimond? … Ich verstehe zwar gerade nicht worum es geht, aber glaubst du das auch, was Max glaubt?<<

Er erwiderte ihren Blick und antwortete ruhig. >>Nein. Ich glaube das nicht.<<

In diesem Augenblick trafen sie eine stillschweigende Übereinkunft. Er vertraute ihr genauso blind, wie sie ihm, rein aus einem inneren Gefühl erschaffen, verband sie das Wissen um diese Tatsache.

>>Dann erkläre mir bitte die Zusammenhänge. Bevor ich komplett durchdrehe.<<

>>Ok<<, stimmte Raimond zu, sah sie aber eindringlich mit gerunzelter Stirn an, sie schien ihm ein wenig blass um die Nase, >>möchtest du, dass ich einen Arzt rufe, der sich

deinen Kopf ansieht? Ich hatte das nicht für nötig befunden, weil es dir soweit gut geht, aber…<<

Kopfschüttelnd unterbrach Elin ihn, >>Schon gut, das ändert doch auch nichts … komm, erzähl mir von den Schatten.<<

Raimond führte sie zu einem der Sofas, sie setzten sich, der Raum lag im Zwielicht der dunstverhangenen, untergehenden Sonne und Raimond erzählte ihr die wichtigsten Zusammenhänge über die Verbindung der Schatten, nur Thomas erwähnte er nicht.

Während der nächsten Tage traf sich Raimond täglich mit Max, sie tauschten Rechercheergebnisse aus und stellten neue Pläne auf, es stellte sich jedoch heraus, dass es absolut keine Spur zu Elins Identität gab, sie schien buchstäblich vom Himmel gefallen zu sein und auch am Elfenstein gab es keine besonderen Aktivitäten. Elin wurde zunehmend unruhiger, ihr Gefühl, dass etwas ganz und gar nicht in Ordnung war verstärkte sich täglich, dazu machte ihr die Untätigkeit mehr und mehr zu schaffen. Sie ging die Schattengeschichte immer wieder im Kopf durch und überlegte fieberhaft welche Rolle sie dabei spielen könnte, es war wirklich unheimlich was da vor sich ging und sie war froh, dass Raimond sie davor beschützen wollte, dennoch lief sie unruhig in der Wohnung umher wenn er nicht da war, sie wusste sie war nicht eigesperrt, fühle sich aber so. Raimond war sehr zuvorkommend, er versuchte sie abzulenken, während Max Leute versuchten Erkundigungen über sie einzuholen, dennoch es war frustrierend wie die Tage ohne Ergebnisse dahin gingen. Sie konnte doch nicht einfach vom Himmel gefallen sein, dachte sie niedergeschlagen. Raimond brachte ihr jeden Tag warmes Essen und leistete ihr Gesellschaft, einen Tag hatte er ihr einen besonderen Nachtisch mitgebracht, Max berühmtes Schokoladensoufflé, er hatte gemeint, er hätte gehört, es wäre das Beste der Stadt. Sie freute sich, wenn er da war und Zeit mit ihr verbrachte, sie fühlte sich wohl in seiner Nähe, und auch er freute sich offensichtlich über ihre Anwesenheit, immer wenn er nach Hause kam strahlte er sie übers ganze Gesicht an und sie hatte schlagartig bessere Laune. Sogar seinen Rhythmus hatte er für sie umgestellt, er fand es zwar nicht so erfreulich hauptsächlich tagsüber unterwegs zu sein, aber es war zweckmäßig, so konnte er den Ermittlungsstand besser verfolgen und nachts, wenn Elin schlief, auf sie aufpassen. Eines Abends hatte er ihr theatralisch aus der Tageszeitung vorgelesen, er hatte so übertrieben, dass sie Tränen gelacht hatte. Alle Aufmerksamkeit und Zuneigung nützten am Ende jedoch nichts gegen Elins brennendes Verlangen raus zu wollen, sie hatte mehrfach mit Raimond diskutiert, ja fast gestritten und sie verstand auch seine Argumente, aber das Gefühl blieb und wurde immer stärker, wie ein körperliches Bedürfnis. Sie musste raus.

Elin hörte den Fahrstuhl, endlich, dachte sie. Raimond war länger als sonst weggeblieben, es war schon eine ganze Weile dunkel und es war ein besonders schlimmer Tag für sie gewesen. Sie war die ganze Zeit umhergelaufen, ihr Kopf tat weh und sie fühlte sich, als würde sie jeden Moment zerspringen.

Raimond kam strahlend aus dem Fahrstuhl, die obligatorischen Essensboxen auf dem Arm balancierend. >>Es tut mir leid, dass es später geworden ist. Ich wollte dich anrufen, aber…<<, rief er ihr aus dem Flur zu.

Elin lief ihm entgegen, sie hielt es nicht mehr aus. >>Raimond ich muss hier raus.<<, fiel sie ihm ins Wort. >>Ich kann nicht mehr! Ich platze!<<, rief sie und sah ihn flehend an. Raimond ging auf sie zu, legte seine Hände auf ihre Arme, sie zitterte vor innerer Anspannung. >>Das hatten wir doch schon Elin. Es ist im Moment noch zu gefährlich, wenn…<<

>>Ja, ich weiß das hatten wir schon.<<, platzte es aus ihr heraus, >>Mehr als einmal … Zu gefährlich … Und wenn…! Ich verstehe das ja auch! Aber Raimond versteh du mich. Ich kann nicht mehr!<<

Sie schrie ihn beinahe an. Ihr gesamter Körper war angespannt, die Verzweiflung stand ihr ins Gesicht geschrieben. >>Ich will doch nicht weg von dir. Ich will doch nur raus! Bitte!<<, flehte sie, doch lag auch noch etwas unnachgiebiges in ihrer Stimme. Jeder Muskel ihres Körpers war angespannt, sie wollte ihn nicht anschreien, aber sie hatte keine Kontrolle mehr über das, was aus ihr herausbrach. Es ging alles sehr schnell.

Raimond schmerzte es sie so zu sehen, er verstand sie ja, und liebend gerne wäre er gleich jetzt mit ihr nach draußen gegangen, um ihr die Stadt zu zeigen, oder was immer sie tun wollte, aber er konnte es nicht riskieren. Er flehte sie beinahe an, >>Elin. Bitte! … Beruhige dich. Wir…<<

>>Ich kann mich nicht beruhigen. Raimond es zerreißt mich! Lass mich bitte nach draußen.<<

Elin sah ihn an und sie sah an seinem Blick, dass er nicht nachgeben würde. In diesem Augenblick zerriss tatsächlich etwas in ihr. Eine innere unterdrückte Kraft, aufgestaut und aufgeladen durch das Tagelange rumsitzen, brach hervor. Sie realisierte nicht was sie tat, mit einem kräftigen Ruck hatte sie sich aus Raimonds Griff befreit. Er stand ihr im Weg. Ihr einziger Gedanke war, sie musste nach draußen, sie holte aus und schleuderte Raimond mit einer Armbewegung in hohem Bogen gegen die Wand. Er prallte gegen den massiven, deckenhohen Spiegel, der augenblicklich in tausende Splitter zerstob, beim Aufprall landete er mit dem Kopf auf der Kante der Flurkommode, welche ihm augenblicklich das Genick brach. Er blieb blutüberströmt, leblos zwischen den Spiegelsplittern liegen. Elin war wie in Trance auf die Straße gelaufen, ihr war nicht bewusst, was sie gerade getan hatte, sie folgte nur dem inneren Drang ihres Körpers zu laufen.

Elin lief die Straße entlang, ihr Verstand war hinter einem Urinstinkt zurückgetreten, sie fühlte den feuchten Asphalt unter ihren nackten Füßen, den Wind in ihren Haaren und auf ihrer Haut, die frische, feuchte Luft in ihrer Lunge. Je schneller sie lief und je kräftiger der Luftstrom sie umhüllte, desto beflügelter und freier fühlte sie sich, sie lief schneller und schneller, bis eine phantastische Energie sie erfüllte, die sie beinahe Schweben ließ. In dieses Hochgefühl platzte auf einmal ihr Verstand hinein. Das Bild von Raimond, wie er blutüberströmt in einem funkelnden Splittermeer lag blitzte vor ihrem inneren Auge auf, sie erschrak sich so sehr, dass ihr Herz einen Aussetzer machte. Sie stolperte über ihre eigenen Füße, schlug hart auf dem rauen Asphalt auf und überschlug sich mehrmals. Quer über die Straße gestreckt blieb sie liegen, einen Moment unfähig sich zu bewegen. Schwer atmend setzte sie sich langsam auf, bruchstückhaft blitzten Erinnerungsfetzen der letzten Stunden in ihrem Bewusstsein auf. Entsetzt realisierte sie wo sie war, sie saß allein auf einer dunklen, nassen Straße weit außerhalb der Stadt. Sie begann zu zittern bei der Erinnerung daran, was sie Raimond angetan hatte. Was hatte sie nur getan? Was war nur mit ihr los gewesen? Übermannt von Entsetzen über sich selbst lag Elin zitternd von Tränenkrämpfen geschüttelt auf dem nassen Asphalt der Straße und hatte nur einen Gedanken: Ich habe Raimond umgebracht.

5
Zuneigung

>>Verdammt!<<, stöhnte Raimond, als er in einem Haufen Spiegelsplitter wieder zu sich kam. Er rappelte sich auf, renkte sich den gebrochenen Nackenwirbel zurecht und sah sich suchend um.

>>Elin?<<, rief er nach ihr. >>Verdammt!<<, schimpfte er noch einmal, schnappte sich die Autoschlüssel und lief zum Wagen. Eilig ließ er den Motor an und fuhr auf die spärlich beleuchtete, regennasse Straße um nach ihr zu suchen. Weit konnte sie nicht gekommen sein, dachte er bei sich, und begann die Straßen ringförmig um sein Loft herum abzusuchen. Dabei spähte er in jede kleine Seitengasse und vergrößerte dabei den Radius. Keine Spur von ihr. Dabei überlegte er, wie sie es geschafft haben mochte ihn mit nur einer Armbewegung gegen die Wand zu schleudern. Das einzig plausible was ihm einfiel war, dass sie aus purer Verzweiflung, und sie war wirklich verzweifelt gewesen, ihn mit einem Energieschub einfach überrumpelt hatte. So etwas sollte vorkommen. Sie tat ihm leid. Und es tat ihm leid, dass er ihre Verzweiflung nicht ernst genommen hatte und machte sich Vorwürfe ihren Wunsch auch aus egoistischen Gründen nicht erfüllt zu haben. Er musste sie finden, er würde es sich niemals verzeihen können, wenn ihr etwas passieren würde, nicht nach Thomas, er durfte sie jetzt nicht verlieren. Als er fast das gesamte Stadtgebiet abgesucht

hatte wurde er unruhig, alle möglichen Horrorszenarien gingen ihm durch den Kopf, er erwartete schon fast sie hinter der nächsten Kreuzung in einer dunklen Gasse liegen zu sehen, leergetrunken von einem seiner Artgenossen. Sein Herz begann unter dem aufsteigenden Angstgefühl schneller zu schlagen, dann hatte er eine Idee. Was, wenn sie von seinem Loft aus einfach geradeaus gelaufen wäre, ohne Ziel, dann wäre sie auf einer Ausfallstraße gelandet. Er konnte sich zwar nicht vorstellen wie sie so schnell, so weit hätte Laufen sollen, aber es war eine Möglichkeit, also fuhr er auf der besagten Ausfallstraße stadtauswärts. Langsam, immer den Straßenrand im Auge. Die Stadt lag hinter ihm, die Häuserschluchten waren zunächst weiten Feldern gewichen, der Waldrand war nahe. So weit konnte sie doch nicht gelaufen sein, dachte er, doch er gab nicht auf. Dunstschwaden waberten vor den Scheinwerfern wie Wattefetzen, als er im Lichtkegel der Scheinwerfer des Autos eine am Straßenrand kauernde, hell schimmernde Gestalt erkannte. Es war Elin. Raimond konnte es kaum fassen, er bremste scharf, brachte den Wagen, quer über die Straße schleudernd, zum Stehen, sprang aus dem Auto und lief zu ihr. >>Elin!<<, rief er ihr entgegen, zerrissen von Sorge und Erleichterung.

>>Raimond?<<, antwortete sie ungläubig, sie konnte ihn durch den Tränenschleier vor ihren Augen kaum erkennen, da war er auch schon bei ihr, kniete sich zu ihr nieder, strich das wirre Haar beiseite, nahm ihren Kopf beschützend

in beide Hände und blickte in ihr tränenüberströmtes Gesicht. >>Du meine Güte hast du mich erschreckt!<<, platzte es erleichtert aus ihm heraus, >>Geht es dir gut? Bist du verletzt? Du blutest!<<

Elin schüttelte nur leicht den Kopf, >>Das ist nichts, nur aufgeschrammt<<, sie glaubte nicht an das was sie sah, dass er wirklich da war, lebendig. Noch immer fassungslos legte sie ihm sanft eine Hand auf die Wange und flüsterte. >>Ich habe dich umgebracht.<<

Sanft nahm er ihre beiden Hände zwischen seine, küsste ihre Fingerspitzen und ein lächeln stahl sich auf seine Lippen. >>Ja, das hast du wohl.<<, murmelte er schmunzelnd, glücklich sie wohlbehalten wieder gefunden zu haben, er konnte ihr gar nicht böse sein.

>>Du müsstest tot sein.<<, flüsterte Elin mit gebrochener Stimme, wie konnte er sie denn in so einem Moment anlächeln, dachte sie, froh ihn zu sehen. Die letzte Stunde, in der sie dachte er wäre tot, war unerträglich für sie gewesen.

>>Tot bin ich schon sehr lange mein kleiner Killer<<, klärte er sie scherzend auf, <<aber wenn du mich tatsächlich umbringen willst, musst du mir schon das Herz rausreißen.<<

>>Raimond ich...<<, flüsterte sie, noch nicht wieder Herr ihrer Sinne, am ganzen Körper zitternd. Sie wollte sich bei ihm entschuldigen, sie hatte ihm ja nicht wehtun wollen, da schob Raimond einen Arm unter ihre Schulter, den ande-

ren unter ihre Knie und hob sie hoch. >>Schon gut<<, raunte er ihr zu, >>lass uns erstmal von hier verschwinden<<, und trug sie zum Auto.

Elin lag in Raimonds überdimensionalem Bett, eingewickelt in unzählige Decken zwischen viel zu vielen Kissen. Raimond hatte sie kurz in die heiße Badewanne gesteckt, damit zunächst das Zittern nachließ und so langsam kehrte das Gefühl in ihre steifen, kalten Gliedmaßen zurück. Sie war unsagbar müde. Von der Wunde an ihrem aufgeschürften Kinn war schon beinahe nichts mehr zu sehen. Raimond saß auf der Bettkante und zog die Decke noch ein wenig fester um sie herum. >>Besser?<<, fragte er sanft. Elin nickte.

>>Dann schlaf jetzt<<, flüsterte er und strich ihr noch eine Haarsträhne aus der Stirn. Er wollte aufstehen.

>>Warte<<, flüsterte sie mit schlaftrunkener Stimme zurück, >>geh noch nicht weg.<<

>>Was denn?<< Raimond blickte auf das Bündel Decken in seinem Bett, worin Elin steckte. Sie sah so zerbrechlich aus und dennoch hatte sie ihn vor ein paar Stunden außer Gefecht gesetzt. Dieses Mädchen steckte voller Überraschungen, dachte er, für den Moment war er einfach erleichtert, dass sie wieder da war.

>>Kannst du mich bitte festhalten?<<, fragte Elin zögerlich, ihr Herz schlug ein wenig schneller, als sie ihm diese Frage stellte, sie fühlte sich so einsam und verloren in die-

sem Bett und ihr Ausbruch wühlte sie noch immer auf. Da war der Gedanke ihn nah bei sich zu haben, in seinen Armen einzuschlafen der beruhigend und sicherste Ort der Welt.

>>Bist du sicher?<<, erwiderte Raimond unsicher, sein Herz schlug auch ein wenig schneller, diesmal nicht aus Angst, sondern aus Freude. Er war schon ein paar Mal kurz davor gewesen sie nachts in den Arm zu nehmen, wenn sie sich unruhig umher wälzte, wollte ihr aber nicht zu nahe treten. Doch jetzt nickte sie zustimmend und er krabbelte über den Kissenberg zu ihr in die Mitte, legte sich seitlich zu ihr und nahm sie in den Arm. Elin wühlte an der Seite, an der er bei ihr lag die Decken beiseite und kuschelte sich an ihn, ihren Kopf legte sie so in seine Armbeuge, dass sein Kopf und seine Brust halb über ihr lagen. Sie teilten beinahe den Atem. Elin fühlte seine weichen Bartstoppeln an ihrer Stirn und konnte ihn riechen, diesen Geruch kannte sie schon von seinen Shirts, doch das war noch viel besser. Sie beschloss nie wieder an einem anderen Ort schlafen zu wollen, als in diesen Armen.

>>Raimond<<, flüsterte sie.

>>Hmmm?<<, raunte er zurück.

>>Es tut mir leid, dass ich dich umgebracht habe.<<

>>Ist schon gut.<<

>>Nein, ist es nicht. Was war da nur mit mir los? Auf einmal bin ich ausgetickt und als nächstes liege ich auf einer Straße im nirgendwo und denke du bist tot. Ich kann

mir kein schlimmeres Gefühl vorstellen.<< Raimond zog sie noch ein wenig fester an sich heran.

>>Da hast du ja Glück, dass ich ein Vampir bin und dir noch weiter auf die Nerven gehen werde … Mal sehen, ob du es das nächste Mal schaffst<<, versuchte er zu scherzen. Elin versetzte ihm einen leichten Stupser gegen die Brust, musste aber lächeln, wie konnte er noch Scherze darüber machen, dachte sie sich. Raimond musste auch lächeln und drückte ihr einen sanften Kuss auf den Haaransatz, dann wurde er wieder ernst.

>>Ich muss mich auch bei dir entschuldigen … Ich bin ja selbst daran schuld, dass du mich aus dem Weg gefegt hast. Ich habe deine Verzweiflung nicht ernst genommen … Verzeihst du mir?<<

>>Warum hast du mich gesucht?<<

>>Ich hab dich gern.<<

>>Na gut, dann verzeihe ich dir. Ich hab dich auch gern.<<

>>Dann verzeihe ich dir auch<<, er gab ihr noch einen leichten Kuss auf die Stirn, >>und jetzt wird geschlafen.<<

>>Erzählst du mir etwas von dir? Ich weiß so wenig von dir, wie du von mir. Also gar nichts<<, flüsterte sie mit einem leicht schmollenden Unterton.

>>Morgen vielleicht<<, erwiderte Raimond und hoffte das Thema noch ein wenig aufschieben zu können. Er wollte sie noch nicht mit der Tatsache vergraulen, dass er früher

nicht besser war, als die Vampire, die er jetzt tötete, >>wir werden sehen. Aber jetzt wird wirklich geschlafen.<<

Elin lag beruhigt und erleichtert in Raimonds Armen, doch bevor sie einschlief verlagerte sie ihr Gewicht noch so, dass Raimond auf den Rücken rollte und sie halb auf ihm lag. Raimond glücklich Elin unversehrt wieder zu haben, hielt sie fest in seinem Arm. Ihr Körper lag schlafend auf ihm und er konnte warm und weich ihre vollen Rundungen spüren. Ihr Atem schwer und regelmäßig auf seiner Brust, ihre Hand an seinem Arm, ihr Bein auf seinem Oberschenkel, streichelte er ihr sanft die Schläfe. Raimond genoss ihre Wärme und es regte sich etwas in ihm, was er schon eine ganze Weile nicht mehr gespürt hatte.

>>Guten Morgen!<< rief Raimond quer durch den Raum, als er am Rhythmus von Elins Atemzügen erkannt hatte, dass sie aufgewacht war. Er stand in der Küchenzeile und brutzelte etwas wahnsinnig gut riechendes, wie Elin fand, in einer dampfenden Pfanne.

>>Guten Morgen<<, erwiderte sie und wühlte sich aus den vielen Decken und Kissen aus dem Bett. Sie war ein wenig enttäuscht, weil sie nicht in Raimonds Armen aufgewacht war, aber sie hatte wahnsinnigen Hunger. >>Das duftet fantastisch.<<

>>Ja? Na dann, raus aus dem Bett, mach dich frisch, Frühstück ist gleich fertig<<, antwortete er, woraufhin Elin kurz ins Badezimmer verschwand.

Ein paar Minuten später saß sie an dem Thekentisch in der Küchenzeile und Raimond servierte ihr einen dampfenden Berg aus bunt zusammengewürfelten Zutaten, bestehend aus Kartoffeln, Eiern, Schinken und Zwiebeln. Elin fand es köstlich, Raimond hatte begonnen mit Lebensmitteln herum zu experimentieren, seit dem Max ihm eine Grundausstattung zusammengestellt hatte. Es bereitete ihm erstaunlich viel Freude Mahlzeiten für Elin zuzubereiten und er erwies sich als überraschen talentiert. Raimond schaute Elin beim Essen zu, eine seiner neuesten Lieblingsbeschäftigungen, sie hatte ihre Haare hinter die Ohren gestreift, so dass sich die weichwelligen Längen über ihre Schultern ergossen. Die Ärmel ihres Shirts, seines Shirts, die sie sich bis zu den Ellenbogen hochgekrempelt hatte, rutschten ihr während des Essens immer wieder störend über die Handgelenke, was sie nicht davon abhielt die ganze Portion mit großem Appetit aufzuessen.

>>Ich habe mir etwas überlegt<<, begann Raimond, woraufhin Elin von ihrem Teller aufsah. Er lehnte, mit auf die Arbeitsfläche hinter sich gestützten Armen, an selbiger, sein hellgraues Shirt spannte über seiner Brust, die wilden blonden Locken fielen ihm ins Gesicht. Als er fortfuhr, strich er sich eine Strähne hinters Ohr. >>Ich habe über gestern nachgedacht und denke du hast recht…<<. Elin hatte Mühe sich auf seine Worte zu konzentrieren, sie selbst hatte ihm die Strähne aus dem Gesicht streichen wollen. >>Hörst du mir zu…?<<, setzte er erneut an.

>>Ja, natürlich.<<, erwiderte Elin schnell, sich merk-
würdig ertappt fühlend.

>>Also, ich denke, dass es keinen Sinn macht, wenn
du weiterhin nur hier oben im Loft bleibst<<, fing er an seinen Plan zu erläutern. Elin traute ihren Ohren nicht, sollte
das bedeuten, sie durfte raus?! >>Max hat nichts herausgefunden, und ich auch nicht. Es gibt keinerlei Anhaltspunkte,
die auf deine Identität hindeuten. In der Stadt ist es weitestgehend ruhig und auch beim Elfenstein gibt es keinerlei
besondere Aktivitäten. Und…<<, betonte er, >>ich habe
keine Lust mich noch einmal von dir umbringen zu lassen.<< Elin sah ihn verlegen, aber aufmerksam an. >>Des-
halb…<<, fuhr er fort, >>werden wir zusammen Ausflüge
machen. Wir fahren durch die Stadt, schauen uns beliebte
Plätze an und vielleicht erinnerst du dich ja an irgendetwas,
wenn du es siehst.<<, schloss er. >>Was hältst du davon?<<

>>Wir gehen raus? … Wir fahren in die Stadt?<<,
jauchzte Elin. Sie war von ihrem Stuhl gehüpft, um den
Thekentisch herumgelaufen und Raimond um den Hals
gefallen. Er hielt sie mit beiden Armen um ihre Hüfte an sich
gepresst, ihre Füße baumelten in der Luft, sie hielt sich an
seinen Schultern fest und blickte auf ihn hinunter.

>>Wirklich?<< strahlte sie ihn an.

>>Wirklich<<, bestätigte er, >>Aber … Aber. Elin? Sieh
mich an…!<<, forderte er ernst, >>keine Alleingänge! Wir
gehen nur gemeinsam … Abgemacht?!<<

Als Antwort umarmte Elin ihn so enthusiastisch, dass sie seinen Kopf gegen ihr Schulterblatt presste und mit beiden Armen fixierte.

>>Du erstickst mich<<, presste er kaum vernehmbar unter ihren Armen hervor.

>>Ich kann dich nicht ersticken. Du bist schon tot<<, benutzte sie sein eigenes Argument von letzter Nacht und drückte noch etwas fester zu, woraufhin er noch etwas unverständliches brummelte.

Als sie ihren Griff etwas lockerte ließ er sie zurück auf den Boden gleiten, hielt sie jedoch weiterhin in seinen Armen. Es machte ihm zu große Freude, sie so strahlen zu sehen, dass er nicht anders konnte, als ihr strahlen zu erwidern. Er konnte sich nicht daran erinnern, sich jemals zuvor so sehr über die Freude eines Anderen gefreut zu haben, was machte sie nur mit ihm?

>>Wann können wir los?<<, fragte Elin voller Vorfreude, sie lag noch immer in Raimonds Armen.

>>Heute noch nicht … Morgen. Ok?!<< antwortete er, doch als er Elins Enttäuschung sah fügte er, >>Gedulde dich bitte noch einen Tag. Und heute Nachmittag habe ich noch eine Überraschung für dich.<<, hinzu.

6
Leena

Elin erschrak, als plötzlich das laute Klingelgeräusch der Gegensprechanlage des Aufzuges durch den Raum kreischte.

>>Ah, deine Überraschung<<, rief Raimond ihr grinsend zu und betätigte den Knopf, der den Sprachkanal öffnete, doch bevor er etwas sagen konnte, erklang eine aufgebrachte Frauenstimme. >>Also Rai, wenn du mich schon quer durch die Stadt jagst, dann beweg wenigstens deinen Hintern hier runter und schlepp das ganze Zeug rein…!<<

Raimond öffnete die Tür des Aufzuges und sagte breit grinsend zu Elin, die zu verdattert war, die Frage, die ihr ins Gesicht geschrieben stand zu formulieren, >>Bin gleich wieder da.<<

Etliche Minuten später öffnete sich die Aufzugtür und eine aufgeregte junge Frau stürmte auf Elin zu. >>Hallo! Du musst Elin sein. Ich bin Leena<<, stellte sie sich vor, begrüßte Elin stürmisch mit einer Umarmung und angedeuteten Wangenküssen, >>freut mich dich endlich kennenzulernen, Rai redet nur noch von dir.<< Elin, völlig überrumpelt brachte nur ein erstauntes, >>Hallo<<, heraus und beobachtete irritiert wie Leena, pausenlos plappernd, Raimond Anweisungen gab, der dabei war unzählige Einkaufstüten, Kleiderschutzhüllen und Schuhkartons aus dem Aufzug zu schleppen und alles auf einem der Sofas zu stapeln. Leena plapperte aufgedreht weiter und Elin wusste nicht wie ihr geschah. Leena war das erste menschliche Wesen, dem sie begegnete, seit Raimond sie gefunden hatte. Und was sollten all diese Tüten?

>>Elin, das ist Leena, sie ist Max Assistentin. Ich hab sie mir für heute sozusagen ausgeliehen<<, erklärte Raimond, während er die letzten Tüten auf das bereits vollbeladene Sofa legte, >>sie war heute für dich Einkaufen. Ich hoffe, die Sachen passen dir, ich konnte deine Größe ja nur schätzen.<<, ein verschmitztes Schmunzeln umspielte seine Lippen.

>>Das ist alles für mich?<<, rief Elin erstaunt, sie konnte es nicht fassen.

>>Ja, ... Naja, ich hoffe dir gefallen die Sachen<<, erwiderte er unsicher lächelnd.

>>Aber natürlich werden ihr die Sachen gefallen!<<, rief Leena dazwischen, schließlich hatte sie die Auswahl getroffen und war sich ihres Geschmackes sehr sicher, >>Und du Rai verschwindest jetzt! ... Der Rest ist Frauensache...<<, fügte sie bestimmt hinzu.

>>Du schmeißt mich raus?!<<, empörte er sich.

>>Verschwinde schon<<, entgegnete Leena, sie war zu Elin gegangen und hatte ihr einen Arm um die Schulter gelegt, >>wir machen jetzt Modenschau, da hast du nichts bei zu suchen.<<

>>Aber...<<, versuchte er zu protestieren, doch Leenas Entschlossenheit war nicht zu brechen, er hatte schon seine Jacke in der Hand, blickte sich aber nochmal zu Elin um, die ihn hilfesuchend ansah. Er wusste gegen Leenas Enthusiasmus hatte er keine Chance, auch wenn er Elin gerne beim Kleiderprobieren zugeschaut hätte, es blieb ihm nichts anderes übrig, als Elins Blick mit einer hilflosen Geste zu beantworten und wandte sich zum Gehen.

>>Ach Rai<<, rief Leena, >>sie ist wirklich bezaubernd.<<, ihm noch, mit einem Kopfnicken in Elins Richtung, hinterher.

Raimond hatte das Gefühl, als würde ihm sämtliches Blut in den Kopf schießen und er suchte schnell das Weite, Elin stand mit hochroten Wangen vor Leena, die sie von oben bis unten kopfschüttelnd Musterte. Sie waren allein.

Leena beäugte Elin skeptisch, die bekleidet mit Raimonds Freizeithose und Shirt, vor ihr stand. Sie waren ungefähr gleich groß, wobei Leena halsbrecherische Absätze trug. Sie hatte keine Sekunde gezögert, als Raimond sie am Morgen um diese Shoppingtour gebeten hatte, sie war allzu neugierig auf Elin, die Raimond ganz offensichtlich den Kopf verdrehte. Sie wollte wissen, was so besonders an diesem Waldmädchen war, doch jetzt wo sie sie genauer betrachtete wurde sie seltsam unsicher, was gar nicht zu ihrer sonst sehr selbstsicheren Persönlichkeit passte. Irgendetwas hatte sie bei Elins Anblick stutzig gemacht, sie wusste nicht, wie sie es beschreiben sollte, es war etwas, das sie anzog, aber auch gleichzeitig befangen machte. Das gefiel ihr nicht. Sie war sich plötzlich nicht mehr sicher, ob es eine gute Idee gewesen war Raimond rauszuschmeißen, irgendetwas empfand sie als unheimlich. Doch dann schalt sie sich selbst albern, und befahl sich, sich zusammen zu reißen, das war ihre Chance sich ein unabhängiges Bild von dem mysteriösen Waldmädchen zu machen.

>>So, dann packen wir mal aus!<<, rief sie aufgekratzt und begann den Inhalt der Einkaufstaschen über beide Sofas zu verteilen. Zum Vorschein kamen diverse Hosen, Shirts, Tops, Röcke, Kleider, Schuhe, Wäsche, Accessoires in allen möglichen Variationen. Elin traute ihren Augen nicht, sie stand in Mitten dieses wachsenden Kleiderberges und starrte Leena ungläubig an.

>>Und, was sagst du? Da ist doch bestimmt etwas für dich dabei<<, plapperte Leena drauflos, >>hier, fangen wir mit der Basis an.<<, und reichte Elin ein Paar Hosen, T-Shirt und Unterwäsche. Elin nahm wortlos die Sachen entgegen, verschwand im Bad und zog sich um, sie war völlig perplex und unsicher, wie sie mit der Situation umgehen sollte, Leena schien nett zu sein, aber sie fühlte sich ein wenig überfordert. Die Sachen passten perfekt, sogar die Unterwäsche, was sie schmunzeln ließ, da hatte Raimond wirklich gut geschätzt. Als sie aus dem Bad kam trug sie schwarze, enganliegende Jeanshosen und ein schlichtes dunkelblaues Shirt, welches ihre Augen betonte, die Haare

hatte sie sich grob hochgebunden, sogar an Haarspangen hatte Leena gedacht.

>>Hier, nimm diese Stiefel dazu<<, rief Leena, als Elin hereinkam und reichte ihr ein Paar kniehohe schwarze Lederstiefel mit flacher Sohle. Elin zog sie an, auch die Schuhe passten wie angegossen.

Leena klatschte begeistert in die Hände, >>Na, das sieht ja schon ganz anders aus, als Rais olles Schlabberzeug.<<, nötigte Elin auf den flachen Wohnzimmertisch zu steigen, vor dem sie einen Standspiegel platziert hatte und flötete, >>Was sagst du?<< Elin gefiel was sie sah, Hose und Shirt betonten ihre Figur, ohne jedoch einzuengen, die Stiefel waren bequem, sie hatte nichts gegen Raimonds Freizeitsachen, doch für draußen war diese Kleidung natürlich viel besser. Elin fing an Spaß an der Sache zu haben. Leena suchte ihr immer neue Kombinationen zusammen, sie probierte es an und präsentierte sich auf dem Wohnzimmertisch. Leena schien wirklich nett zu sein, etwas überdreht, aber ihre Begeisterung war ansteckend, Elin taute auf und ging auf Leenas Konversationsdrang ein, sie steckte gerade in einem luftigen, ärmellosen, zartrosafarbenen Sommerkleid, welches sie schwungvoll umhüllte während sie sich auf dem Wohnzimmertisch drehte, als Leenas oberflächliche Plaudereien eine andere Richtung einschlugen.

>>Und du kannst dich wirklich an nichts erinnern?<<, fragte sie gerade heraus.

Elin hielt in ihrer Bewegung inne, atmete ein Mal tief ein, blickte Leena direkt in die Augen und nahm die Herausforderung an. Sie hatte schon geahnt, dass die Unterhaltung eine solche Wendung nehmen würde, Raimond hatte sie bis jetzt wie ein Geheimnis behandelt und versteckt, natürlich waren seine Freunde neugierig und skeptisch, doch sie hatte beschlossen diese Gelegenheit zu nutzen, Leena davon zu überzeugen nichts Böses im Sinn zu haben, so wie Max es angedeutet hatte. Und vielleicht konnte sie auch endlich etwas über Raimond in Erfahrung bringen, der beharrlich schwieg, wenn es um ihn selbst ging.

>>Nein Leena, ich kann mich wirklich an nichts erinnern … Nicht einmal, wie Raimond mich gefunden hat. Er hat etwas von einem extremen Wetterphänomen erzählt, woraufhin ich plötzlich da war. Wir vermuten, dass ich mir während dieses Wirbelwindes den Kopf an etwas angeschlagen habe, aber was ich da oben verloren hatte … Keine Ahnung.<<, antwortete sie und zuckte mit den Schultern, sie hatte im Grunde keine Lust mehr sich permanent für etwas zu rechtfertigen, was nicht in ihrer Macht lag, doch was sollte sie tun?, sie wollte schließlich auch mehr Informationen, >>Raimond hatte auch gesagt, die Nachforschungen seien schwierig.<<, ergänzte sie und blickte Leena herausfordernd an.

Leena hielt ihrem Blick stand, >>Das stell ich mir ziemlich frustrierend vor.<<, sie glaubte nicht wirklich an diese Geschichte und hatte gehofft, Elin würde sich irgendwie verraten, oder widersprechen, doch diese Hoffnung blieb unerfüllt und sie fühlte selbst eine gewisse Frustration.

>>Es macht mich wahnsinnig.<<, entfuhr es Elin, >>Vor allem, weil es keinerlei Spuren gibt, ich meine, ich kann ja nicht einfach vom Himmel gefallen sein. Weißt du, ich bin Raimond sehr dankbar, dass er das hier für mich macht, ich wüsste nicht was ich ohne ihn machen sollte, und morgen kann ich endlich selbst etwas beitragen, ich hoffe wirklich, ich erkenne irgendetwas, und … Danke Leena!<<

>>Naja, … ich kann mir schlimmeres vorstellen, als während der Arbeitszeit den halben Tag Shoppen zu gehen und dann mit dir Barbie zu spielen.<<, erwiderte Leena mit einem schiefen Grinsen und ließ sich auf das Sofa hinter sich fallen.

Elin musste daraufhin ebenfalls lachen und übernahm Leenas Sarkasmus, >>Gern geschehen!<<, worauf hin sie eine dienerische Geste mit den Händen machte, sich auf dem Tisch wieder ihrem Spiegelbild zuwandte und den Rock des Kleides zwischen ihren Händen spannte. >>Das ist wirklich hübsch.<<, stellte sie fest.

>>Warte, … ich habe hier noch ein ganz besonderes Kleid.<<, Leenas Enthusiasmus war wieder geweckt und sie öffnete eine Kleiderschutzhülle. Zum Vorschein kam ein langes dunkelblaues, trägerloses Abendkleid, schmal ge-schnitten, aus hauchzartem Stoff. Elin zog die Luft ein, es war wunderschön.

>>Rai hat von deinen ungewöhnlichen Augen erzählt und als ich dieses Kleid gesehen habe, hat es mich daran erinnert … Siehst du, in den Stoff sind ganz zarte silberne Glitzerfäden eingearbeitet.<<, erklärte sie und zeigte Elin den Stoff. >>Wie die Fünkchen in deinen Augen!<<, sagte sie übertrieben schwärmerisch mit einer ausladend, schweifenden Handbewegung, >>würde Rai jetzt sagen.<<, ergänzte sie, >>Na los, zieh es an!<<, drängte Leena.

Elin war viel zu eingenommen von dem Kleid, um Leenas Bemerkung zu registrieren, >>Zu welchem Anlass soll ich das denn anziehen?<<, fragte sie bewundernd.

>>Das werden wir schon sehen. Los.<<, antwortete Leena knapp.

Elin schwebte beinahe durch den Raum, auf den Tisch. Leena klopfte sich in Gedanken selbst auf die Schulter, der hauchzarte, glitzernde Stoff floss geradezu an Elin herunter und um schwang sie wie eine Wolke, als sie sich auf dem Tisch drehte. Der glitzernde Stoff tanzte mit den Fünkchen in ihren Augen um die Wette.

>>Elin<<, setzte Leena erneut ernst an, >>Rai nennt dich seine kleine Waldfee. Er hat dich gern … Er ist wie ausgewechselt, seit dem du aufgetaucht bist. Das letzte Jahr war ziemlich schwer für ihn, nach der Sache mit Thomas. Er war ziemlich neben der Spur und ich freue mich für ihn, auch wenn das mit euch ziemlich ungewöhnlich wäre, aber egal … Er ist ein Freund und ich will nicht, dass ihm noch mehr weh getan wird.<<

Wow, dachte Elin. Diese Wendung hatte sie nicht erwartet und sie war sich nicht sicher, ob sie mit Leena über sich und Raimond sprechen wollte, doch komplett abschmettern konnte sie das Thema auch nicht.

>>Ich habe ihn auch gern Leena. Und ich will ihm auf gar keinen Fall irgendwie weh tun.<<, und kaum hatte sie das gesagt fielen ihr wieder die Ereignisse der letzten Nacht ein, in der sie ihn in den Spiegel geschleudert hatte. Plötzlich fühlte sie sich schuldig, Leena machte sich Sorgen um einen Freund und ganz offensichtlich nicht ohne Grund, aber sollte das bedeuten, dass es vielleicht besser wäre Raimond zu verlassen? Konnte es sein, dass sie wirklich schlecht für ihn war und ihm früher oder später tatsächlich, wie hatte er es noch gesagt, das Herz rausreißen würde? Ihr stiegen die Tränen in die Augen und ihre Kehle schnürte sich zu, sie konnte sich schon jetzt keinen Tag ohne ihn vorstellen. Aber nichts desto trotz, überlegte sie weiter, und atmete den Kloß in ihrem Hals weg, Raimond wollte sie bei sich haben und sie wollte bei Raimond sein, alles andere war keine Option. Dieser Entschluss stand zwischen ihnen Beiden fest.

Mitten in diesen Überlegungen fuhr Leena fort, >>Ja, das glaube ich dir, dass du es nicht willst, aber hast du schon überlegt was ist, wenn ihr herausfindet wer du bist. Und du eine Familie hast, die auf dich wartet? Oder...<<, und stockte, als sie Elins Blick gewahr wurde.

Es schimmerten noch bereits bewältigte Tränen in Elins Augen, welche die Entschlossenheit in ihrem Blick grotesk unterstrichen. Leena stockte der Atem, Raimond hatte bei diesen Augen nicht übertrieben. Als sie in Elins Augen schaute, und ja, sie waren so groß und weit wie das Universum, mit tanzenden Fünkchen, sah sie unumstößliche Gewissheit, ein kalter Schauer durchfuhr ihren Körper.

>>Niemand von uns weiß, was in der Zukunft passieren wird.<<, sprach Elin enthusiastisch, >>Und wenn ich auch keine Ahnung habe wer ich eigentlich bin, oder woher ich komme, oder warum ich hier bin, es ist so, wie es jetzt gerade ist. Ich habe Raimond gern und was das auch immer zwischen uns ist, oder sein wird, ist es eine Sache zwischen ihm und mir. Und wir beide werden uns damit auseinandersetzten, ich will ihm auf gar keinen Fall wehtun, kann es aber realistisch gesehen nicht ausschließen. Ich kann dir zu diesem Zeitpunkt aber auch sagen, dass wir uns beide dessen bewusst sind. Und was die Familie angeht, die du erwähnt hast, meinst du nicht, dass diese Familie nach mir suchen würde und ihr während eurer Recherchen davon erfahren hättet? … Und noch eins Leena, ich stecke offenbar irgendwie in dieser Schattengeschichte mit drin, was, wie ich es verstanden habe, eine wirklich unschöne Angelegenheit ist. Es sieht für mich daher nicht danach aus, dass ich einfach nur ein verloren gegangenes Mädchen bin. Raimond hilft mir und ich bin ihm unendlich dankbar dafür und ich verbringe wahnsinnig gerne Zeit mit ihm, und doch hoffe

ich, dass wir sehr bald herausfinden was hier vor sich geht. Ich fürchte nämlich, dass unsere eigentlichen Probleme größer sind, als gebrochene Herzen.<<, schloss sie aufgebracht, ihr Herz klopfte härter, ihr Atem ging schneller, da lenkte die untergehende Sonne ihre Aufmerksamkeit auf sich und zog sie in ihren Bann, eine Ahnung übermannte sie und sie drehte sie sich in Richtung Fester, wo die untergehende Sonne gerade den oberen Rand des Fensters erreicht hatte, in einem seltenen, erstaunlichen orange den Raum erfüllte und Elin wie ein Feuerball umhüllte. >>Es gibt schlimme Dinge da draußen Leena.<<, flüsterte sie mehr zu sich selbst, den Blick auf den orangenen, sinkenden Ball am Horizont gerichtet.

Leena starrte Elin bewegungsunfähig an, sie war von dieser orange um flammten Erscheinung in dem glitzernden langen Kleid auf dem Wohnzimmertisch wie gebannt. Rai hatte erzählt, dass sie ab und zu etwas entrückt und weltfremd war, dachte sie. Aber diese Gestalt dort auf dem Tisch hatte etwas erhabenes, majestätisches, eine Aura von uralter Allwissenheit umgab sie. Leena konnte ihren Blick erst wieder lösen, als Elin sich Minuten später, nachdem die Sonne untergegangen war, zu ihr umdrehte. Ihr war unheimlich zu Mute.

>>Glaubst du mir Leena?<<, fragte Elin wieder ganz bei sich.

Leena starrte Elin noch immer gebannt an, fand aber langsam ihre Sprache wieder. Irgendetwas übernatürliches erfüllte den Raum, das Leena nicht einschätzen konnte und sie verunsicherte. Ein ungewohntes Gefühl für sie, normalerweise war sie eher unerschrocken und selbstsicher. In Elins Augen lag neben der Gewissheit eine Art Selbstverständlichkeit, die Leena noch mehr verunsicherte und ihr Misstrauen weckte. Sie war sich sicher, etwas stimmte nicht mit diesem Mädchen, sie wollte es sich mit Elin aber auch nicht gleich verscherzen, also räusperte sie sich und versuchte die Situation zu entspannen. Die Sonne war komplett untergegangen, ein letzter zwielichtiger Silberstreifen schimmerte am Horizont.

>>Ja, … ja ich glaube dir. Aber komm, … merkwürdig ist das Alles schon.<<

>>Ja, ist es.<<, gab Elin erleichtert zu, und doch spürte sie, dass die Stimmung gelitten hatte, deshalb sagte sie nach einer kurzen Pause lächelnd, auf den Kleiderberg deutend, >>Na los, … Ok, was als nächstes?!<<

Leena ebenfalls erleichtert, aber wesentlich weniger aufgedreht, machte sich daran eine neue Kombination zusammenzustellen, während Elin aus dem dunkelblauen Glitzerkleid glitt.

>>Wer ist Thomas?<<, fragte sie scheinbar beiläufig, als sie das Kleid in der Schutzhülle verstaute.

Leena horchte auf, >>Hat Rai nicht von dem Angriff auf den Elfenstein letztes Jahr erzählt?<<, sie hatte gedacht Elin wüsste über die Lage Bescheid.

>>Doch, hat er, aber er hat keinen Thomas erwähnt.<<, erwiderte Elin und überlegte was Raimond ausgelassen haben könnte.

Leena runzelte die Stirn, >>Ach so, nun ja<<, druckste sie, >>Thomas war ein sehr enger Freund. Und… Ach, weißt du Elin, das sollte Rai dir lieber selber erzählen.<<, ergänzte sie und versuchte das Thema zu wechseln. >>Hier, zieh das an.<<

Elin war enttäuscht, aus Leena würde sie keine Informationen über Raimond herausbekommen, aber sie verstand und respektierte ihre Loyalität ihm gegenüber. Also nahm sie die Kleidungsstücke, die Leena ihr reichte und schlüpft hinein, ein recht knappes Sommeroutfit aus einer ziemlich kurzen hellblauen Jeanshose mit einem gelbgeblümten, weichfallenden Top. Aber da war noch etwas anderes, das Leena gesagt hatte, über das sie gestolpert war.

>>Du hast vorhin gesagt, das mit Raimond und mir wäre ungewöhnlich. Wie meinst du das?<<, fragte sie, während sie auch noch in die leichten Stilettosandalen schlüpfte, die Leena ihr hinhielt und sie leicht wanken ließ.

>>Oh, ach so.<< Leena überlegte wie sie Elin das am besten erklären konnte, ohne dass es peinlich werden würde, >>… Also ungewöhnlich ist halt, dass Vampire normalerweise überhaupt keine Beziehungen haben, sie empfinden schließlich nichts … Also, ich meine, falls ihr doch irgendwie zusammen sein wollt, … und dazu kommt, dass du ein Mensch bist, mit einem menschlichen Körper.<<

Elin runzelte die Stirn, >>Ok, … das ist bestimmt keine alltägliche Kombination, aber Raimond ist doch anders, was die Empfindungen angeht. Er hat mich schließlich gern, … das hast du selbst gesagt.<<

>>Naja, … das mangelnde Gefühl wäre da sicherlich auch nicht das Problem.<<

>>Das verstehe ich nicht.<<, erwiderte Elin ratlos, >>Was sollte es für ein Problem sein, dass ich ein Mensch bin. Raimond wird nicht von mir trinken, da bin ich mir sicher.<<, und rätselte, worauf Leena hinaus wollte, was es einem Menschen schwer machten könnte mit einem Vampir zusammen zu sein.

>>Ja, ich weiß, das wird er nicht. Das hat er ziemlich gut unter Kontrolle. Es ist halt…<<, druckste Leena.

>>Was?<<

>>Also schön<<, seufzte Leena, >>dann mal los. Das mit dem körperlichen, naja, das machen Vampire schon ab und zu untereinander, aber eher aus Langeweile oder so, das hat halt nichts mit Gefühlen zu tun … auch wenn Rai anders ist, mit den Gefühlen meine ich … Vampire haben einfach nicht das Bedürfnis danach. Naja, und selbst wenn. Ich weiß nicht ob das überhaupt so einfach, funktioniert? … Ich hab gehört es soll ziemlich wild zur Sache gehen, wenn sie es denn tun, und naja, du bist sterblich.<<, schloss Leena und schaute Elin, die in ihren Stilettos und Hot Pants auf dem Wohnzimmertisch stand, halb neugierig, halb erwartungsvoll an.

Du meine Güte!, dachte Elin, sie war feuerrot im Gesicht und ihr Herz schlug ihr bis zum Hals. Redete Leena da etwa von körperlicher Vereinigung?! Du meine Güte! An dieses Thema hatte sie ja nun noch gar nicht gedacht, obwohl, … Elin verstand ihre heftige körperliche Reaktion selbst nicht wirklich, schließlich war zwischen Raimond und ihr nichts passiert, … obwohl, die letzte Nacht in seinem Arm. Sie hatte seine körperliche Nähe gesucht. Der reine Gedanke an diese Option ließ ihren Körper so heftig reagieren. Aber was hatte Leena da angedeutet? >>Du meinst er würde mich dabei umbringen, .. falls wir …<<

>>Und, habt ihr etwas hübsches gefunden?<<, rief Raimond vom Flur aus, während er lässig den Autoschlüssel auf die Theke schnippte. >>Das Zeug hat ein Vermögen ge…<<, brach er ab und blieb wie angewurzelt stehen, als er Elin in ihrem knappen Outfit auf dem Tisch stehen sah. Er starrte sie mit offenem Mund an, sein Herz schlug unwillkürlich schneller und das fast vergessene Ziehen in seiner Lendengegend, welches er schon in der vergangenen Nacht gespürt hatte, meldete sich wieder.

Elin und Leena starrten ihn gleichermaßen an. Sie hatten den Aufzug nicht gehört und er war mitten in Leenas Erläuterungen über das Sexualverhalten von Vampiren geplatzt, sie fühlten sich beide dermaßen ertappt, dass sie kein Wort rausbrachten. Elin wollte am Liebsten im Boden versinken, und dennoch freute sie sich wahnsinnig ihn zu sehen, ihr war nicht bewusst welche Wirkung ihr Outfit auf ihn hatte. Leena sammelte sich als erstes und beobachtete neugierig, wie Raimond und Elin sich gegenseitig anstarrten, das Knistern war fast greifbar, also beschloss sie schnellst möglich das Weite zu suchen, obwohl sie liebend gerne diese Szene weiter beobachtet hätte, um zu sehen, ob ihre Worte die gewünschte Wirkung haben würde.

>>Du bist schon zurück? ... Wir hatten noch gar nicht mit dir gerechnet.<<, trällerte sie und begann ihre Handtasche zu suchen.

Raimond zwang sich seinen Blick von Elin auf Leena zu richten. >>Ja, ähm ... Ich ähm... Du willst schon gehen?<<, stotterte er unbeholfen.

>>Ja, du hast mich schließlich den ganzen Tag von meiner Arbeit abgehalten ... Elin, das hat viel Spaß gemacht heute mit dir, es war schön dich näher kennenzulernen und wir sehen uns bestimmt bald wieder.<<, verabschiedete sich Leena schnell, drückte Elin die Hand und ging Richtung Aufzug. >>Ich schick dir die Rechnung Rai.<<, rief sie noch und war weg.

>>Hi<<, sagte Elin verlegen, sie hoffte inständig er würde ihr die Hitze nicht ansehen, die durch ihren Körper pulsierte. Sie stand noch immer auf dem Wohnzimmertisch und versuchte nun umständlich mit ihren Stilettos herunter zu steigen.

>>Hi<<, antwortete Raimond, der fasziniert beobachtete, wie sie schwankend auf dem Tisch stand. >>Kannst du mit den Dingern überhaupt laufen?<<

Elin ging langsam zu ihm rüber, drehte sich einmal um sich selbst, ohne zu wackeln, und blieb vor ihm stehen. >>Und, gefällt es dir?<< Mit den Absätzen war sie genau so groß wie er und konnte ihm genau in die Augen sehen.

Raimond hatte sie bereits von oben bis unten gemustert und die Gedanken, die ihm dabei durch den Kopf gingen verwirrten ihn etwas. Diese Gedanken hatte er, genau wie das Ziehen in seinem Lendenbereich, schon eine ganze Weile nicht mehr verspürt. Er war sich nicht sicher, ob er diese Gedanken jemals so intensiv gehabt hatte. Er dachte daran, wie sich diese endlos langen, nackten Beine um seine Hüften pressten und er die Rundungen unter diesem nichts von Top mit der Zunge erforschte. Wie warm und weich dieser elfenbeinfarbene Körper unter ihm erbeben würde. Wie süß diese zartrosa Lippen schmecken mussten. Am liebsten wollte er sie auf der Stelle über die Schulter werfen, zum Bett tragen und die Forschungsreise beginnen. Diese neu erwachten Empfindungen ihr gegenüber, musste er noch einordnen, die Intensität, mit der sie über ihn hereinbrachen verunsicherte ihn, deshalb antwortete er nur knapp und mürrisch, >>Ganz schön luftig.<<

>>Oh, findest du?<< Elin hatte ein wenig mehr Begeisterung erwartet, sie hatte sich darauf gefreut ihm noch ein paar mehr von Leenas Kombinationen vor zu führen, aber bei so wenig Zustimmung hatte sie die Lust dazu verloren. >>Soll ich dir mein Lieblingsoutfit zeigen?<<, fragte sie dennoch.

>>Also schön.<<, grummelte er, sah zu wie sie ins Badezimmer stöckelte und hoffte innständig das nächste Outfit würde etwas mehr Stoff haben. Oder auch nicht…

>>Mach die Augen zu!<<, rief sie aus dem Flur, wartete wenige Sekunden, lugte um die Ecke, lief zum Wohnzimmertisch und kletterte hinauf, >>So, du kannst gucken!<<

Raimond musste lachen. Er hatte sich auf alles eingestellt, aber nicht auf das. >>Das ist dein Lieblingsoutfit? Wofür hab ich denn dann den ganzen Krempel hier besorgen lassen?<< Elin trug seine „ollen“ Freizeitklamotten. >>Ok, … schätze das hab ich verdient … Du machst mich echt fertig!<<

Elin, froh ihn am Ende doch noch lachen zu sehen, stolperte gähnend vom Tisch und stand inmitten ihrer neuen Kleider, einem bunten Haufen, wilden Durcheinanders.

>>Bist du müde?<<, fragte Raimond.

Elin nickte, woraufhin Raimond sie auf den Arm nahm, zum Bett trug und unter den Decken verstaute. Diese Szene hatte noch kurz zuvor etwas anders durch seinen Kopf gezuckt. Als er gehen wollte hielt sie ihn zurück, er war sich nicht sicher, ob es eine gute Idee war sie eine weitere Nacht im Arm zu halten, doch er gab nach und ließ sie sich an ihn kuscheln.

Max stand hinter der Theke und machte Inventur als Leena ins Restaurant zurückkam. Ihm war sofort aufgefallen, dass sie ungewöhnlich ruhig war, ganz untypisch für sie. >>Ist es nicht gut gelaufen?<<, fragte er, >>Ist die kleine Waldfee womöglich eine unverbesserliche Kratzbürste und unser Rai verkommt zum Pantoffelheld?<<

>>Nein, sie ist in der Tat bezaubernd.<<, sagte Leena nachdenklich ohne auf Max Stichelei einzugehen. Max wurde misstrauisch. So kannte er Leena nicht. Da war etwas im Busch. >>Und was stimmt dann nicht mit dem Mädchen?<<

>>Das ist genau der Punkt Max. Sie ist nicht einfach nur ein Mädchen. Sie ist etwas anderes … Schau mich nicht so an! Ich bin nicht bekloppt! Da ist etwas in ihrem Wesen das ich nicht greifen oder beschreiben kann, etwas erhabenes, mysteriöses … Ich weiß das hört sich komisch an, aber eins sage ich dir, sie ist nicht einfach nur ein Mädchen … Und noch eins sage ich dir. Sie wird Rai das Herz brechen!<<

<u>7</u>

Wahrheiten

Raimond und Elin fuhren wahllos durch die Straßen der Stadt. Das Randgebiet mit den stillgelegten Industrieanlagen, wo auch das ehemalige Fabrikgebäude mit Raimonds Loft lag und die hohen, größtenteils verlassenen Hochhausschluchten hatten sie bereits durchquert. Raimond hatte von der Vergangenheit der Stadt erzählt, von einer Zeit, in der ein nahegelegenes Bergwerk die Stadt zu einem Industriezentrum hatte anwachsen lassen. Einen geschäftstüchtigen, brodelnden Kessel, eingebettet in eine Landschaft aus dichten, weiten Wäldern, umgeben von einer malerischen Seenplatte. Nachdem das Bergwerk geschlossen worden war, hatten viele Menschen die Stadt verlassen, weshalb inzwischen die meisten Hochhaustürme leer standen und das quirlige Treiben einer Großstadt beendet war.

>>Heute ist die Stadt bei Erholungssuchenden und Studenten beliebt<<, hatte Raimond gesagt, >>wegen der, von der Natur, abgeschotteten Lage und erhalten gebliebenen Infrastruktur einer Großstadt. Ist anscheinend so etwas wie ein gutes Lernklima. Wir fahren jetzt übrigens zum Campus der Universität.<<

Elin war aufgeregt. Sie freute sich wahnsinnig endlich etwas von der Stadt zu sehen. Während Raimond erzählte, hatte sie förmlich an der Autoscheibe geklebt, um bloß nichts zu verpassen. Es gab so viel zu sehen und sie hoffte bei jeder Straßenbiegung vielleicht etwas wieder zu erkennen.

>>Warum ausgerechnet die Universität?<<, fragte Elin, als Raimond das Auto auf dem Universitätscampus parkte.

>>Weil wir hier generell mit der Suche nach deiner Identität begonnen hatten<<, antwortete Raimond, >>es war am naheliegendsten. Es kommen so viele junge Leute von weit her, um hier zu studieren, diese Universität ist mit die Beste überhaupt … Komm.<<, erklärte er und nahm Elins Hand, >>Schau dich um. Erkennst du etwas?<<

Elin und Raimond schlenderten über den parkähnlichen Außenbereich, vorbei an den unterschiedlichen Fakultätsgebäuden. Das Gelände war belebt, es war mitten im Semester. Raimond hielt Elin an der Hand, was sie außerordentlich beruhigte, die vielen Menschen machten sie nervös.

>>Aber Rai, warum sind wir nicht zuerst zum Elfenstein gefahren, wo du mich gefunden hast?<<, fragte Elin verwundert, >>Wenn ich mich an einen Ort erinnern soll, wäre es dann nicht am naheliegendsten mich an einen zu bringen, von dem wir wissen, dass ich dort tatsächlich schon einmal gewesen bin? Vielleicht kommt alles wieder, wenn ich dort bin? Ich weiß, du hast gesagt, es ist gefährlich dort, aber wenn du dabei bist, passiert mir bestimmt nichts.<<

Verdammt, dachte Raimond, natürlich war es das. Natürlich war es das logischste sie zuerst dort hin zu bringen, zumal es keine besonderen Aktivitäten gab, die ihre Sicherheit gefährden könnten. Er wollte es schlicht nicht, er wollte diese Option so lange wie möglich hinauszögern, er genoss zu sehr die Zeit mit ihr. Und natürlich war das egoistisch. >>Wollen wir nicht erstmal ein paar andere Optionen versuchen, bevor ich dich einem Risiko aussetzte?<<, fragte er also zurück, >>Ich werde dich dorthin bringen, wenn alles andere ergebnislos bleibt. Lass mich dir zeigen, warum wir hier beginnen … Bist du einverstanden?<<

Elin gab sich damit vorerst zufrieden und willigte ein, was Raimond sehr erleichterte, er würde noch ein wenig mehr Zeit mit ihr verbringen dürfen, so drückte er ihre Hand fester und führte sie weiter über den Campus. Doch eine Sache war Elin aufgefallen.

>>Rai, warum starren mich die Leute alle so an? … Das ist irgendwie unheimlich...<< Sie blickte an sich herunter, für ihren ersten Ausflug hatte sie das erste Outfit aus Leenas Kombinationen gewählt, das mit der Schwarzen Hose, dem dunkelblauen Shirt und den Stiefeln. Also, daran konnte es nicht liegen dachte sie.

>>Du bist halt wunderschön.<<, antwortete er und lächelte ihr zu.

Elin zog bloß die Augenbrauen hoch und entgegnete trocken, >>Hast du Fieber oder so was?<<

Es war Raimond gar nicht so aufgefallen, dass Elin angestarrt wurde, aber nun da sie es gesagt hatte. Ein Umstand, der ihm nicht sonderlich gefiel. Als sie ein Gebäude erreichten, das augenscheinlich die Mensa war zog er sie in den Eingangsbereich. Dort war ein riesiges schwarzes Brett eingerichtet, welches die gesamte Wand ausfüllte, bedeckt von einem bunten Sammelsurium aus Kleinanzeigen. Raimond deutete auf einen bestimmten Bereich in diesem Chaos. Vermisstenanzeigen. In diesem Bereich waren zehn Blätter ordentlich angebracht, jeweils mit Foto, Name und Eckdaten der vermissten Person, sowie Datum des Verschwindens. Elin starrte gebannt auf die Gesichter der Fotos.

>>Von dir gab es kein Bild. Einer von Max Leuten war täglich hier, seit dem du aufgetaucht bist. Zusätzlich haben wir in den Vorlesungen nach dir gefragt und die Datenbanken des Universitätscomputers durchsucht. Keine Spur. Kommt dir irgendetwas bekannt vor?<<

Elin schüttelte den Kopf, aber sie verstand, warum Raimond und Max ausgerechnet in diesem Ort mit der Suche nach ihrer Identität begonnen hatten.

>>Hallo. Kann ich euch helfen? Sucht ihr jemanden?<< Ein großer junger Mann mit dunklen Haaren, kariertem Hemd und Umhängetasche war auf Raimond und Elin zugekommen. Raimond war schon drauf und dran zu antworten, aber Elin war schneller. >>Ja. Wir suchen tatsächlich nach jemandem.<<, sagte sie und schaute den jungen Mann direkt an, >>Wir suchen nach mir. Hast du mich schon irgendwo einmal gesehen?<<

Der junge Mann war sichtlich verwirrt, >>Ohhhhk<<, sagte er erstaunt und musterte sie von oben bis unten, was Raimond dazu veranlasste Elins Hand fester zu drücken, >>Nein, entschuldige … Aber glaub mir, wenn du irgendwo verloren gehst, dann fällt das jemandem auf.<<

Elin war überrascht, anscheinend war tatsächlich etwas an ihr auffällig, aber was konnte das sein? Raimond hingegen fixierte den jungen Mann, der beim Anblick des stechenden Scheines in seinen Augen schleunigst das Weite suchte.

Elin blickte wieder auf die Bilder der vermissten Personen und murmelte nachdenklich, >>Was ist mit all diesen Menschen passiert Rai? Warum verschwinden so viele?<<

>>Vampire<<, antwortete er knapp.

Elin starrte ihn an, doch er zog sie bereits in Richtung Ausgang, sie gingen zurück zum Auto. >>Diese Stadt ist voll von Vampiren. Sie ist perfekt für uns.<<, erklärte er.

>>Warum?<<

>>Naja, zuerst einmal das Wetter. Ist dir noch nicht aufgefallen, dass es nie richtig klaren Himmel gibt? Es liegt immer eine Dunstschicht vor der Sonne, das liegt an der Seenplatte, von wo aus ständig Wasser verdunstet, und den Wäldern, die den Dunst konservieren. Deshalb ist die Luft auch beständig warm … Du weißt, dass wir nicht in Flammen aufgehen, wenn das Sonnenlicht uns trifft, aber es tut verdammt weh. Bei diesem Klima können wir auch tagsüber relativ schmerzfrei draußen sein, … aber das ist nicht der Einzige Grund…<<

>>Hast du jetzt schmerzen?<<, warf Elin ein und sah ihn besorgt an.

>>Es geht. Es ist nicht gerade angenehm, aber auszuhalten.<<, entgegnete er und lächelte sie an. Sie waren beim Auto angekommen. >>Möchtest du den See sehen?<<

Elin nickte begeistert und sie fuhren durch den ursprünglichen Stadtkern aus weiß lackierten Holzhäusern mit ihren blumenbepflanzten Veranden, vorbei am quirligen Marktplatz zum alten Hafen. An der schmalen Kaimauer lag ein Ausflugsboot und einige kleine Fischerjollen, die im seichten Wasser schwappten. Raimond und Elin überquerten die hölzerne breite Brücke, die weit ins Wasser gebaut worden war, vorbei an Souvenirläden und Restaurants, ebenfalls aus Holz gebaut und weiß lackiert. Am Kopf der Brücke angekommen erstreckte sich der See bis zum Horizont, gesäumt von aus Granitfelsen herauswachsenden dichtstehenden Bäumen der umliegenden Wälder. Aus der glatten Oberfläche des Seewassers ragten in einiger Entfernung kleine Inseln aus Granitstein heraus, die ebenfalls dicht bewachsen waren. Elin war überwältigt. Der Anblick dieses Platzes aus purer, dichter Natur traf sie unvermittelt ins Herz, sie drückte Raimonds Hand fester, konnte die Schönheit dessen was sie sah gar nicht richtig erfassen. >>Das ist wunderschön Rai.<<, hauchte sie bewundernd, wobei ihr Tränen über die Wangen liefen.

>>Ja, das ist es.<<, flüsterte er als Antwort, etwas erschrocken, aber gerührt wegen ihrer emotionalen Reaktion. Er nahm sie von hinten in den Arm und schaute mit ihr zusammen in den Horizont auf den See hinaus.

>>Können wir mit so einem Boot dort auf den See hinausfahren?<<, fragte Elin als sie sich gesammelt hatte und deutete auf das an der Kaimauer liegende Ausflugsboot. Es musste herrlich sein dort draußen auf dem See, umgeben von all dieser Natur, dachte sie.

>>Natürlich<<, sagte er, wenn du das möchtest, >>ich bezweifele allerdings, dass wir da draußen etwas über dich herausfinden.<<

Elin drehte sich in seinem Arm zu ihm um, umarmte ihn ihrerseits und schmunzelte ihn an. >>Wer weiß<<, mutmaßte sie, >>da wo ihr bis jetzt gesucht habt, habt ihr auch nichts gefunden.<<

Raimond schmunzelte zurück, dagegen konnte er nichts sagen. >>Also gut. Morgen?!<<

>>Sehr gut! Und jetzt habe ich Hunger.<<

Es war nicht viel los bei Max im Restaurant, doch als die Tür auf ging und Elin gefolgt von Raimond herein kam richteten sich die Blicke aller anwesenden Personen auf Elin. Inclusive Max und Leena. Elin achtete nicht auf die anderen Leute, sie hatte Leena entdeckt und lief auf sie zu um sie zu begrüßen und sich noch einmal für den Shoppingeinsatz und das ʿBarbie spielenʾ zu bedanken. Raimond hingegen war es sehr wohl aufgefallen, die Blicke der Leute hingen förmlich an Elin. Er ging zu Max.

>>Das ist also deine kleine Waldfee, ja?!<<, frotzelte Max.

Raimond sah Max mit düsterem Blick an, Max jedoch begrüßte seinen Freund mit einem festen Schlag auf die Schulter und einem breiten Grinsen.

>>Ja, und die kleine Fee ist hungrig.<<, antwortete Raimond und winkte Elin zu sich heran.

>>Oh, das geht natürlich gar nicht<<, entgegnete Max, >>aber dagegen kann ich etwas tun.<<

>>Elin, das ist Max.>>, stellte Raimond seinen Freund vor, als sie bei ihm angekommen war.

>>Hallo Max. Freut mich dich endlich kennen zu lernen.<<, trällerte Elin, sie war aufgeregt und freute sich wirklich, >>Rai hat so überhaupt gar nichts über dich erzählt, ich hoffe, das ändert sich noch.<<

Max deutete breit grinsend eine Verbeugung an, wobei er eine Hand flach auf seine Brust gelegt hatte. >>Ich bin auch hoch erfreut die holde Fee endlich kennenzulernen und in meinem Hause begrüßen zu dürfen. Nehmt Platz.<<, womit er die Hand von seiner Brust nahm und eine einladend schweifende Geste machte. Elin blickte Raimond schräg von der Seite an, doch der verdrehte nur die Augen, nahm ihre Hand und führte sie zu einem der Tische. Leena indes warf Max einen um Zustimmung bittenden Blick zu.

Elin aß nachdenklich, sie und Raimond saßen an einem vom offenen Speiseraum abgeschotteten Tisch in einer Nische, an diesem Tisch war Elin vor den neugierigen Blicken der anderen Gäste geschützt, es war aber etwas anderes, das sie beschäftigte.

>>Du hast vorhin gesagt, diese Stadt sei perfekt für Vampire, hast im Grunde aber nur über das Wetter geredet. Welche Gründe gibt es noch?<<

Raimond nahm einen Schluck aus seinem Glas und erklärte. >>Nun ja, ... die Lage ist ziemlich optimal. Diese Stadt ist durch seine natürliche Umgebung so abgeschottet, dass viele Dinge, die hier passieren nicht in den Rest der Welt hinaus getragen werden, zudem bietet diese wilde Umgebung diverse Alibis für, ... naja nennen wir es mal Unfälle.<<

>>Die vermissen Personen von der Tafel in der Universität ...<<

>>Die meisten von ihnen werden irgendwann im Wald gefunden und ihre Verletzungen, falls noch welche erkennbar sind, werden einer dummen Mutprobe oder einem Tierangriff zu geschrieben. Die Wälder gelten gemein hin als gefährlich, aber es gibt tatsächlich genug Leute die sich hinein wagen und dann halt nicht mehr zurück kommen.<<, erläuterte Raimond, Elin aß schweigend weiter.

>>Es gibt eine Menge Rückzugsorte hier. Du hast gesehen, das Stadtgebiet ist groß, mit vielen verlassenen Gebäuden. Du weißt, wir mussten uns aus der Öffentlichkeit vor den Menschen zurückziehen und inzwischen lassen sie uns weitestgehend in Frieden, aber nur solange wir uns ruhig und unauffällig verhalten ... es gibt aber noch immer genug von uns, die willkürlich mordend über die Erde streichen. Und, ich bin mir sicher, wenn die Menschen in dieser Stadt wüssten, wie viele Vampire hier einen Unterschlupf haben, würden sie wie vor fünfhundert Jahren mit Fackeln durch die Straßen ziehen.<< Raimond entkam bei dieser

Erinnerung ein verächtliches Gurgelgeräusch. >>Die kulinarische Vielfältigkeit, welche übrigens vorzüglich ist, ist ein weiterer nicht zu verachtenswerter Grund…<<, bei diesen Worten hatte er sich, seinen Drink in der Hand, auf der Bank zurückgelehnt, er wollte Elins Reaktion auf ein paar unschöne Wahrheiten sehen. Das Thema Jagd war noch nicht auf dem Tisch gewesen, und die Themen würden, wenn Elin länger bleiben würde, noch unschöner werden. Er wollte wissen, ob sie damit umgehen konnte, bevor ihre Beziehung noch intensiver wurde. Irgendwann mussten schließlich auch unschöne Tatsachen angesprochen werden, also nahm er einen weiteren Schluck aus seinem Glas und beobachtete sie.

Elin verzog keine Miene, sie war froh, dass er sich endlich ein wenig öffnete, >>Verscharrst du deine Studenten auch im Wald?<<, fragte sie ruhig und aß weiter. Endlich sprach er mit ihr, dachte sie, und ihr war durchaus klar, dass er Jagd auf Menschen machte, das war seine Natur, nur so überlebte er.

Ermutigt von Elins offensichtlichem Pragmatismus sprach er weiter. >>Ich bevorzuge die Spinner und lasse sie glauben ein Eichhörnchen hätte sie gebissen.<<, etwas schelmisches blitze in seinen Augen auf, als er noch einen Schluck nahm, >>Das macht wesentlich mehr Spaß.<<

Elin sah ihn mit großen Augen an, sie fühlte sich ein wenig veräppelt. >>Was ist denn ein Spinner?<<

>>Na einer von diesen Seminarteilnehmern vom Selbstfindungsinstitut, ein paar Kilometer den See rauf … die, die mit Bettlaken umhüllt um ein Lagerfeuer hüpfen und nach dem Geist des Mondes rufen<<, erklärte er ernst und stellte sein Glas ab, >> … oder so ähnlich. Menschen tuen mitunter seltsame Dinge.<<

>>Du verarscht mich!<<

>>Nein! Ich zeige sie dir!<<, empörte sich Raimond und versuchte im Sitzen einen der hüpfenden Mondanrufer zu imitieren. Elin brach in schallendes Gelächter aus.

>>Ich glaube dir kein Wort!<<, und prustete aufs neue drauf los. Raimond fiel in ihre Heiterkeit mit ein, ihm wurde klar, dass Elin weder angewidert war, noch ihn verurteilte. Erleichterung breitete sich in ihm aus, er würde mit ihr auch über solche Dinge reden können.

>>Doch im Ernst! Das sind Leute, die kommen hier her, weil sie irgendwelche Probleme haben und versuchen sich selbst zu finden. Tagsüber, … keine Ahnung, pflücken sie Blumen, oder sowas und nachts, wenn sie nicht gerade um Lagerfeuer rum Hüpfen, machen sie hier die Nachtclubs unsicher … Ideal.<<

Elin beruhigte sich, legte die Unterarme auf den Tisch, stützte sich darauf ab und sah Raimond ernst an. >>Rai, du brauchst mir nicht so eine Räuberpistole aufzutischen. Du jagst Menschen, um ihr Blut zu trinken. Du kannst mir die Wahrheit sagen.<<

Raimond spiegelte ihre Bewegung, stützte sich auch auf den Tisch, nahm ihre Hände, die nur wenige Millimeter vor seinen lagen und blickte sie direkt an.

>>Ich weiß, … denn wenn ich dir etwas erzähle, dann ist es auch die Wahrheit. Ich jage Menschen, weil sie meine einzige Nahrungsquelle sind. Das kann ich nicht ändern und es ist schlimm genug. Ich kann doch trotzdem etwas Spaß dabei haben, … diese Spinner glauben die Eichhörnchen Geschichte es leidet niemand und es stirbt niemand. Das ist bei allen Tatsachen etwas, das mich bei meinen Artgenossen wirklich wütend macht, es sollte niemand leiden.<<

Sie hielten sich weiter an den Händen, ihre Gesichter waren nur wenige Zentimeter voneinander entfernt, die Blicke standhaltend.

>>Hast du getötet?<<

>>Ja<<

>>Menschen?<<

>>Ja<<

>>Wirst du mir davon erzählen?<<

>>Ja<<

>>Jetzt?<<

>>Nein<<

Die Spannung war greifbar. Beide konnten den Herzschlag des anderen hören, während ihnen der Eigene in den Ohren pochte. Elin senkte den Kopf als erstes und hob ihn mit einem schiefen Lächeln auf den Lippen wieder.

>>Aber hey<<, sagte sie, >>das ist doch des Rätsels Lösung! Ich bin eine von diesen Spinnern und habe mich auf der Suche nach mir selbst komplett verloren … Das passt doch! Und ich will unbedingt einen von denen sehen.<<

Raimond lächelte schief zurück, >>Ich war bei den Spinnern und habe nach dir gefragt.<<

Elin war sich nicht sicher, ob diese Tatsache in Hinblick auf sich selbst, unbedingt eine positive Information war. Immerhin hatte Raimond tatsächlich die Möglichkeit in Betracht gezogen sie könnte mit einem Bettlaken bekleidet um ein Lagerfeuer hüpfen. Wobei, überlegte sie weiter, würde das auch so einiges erklären. So grummelte sie nur ein, >>großartig<<, vor sich hin.

Raimond drückte ihre Hand, >>Wollen wir los?<<

>>Ja, aber ich wollte Leena noch etwas fragen.<<

Leena stand über ein Buch gebeugt hinter der Theke als Elin zu ihr herüber kam. >>Na, ihr zwei versteht euch ja prächtig.<<, sagte Leena mit hochgezogenen Augenbrauen und machte eine Kopfbewegung in die Richtung wo Raimond mit Max stand. Elin lächelte etwas verschämt zurück, war das so auffällig, dachte sie. Aber sei es drum, überlegte sie weiter, sie hatten sich halt gern.

>>Wir hatten einen schönen Tag. Ich habe den See gesehen. Es ist überwältigend schön dort<<, schwärmte Elin lächelnd, >>aber Leena, kann ich dich etwas fragen?<<

>>Na klar, schieß los.<<, erwiderte sie neugierig.

Elin überlegte, >>Naja, wie soll ich es ausdrücken… Wir waren auf dem Universitätscampus und alle Menschen dort haben mich irgendwie angestarrt, … und hier war das auch so, … und auch Max und du, ihr habt mich auch so angestarrt. Von Rai habe ich keine richtige, erklärende Antwort bekommen. Was ist es Leena? Warum werde ich so angestarrt?<<

Leena schluckte, Elins Erscheinung flößte ihr auf unerklärliche Weise Respekt ein, sie konnte nicht in Worte fassen woran das lag, doch genau das wollte Elin jetzt von ihr wissen, sie schluckte erneut, >>Das ist schwer zu erklären Elin<<, begann sie und bemühte sich Elins erwartungsvollem Blick Stand zu halten. >>Da ist so etwas wie eine Aura um dich herum. Ich weiß, das hört sich komisch an, aber ich weiß nicht, wie ich es besser beschreiben soll. Etwas, das einen gleichzeitig magisch anzieht und irgendwie abstößt, … es hebt dich aus der Masse hervor…<<, stammelte Leena, sie mochte nicht, wie Elins Erscheinung sie verunsicherte.

>>Sie will damit sagen, du schimmerst.<<, mischte sich Max ein.

>>Wie bitte?!<<, fragte Elin ungläubig. >>Ich schimmere?<<

>>Ja<<, erklärte Max weiter, >>es sieht so aus, als ob dich etwas scheinendes umhüllt. Nicht viel, es ist nicht so, dass du leuchtest, oder so. Es ist ein Schimmer.<<

Elin wusste nicht was sie sagen sollte, mit so etwas hatte sie beim besten Willen nicht gerechnet. Deshalb wiederholte sie nur total perplex, <<Ich schimmere?<<, und sah Raimond fragend an. Raimond gefiel diese Entdeckung ganz und gar nicht. Ihm war dieses Phänomen natürlich bereits aufgefallen, nur so hatte er sie in der Nacht im Wald überhaupt entdeckt, aber er hatte gedacht, dass das an seinen Vampiraugen lag, er hatte nicht damit gerechnet, dass auch Menschen diesen Schimmer sehen konnten. Welches Geheimnis verbarg sich nur hinter Elins Identität?, grübelte er erneut.

>>Dann lasst mich jetzt die kleine schimmernde Waldfee nach Hause bringen<<, brummte er und schob Elin in Richtung Ausgang.

Leena sah Max herausfordernd an, sie standen neben einander hinter der Theke und blickten Raimond und Elin hinterher.

>>Erzähl mir bitte nicht, dass dieses Wesen ein ganz normales Mädchen ist.<<, begann Leena auf ihr Gespräch vom Vortag hinweisend. Sie wollte Max Zustimmung, dass Elin anders, mysteriös war.

>>Dieses Wesen?!<<, Max zog die Auenbrauen hoch, >>Was soll sie denn sein Leena. Ich finde du übertreibst ein wenig.<<

>>So, findest du<<, erregte sich Leena, >>aber du hast es doch auch gesehen.<<

>>Was meinst du? Das Schimmern? Sie hat halt eine besondere Ausstrahlung, das ist alles. Ich fand sie sehr nett.<<

>>Ja, sie mag ja auch nett sein, aber findest du das Alles nicht auch äußerst merkwürdig?<< Leena wollte sich nicht so einfach zufrieden geben. >>Und du bist auf einmal auch nicht mehr der Meinung, sie wäre eventuell von den Schatten eingespannt, weil sie ja ach so bezaubernd ist?<<

Max wurde hellhörig, stützte sich seitlich mit dem Ellenbogen auf die Theke und sah Leena direkt an, die mit verschränkten Armen vor ihm stand. >>Ja, doch es ist merkwürdig. Und je schneller wir herausfinden, was es mit diesem Mädchen auf sich hat, desto besser. Aber nein, ich denke nicht mehr, dass sie manipuliert worden ist. Und ich sage dir auch warum, … wenn dem so wäre, hätte Rai schon irgendwelche Anzeichen entdeckt. Er hat das selbst erlebt, im Gegensatz zu uns … Er hat mir gesagt, dass wenn eine Manipulation im Unterbewusstsein vorhanden wäre, wäre sie längst über den Gedächtnisverlust hinaus wieder hervorgebrochen.<<

Leena schnaubte verächtlich, >>Vielleicht ist Rai gerade etwas abgelenkt und nicht wirklich dazu in der Lage Zeichen zu deuten.<<

>>Ah ha!<<, stellte Max fest, >>Da kommen wir der Sache also näher.<< Leenas Haltung versteifte sich und sie wich Max Blick aus.

>>Hör mal Leena<<, fuhr Max in einem sanfteren Ton fort, >>es ist vollkommen in Ordnung, wenn du dir Sorgen um Rai machst. Ich weiß du hast ihn gern. Aber er ist ungefähr tausend Jahre alt und wenn er meint sich auf ein Mädchen einlassen zu wollen, dann können wir ihn nicht davon abhalten. Er wird sich der möglichen Konsequenzen schon bewusst sein.<<

>>Ja aber...<<, begann Leena und wusste nicht weiter.

>>Ja aber, du hast die Beiden doch auch beobachtet, ... hast gesehen wie vertraut sie miteinander umgehen. Was ich gesehen habe waren zwei Individuen, die sich ganz offensichtlich gegenseitig sehr gerne haben ... Ich freue mich für Rai.<<

Leena gefiel ganz und gar nicht in welche Richtung dieses Gespräch verlaufen war, sie hatte gehofft in Max einen Verbündeten, was ihre Skepsis gegen Elin anging, zu haben. >>Und wenn sie nicht gut ist für ihn, wenn...<<

Max warf hilflos die Hände in die Luft. >>Leena<<, sagte er langgedehnt, >>wir werden ihn nicht davor beschützen können. Und ...<<, er legte sanft seine Hände auf ihre Schultern, >>Rai hat dich auch gern, aber halt nicht so.<<

Das war genau das, was Leena nicht hatte hören wollen, sie war sich dessen sehr wohl bewusst, doch es laut gesagt zu bekommen ließ diese Tatsache Wirklichkeit werden. Sie befreite sich aus Max Händen, drehte sich auf dem Absatz um und verschwand im hinteren Teil des Restaurants.

8

Railin

Rai hatte Recht gehabt, dachte Elin, es war tatsächlich
beständig warm, obwohl die Sonne nicht direkt schien. Für
ihren Bootsausflug hatte sie sich die kurze Jeanshose ausgesucht, allerdings trug sie als Oberteil eins von Raimonds
langärmeligen, dunkelgrauen Shirts, sie mochte seine
Shirts, und anstatt der Stilettosandalen leichte Stoffsport-
schuhe, einzelne Strähnen ihrer lose hochgebundenen
Haare ringelten sich um ihr Gesicht. In dieser Kombination
hatte Raimond sie tatsächlich mitgenommen, ohne irgendetwas, wie >>zu luftig<<, zu brummen.

Sie standen nebeneinander auf dem offenen Vorder-
deck des Ausflugschiffes, es war so gut wie leer, auf die
Reling gestützt, seitlich rechts direkt vorne am Bug, und
betrachteten die am Ufer liegenden, an ihnen vorbeiziehen-
den Wälder. Elin war überwältigt, sie saugte den Anblick
jedes einzelnen Baumes, der zwischen den Granitfelsen ins
Wasser wuchs, in sich auf und je weiter sie, mit auffrischen-
dem Wind, vorbei an den Miniinseln, auf den offenen See
hinausfuhren fühlte sie eine Freiheit in sich aufbrechen, die
sie nicht in Worte fassen konnte. Sie atmete schnell und tief
den frischen Wind, jede Böe belebte sie mehr. So ähnlich
hatte sie sich in jener Nacht gefühlt, in der sie weggelaufen
war, ihr rannen Tränen der Erfüllung und Freiheit über die

Wangen. Raimond, der sich immer etwas hilflos fühlte, wenn sie unkontrolliert anfing zu weinen, hatte sich hinter sie gestellt und die Arme um sie gelegt. Einen Augenblick lang hatte er geglaubt in ihren Tränen etwas glitzerndes aufblitzen zu sehen, was ihn seltsam melancholisch berührte.

>>Mir geht es gut<<, flüsterte sie, ohne den Blick vom vorbeiziehenden Ufer abzuwenden, löste eine Hand von der Reling und nahm eine von seinen, die ihren Körper umfasste, >>es ist ein Gefühl von Freiheit, und irgendwie auch Erleichterung<<, fuhr sie fort, >>in der Stadt fühle ich mich oft so eingeengt, aber hier draußen, mit dem Wind und den Bäumen überwältigt es mich einfach.<<

Raimond, gerührt von ihren Emotionen, hielt sie schweigend im Arm. Das Boot nahm Kurs auf die Seemitte, es durchquerte verschiede Ausläufer der weiträumigen Seenplatte, die Uferschattierungen begannen in der Ferne zu verschwimmen, sie standen alleine am Bug, der Horizont des Sees lag vor ihnen.

>>Rai?<<, flüsterte Elin als sie sich wieder gesammelt hatte, der Wind spielte mit ihrem Haar, sie fühlte sich geborgen in Raimonds Armen und sie überlegte, ob er vielleicht so weit war sich ihr zu öffnen.

>>Ja<<, antwortete er und wusste, dass er sich diesmal nicht um ein Gespräch herum drücken konnte. Der Moment war gekommen, in dem er ihr die Wahrheit erzählen musste.

>>Wer war Thomas?<<, fragte sie ohne Umschweife und setzte alles auf eine Karte. Sie fühlte wie Raimonds Körper sich einen Augenblick hinter ihr versteifte, er zog Luft tief ein, doch er entspannte sich gleich wieder, blieb dabei ruhig hinter ihr, sie im Arm haltend, stehen. Elin spürte ihr Herz im Hals schlagen, es war ein spannungsgefüllter, intimer Augenblick, voller emotionaler Nähe. >>Thomas war mein bester Freund.<<, flüsterte er in ihr Haar.

>>Ist er gestorben?<<, fragte sie vorsichtig, denn sie vermutete die Antwort bereits.

>>Ja<<, bestätigte er, >>letztes Jahr, oben beim Elfenstein.<<

>>Das tut mir sehr leid.<<, flüsterte Elin und drückte seine Hand fester. >>Erzählst du mir von ihm?<< Raimond zog sie fester in seinen Arm, ihre greifbare Anwesenheit gab ihm Kraft und Halt, er war bereit für dieses Gespräch. >>Was möchtest du wissen?<<

>>Wie habt ihr euch kennen gelernt?<<

>>Ich habe ihn verwandelt...<<, begann er vorsichtig, doch er beschloss Elin alles zu erzählen, auch auf die Gefahr hin, dass sie ihn danach verachten würde, er wollte nichts mehr vor ihr verbergen. >>Und er hat mir das Leben gerettet.<< Elin stand ruhig in seinen Arm gelehnt, hielt seine Hand und hörte zu.

>>Als ich verwandelt wurde sollte es noch hundert Jahre dauern, bis die Schatten verschwanden ... Das heißt, ich bin über ein Jahrhundert mordend durch das Land gezogen

… Nachdem die Schatten verschwunden waren hörte zwar der Zwang der Manipulation auf aber ihr Einfluss hielt an. Die Vampire, die mich verwandelt hatten, standen unter ihrem Einfluss. Sie zogen in Gruppen durch das Land, mit dem Auftrag, Menschensiedlungen zu zerstören, neue Vampire zu erschaffen und Elfensteine zu vernichten, immer begleitet von zwei bis drei Schatten, um einen neu erschaffenen Vampir sofort unter ihren Einfluss zu bringen. Ich lebte in einer kleinen Siedlung am Meer, an der Küste im Süden … Als die Vampire kamen brannten sie alles nieder, brachten alle um. Ich glaube mich haben sie verwandelt, weil ich es geschafft hatte einen von ihnen zu töten … Man kann sich gegen die Manipulation nicht wehren, kurz nach der Verwandlung ist der Geist ungeschützt, da ist es einfach für den Schatten einzudringen und den Auftrag ins Unter-bewusstsein zu pflanzen … Ich bin also mit diesen Vampi-ren weiter gezogen, habe mein zerstörtes Dorf zurück ge-lassen und habe anderen Ortes dasselbe getan, was mir angetan worden war … Das Ziel war dieser Ort hier. Genau hier sollte auch vor tausend Jahren die Verbindung der Schatten vollzogen werden, wir waren nur drei Tage ent-fernt, als es plötzlich vorbei war. Als wir hier ankamen, bot sich uns eine totale Verwüstung. Der Wald war im Umkreis von hundert Kilometern vernichtet, es waren nur kahle, umgeknickte Bäume übrig. Wir konnten uns nicht erklären was eine so unglaubliche Macht haben könnte diese Ver-wüstung anzurichten und die Schatten auseinander zu treiben … Denn vernichtet waren sie nicht … Da zwar die Manipulation aufgehoben war, aber der Einfluss nach wie vor anhielt machten wir uns weiter auf den Weg und erfüllten weiterhin unseren Auftrag, so wie alle anderen Vampire auch.<<

>>Du warst also einer von ihnen? Du warst ein dunkler Bewohner?<<, unterbrach ihn Elin. >>Ja<<, antwortete er knapp. >>Ich habe gemordet, terrorisiert, verwandelt, zerstört… Auch nachdem die Manipulation aufgehoben war.<< Raimond wartete auf Elins Reaktion, doch sie blieb ruhig in seinem Arm stehen. >>Und Thomas?<<

>>Thomas? Nein! Thomas hat in seinem ganzen Leben niemals einem Menschen absichtlich Leid zugefügt … Ich hätte letztes Jahr dort oben drauf gehen sollen, nicht er … Das hatte er nicht verdient.<<

>>Und du schon?<<, fragte Elin ihn leise mit gebrochener Stimme.

Raimond versuchte sie anzuschauen, mit dieser Reaktion hatte er nicht gerechnet, er hatte gedacht sie würde ihn angewidert von sich stoßen, stattdessen blickte sie mit feuchten Augen, seine Hand festhaltend, beständig auf den Horizont.

>>Elin, ich habe grauenhafte Dinge getan.<<

>>Und es wurden dir grauenhafte Dinge angetan … Heute bist du nicht mehr so. Warum denkst du, du verdienst es zu sterben?<<

Raimond runzelte erstaunt die Stirn. Meinte sie das wirklich ernst? Hielt sie ihn nicht für ein verachtenswertes Monster? >>Ich hätte es auf jeden Fall mehr verdient als Thomas.<<

>>Erzähl mir von ihm.<<, forderte sie. Was war an Thomas so besonders gewesen?

>>Also schön.<<, seufzte Raimond, >>Wir zerstörten das Dorf in dem Thomas lebte … Brannten alles nieder, veranstalteten ein Festmahl … Ich hatte von Thomas getrunken, aber er lebte noch. Ich sah ihm an, dass er nicht sterben wollte, er kämpfte um jeden Atemzug. Ich weiß nicht mehr genau was am Ende ausschlaggebend war, … warum ich mich dazu entschlossen hatte ihn tatsächlich zu verwandeln. Ich glaube es war eine Mischung aus Bewunderung für diesen Kampfgeist und Ungeduld. Mir ging es auf die Nerven, dass er röchelnd da lag und einfach nicht sterben wollte, einfach weggehen oder ihn schnell töten, erschien mir zu langweilig. Ja, … Langeweile hatte auch eine Rolle gespielt. Also gab ich ihm mein Blut.<< Elin atmete tief, als wollte sie sich selbst beruhigen. >>Na, denkst du immer noch ich verdiene es nicht zu sterben?<< Sie atmete erneut tief, dann fragte sie zurück. >>Wie funktioniert die Verwandlung?<<

>>Der Mensch muss das Gift aus den Zähnen eines Vampirs und dessen Blut im Körper haben. Diese Kombination löst die Verwandlung aus. Der menschliche Körper stirbt und erwacht als Vampir. Fertig.<<, erklärte er knapp.

>>Hm<<, grummelte Elin, sie fragte sich, warum ihr diese Information fehlte, wo sie doch sonst über die Gewohnheiten der Vampire Bescheid wusste, >>erzähl weiter.<<

>>Thomas war anders … Er war der erste, den ich verwandelt hatte, nach der Manipulation. Das bedeutet, er hatte nie unter dem Einfluss der Schatten gestanden. Anfangs hasste er mich … Er hasste mich dafür ihn verwandelt zu haben, er hasste was er war. Und er verstand nicht was wir in der Gruppe taten, warum wir, und die anderen Vampirgruppen, terrorisierend über die Menschen herfielen. Naja, er hatte nie den Auftrag von einem Schatten in den Kopf gepflanzt bekommen. Andere neue Vampire schauten sich ihr Verhalten von der Gruppe ab, sie dachten, es wäre halt so. Nicht aber Thomas … Er dachte und fühlte wie ein Mensch. Das brachte mich zum Nachdenken. Ich überlegte, ob es eventuell möglich wäre sich zu entscheiden den Auftrag nicht mehr weiter auszuführen … Das brachte natürlich Probleme in der Gruppe, die anderen wollten Thomas loswerden, aber ich verteidigte ihn. Wir verließen die Gruppe … Thomas brachte es mir bei. Er brachte mir bei wieder wie ein Mensch zu empfinden. Er hat mir das Leben gerettet.<<, die letzten Worte sprach er mehr zu sich selbst. Elin drehte sich in seinem Arm um, umarmte ihn und legte ihren Kopf auf seine Schulter, ohne ihn jedoch anzusehen.

Er zog seine Arme fester um sie, als er weiter sprach. >>In den folgenden Jahrzehnten, Jahrhunderten, in denen

sich die Menschen begannen gegen die Vampire aufzu-
lehnen, begannen wir ihnen zu helfen, … Wenn wir erfuh-
ren, dass ein Dorf oder ein Elfenstein angegriffen werden
sollte gingen wir dort hin und kämpften gegen die Vampire.
Mit der Zeit wurden die Angriffe weniger. Aber im Grunde ist
es das, was wir die ganze Zeit getan haben. Wir haben uns
so etwas wie ein Netzwerk aufgebaut. In jeder Ansiedlung in
der Nähe eines Elfensteines ist eine Gruppe von Menschen,
die eingeweiht ist. Thomas und ich reisten regelmäßig zwischen diesen Orten umher, das Wissen wird unter den Ge-
nerationen der Menschen weiter gegeben. Diese Menschen
schlagen Alarm, wenn sich Vampirangriffe häufen, oder der
Stein in Gefahr ist … So sind wir letztes Jahr von Max gerufen worden.<<

Elin löste ihren Kopf von Raimonds Schulter und sah
ihn an. In seinem Gesicht stand Trauer und Schmerz, aber
auch Erleichterung, ihr das Alles endlich erzählt zu haben.
>>Dann ist Max ein Bewacher des Steines?<<, fragte sie
erstaunt, >>Aber was ist passiert?<<

Raimond atmete tief ein und dirigierte ihren Kopf wieder
an seine Schulter, eine Hand ließ er auf ihrem Hinterkopf
liegen.

>>Wir waren rechtzeitig hier … Der Angriff auf den
Stein stand kurz bevor und wir konnten die Gruppe Vampire, die ihn zerstören wollten noch abfangen. Das war ungefähr da, wo ich dich gefunden habe. Wir hatten allerdings
gedacht wir hätten noch mehr Zeit bis die Wölfe eintreffen

würden…<<, seine Stimme brach ab, er holte tief Luft, >>Sie müssen schon ganz in der Nähe gewesen sein, als die Elfen sie riefen. Die Wölfe unterscheiden nicht, sie riechen einen Vampir und zerfleischen ihn. Thomas war mitten drin. Er hatte keine Chance. Ich weiß nur noch, ich habe den Tritt eines Hinterlaufes in den Bauch bekommen, der mich gegen einen Baum schleuderte, was mir das Rückgrat brach. Ich fiel einen Hang hinunter und wachte erst auf, als alles vorbei war. Die Krallen hatten mir einmal Quer den Bauch aufgeschlitzt … Von Thomas war nichts mehr übrig…<<, die verzweifelte Wut schäumte wieder in ihm hoch. Er ließ Elin abrupt los und umfasste mit beiden Händen die Reling so fest, dass diese unter seinem Griff erzitterte.

Elin wartete einen Augenblick bis er sich gefasst hatte, legte ihm eine Hand auf den Unterarm und sagte leise mit bedauern in der Stimme. >>Rai, das war nicht deine Schuld.<<

>>Nicht meine Schuld?<<, brauste er auf, >>Natürlich war das meine Schuld! Ich hätte wissen müssen, dass die Wölfe schon so nahe waren, wo die Verbindung der Schatten bereits so weit fortgeschritten war. Und ich hätte Thomas wegstoßen müssen, ich war älter als er. Er hätte in den Büschen landen sollen, nicht ich.<<

Elin stand mit verschränkten Armen vor ihm. Sie verstand ihn und bedauerte, was passiert war, aber Mitleid änderte nichts an den Tatsachen. Sie sah ihn direkt an, >>Und, willst du jetzt für den Rest deines ewigen Lebens in

Selbstmitleid versinken, oder diesen scheiß Schatten in den Arsch treten?<<

Raimond erwiderte überrascht ihren Blick, seine Wut war verraucht. Sie stand herausfordernd, fast kampfeslustig vor ihm und ein anderes Gefühl stieg in ihm auf. Angst um Elin. Eine dunkle Ahnung erfasste ihn, ließ einen Stich sein Herz durchzucken, fasste sie an den Schultern, Verzweiflung lag in seinem Blick, die Elin zuvor noch nicht bei ihm gesehen hatte, was sie erschauern ließ.

>>Ich weiß nicht wie Elin<<, in seiner Stimme lag Hilflosigkeit, >>ich kann die Vampire bekämpfen, ich kann die Menschen und Elfen vor den Vampiren beschützen, aber ich kann keinen Schatten daran hindern in den Kopf eines Menschen oder Vampires, oder anderen Erdenbewohners, einzudringen und zu manipulieren. Ich kann die Verbindung der Schatten nicht verhindern, … ich kann höchsten ein wenig Zeit gewinnen, indem ich die Handlanger umbringe. Aber es wird passieren! … Es wird furchtbar werden!<< Er hatte seine Hände von ihren Schultern gelöst und ihr beschützend auf die Wangen gelegt, >>Ich will nicht, dass du das erleben musst.<<, flüsterte er leise, beinahe traurig.

Elin trat näher zu ihm heran, ihre Körper berührten sich beinahe, und legte ihm ihrerseits eine Hand auf die Wange. Seine Haare waren weich, auch die kurzen Bartstoppeln, was ein seltsamer Kontrast zu seiner ledernen Vampirhaut war, sie wollte ihm nah sein, wollte ihm Mut machen.

>>Dann haben wir jetzt wohl noch ein Rätsel zu lösen.<<, flüsterte sie sanft, strich leicht mit dem Daumen über seinen Wangenknochen, >>Es hat schließlich schon einmal etwas die Verbindung aufhalten können. Stimmt`s? … Dann lass uns herausfinden was das war und versuchen es auch.<< Sie war ihm ganz nahe, konnte seinen Atem in ihrem Gesicht spüren, sie wollte ihn spüren.

Plötzlich zog er sie in seine Arme, drückte sie, eine Hand an ihrem Hinterkopf fest an sich, grub sein Gesicht in ihre Haare. Er fühlte sein Herz pochen, ein Schwall aus verzweifeltem Schmerz erfüllte seine Brust, >>Ich will dich nicht verlieren.<<, flüsterte er erstickt. Elin schmiegte ihren Kopf an seine Brust, hielt ihn eng mit beiden Armen umschlungen, >>Ich will dich auch nicht verlieren.<<, flüsterte sie atemlos zurück. Sie löste ihren Kopf von seiner Brust, drehte ihr Gesicht zu seinem, Stirn an Stirn. Seine Nase streifte ihre, ein winziger Augenblick wild im Hals schlagender Herzen bevor sich ihre Lippen fanden und die Welt um sie herum verschwamm. Raimond saugte leicht an ihrer Unterlippe, streifte kaum spürbar mit der Zunge darüber, widmete sich anschließend ihrer Oberlippe. Seine warmen, sanften, gleichzeitig festen Lippen massierten ihre zunehmend fordernd. Elin durchzuckte ein Schauer, sie öffnete ihm den Mund und ihre Zungen trafen sich zu einem sanften, forschenden, hingebungsvollen Tanz. Raimond grub eine Hand in Elins Haare, hielt ihren Kopf, während er sie mit der anderen Hand im unteren Rückenbereich gegen sich presste. Elin entfuhr ein unterdrücktes aufstöhnen, ein leichtes brennen begann zwischen ihren Schenkeln aufzulodern, welches sich pochend in ihren Unterleib ausbreitete. Immer fordernder, tiefer, leidenschaftlicher, umschlangen sich wild ihre Zungen. Elin fuhr mit einer Hand die Linie seiner Wirbelsäule entlang, fand den Saum seines Shirts, ließ die Finger darunter gleiten und berührte seine Haut, knapp oberhalb des Hosenbundes. Für den Bruchteil einer Sekunde spürte sie wie Raimond erschrocken den Atem anhielt, bevor er sich ohne Vorwarnung abrupt von ihr löste und sie von sich stieß. Elin stand schwer atmend, leicht zitternd eine Armlänge von ihm entfernt. Ihr war schwindelig. Raimond hielt sie mit ausgestrecktem Arm auf Abstand, während er den anderen Arm auf sein Knie gestützt, vornüber gebeugt, keuchend vor ihr stand. Elins Wahrnehmungssinn kehrte langsam zurück, sie war verwirrt und das plötzliche Ende dieses köstlichen Kusses war beinahe schmerzvoll. Sie machte einen Schritt auf ihn zu, doch er hielt sie zurück und vermied es sie anzusehen.

Da stimmte etwas nicht, dachte sie, was verbarg er vor ihr? >>Rai, sieh mich an.<<, forderte sie sanft, doch er stand nur kopfschüttelnd da. Sie machte noch einen Schritt auf ihn zu. >>Sieh mich bitte an.<<

Er hob vorsichtig den Kopf und sie sah in seinen Augen dunkelblaue Adern pulsieren, der sonst statisch stechende Schein loderte wie eine violette Flamme, seine ausgefahrenen Fangzähne glänzten im matten Dunst des Tageslichtes.

Sie nahm sein Gesicht in beide Hände und betrachtete es, fuhr mit der Daumenspitze leicht über seine Zähne und hauchte ihm einen federleichten Kuss auf die Lippen.

>>Sieht so aus, als ob du mich wahnsinnig machst.<<, stieß er noch schwer atmend hervor und lächelte sie schief an.

>>Sieht so aus, als ob wir noch eine Baustelle haben.<<, erwiderte sie scherzend, beugte sich vor, um ihm noch einen Kuss zu geben, doch er hielt sie diesmal zurück.

>>Oh Bitte, …, Elin, … gib mir noch eine Minute!<<

>>Na gut, … aber nur eine.<<

Die Dämmerung war schon weit fortgeschritten, als sie schweigend nach Hause fuhren. Elin blickte verträumt aus dem Fenster, sie hatte so viel über Raimond erfahren, es machte ihr nichts aus, dass er früher einmal ein wirklicher dunkler Bewohner gewesen war. Er konnte nichts dafür, unter was für Umständen er verwandelt worden war, es bekümmerte sie eher, dass er so viel grausames erlebt und keinen freien Willen gehabt hatte. Er hatte sich daraus befreit, das war Wichtig. Ihr entfuhr spontan ein lächeln und ihr Herz machte einen Satz, als sie an den Kuss dachte. Raimonds Hände auf ihrem Körper, seine Lippen auf ihren, seine zärtliche, fordernde Zunge, das brennen in ihrem Schoß. Sie wollte, dass er dieses Brennen löschte, wollte ihn überall. Und er wollte es, nach seiner heftigen Reaktion zu urteilen auch. Was war da nur mit ihnen passiert? überlegte Elin weiter, aber es fühlte sich gut an. Sie wollte nicht darüber nachdenken, ob es eventuell falsch war, warum auch. Es fühlte sich gut an und sie wollten es, beide. Und doch pochte etwas in ihrem Hinterkopf, die Schatten und ihre Identität. Das waren die Dinge, um die sie sich kümmern mussten, egal wie sehr sie sich in diesem Augenblick auch wünschte einfach nur mit Raimond zusammen sein zu können. Das ging nicht, die Rätsel mussten gelöst werden. Für den übernächsten Abend hatte Max sie zu einem kleinen Empfang eingeladen, nicht großes, er hatte einen Teil des Restaurants umbauen lassen und wollte mit einigen Stammgästen Wiedereröffnung feiern. Elin war sich noch nicht sicher, ob sie Lust dazu hatte. Sie mochte Max und Leena, aber Leena war irgendwie komisch zu ihr und sie verstand nicht warum. Klar, der Tag mit ihr hatte Spaß gemacht, doch die merkwürdige skeptische Zurückhaltung gepaart mit der Überdrehtheit, die Leena an den Tag legte konnte Elin nicht einordnen. Sie war noch ganz in Gedanken versunken, als Raimond das Auto vor dem ehemaligen Fabrikgebäude parkte, ihre Überlegungen hielten sie völlig gefangen.

Elins Schweigsamkeit verunsicherte Raimond. War er doch zu weit gegangen mit dem Kuss? Nein, sie hat es auch gewollt, das hatte er an ihrer Reaktion gespürt. Sie hatte so süß geschmeckt, ihre Lippen so warm und weich, ob das wohl auch auf andere Bereiche ihres Körpers zutraf

überlegte er, worauf hin sich das Ziehen in seinem Lendenbereich wieder bemerkbar machte. Aber warum war sie so
schweigsam? Hatte sie doch Zweifel bekommen? Nachdem
das Ausflugsboot angelegt hatte, waren sie noch in einem
der Hafenrestaurants etwas essen gewesen, da war sie
auch schon so ruhig. Geküsst hatten sie sich auch noch ein
paarmal, nicht leidenschaftlich, sondern sanft und doch
intim, sie hatte mit den Haaren in seinem Nacken gespielt,
was ihn zum Lächeln gebracht hatte. Sie waren längst zu
Hause und Elin stand mit einem Becher Tee, den sie kaum
angerührt hatte, in der Hand am Fenster und schaute in die
Dunkelheit. Da war es wieder, dieses weltfremde an ihr,
diese mysteriöse Entrücktheit. Raimond wollte wissen was
sie dachte, vermutete aber, dass sie einige Dinge für sich
selbst ordnen musste, dabei wollte er sie nicht stören, wenn
sie so weit war, würde sie reden.

>>Ich gehe ins Bett. Kommst du mit?<<, fragte sie
noch, mit aus dem Fenster gerichteten Blick, woraufhin sie
sich zu ihm umdrehte.

>>Bist du sicher?<< Raimond saß im Halbdunkel an
der Theke in der Küchenzeile. Elin antwortete nicht, sie
stellte den Becher ab, ging auf ihn zu, streckte ihm eine
Hand entgegen, die er nahm und ging mit ihm zum Bett.

Elin lag auf dem Rücken in Raimonds Arm, der auf die
Seite gedreht, mit der freien Hand das Haar an der Schläfe
streichelte und ihr sanft einen hauchzarten Kuss auf die
Stirn gab. Elin streichelte mit dem Daumen seine weichen

Bartstoppeln an der Oberlippe, schaute ihm in seine stechenden Augen und zog langsam seinen Kopf zu sich heran, ihre Lippen berührten sich, sanft, langsam, spielerisch. Raimond saugte leicht an Elins Unterlippe, dann an ihrer Oberlippe, zeichnete mit seiner Zungenspitze die Konturen ihres Mundes nach, mit seiner freien Hand strich er über ihre Schulter, fuhr weiter ihre Taille hinab, bis zum Saum ihres Shirts. Elin fühlte seine rauen, ledernden Hände durch den leichten Stoff, ein Kribbeln durchfuhr ihren kompletten Körper, sie reckte sich ihm automatisch entgegen, öffnete den Mund und empfing leidenschaftlich seine Zunge. Einen Arm hatte sie um seinen Hals gelegt, die Hand in den weichen Locken seines Hinterkopfes vergraben, mit der anderen schlüpfte sie unter den Stoff seines Shirts und erkundete seine festen, drahtigen Muskeln unter der ledrigen Vampirhaut. Raimond löste sich schwer atmend von ihrem Mund, sammelte sich einen Augenblick, begann dann wieder sie leicht und sanft zu liebkosen, ihre Lippen, ihre Nase, ihre Augen mit hauchzarten Küssen zu bedecken, ihre Wange, ihren Hals, berührte mit der Zungenspitze die Stelle hinter ihrem Ohrläppchen. Elin stöhnte auf, wölbte sich ihm entgegen, grub ihre Finger in ihn, sie schlang ihr frei liegendes Bein um seinen halb auf ihr liegenden Oberschenkel, spürte seine wachsende Erregung seitlich an ihrer Hüfte, das brennen zwischen ihren Schenkeln wurde unerträglich. Raimond war mit seiner Zunge wieder in ihrem Mund angekommen, küsse sie fordernd, seine Hand strich über ihren

Bauch, hinauf zur Wölbung ihrer Brust, die Rundung lag voll und weich in seiner Hand, ihre Brustwarze richtete sich unter dem Druck seines Daumen auf. Ihr Mund, warm und süß, versprach enge, feuchte Hitze an anderer Stelle.

Dieser Gedanke war zu viel für Raimond. Schwer atmend löste er sich von ihr, rollte sich aus ihrer Umarmung, setzte sich auf die Bettkante.

>>Nicht aufhören Rai.<< Elin wusste nicht was los war, ihr Kopf schwirrte und ihr Körper schmerzte vor Erwartung. >>Ich will mehr.<< Raimond drehte sich zu ihr um, seine Augen pulsierten, seine Fangzähne blitzten in der Dunkelheit.

>>Ich weiß …, aber so funktioniert das nicht mein Schatz.<<, stöhnte er atemlos. Mit einer Spur bedauern, drückte ihr einen schnellen Kuss auf den Mund, schnappte seine Jacke und verschwand im Aufzug. Elin sah ihm nach. Enttäuscht und verlassen lag sie in dem riesigen Bett, das so viel Erfüllung verspochen hatte. Konnte er sich denn wirklich nicht kontrollieren und würde sie verletzen, wenn er weiter gehen würde? Würde er jemals ihr brennen löschen? Ihr Körper beruhigte sich langsam und sie rollte sich in dem Deckenberg zusammen, doch die Kissen rings um sie wollten keinen Trost spenden. Tränen stahlen sich aus ihren Augen. Hatte sie sich jemals so alleine gefühlt?

9

Ferdinand

Es war bereits taghell, als Elin langsam und widerwillig aufwachte. Sie wollte noch nicht an den vorigen Abend denken, an dem Raimond sie unerfüllt alleine gelassen hatte. Sie hatte noch versucht auf ihn zu warten, war dann aber doch eingeschlafen. Sie rollte auf die andere Seite für einen kläglichen Versuch den Beginn des Tages noch ein wenig aufzuschieben und stieß dabei zu ihrer Überraschung gegen einen festen Widerstand. Ein Blitzgedanke fuhr ihr durch den Kopf. Konnte es wahr sein? War er da? Elin öffnete ungläubig die Augen und blickte in Raimonds strahlendes Gesicht. Sie lag in seinem Arm.

>>Guten Morgen.<<, sagte er lachend und küsste sie sanft auf die Stirn. Elin strahlte zurück, sie konnte ihm nicht böse sein, wenn er sie so ansah, sie inspizierte sein Gesicht. Etwas war anders, er war anders, entspannter.

>>Du warst Jagen.<<, stellte sie nüchtern fest und strich ihm zärtlich eine Locke aus der Stirn.

>>Erwischt<<, bestätigte er sanft, während er ihre Wange streichelte.

>>Ein Spinner?<<, fragte sie neugierig, sich enger in seinen Arm kuschelnd.

>>Mit Blumenkette.<<, antwortete er übertrieben ernst, woraufhin Elin in amüsiertes kichern ausbrach. >>Ach

komm, … hör auf Rai.<<, prustete sie, >>Du bist der Spinner hier.<<

Raimond stimmte in ihr kichern ein, sie genoss seine Nähe, seine Berührungen, sie wollte mit ihm zusammen sein, doch war er überhaupt in der Lage dazu? Elin fielen Leenas Vorbehalte wieder ein.

>>Rai? …<<, begann sie vorsichtig, >>Leena hatte so etwas gesagt wie, ähm, naja, dass es bei Vampiren bei körperlicher Vereinigung nicht um Gefühle geht und ihr eigentlich gar kein Bedürfnis danach habt, und…<<

>>Hat Leena das gesagt, ja?!<<, unterbrach er sie, >>Fühlt sich das so an, als ob ich es auch nur noch eine Minute ohne dich aushalte?<<, fragte er sie und zog sie ein Stück näher an sich heran, so dass sie seine Erregung spüren konnte. Elin schüttelte den Kopf und ein vorfreudiges Grinsen stahl sich auf ihre Lippen. >>Hat Leena sonst noch etwas gesagt?<<, wollte er trotzdem wissen.

>>Naja, … nur, … sie meinte es würde irgendwie wilder sein …, und dass du mich wahrscheinlich verletzen würdest …<<, antwortete sie zögerlich. Sie konnte sich beim Besten Willen nicht vorstellen, dass er ihr irgendwie wehtun würde, so besorgt und zärtlich er mit ihr umging.

Raimond kniff verärgert die Lippen zusammen, er wusste wie Leena zu dieser Annahme gekommen war, doch es ging in diesem Augenblick nicht um Leena. Er blickte ruhig auf Elin herab, wie sie in seinem Arm lag, ihn mit ihren funkelnden Augen betrachtete, sein Herz schwoll an in ihrer

Nähe, bei ihren Berührungen, er wollte mit ihr zusammen sein. >>Aber du bist hier, bei mir … in meinem Arm und hast keine Angst.<<

>>Ich bin hier bei dir, in deinem Arm, weil ich dir vertraue und an keinem anderen Ort der Welt sein will.<<

Raimond beugte sich vor, küsste sanft ihre Augen, legte seine Stirn auf ihre, gerührt hielt er einige Augenblicke inne, konnte sein Glück kaum fassen. Elin spielte mit seinen Locken im Nacken, streichelte ihn am Haaransatz, sie machte ihn wahnsinnig. >>Also<<, flüsterte er heiser, >>was hältst du davon Leenas Behauptung zu überprüfen?<<, wartete aber keine Antwort ab und drehte sich mit seinem Oberkörper über Elin. Sie blickte in seine violett flackernden Augen, keine Spur von den Fangzähnen, sie spürte seinen Atem auf ihrem Gesicht, ihr Herz begann vor Erwartung hart zu pochen, ihr Atem ging flacher und ihre Brustwarzen richteten sich erwartend auf. Doch anstatt sie zu küssen, begann Raimond direkt die Stelle hinter ihrem Ohrläppchen zu liebkosen, er berührte sie hauchzart mit den Lippen, kreise mit der Zungenspitze und streifte mit einem Schneidezahn darüber. Elins Körper bäumte sich augenblicklich auf, drückte sich ihm fordernd entgegen, sie stöhnte laut auf, als ihr ein stechender Schmerz voller Lust und Erwartung zwischen die Beine fuhr. Raimond küsste abwärtsgleitend ihren Hals, fuhr mit dem Kopf weiter hinunter, zwischen den Wölbungen ihrer Brüste hindurch, bis zum Saum ihres Shirts, wo seine Lippen ihren nackten Bauch fanden, seine Finger streiften ihre harten Nippel unter dem dünnen Stoff, er fasste den Saum ihres Shirts, schob ihn nach oben über ihren Kopf. Ihre vollen, elfenbeinfarbenen Brüste reckten sich ihm entgegen. Von ihrem Bauchnabel aus wanderte er, sie mit der Zunge liebkosend, aufwärts, knabberte und saugte an ihrer Brustwarze, während er die andere mit einer Hand fest umschloss. Elin glaubte zerspringen zu müssen, ihr Körper brannte erwartungsvoll, der Schmerz zwischen ihren Schenkeln schrie nach Erlösung, sie wollte ihn endlich in sich spüren, wollte, dass er die lodernde leere ausfüllte. Ihre Münder fanden sich zu einem hungrigen, begierigen, atemlosen Kuss. Elin zog Raimond sein Shirt über den Kopf, konnte seine Haut auf ihrer spüren, seine raue Lederhaut auf ihren empfindsamen Brüsten erregte sie noch mehr. Sie öffnete die Knöpfe seiner Hose, was ihn tief aufstöhnen ließ, um sie gleich darauf noch begieriger zu küssen. Seine Erregung stand hart und fest an seinen Lenden, er richtete sich auf, kniete sich zwischen ihre Beine und zog ihr murmelnd, >>Das brauchen wir jetzt auch nicht mehr.<<, den Slip aus. Er fuhr mit den Daumen ihre Schenkelinnenseiten von den Knien aufwärts entlang, was Elin fast ausflippen ließ und sie sich ihm fordernd entgegen bog. Raimond streifte nur mit seinem Atem über ihren Bauch, ihre Brüste, ihren Hals, küsste sie leidenschaftlich und drang dann in ihre feuchte Hitze ein. Elin stöhnte laut, ihre wartenden Muskeln schlossen sich augenblicklich bettelnd nach Erlösung eng um ihn, jede seiner Bewegungen stieß an ihre empfindlichste Stelle und steigerte nur noch den köstlichen Schmerz. Sie zog die Beine an, ließ ihn, sich windend vor Verlangen unter jeder seiner Bewegungen, tief in sich hinein. Sie dachte, sie müsse zerspringen, kurz bevor ihr Körper ergriffen von einer Welle erlösender Muskelkontraktionen erbebte. Sie stöhnte laut auf, presste sich an ihn, ihren Kopf erfüllte ein befriedigtes Rauschen. Ihre inneren Muskeln kontrahierten in Wellen um Raimond, saugten ihn noch tiefer in sich hinein und auch er erzitterte unter der Welle der Erlösung. Bewegungsunfähig blieben sie eng umschlungen liegen, bis Raimond zur Seite rollte, Elin in seinen Arm zog, mit dem Daumen sanft über ihr Kinn strich und sie erneut in einem langen, zärtlichen, hingebungsvollen Kuss verschmolzen.

Obwohl es bereits Nachmittag war herrschte noch turbulentes Treiben auf dem Marktplatz. Die bunt bestückten Stände mit den orangenen Schirmen reihten sich in der sinkenden Sonne aneinander, die Händler unterboten lautstark die Preise der Nachbarn und späte Käufer machten ihre Schnäppchen. Raimond und Elin schlängelten sich Hand in Hand durch das bunte Angebot. Elin blieb immer wieder stehen und bewunderte die Auslagen, das frische Gemüse, die Vielfalt bunt blühender Blumen, die vor Ort gebackenen Brotlaibe, beim Fischhändler schwammen sogar noch lebende Fische aus dem See in einer Wanne. Sie probierte hier eine Erdbeere, dort eine Kirsche, beim

Käsestand konnte sie sich bei den Probierhäppchen gar nicht entscheiden. In der Luft lag ein Duft von Schmalzgebäck und Kaffee. Sie waren beide ausgelassener Stimmung, lachten, scherzten miteinander, sie wollten noch schnell ein Einweihungsgeschenk für Max besorgen, konnten sich aber nicht entscheiden, also schlenderten sie drauflos.

>>Sag mal<<, begann Raimond, >>wie seid ihr, ich meine Leena und du, eigentlich auf das Thema Zwischenmenschlichkeiten gekommen?<<

>>Zwischenmenschlichkeiten?<<, amüsierte sich Elin, >>So kann man das auch nennen.<<, kicherte sie, >>Naja, … Leena hatte nebenbei erwähnt, dass es ungewöhnlich wäre, so eine Vampir/Mensch-Kombination. Da bin ich neugierig geworden und habe sie gefragt wieso … Warum fragst du?<<

Er hatte darüber den halben Nachmittag gegrübelt, war aber zu keiner plausiblen Erklärung gekommen, >>Naja, ich wundere mich bloß über ihre Aussagen, sie sollte es besser wissen,<< Raimond hatte ein ungutes Gefühl bei der Sache, wollte Leena aber auch kein Unrecht tun, und dennoch, >>es klingt ein wenig so, als wollte sie dich abschrecken oder verunsichern … Versteh mich nicht falsch, ich mag sie, wir sind befreundet. Es ist nur, …, ach, es hat mich nur gewundert.<<

Elin wurde stutzig und wunderte sich ihrerseits warum er mit diesem Thema anfing, >>Ist es denn nicht richtig, was sie gesagt hat?<<, fragte sie gespannt und neugierig was Leena wohl ausgelassen haben könnte.

>>Doch, doch, prinzipiell schon<<, antwortete er schnell und bereute schon fast davon angefangen zu haben, >>wenn wir von den manipulierten Vampiren sprechen. Doch wenn man als Vampir seine Menschlichkeit bewahrt, so wie Thomas, oder seine Menschlichkeit wiederfindet…<<

>>So wie du…<<

>>Genau, so wie ich<<, bestätigte er sie und beschloss, wenn sie denn schon dabei waren, konnte er ihr auch gleich alles erzählen, dann wäre es vom Tisch und er bräuchte nicht zu befürchten jemand, Leena, könnte Elin eine andere Version erzählen, >>dann besitzt man auch die Fähigkeit sich zu jemand anderen körperlich hingezogen zu fühlen und damit auch das Bedürfnis nach körperlicher Nähe … Verstehst du worauf ich hinaus will?<<

Elin dämmerte es langsam, Leena hatte behauptet Vampire hätten prinzipiell nicht so etwas wie gemeinsames Lustempfinden, was nach Raimonds Schilderung nicht ganz stimmte. Aber ihr dämmerte auch, dass das gar nicht der Punkt war, warum Raimond mit dem Thema angefangen hatte. Es ging um Leena. >>Und Leena weiß das?<<

>>Ja<<, bestätigte er knapp.

>>Warum denkst du sie könnte absichtlich versucht haben mich zu verunsichern?<<

>>Das weiß ich auch nicht, das ist nur so ein Gefühl und wahrscheinlich steckt gar nichts dahinter…<<, aber er

wollte auf Nummer sicher gehen, >>es ist nur so, Leena kennt eine Geschichte, die ich dir, denke ich, selber erzählen sollte, bevor sie es tut.<<

Du meine Güte dachte Elin, >>Du hattest mal was mit ihr?!<<

>>Was? Nein!<< Raimond überkam das Gefühl sich gerade um Kopf und Kragen zu reden und bereute wirklich damit angefangen zu haben. >>Wirklich nicht! Du meine Güte! Dieses Verlangen hatte ich seit zweihundert Jahren nicht mehr<<, fuhr er fort,>> … aber um eine Geschichte aus dieser Zeit geht es.<<

Elin stutzte, >>Es geht um eine Frauengeschichte, die du vor zweihundert Jahren hattest?<<, fragte sie beinahe belustigt, >>Ich glaube es reicht die Kurzfassung.<<

>>Ok<<, begann Raimond verwundert und maßlos erleichtert, dass sie anscheinend recht souverän mit diesem Thema umging, >>Also …<<, fuhr er fort, >>unten im Süden gibt es eine Tempelinsel vor der Küste gelegen, der Tempel ist im Grunde die Insel, egal, und in diesem Tempel ist ein Elfenstein, der von einer Gruppe Vampire bewacht wird, also Vampire mit Menschlichkeit. Das passt den Elfen zwar gar nicht, aber sie haben sich in ihr Schicksal ergeben. Thomas und ich waren dort auf unserer Tour und da war diese Frau, eine Vampirin, sie war neu zu der Gruppe dazu gekommen, ihr Name war Sandra … Kurzfassung, wir haben uns zueinander hingezogen gefühlt und hatten Spaß … Thomas und ich blieben eine Weile, … Elin, das war etwas

ganz anderes, als mit dir. Glaub mir. Das was ich für dich empfinde habe ich noch nie empfunden, und du sollst einfach alles wissen, so dass niemand zwischen uns kommen kann. Ich …<< Elin sah ihn erwartungsvoll an, >>also der Punkt ist, dass Thomas immer gerne eine Geschichte aus dieser Zeit zum Besten gegeben hat. Sandra und ich haben es einmal geschafft eine Wand des Tempels einstürzen zu lassen, worauf hin ein Steinhang mit lautem Tosen und Geröll ins Meer gestürzt ist, inclusive uns, und ein leichtes Seebeben ausgelöst wurde.<<, schloss er und sah Elin unsicher an. >>Naja, jedenfalls fand Thomas diese Geschichte immer äußerst amüsant.<<, fügte er noch schnell hinzu.

>>Ist das alles?<<, fragte sie ihn mit amüsiert hochgezogenen Augenbrauen und fragte sich selbst, was sie wohl für Leichen im Keller haben mochte. Aber diese Geschichte war ja gar keine richtige Leiche, im Gegensatz zu dem was er ihr bereits gebeichtet hatte, dachte sie. Raimond nickte nur bestätigend. >>Daher hat Leena also auch das mit dem „wild".<<, ergänzte sie mehr an sich selbst gerichtet.

>>Naja, ich dachte, wenn diese Geschichte wieder ausgekramt werden sollte, dann solltest du sie schon kennen.<<

>>Dann hast du mir das jetzt erzählt, weil du denkst jemand, … Leena, könnte mir diese Geschichte abgewandelt auftischen, um uns auseinander zu bringen?<<

>>Ich möchte einfach nur, dass keine blöden Missver-ständnisse entstehen können.<<

Elin lächelte ihn an, das schien ihm wirklich viel zu be-deuten. >>Warte, ... wie lange ist das her? Zweihundert Jahre?<<

>>So ungefähr.<<, antwortete er skeptisch, worauf wollte sie hinaus?

>>Und seit dem...?<< Elin sah ihn mit hochgezogenen Augenbrauen fragend an. Raimond schüttelte verunsichert den Kopf.

>>Also, eingerostet bist du nicht.<<, schmunzelte sie ihn an.

Damit hatte er nicht gerechnet, >>Oh, ähm, ... Danke. Denke ich.<<, und schmunzelte zurück.

>>Ich hatte das Vergnügen.<<, entgegnete sie ihm zu-zwinkernd.

>>Elin ...<<, sagte er ernst, nahm ihre beiden Hände und sah ihr in die Augen, >>du, das mit dir, das ist etwas ganz besonderes. Du bist in meinem Herzen.<<

Sie spürte wie ernst ihm das war und ihr Herz machte einen freudigen Hüpfer, >>Und du bist in meinem Rai.<<, erwiderte sie genau so ernst wie er.

>>Das war des absolute Wahnsinn heute Morgen.<<, flüsterte er, nahm ihr Gesicht sanft zwischen seine Hände, die Daumen leicht über ihre Schläfen streichend, >>Du bist der absolute Wahnsinn, so etwas wie du ist mir noch nie begegnet. Du machst mich völlig fertig.<<

Elin rutsche näher an ihn heran, schlang die Arme um seine Mitte und lächelte verschmitzt. >>Mit mir wirst du vermutlich keine Tempelwände zum Einsturz bringen und Seebeben auslösen.<<

>>Gar nicht notwendig. Du bringst ganz andere Dinge zum Beben.<<, entgegnete er, senkte seinen Kopf noch ein wenig und küsste sie sanft und innig. Eng umschlungen standen sie in Mitten des bunten Treibens des Marktplatzes, völlig ineinander versunken, bis ihnen langsam wieder dämmerte wo sie waren. >>Dir ist schon klar, dass alle das schimmernde Menschenmädchen und den Vampir anstarren?<<, flüsterte Elin, doch Raimond hielt sie weiter fest in seinen Armen. >>Ist doch egal, dann schimmerst du halt, mein kleines Glühwürmchen.<<

>>Glühwürmchen?<<, empörte sie sich und kniff Raimond in den Bauch.

>>Au!<<, übertrieb er maßlos und wollte Elin einen weiteren Kuss geben, als ein alter, buckeliger Mann mit Krückstock in der einen und einer Blume in der anderen Hand sich ihnen näherte. Seinen Kopf bedeckte ein flaumiger, weißer Haarkranz. In seinem Gesicht dominierte eine dicke, rote Knollnase und aus seinen kleinen, blauen Augen sprach offene Bewunderung und Gutmütigkeit. Seine braune Stoffhose hielt er mit Hosenträgern in Position, die über seinem blauweiß karierten Hemd prangten. Er hielt Elin die Blume, eine Blüte vom roten Klee, hin und hielt den Kopf ehrfürchtig gesenkt.

>>Meine Herrin, … verzeiht, dass ich Euch anspre-che.<<, sagte er ehrerbietig. Elin, völlig verdutzt, löste sich aus Raimonds Armen, hielt dafür seine Hand. >>Ihr seid endlich zurückgekommen, wir haben lange auf Euch gewar-tet, nun seid ihr endlich da, bitte nehmt diese bescheidene Blume als Zeichen meiner Ehrerbietung.<<

Elin nahm ihm verwirrt, aber auch gerührt die Blume aus der Hand, >>Vielen Dank! … Aber woher kennst du mich alter Mann?<<

Der alte Mann erhob erstaunt seinen Kopf und sah Elin mit weit offenen Augen an, in dieser Sekunde glaubte sie einen einzelnen Funken in seinen Augen aufblitzen gesehen zu haben. >>Aber ihr seid doch meine Herrin.<<, fuhr er ehrerbietig fort, >>Ihr seid endlich gekommen, uns zu erlö-sen. Wir warten schon so lange auf Euch …<< Raimond und Elin tauschten einen kurzen verständnislosen Blick aus, bevor der alte Mann weiter sprach, >>Aber ihr müsst Euch beeilen. Sie verdichten sich. Sie dürfen mich nicht mit Euch sprechen sehen. Eilt Euch meine Herrin. Und nehmt Acht! Ihr werdet beobachtet meine Herrin. Eilt Euch.<<

Raimond und Elin hoben beide die Köpfe und ließen den Blick in der geschäftigen Kulisse kreisen. Diesen Au-genblick jedoch hatte der alte Mann genutzt und war in der Masse verschwunden.

>>Warte doch…<<, rief Elin ihm noch hinterher, doch er kehrte nicht zurück.

Raimond und Elin schauten sich verwirrt an, >>Was hatte denn das zu bedeuten?<<, fragte Elin mehr sich selbst als Raimond und drehte die Blume zwischen ihren Fingern.

>>Ich weiß es nicht.<<, antwortete er ihr trotzdem, während er die Umgebung erneut intensiv begutachtete, er legte den Arm um sie und wandte sich zum Gehen. >>Aber er hat recht. Wir werden beobachtet. Und nicht nur von den Klatschweibern. Lass uns verschwinden.<<

Einige Minuten später saßen sie im Auto auf dem Weg nach Hause, die Dämmerung senkte sich bereits, Raimond schaute immer wieder in den Rückspiegel, er hatte tatsächlich Vampire in den Häusernischen am Rande des Marktplatzes lauern sehen. Er ärgerte sich, dass er nicht aufmerksamer gewesen war und es selbst bemerkt hatte, es schien aber so, als ob sie nicht verfolgt wurden.

>>Rai<<, begann Elin, >>es schien mir, als ob mich dieser alte Mann kennen würde, so wie er mich angesehen hat …, auch wenn er etwas verwirrt war.<<

Raimond grunzte vergnügt, >>Etwas verwirrt ist gut … Meine Herrin!<<, kicherte er vor sich hin, >>Das ist noch besser als Glühwürmchen!<<, scherzte er weiter, >>Meine Herrin!<<, und machte eine ehrerbietige Geste mit der Hand.

>>Du bist unmöglich Rai.<<, entrüstete sie sich, >>Nein, mal im Ernst, da war etwas in seinen Augen …<< Raimond parkte das Auto und sie stiegen aus, er drehte

sich noch einmal um, um seine Jacke von der Rückbank zu fischen, als Elin erschreckt aufschrie, >>Rai!<<

Raimond drehte sich augenblicklich um und erstarrte, kalte Schauer durchfuhren ihn. Elin stand, halb auf dem Weg zwischen Auto und Hauseingang, stocksteif, mit angsterfülltem Blick, drei Schatten umkreisten sie.

>>Konzentrier dich Elin!<<, rief er ihr zu, >>Lass sie nicht in deinen Kopf!<< Er konnte ihr nicht helfen, er konnte nicht physisch gegen die Schatten kämpfen, er konnte nur versuchen sie irgendwie zu verscheuchen, abzulenken.

>>Konzentrier dich!<<, rief er ihr erneut zu, während er einen der Außenspiegel des Autos abriss und versuchte damit den Schein einer Straßenlaterne einzufangen, um es zu brechen. Es gelang ihm einen Winkel zu finden, in dem eine aufblitzende Reflexion erzeugt wurde, und tatsächlich, einer der Schatten reagierte, löse sich aus der Gruppe um Elin und schoss auf ihn zu. Raimond entwischte ihm mit seiner Vampirgeschwindigkeit, indem er unter dem Auto hindurch auf die andere Seite huschte. Raimond wusste, dieses Spielchen konnte er nicht ewig fortsetzen und da waren auch noch die zwei anderen Schatten, die Elin umkreisen. Er sah mit Entsetzen, wie sie sie attackierten, versuchten in ihren Kopf einzudringen, doch irgendetwas schien sie abzuhalten, sie prallten immer wieder an ihr ab, sie stand wie paralysiert da und schien genau das zu machen, was er ihr gesagt hatte, sie konzentrierte sich. Aber ewig konnte sie das nicht durchhalten, er wunderte sich, wie

sie es überhaupt so lange geschafft hatte, er musste die Schatten loswerden. Ablenken mit Licht reichte offenbar nicht aus, er musste sie erschrecken. Plötzlicher Lärm, das wäre die Lösung. Er überlegte fieberhaft. Während er mit dem einen Schatten fangen spielte, blitzte eine Idee in seinem Kopf auf. Er startete das Auto, öffnete zunächst alle Türen, drehte den Lautstärkeregler des Radios auf Anschlag und schaltete es dann ein. Die Lautsprecher der Musikanlage schienen förmlich unter dem plötzlichen Schall zu explodieren, kreischten Ohrenbetäubend auf, bevor im nächsten Moment die Schaltkreise versagten und das Geräusch verstummte. Raimonds Trommelfälle waren augenblicklich geplatzt und er hielt sich schmerzerfüllt die Hände über die Ohren. Er sah zu Elin, es hatte funktioniert, die Schatten waren weg. Erleichtert suchte er die Umgebung ab, alles war ruhig, seine Trommelfälle regenerierten sich bereits, er rief nach ihr, doch sie reagierte nicht. Sie stand nach wie vor bewegungslos da, sah so aus, als ob sie nicht einmal das kreischende Geräusch wahrgenommen hatte.

>>Elin!<<, rief er erneut und lief auf sie zu. Sie reagierte nach wie vor nicht, stand da, wie in einer Art Trance. Raimond schüttelte sie leicht, sprach sie immer wieder an, leichte Panik überkam ihn, hatte es doch noch einer der Schatten geschafft in sie einzudringen? War er zu langsam gewesen? >>Elin!<<, sagte er eindringlich, >>Komm schon, komm zu dir! Sie sind weg! Hörst du?! Sie sind weg!<<

Langsam kam sie wieder zu sich, beschleunigte sich ihre Atmung, bewegten sich ihre Hände. Raimond hielt sie mit beiden Händen an den Oberarmen fest, bereit sie jeden Augenblick aufzufangen. Sie schlug die Augen auf und blickte ihn mit weit aufgerissenen Augen an. Raimond stockte der Atem, die Fünkchen in ihren Augen schienen im Sekundentakt zu explodieren, wie winzig kleine Sternschnuppen, sie schien als sei sie in einer völlig anderen Welt.

Sie blickte ihn an und fand langsam wieder in die Realität zurück. >>Rai?! Was ist passiert?<<

Er hielt sie weiterhin an den Armen fest und musterte sie. >>Bist du ok?<<, fragte er besorgt.

>>Ja<<, antwortete sie noch immer etwas geistesabwesend, >>ich denke schon.<<, erschrak dann und blickte Raimond völlig klar an. >>Da waren Schatten Rai!<<

Raimond atmete erleichtert auf, da war sie wieder, die Schatten waren nicht zu ihr durchgedrungen, aber >>Wie hast du das gemacht Elin?<<

>>Was gemacht Rai?<<, fragte sie verwirrt zurück.

>>Die Schatten schienen irgendwie von dir abzuprallen. Wie hast du das angestellt?<<

>>Ich habe nur das gemacht, was du mir gesagt hast. Ich habe mich konzentriert.<< Stirnrunzelnd sah er sie an, so etwas hatte er noch nicht erlebt. Aber sei es drum dachte er, für den Moment war die Gefahr gebannt. Er hob sie in seine Arme und trug sie nach oben.

10

Der Entschluss

Raimond lag in seinem riesigen Bett inmitten der zerwühlten Laken und Kissen, starrte an die graue Waschbetondecke, seine Gedanken kreisten, er konnte nicht schlafen. Der Morgen würde bald grauen, Elin lag nackt in seinen Armen. Ihr Körper ruhte halb auf ihm, ihr Kopf auf seinem Brustkorb, die Arme zu beiden Seiten ausgebreitet, ein Bein angewinkelt über seinen Oberschenkel geschlungen. Sie schlief ruhig, ihr Atem ging flach und regelmäßig, die blonden Haare ringelten sich wie eine im Mondschein schimmernde Decke über ihren Rücken. Dieses Schimmern dachte er, das war doch nicht normal. Geliebt hatten sie sich, langsam und lange, genussvoll, sich einander hingebend, jede Sekunde auskostend, als könnte es das letzte Mal sein. Vielleicht war es das, dachte Raimond, es war wunderschön, sie war wunderschön und der Gedanke schmerzte ihn, sie wahrscheinlich nicht in seinem Leben behalten zu können. Die Anzeichen häuften sich, dass Elin tatsächlich nicht einfach nur ein Menschenmädchen war. War sie überhaupt ein Mensch, schoss es ihm durch den Kopf. Das ist doch Blödsinn, was sollte sie denn sein? Er dachte an den Abend zurück, an dem sie ihn in den Spiegel geschleudert hatte. Er hatte das einem plötzlichen Adrenalinschub mit Überraschungseffekt zugeschrieben, vielleicht war es das auch, aber die Distanz die sie danach zu Fuß zurückgelegt hatte, so schnell und weit konnte kein normaler Mensch laufen, selbst unter noch so großem Energieschub, das war physisch gar nicht möglich. Dann diese Fünkchen in ihren Augen, die glitzernden Tränen, war das nur eine hübsche Mutation? Genau wie das Schimmern? Dieses Schimmern dachte Raimond erneut, selbst Menschen konnten es sehen, nur Elin selbst nicht. Es hüllte sie in eine Art ehrfurchtsvolle Aura, die sie älter, beinahe weise erscheinen ließ. Max meinte, sie hätte halt eine außergewöhnliche Ausstrahlung, aber war das wirklich alles? Raimonds Gedanken gingen zurück zum Vorabend, zum Angriff der Schatten. Das war für ihn das ausschlaggebende Ereignis, die Augen nicht länger vor den merkwürdigen Vorgängen zu verschließen, nicht länger die Realität zu leugnen, er hatte es absichtlich aufgeschoben, ignoriert, aber das ging nicht mehr. Die Schatten hatten Elin absichtlich ausgewählt. Sie hatten es speziell auf sie abgesehen, da war er sich sicher. Normalerweise erkunden sie die Standhaftigkeit des Geistes eines Menschen allein, nicht in Gruppen. Gegen einen Schatten kann ein Mensch sich behaupten, indem er sich konzentriert, aber nicht gegen zwei oder sogar drei. Wäre Elin ein normaler Mensch, hätte es einer der Schatten in ihren Kopf geschafft, die anderen hätten sie weiter attackiert, bis ihr geistiger Widerstand gebrochen wäre und sie wäre verloren gewesen. Es hatte so ausgesehen, als ob sie eine Art Schutzschild um sich herum aufgebaut hatte, an dem die Schatten abgeprallt waren. Das konnte kein normaler Mensch. Dazu kam, wie Elin hinterher auf den Angriff reagiert hatte, sie schien im Nachhinein gar nichts davon mitbekommen zu haben, nicht einmal den Knall, als die Musikanlage überlastet wurde. Sie hatte, nachdem sie aus dieser Art Trance zurück war, weiter gemacht, als wenn nichts gewesen wäre. Raimond konnte sich keinen Reim darauf machen. Er war nur sicher, dass Elin kein normaler Mensch war. Doch was sollte er tun? Ihm fiel der alte Mann vom Marktplatz ein, der Elin „seine Herrin" genannt hatte. Er hatte sich darüber lustig gemacht, doch Elin hatte gemeint, sie hätte etwas in seinen Augen gesehen, das ihr sagte er kenne sie. War da doch etwas dran? Er beschloss mit ihr noch einmal zum Marktplatz zu fahren und nach dem alten Mann zu suchen, er war die einzige Spur. Und wenn sie ihn nicht finden sollten? Dann, ja dann blieb ihm nur das eine übrig, worum er sich die ganze Zeit herum gedrückt hatte. Dann würde er sie zum Elfenstein bringen. Bringen müssen. Er wollte dort nicht mit ihr hin. Der Morgen dämmerte, als ihn endlich ein leichter Schlaf übermannte.

Bei Max war es brechend voll. Raimond hatte versucht Elin davon zu überzeugen nicht zu kommen, doch sie hatte darauf bestanden. Sie hatte blendende Laune, ganz im Gegensatz zu Raimond. Der Besuch auf dem Marktplatz hatte keinen Erfolg gebracht, keine Spur von dem alten Mann und Raimond wusste, was nun als nächstes Folgte. Er hätte lieber den Abend allein mit ihr verbracht, doch als sie fertig umgezogen für die Party, vor ihm stand, konnte er es ihr nicht abschlagen. Sie sah umwerfend aus in ihren engen schwarzen Hosen, kombiniert mit einem dunkelroten ärmellosen Top und High Heels, mit denen sie inzwischen recht gut laufen konnte. Und natürlich zog sie sämtliche Blicke auf sich. Sie hatten sich einen Platz an der Bar gesucht, die Tische waren eh alle besetzt. Elin lehnte an Raimond, zwischen ihm und der Theke an seinem Barhocker, zwischen seinen Beinen, sein linker Arm hielt sie umfasst, ihr eigenes kleines Universum in dem lauten, überfüllten Raum. Max servierte ihr „das Beste getoastete Sandwich der Stadt" mit frischen Pilzen und geräuchertem Schinken.

>>Danke Max, riecht toll!<<, sagte Elin und strahlte Max an, der Raimond noch einen Drink einschenkte. >>Rai ist heute ein wenig mürrisch.<<, fuhr sie fort, >>Er ist den ganzen Tag schon so still und brummelig.<<, ergänzte sie, drehte sich um und küsste Raimond auf die Wange, was ihm den Ansatz eines Lächelns entlockte.

>>Nur heute?<<, scherzte Max, >>Ich kenne den guten Rai fast nur so … Aber ihr hattet ja gestern Abend einen ganz schönen Schreckensmoment.<<, fuhr er fort und sah Elin an, die an ihrem Sandwich knabberte.

>>Ach so, ja … Im ersten Moment habe ich mich schon erschreckt, aber dann hab ich gar nichts weiter davon mitbekommen, ich hab das getan, was Rai mir gesagt hat. Ich hab mich darauf konzentriert sie nicht an mich heran zu

lassen, und dann war es vorbei.<<, erklärte Elin, biss herzhaft in ihr Sandwich und lutschte Soße von ihrem Daumen.

Max sah Raimond mit einem Blick an, der alle seine Vermutungen bestätigte, Raimond hatte Max bereits ins Bild gesetzt, jedoch insgeheim gehofft keine Bestätigung zu erhalten. >>Ja, dann ist ja nochmal alles gut gegangen.<<, versuchte Max den Ernst zu überspielen, >>Dann seid ich zwei jetzt also richtig zusammen? Ja?!<<, doch bevor einer der Beiden antworten konnte wurde Max zu einem der Tische gerufen und sah nur noch aus dem Augenwinkel, wie Raimond Elins Kuss auf die Wange erwiderte. Er freute sich für Raimond, doch tat es ihm Leid, dass sein Freund nicht einfach glücklich sein konnte, er mochte Elin und hätte sie gerne an Raimond Seite gesehen.

>>Wo ist Elin?<<, fragte Max, als sich der Betrieb beruhigt und er wieder Gelegenheit hatte zur Bar zu gehen, wo Raimond saß.

>>Sie wäscht sich schnell die Hände … wir verschwinden gleich Max.<<, antwortete Raimond und drehte das Glas in seiner Hand.

>>Dann bringst du sie morgen zum Elfenstein?<<, fragte Max vorsichtig. Raimond antwortete nicht. >>Ist schon verrückt.<<, setzte Max neu an, >>Als Leena ankam und meinte Elin wäre sonst weiß was, aber kein normaler Mensch, da habe ich sie nicht ernst genommen … und jetzt.<<

>>Leena…?<< Raimond wurde hellhörig. Schon wieder Leena, dachte er. Und er stellte fest, er hatte keine Lust sich schon wieder mit ihren Motiven auseinander zu setzen, aber eine Sache war ihm aufgefallen.

>>Wer sind denn die zwei Typen, mit denen sie den ganzen Abend zu tun hat? Die haben uns permanent beobachtet.<<, fragte er und machte eine Kopfbewegung in Richtung des Tisches, wo Leena mit zwei Männern in dunklen Anzügen saß und sich angeregt unterhielt.

Max folgte seinem Blick und erklärte, froh das Thema zu wechseln, >>Ach die, das sind die Stellvertreter einer neuen Investorin, die das alte Hotel unten am Marktplatz wiedereröffnen will. Sie hat Kontakt zu Leena aufgenommen, um mehr über die lokalen Bedingungen zu erfahren und ihre Stellvertreter einzuweisen.<<

Raimond stutzte, >>Wer steckt denn Geld in die Bruchbude, steht das Gebäude nicht unter Denkmalschutz, oder sowas? Weißt du etwas über diese Frau?<<

Max schüttelte den Kopf, er hatte sich auch schon über dieses Projekt gewundert. >>Nein, … sie kommt wohl von ziemlich weit her, irgendwo von der südwestlichen Küste … Leena ist ganz begeistert von ihr. Soll sie, es stand ihr immer frei auch andere Projekte zu betreuen, so lange hier alles läuft.<<

Raimond ließ es damit gut sein. Er wollte nur noch den Rest des Abends in Ruhe mit Elin verbringen, die gerade aus dem Waschraum kam, ihm die Arme um die Schultern legte und zärtlich küsste.

Der Mond schien hell, beinahe voll, es lag kaum Dunst über der Stadt. Das Auto parkte ein paar Straßen weiter, Raimond und Elin schlenderten Arm in Arm durch die milde Nachtluft.

>>Sieht ja köstlich aus die Kleine.<<, ertönte eine Stimme aus der Dunkelheit. Ein Vampir hatte sich aus dem Schatten einer Seitengasse gelöst, >>Kann ich mal probieren?<< Raimond ging sofort in Angriffsmodus über und schob Elin hinter sich. >>Tja, daraus wird nichts Kumpel.<<, sagte er knurrend. >>Das ist ja zu schade … Kumpel.<<, erwiderte eine andere Stimme hinter ihnen. Sie drehten sich um und sahen drei weitere Vampire auf sich zu kommen. In diesem Augenblick wurde Raimond bereits von dem ersten Vampir angegriffen, der ihm einen Schlag ins Genick versetzte, so dass er zu Boden ging. Raimond rappelte sich schnell wieder auf, sah wie die drei anderen Vampire Elin in die Gasse schleppten, hieb seinem Angreifer den Ellenbogen ins Gesicht, was ihm den Kiefer zertrümmerte. Raimond hörte Elin nach ihm rufen, sein Gegner holte zum Gegenschlag aus, aber er duckte sich schnell genug darunter hinweg, packte ihn von hinten um den Hals und riss ihm mit einem kräftigen Ruck den Kopf ab. Er stürzte in die Gasse, wo Elin schreiend und strampelnd von zwei der Vampire rechts und links an den Armen festgehalten wurde. Der

dritte bewegte sich langsam auf sie zu, als er Raimond hinter sich bemerkte drehte er sich blitzschnell um und presste Raimond mit dem Unterarm an der Kehle gegen die Hauswand. >>Na das scheint ja noch spaßig zu werden heute Abend.<<, rief er seinen Mitstreitern zu, >>Da kann die junge Dame noch dabei zuschauen, wie wir ihren Helden zerfleischen.<<, schnaubte er höhnisch, >>Angst macht das Blut doch nur noch süßer.<< Elin schrie laut auf, versuchte verzweifelt sich aus dem Griff der zwei Vampire zu befreien, schaffte es aber nicht. Raimond jedoch erfasste die Sekunde Unaufmerksamkeit seines Angreifers, packte dessen Arm an seiner Kehle, drehte ihn knackend auf den Rücken und schleuderte ihn an die gegenüberliegende Hauswand, was ihm die Schädeldecke am Hinterkopf zertrümmerte. Raimond setzte zum tödlichen Schlag an, doch einer der Vampire, der Elin festhielt versetzte ihm einen Schlag in den Bauch, dass ihm die inneren Organe platzten, gleich darauf folgte ein Kinnhacken, der ihn in hohem Bogen auf den Asphalt krachen ließ. Er krümmte sich vor Schmerzen, sein Gesicht war Blutüberströmt. Elin war außer sich, sie strampelte, trat um sich, wand sich im Klammergriff des Vampirs und tatsächlich lockerte er seinen Griff, als sie ihm den Absatz ihres Schuhes mit voller Kraft mitten in den Fuß rammte. Nur eine Sekunde, aber die reichte ihr, sich aus dem Griff zu befreien, ein spitzes Stück Holz einer kaputten Gemüsekiste aufzuheben und es dem überraschten Vampir ins Herz zu rammen. Er brach tot zusammen. >>Das reicht!<<, rief der Vampir mit dem gebrochenen Arm, der gerade Raimond den tödlichen Schlag versetzen wollte, drehte sich zu Elin und biss ihr zu Raimonds entsetzen in den Hals. Sie schrie laut auf. Raimond lag, sich krümmend, am Boden, seine Organe regenerierten sich langsam, er musste Elin helfen, bevor der Vampir sie leer trinken würde. Sein Entsetzen konnte nicht größer sein, er versuchte sich aufzurappeln, doch sein noch verbliebener Gegner drückte ihm mit der Hand die Kehle zu. Elin ging unter dem Biss des Vampires in die Knie, dann plötzlich ließ er hustend und spuckend von ihr ab, röchelte, hielt sich die Hand an den Hals, dann fiel er mit weit aufgerissenen Augen vornüber auf den Asphalt und zerfiel augenblicklich zu einem unkenntlichen Staubklumpen. Raimonds Angreifer, abgelenkt durch das grausige Schauspiel, merkte nicht einmal, wie Raimonds Hand blitzschnell in seinen Brustkorb fuhr und sein Herz heraus riss.

Elin lag in Raimonds riesigen Bett inmitten der zerwühlten Laken und Kissen, starrte an die graue Waschbetondecke, ihre Gedanken kreisten, sie konnte nicht schlafen. Der Morgen würde bald grauen, Raimond lag nackt in ihren Armen. Sein Körper ruhte zwischen ihren Beinen, den Kopf in der Kuhle ihres Zwerchfelles zwischen ihren Brüsten, seine Hände unter ihren Schulterblättern, hielten sie noch im Schlaf. Er schlief erschöpft, sein Atem ging flach und stoßweise, sie streichelte seinen Nacken, grub ihre Hand in seine weichen Locken am Hinterkopf, strich mit der anderen sanft über die Konturen seines Gesichtes. Er roch so gut. Warum konnte sie ihn riechen, dachte sie, das war doch nicht normal. Geliebt hatten sie sich, verzweifelt und verzehrend, mehrmals hatte Raimond den erlösenden Moment hinaus gezögert, jede Sekunde auskostend, als könnte es das letzte Mal sein. Vielleicht war es das, dachte Elin und eine dunkle Vorahnung drückte ihr aufs Herz. Eine leise Gewissheit schlich sich in ihren Verstand, es drängte sich nicht mehr die Frage auf, wer sie war, sondern was sie war. Sie dachte an den Abend zurück, an dem sie Raimond in den Spiegel geschleudert hatte. Wie hatte sie so viel Kraft aufbringen können? Sicher, sie hatte eine Menge Frust angestaut, war verzweifelt und hatte ihn überrascht. Aber sie hatte, nachdem er sie gefunden hatte keinerlei Verletzungen an den Füßen, obwohl sie die gesamte Strecke barfuß gelaufen war, das war für einen normalen Menschen nicht möglich. Ihre Bisswunde am Hals war schon fast verheilt, Raimond hatte ihr ein Pflaster darauf geklebt, nachdem er sich tausend Mal vergewissert hatte, dass ihr sonst weiter nichts fehlte. Doch ausschlaggebend, dachte Elin weiter, war die Tatsache, dass ihr Blut offensichtlich giftig für Vampire war. Wenige Schlucke hatten gereicht und der Vampir, der von ihr getrunken hatte, war zu Staub zerfallen. Sie war kein Mensch, das war ihr nach diesem Ereignis klar geworden. Doch was war sie? Den alten Mann vom Marktplatz hatten sie nicht gefunden, doch was konnten sie tun?

Es blieb nur noch eine Option, einen Ort, der Antworten bringen konnte. Der Morgen dämmerte bereits und Elin fasste einen Entschluss.

11
Das Versprechen

>>Bring mich an den Ort, an dem du mich gefunden hast. Bring mich zum Elfenstein.<< Elin stand am Fenster, den Blick in den trüben zwielichtigen Dunst des späten Nachmittags gerichtet. Sie hatte gespürt, dass Raimond aufgewacht war und in den Laken nach ihr suchte. Dies war der Moment, vor dem er sich insgeheim gefürchtet hatte. Der Moment, der jedoch unausweichlich, unumgänglich war. Er hatte selbst vorgehabt sie an diesem Tag dorthin zu bringen. Es ging nicht anders und das war ihr nach dem gestrigen Abend offensichtlich auch bewusst geworden, deshalb überraschte ihn ihre Bitte nicht sonderlich. Es war der Moment, der Tag, an dem er Elin für immer verlieren konnte. Welche Antworten würden sie beim Elfenstein finden? Wird sie ihn verlassen müssen? Er hatte sich darum herum gedrückt, das wusste er selbst. Es wäre das logischste gewesen an dem Ort mit der Suche nach ihrer Herkunft zu beginnen, an dem er sie gefunden hatte, anstatt Sightseeing zu machen und heile Welt zu spielen. Es war soweit, der Tag der Wahrheit. Es schauderte ihn bei dem Gedanken an

diesen Ort. Die Erinnerungen, die ihn auch in jener Nacht dorthin getrieben hatten, er wusste, dass es dort Antworten geben würde. Er wollte nicht dorthin. Er wollte Elin nicht verlieren. Er hatte sich verliebt. So einfach. Elin war zu seiner Welt geworden, von jetzt auf gleich und er konnte sich keinen einzigen Tag ohne sie vorstellen. Keinen Tag, an dem er nicht in ihre unendlich tiefen blauen Augen schauen durfte, nicht ihre seidig glatten Haare auf seiner Haut spüren, oder ihre weichen, warmen, süßen Lippen küssen durfte. Etwas zog sich schmerzhaft in ihm zusammen bei dem Gedanken sie nicht jeden Tag in seinen Armen halten zu können. Aber so egoistisch konnte er nicht sein, durfte er nicht sein, nicht mehr, nicht nach den Angriffen der letzten beiden Nächte.

>>Dann lass uns gehen.<<, brummte er, stand auf und zog sich rasch an.

Elin hatte mit mehr Widerstand gerechnet, nun sah sie zu wie er sich Jeans, Shirt und Boots anzog, den Autoschlüssel schnappte und zum Aufzug ging.

Sie fuhren Stadtauswärts. Schweigend. Beide wussten instinktiv, dieser Ausflug würde ihre Beziehung grundlegend ändern. In welcher Weise auch immer. Beziehung! Was für ein Wort. Hatten sie das? Eine Beziehung?! Was bedeutet das eigentlich? Am Vorabend, als Max gefragt hatte, ob sie nun zusammen wären, hatte es an der Antwort keinerlei Zweifel gegeben. Natürlich waren sie zusammen, doch konnten sie es auch bleiben? Elin saß auf dem Beifahrersitz und nahm die vorüberziehenden Häuserschluchten im schwindenden Tageslicht nur schemenhaft wahr, sie war tief in Gedanken. Sie wollte Raimond nicht verlieren, sie wollte mit ihm zusammen sein, sie hatte sich in ihn verliebt. Aber konnten sie das? Zusammen sein? Selbst eine Mensch/Vampir Kombination wäre ungewöhnlich, doch sie war kein Mensch, das war ihr in der letzten Nacht klar geworden und sie hoffte inständig heraus zu finden, was für ein Wesen sie war. Sie war giftig für Vampire, das machte sie zu so etwas wie natürlichen Feinden. Ging das? Konnte sie mit ihrem natürlichen Feind zusammen sein? Dazu müsste sie erst einmal wissen, was sie eigentlich war. Aber im Grunde, überlegte sie weiter, war das nicht völlig egal?! Sie waren doch bereits zusammen, also konnten sie es doch auch einfach bleiben. Er hatte sie gerettet, hatte nie versucht von ihr zu trinken, hatte sie umsorgt. Sie hatten sich körperlich vereinigt, öfters, mit äußerstem Vergnügen. Aber es war nicht nur das Vergnügen gewesen, es war wunderschön einander so intensiv, so intim, so nahe zu sein, ihr Körper verzehrte sich regelrecht nach ihm. Es war alles so widersprüchlich und verwirrend. Was war sie für ihn? Elin schwirrte der Kopf. Hatte sie richtig gehandelt Raimond zu drängen sie in den Wald zu bringen? Er war so schnell einverstanden gewesen, sonst, wenn sie darüber gesprochen hatten, hatte er sie immer vertröstet. Sie wusste, dass Raimond diesen Ort verabscheute. Aber ja, es war richtig gewesen.

Raimond fuhr zügig durch den lichten Verkehr. Er war still, genau wie sie. Zweifel meldeten sich in Elin. Nicht in ihrem Kopf, dort wusste sie, diesen Schritt hatte sie tun müssen. Aber in ihrem Herzen. Es versetzte ihr einen Stich bei dem unvermittelten Gedanken Raimond in diesem Augenblick das letzte Mal nahe zu sein. Ihn vielleicht das letzte Mal in ihrem Leben zu sehen. Was hatte er nur mit ihr gemacht? Sie konnte sich nicht vorstellen ihn nicht um sich zu haben. Ihn nicht zu spüren, zu riechen, zu schmecken. Nicht seine weichen, vollen, blonden Locken über ihre Haut streifen zu fühlen, während seine festen, rauen Lippen … Ein Faustschlag von Sehnsucht fuhr ihr blitzartig in den Unterleib und zuckte zwischen ihre Schenkel bei dem Gedanken an seine leidenschaftlichen Umarmungen. Ihr Herz schlug schneller und ein panikartiger Krampf von Angst packte sie in der Brust. Es schnürte ihr beinahe die Luft zum Atmen ab. Nein. Nein! Dieser Tag war nicht das Ende. Das würde sie nicht zulassen. Egal was sie finden würden und egal wie sehr es ihr beider Leben verändern sollte, dies war nicht das Ende. Elin schwor es sich inbrünstig mit voller Überzeugung, sie würde Raimond nicht aufgeben. Für nichts in der Welt. Sie liebte ihn. Ganz einfach. Sie sah wie er starr auf die Straße vor ihnen blickte, beide Hände fest ans Lenkrad geklammert, sie waren längst aus der Stadt heraus gefahren, hatten die Vororte hinter sich gelassen und durchquerten leicht bewaldetes Gebiet. Sie würden bald da sein. Sie sah ihm an, dass es ihm beinahe das Herz zerriss, genau wie ihres. Das war es, was sein in schmerzlichen Gedanken eingefrorenes Gesicht ihr klar offenbarte. Er liebte sie auch. Ganz einfach. In diesem Moment lenkte Raimond den Wagen von der asphaltierten Straße in einen kleinen, kaum als Straße erkennbaren unbefestigten Weg, hinein in den Wald.

Bald hielt er den Wagen an, als die Bäume zu dicht standen zum Weiterfahren. Raimond zögerte einen Augenblick bevor er ausstieg, um den Wagen herum ging und Elin die Tür öffnete. Sie stieg aus, Raimond nahm ihre Hände, pure Verzweiflung sprach aus ihm, >>Elin, ich…<<, drückte sie sanft, >>Ich…<<

>>Ich weiß.<< Elin hatte eine ihrer Hände aus seiner gelöst und streichelte mit offener Handfläche über seine Wange, sie streifte mit ihren Fingerspitzen sanft seinen Haaransatz und ihr Daumen liebkoste seinen Wangenknochen. Sie sahen sich tief in die Augen, ein Moment tiefster inniger Zusammengehörigkeit. Ihr vielleicht letzter Moment.

>>Ich liebe dich auch Rai. Ich liebe dich und ich werde dich immer lieben. Du wirst für immer in meinem Herzen sein. Das Verspreche ich dir. Egal, was wir finden oder uns erwartet. Ich bereue nicht eine Sekunde, die ich mit dir verbracht habe. Und das werde ich auch niemals. Ich will nicht, dass dies unser Ende ist. Ich will es nicht. Ich will mit dir zusammen sein. Und wenn es einen Weg gibt, so unmöglich er auch sein mag, lass ihn uns finden und gehen.<<,

brach es enthusiastisch aus ihr heraus, ihr Herz pochte, Tränen standen ihr in den Augen, sie konnte nicht weitergehen ohne ihn wissen zu lassen, dass sie um ihn und seine Liebe kämpfen würde.

Raimond zog sie in seine Arme, schmiegte sein Gesicht in ihr Haar, >>Ich gehe mit dir jeden beschissenen, unmöglichen Weg auf diesem verdammten Planeten, weil ich ohne dich keinen einzigen Schritt mehr tun will. Auch wenn du mich vielleicht für eine Weile verlassen musst, werde ich auf dich warten, aber ganz sicher werde ich nicht zulassen, dass dies hier unser Ende ist.<<, flüsterte er ihr inbrünstig ins Ohr.

Erleichtert den ungewissen Kampf gemeinsam zu bestreiten, besiegelten sie ihr Versprechen mit einem innigen, verzehrenden, verzweifelten Kuss. Wie zwei ertrinkende, deren Luft zum Atmen der Körper des anderen war, klammerten sie sich aneinander, weich, sanft, jede kostbare Sekunde aufsaugend.

>>Elin, warte noch kurz.<<, begann Raimond. Elin sah ihn fragend an, >>Wir müssen auf die Wölfe aufpassen und noch eins, ich kann wahrscheinlich nicht ganz bis zum Stein mitkommen, wegen dem Schutzwall. Aber du kannst dich dort umsehen, vielleicht zeigen sich sogar die Elfen. Ich bin in der Nähe, aber sei vorsichtig. Ja?! … Versprich mir das.<< Elin verstand, dass er ihr direkt am Stein nicht helfen konnte falls etwas passierte, was es ihm noch viel schwerer

machte sie dorthin zu bringen. Dafür liebte sie ihn umso mehr. >>Versprochen!<<

Sie gingen Hand in Hand der Lichtung entgegen, mussten sich fast durch das tiefe Dickicht schlagen, eng bewachsener Mischwald aus hohen alten Bäumen und von hochgewachsenem Farngestrüpp überwucherter Boden, schlug ihnen entgegen. Es war bereits fast dunkel, der letzte Schein Zwielicht tauchte die Umgebung in bizarre Schatten. Raimond und Elin waren beinahe an der Lichtung angekommen, die Lichtung, die Raimond gut kannte und hasste. Die Lichtung, durchzogen von einem seichten, murmelnden Bach, hinter dem der dunkle Nadelwald begann. Der Schattenwald. In der Mitte ruhte der Elfenstein, eingebettet in dickes, weiches, sattes Moos. Raimond hatte auf dieser Lichtung seinen besten Freund verloren und nun brachte er Elin ausgerechnet dorthin. Aber es war nun einmal der Ort an dem er sie gefunden hatte.

Elin verlangsamte abrupt ihre Schritte und blickte suchend um sich, als ob sie etwas bestimmtes wahrgenommen hätte. >>Wir sind gleich da. Stimmt`s Rai?!<< Er schaute sich aufmerksam um, seine Vampirsinne aufs äußerste geschärft und nahm ihre Hand fester, die Wölfe konnten nicht weit sein. >>Rai, hörst du das? Es klingt wie leiser Gesang. Dort drüben, die Lichtung. Es kommt von dort. Es klingt wunderschön!<<, rief sie aufgeregt, nahm auch seine Hand fester, ging mit zielstrebigen Schritten in die Richtung des Gesanges und zog ihn hinter sich her.

>>Elin, nicht so schnell.<<, versuchte er sie zurück zu halten, doch sie wurde wie magisch angezogen. >>Rai! Das ist mein Name! Sie singen meinen Namen! Komm…<<

>>Verdammt! Elin das ist kein Gesang! Das ist…<< Elin setzte an auf die Lichtung zu laufen, doch in diesem Augenblick brach Raimond mit schmerzverzerrtem Gesicht, die Hände gegen den Kopf gepresst zusammen, er krümmte sich vor Schmerzen auf dem Boden. Elin fiel bestürzt neben ihm auf die Knie, versuchte die Situation zu erfassen. >>Rai!?! Was ist los? Was ist mit dir?<<

>>Das ist der verdammte Schutzwall. Sie haben ihn ausgedehnt. Mein Kopf Elin! Mein Kopf! Er zerspringt!<<, stöhnte er, >>Es sind die Elfen Elin. Die Elfen! Siehst du den Stein dort? Sie sind dort.<<, presste er atemlos hervor, sekündlich platzten Blutgefäße in seinen Organen und Nervenbahnen zerrissen in seinen Gliedern. Sein Körper konnte sich unter diesem Dauerbeschuss nicht schnell genug regenerieren, er lag bewegungsunfähig am Boden und konnte sich nicht wehren. Elin lief auf den großen mit Moos bewachsenen Stein in der Mitte der Lichtung zu und rieft laut. >>Aufhören! Hört auf damit! Ihr tut ihm weh!!!<<

Als sie näher kam, vernahm sie wildes Stimmengewirr, >>Elin! Elin! Elin! Elin! … Da bist du ja endlich! Wo bist du so lange gewesen? Wir haben dich gerufen! Du musst dich beeilen! Sie sind dort drüben! Warum hat das so lange gedauert? Was ist mit dir passiert? … Elin! Elin?<<, riefen die Elfen mit ihren vielen hundert Stimmen wild durcheinander.

Elin verstand kaum was sie sagten, es war eher wie ein dauerndes Sirren in ihren Ohren, aber eins hörte sie heraus, die Elfen wussten wer sie war! Doch zuerst Raimond.

>>Hört auf ihm weh zu tun! Sofort! Ihr bringt ihn noch um! Hört auf! Macht es aus!<<, schrie sie dem Gebrabbel entgegen. Das wilde Durcheinandergeschwätz verstummte abrupt, das Sirren erlosch.

Eine der Elfen kletterte verwirrt aus dem Moos hervor. >>Elin was meinst du?<<, fragte sie erstaunt.

>>Rai! Er hat schmerzen! Ihr tut ihm weh! Hört Auf!!<<, antwortete Elin aufgewühlt. Sie fühlte sich hilflos, mit einer solchen Attacke hatte sie nicht gerechnet, und deutete in Raimonds Richtung, wo er sich auf dem Boden wand, ihre Verzweiflung und der Schmerz darüber, dass er schmerzen hatte schwang in jedem ihrer Worte mit.

>>Rai?! Du meinst diesen sich im Dreck windenden Abschaum von einem dunklen Bewohner dort drüben? Diesen Vampir? Was hast du mit ihm zu schaffen? Der hat hier nichts verloren! Der Existiert doch nur um uns zu vernichten!<<, empörte sich die Elfe.

Fassungslos blickte Elin auf die kleine Elfe herab, sie fühlte wie Ärger und Wut die Verzweiflung vertrieben. Wie konnte sie Raimond nur Abschaum nennen?! Das Wesen das sie liebte und das sich dort vor Schmerzen wand?! Die Elfe kannte ihn doch gar nicht! Wie konnte sie über ihn urteilen? >>Wie kannst du es wagen ihn Abschaum zu nennen? Er tut euch nichts! Er gehört zu mir, er ist ein wunderbares Wesen. Ich verlange, dass ihr sofort aufhört! Hört auf ihm weh zu tun! Ich weiß nicht woher ihr mich kennt! Ich weiß nicht was ihr von mir wollt! Ich weiß auch nicht warum ihr mich gerufen habt! Aber wenn ihr ihn nicht auf der Stelle in Ruhe lasst gehe ich mit ihm weg und ihr könnt mich rufen, für was auch immer, bis ihr grün werdet!<<, ereiferte sie sich, und klang dabei wie ein trotziges kleines Kind, das versucht seinen Willen durchzusetzen, sie wusste sich nicht anders zu helfen, doch darüber hinaus wurde sie langsam wütend. Was bildete sich dieses kleine Ding ein?

Nun war es die Elfe, die Elin fassungslos anblickte. Die anderen begannen ein erneutes Stimmengewirr zu erheben, was aber sofort von der Einzelelfe unterbunden wurde. >>Elin, was ist los mit dir? Du bist vor zwei Wochen zurückgeschickt worden, warst verschwunden und jetzt tauchst du hier mit einem Vampir auf. Was sollen wir denn denken? Hast du denn deine Aufgabe vergessen?<<

Elin war baff, >>Zurückgeschickt?! Woher?! Aufgabe?<<, entfuhr es ihr verständnislos. Sie schwankte zwi­schen Wut und Verzweiflung und deutete mit verzweifelter Geste in Raimonds Richtung. >>Bitte!<<, flehte sie.

Die Einzelelfe verschwand im Moos, doch es ertönte so etwas wie ein empörtes Protestgemurmel, dann war es ruhig. Sehr ruhig. Nur der rauschende Wind in den Baumwipfeln war zu hören. Als Elin dies bemerkte, registrierte sie, dass auch Raimond ruhig war, er stöhnte nicht mehr vor Schmerzen. Der Schutzwall war aus. Sie rannte in seine

Richtung, fiel neben ihm auf die Knie. Er lag regungslos auf dem Rücken.

Elin kniete neben ihn und wartete, sie hielt eine seiner Hände zwischen ihren und durchforstete seine Gesichtszüge nach irgendeiner Regung. Sie wusste, sein Vampirkörper würde sich schnell regenerieren, doch er hatte ziemlich Schaden genommen. Jedes, durch den Schutzwall der Elfen, geplatzte Blutgefäß, jeder zerrissene Nervenstrang musste wieder zusammenwachsen. Es herrschte spannungsgeladene Stille, fast elektrisiert. Nur das dunkle, tiefe rauschen der Baumwipfel hoch über ihren Köpfen und das stetige murmeln des Baches war zu vernehmen. Elin war wütend, außer sich darüber was die Elfen Raimond angetan hatten. Sie hatten sich vermutlich nur verteidigen wollen, gegen einen dunklen Bewohner dessen Absichten sie nicht kannten. Das sah Elin ein. Und dennoch hatten sie ihn bis zur Bewusstlosigkeit gequält, obwohl offensichtlich keine Gefahr von ihm ausging. Sie fühlte sich wie kurz vor dem zerspringen.

Ein zucken in Raimonds Hand ließ sie erleichtert aufatmen, er kniff noch immer unter Schmerzen die Augenbrauen zusammen und keuchte, >>Verdammt!<<

Elin wartete nicht ab bis er sich vollständig aufgerappelt hatte, er würde schon wieder auf die Beine kommen. Sie drückte ihm einen schnellen Kuss auf den Mund, sprang auf und lief mit langen, enthusiastischen Schritten auf den Elfenstein zu, die Einzelelfe saß abwartend, mit verschränkten

Fühlern und herausforderndem Blick auf dem höchsten Punkt des Steines oberhalb des Moosdaches. Die paar hundert anderen Elfen lugten teils erwartend, teils empört aus dem Moos hervor. Elin kam dicht vor der Einzelelfe zum Stehen, stemmte die Hände in die Hüften, öffnete den Mund um ihren Ärger kund zu tun, kam jedoch nicht dazu.

>>Was denkst du dir dabei dich mit diesem Ding rumzutreiben, wenn du doch die Welt retten sollst?<<, donnerte die Elfe los und zeigte auf Raimond, der schlurfend näher kam.

>>Und was denkt ihr euch dabei ihn grundlos beinahe umzubringen? Er hat euch letztes Jahr bei dem Angriff verteidigt, hat dabei seinen besten Freund verloren … Und wie dankt ihr es ihm?<<, protestierte Elin, sie war außer sich. >>Er hat mich gerettet. Er hat mich hier bewusstlos im Wald gefunden und in Sicherheit gebracht. Seit dem haben wir versucht herauszufinden wer ich bin, woher ich komme, was ich hier tue. Ihr kennt ganz offensichtlich die Antworten darauf. Und was meintest du bitte mit Welt retten?<< Elin war noch immer verärgert und etwas trotzig, aber diese Elfen wussten wer sie war und das herauszufinden war der Grund weshalb sie und Raimond überhaupt gekommen waren. Also bemühte sie sich, sich zu beruhigen.

>>Schönen Guten Tag auch die Herrschaften…<<, mischte Raimond sich ein, er war humpelnd zum Stein aufgeschlossen >>Und nichts für ungut.<<, fügte er sarkastisch hinzu.

>>Pah!<<, machte die Elfe verächtlich, >>Verteidigt ja? Das ich nicht lache. Vampir ist Vampir!<<, stellte sie un- missverständlich ihren Standpunkt klar, worauf hin sie Elin skeptisch anschaute. >>Du hast also während des Fallens dein Gedächtnis verloren, ja? ... Und da kommt ihr erst jetzt auf die Idee wieder hierher zurück zu kommen?<<, empörte sich die Elfe, hielt aber abrupt mit vor entsetzten, offen Mund den Atem an.

Aus dem Moosdickicht erklang gleichzeitig das Ge- räusch von hunderten in erschrecken die Luft einziehenden Wesen. Raimond hatte seine Hand zärtlich auf Elins Rücken gelegt und sie liebevoll gestreichelt, er hatte ihr zugeflüstert, >>Bist du ok?<<, sie war in seine Arme geglitten, nickte mit dem Kopf als Antwort auf seine Frage und flüsterte ihrer- seits, >>Sie wissen wer ich bin.<< Er hatte sie fester in seine Arme gezogen und nickte seinerseits eine Bestäti- gung, dass sie am Ziel ihrer Suche waren. Mit allen Konse- quenzen. Er hatte ihr noch einen Kuss auf die Stirn ge- haucht, als aus dem entsetzten Luftanhalten im Elfenmoos ein angewidertes Zischen wurde und die Elfen Raimond einen elektrischen Schlag in den Fuß verpassten.

>>Au! Verdammt!<<, fluchte er.

>>Was soll das?<<, empörte sich Elin, die abrupt aus Raimonds Umarmung gerissen wurde.

>>Ich vermute, sie wollen ihm damit sagen, dass er seine verdammten Drecksfinger von dir lassen soll!<<, ent- gegnete die Einzelelfe scharf.

>>Reizend!<< Raimond rieb sich das Bein, doch sein Sarkasmus war unüberhörbar. >>Widerliche kleine Giftnattern, ich hatte ganz vergessen wie fies ihr sein könnt.<<, fügte er eher zu sich selbst hinzu, doch nicht leise genug, denn es ertönte erneut das angewiderte Zischen aus dem Moosdickicht.

>>Genug! Ruhe jetzt!<<, befahl die Einzelelfe, hatte dabei allerdings bereits Elin mit vor entsetzten weit aufgerissenen Augen fokussiert. >>Hast du etwa? Hast du..?<< Sie wollte es gar nicht aussprechen, so sehr entsetzte sie alleine die Vorstellung an dem Vergehen das sie vermutete. Elin wusste nicht was sie sagen sollte, ihr Kopf schwirrte. Was sollte das alles hier? Sie konnte die Situation in ihrem Ausmaß nicht erfassen, also hielt sie Raimonds Hand und starrte die Elfe fassungslos an, was diese das überhaupt anginge, fuhr es ihr durch den Kopf, während die Elfe leise und zögerlich weitersprach.

>>Du hast dich doch nicht … mit ihm … zusammengetan?<<, fragte die Elfe zögerlich, sie schüttelte sich beinahe bei diesen Worten. >>Du hast dich doch nicht so beschmutzen lassen?<<, ungläubiges Entsetzen stand ihr in den Augen.

>>Beschmutzen? Wieso beschmutzen? Was soll das? Was ist hier überhaupt los?<< Elin verstand die Welt nicht mehr. >>Wir sind zusammen und lieben uns, was ist denn so schlimm daran?<<

>>Liebe?!<< Die Elfe flatterte wild über dem Stein und ging fast in Schnappatmung über. Ihre Stimme jedoch bekam einen drohenden, grollenden Unterton. >>Liebe?! Du kannst doch nicht diesen Abschaum von dunklem Bewohner lieben. Ein Vampir! Vampire sind doch gar nicht in der Lage zu lieben, geschweige denn überhaupt irgendwelche Emotionen zu empfinden. Sie sind die Handlanger der Schatten! Der Schatten deren Verbindung du verhindern sollst! Er ist dein Feind! Du bist hier um gegen so etwas wie ihn zu kämpfen! Du bist hier um so etwas wie ihn zu vernichten! Was hat er mit dir gemacht, dass du dich ihm fügst?<<, entsetzt hielt die Elfe inne und kreischte, >>Er hat dich entführt, manipuliert und dann verführt damit du scheiterst!<<

Raimond stöhnte auf und brach auf der Stelle zusammen, eine Flut elektrischer Stöße von hunderten im Moos versteckter Elfen donnerte auf ihn ein. Sein Fleisch qualmte an den Stellen, wo die Blitze seine Haut trafen.

>>Nein! Nein!<<, schrie Elin entsetzt auf. >>Er hat mich nicht verführt, oder manipuliert, oder sonst etwas! Es ist echt! Er fühlt! Er ist anders! Ihr kennt ihn doch gar nicht! Er liebt mich! Und ich liebe ihn! Und ich lasse nicht zu, dass ihr ihm etwas antut!<<, kreischte Elin panisch, sie fühlte etwas in sich aufsteigen das über Ärger und Wut hinaus ging. Sie fühlte eine Macht in sich wachsen, die sie körperlich erbeben ließ, sie wusste nicht was es mit dieser Macht auf sich hatte, doch ließ sie es zu, wie sie ihren Körper durchflutete. >>Ich verlange von euch auf der Stelle von ihm ab zu las-

sen! Sofort!<<, befahl sie. Sie schwebte einige Zentimeter über dem Boden, die Arme, mit nach vorne geöffneten Handflächen in Richtung Stein, ausgestreckt. Ihre Stimme war unheilvoll grausam, der Schimmer, der sie umgab wurde zu einem hellen Schein. >>Sofort!<<, donnerte sie in Richtung der Elfen.

>>Aber er ist der Feind Elin. Nicht wir!<<, rief die flatternde Elfe inzwischen angsterfüllt.

>>Sofort!<<, wiederholte Elin. Der bebende Nachdruck in ihrer Stimme brachte den Elfenstein zum Wanken und hunderte schockierte Elfen ließen von Raimond ab. Elin ließ die Anspannung der Macht in ihr entweichen, sank zu Boden, doch ihre Beine wollten sie nicht halten. Überwältigt von diesem Ausbruch ihrer eigenen Kraft sackte sie auf den Waldboden. Raimond lag qualmend neben ihr, doch er bewegte sich. Sie saß, nach Luft schnappend, mit zur Seite angewinkelten Beinen, die Arme nach vorn aufgestützt auf dem Boden und blickte zu der Einzelelfe hinauf, welche Elin schockiert musterte, aber keine Wahl hatte, als klein bei zu geben. Gegen Elins Zorn hatte sie keine Chance, das wusste sie.

Elin beschäftigte jedoch nur noch eine Frage. >>Wer bin ich?<< Fassungslos über den Verlauf der Ereignisse, flatterte die Elfe dicht vor Elins Gesicht und verkündete, >>Du Elin, bist die letzte Göttin.<<

Elin starrte die Elfe fassungslos an, >>Die bitte was?<<, eine Göttin?, dachte sie, und dann auch noch die letzte? Wie konnte das sein? Ihr fiel der alte Mann vom Marktplatz wieder ein.

Die Elfe flatterte noch dichter an Elin heran und schwebte vor ihrem Gesicht. >>Es bleibt nicht mehr viel Zeit. Es war von den Hexen geplant, dich direkt hierher auf die Lichtung zu schicken, um die Schatten aufzuwirbeln. Jetzt haben sie bereits so etwas wie einen festen Wirbel gebildet. Und es werden mehr. Im Nadelwald hinter dem Bach verbinden sie sich. Du kannst sie hören.<<, erklärte die Elfe und richtete den Blick hinter sich auf das Dickicht, Elins Blick folgte ihr, es war inzwischen dunkel geworden und der Wind hatte zugenommen, fegte in Böen über die Lichtung. Doch da war noch ein Geräusch zwischen den wogenden Baumwipfeln. Elin konzentrierte sich, es klang wie ein dumpfes stetiges rotieren, etwas eierig mit einer höheren und tieferen Frequenz, nicht sehr schnell. Auch Raimond, der noch benommen am Boden lag registrierte das Geräusch mit seinem Vampirgehör. >>Es wird schneller und gleichmäßiger.<<, sagte die Elfe beinahe gedankenverloren. Plötzlich huschten vereinzelte Schatten aus dem Dickicht auf die Lichtung hervor. Allen stockte der Atem und sie fühlten einen kalten Schauer im Nacken, der durch den ganzen Körper zuckte. >>Wir brauchen unseren Schutzwall! Sie kommen durch! So nahe waren sie noch nie.<<, kreischte die Elfe panisch.

>>Aber dann tut ihr auch Rai wieder weh! Er kann dann nicht hier bleiben!<<, erwiderte Elin erschrocken, blickte jedoch ebenfalls angsterfüllt in Richtung Waldrand.

>>Richtig, er kann dann nicht hierbleiben.<<, bestätigte die Elfe und blickte Raimond verächtlich direkt in seine stechend hellen Vampiraugen. Er nahm Elins Hand, er qualmte noch immer ein wenig von den elektrischen Blitzen, die sein Fleisch versengt hatten, drückte sie fest und flüsterte zärtlich mit einem schrägen lächeln. >>Ist schon gut. Ich werd`s überleben … Eine Göttin, hm?!<< Elin lächelte traurig zurück, zuckte beinahe entschuldigend mit den Schultern, >>Sieht ganz so aus.<<, und wollte ihm eine seiner blonden Locken aus der Stirn streichen.

>>Elin!<<, der Tonfall der Elfe ließ keine Unaufmerksamkeit zu, >>Dafür haben wir jetzt wirklich keine Zeit! Du wirst dich jetzt verwandeln und mit deiner Aufgabe beginnen! Du meine Güte…<<, schimpfte sie, >>benimm dich nicht wie ein Teenager! … Ein Vampir! … Du meine Güte! … Verwandel dich jetzt!<<, donnerte sie hilflos.

>>Verwandeln?<<, fragte Elin verblüfft, drückte Raimonds Hand fester und warf ihm einen hilfesuchenden Blick zu. Er nickte ihr ermutigend zu, sie musste das machen.

>>Ja, verwandeln!<<, rief die Elfe ungeduldig, >>Das kann doch alles nicht wahr sein! … Nimm deine göttliche Gestalt an. Diese menschliche Hülle war nur für deine Ankunft gedacht und nicht als Dauerzustand. Im verwandelten

Zustand kommen hoffentlich auch deine Erinnerungen zurück. Elin, verwandele dich!<<, flehte die Elfe.

>>Aber wie…?<< Elin wusste kaum noch wie ihr geschah.

>>Sieh mich an!<<, befahl die Elfe, >>Die Macht, die du eben gerade gespürt hast, ist in dir. Und du kannst sie verstärken, indem du Kraft aus den Elementen ziehst. Wenn du genug Macht hast, wirst du dich verwandeln. Fühle die Kraft der Erde in deinen Händen. Spüre das Wasser, erhöre den Wind und entfache das Feuer. Dann verlasse diese schwache menschliche Hülle. Du weißt wie es sich anfühlt. Nimm sie auf diese Macht, lass sie dich erfüllen.<<, während die Elfe beschwörend auf sie einsprach hatte Elin ihre Hände tiefer in den Waldboden gegraben und den Kopf in die Windböen erhoben. Was sie spürte war überwältigend, fast wie ein Rausch. Im Ansatz hatte sie dieses Gefühl schon erfahren, als sie Raimond in den Spiegel geschleudert und weggelaufen war, ein unglaubliches Gefühl von sich entfaltender Freiheit. Sie fühlte die feste, beständige, stabilisierende Macht des Erdbodens in sich pulsieren. Die Macht des Wassers schoss wie ein reißender Strudel durch ihre Adern. Sie entzog ihre Hände dem Erdboden und stand mit ausgebreiteten Armen auf, den Wind in Empfang nehmend, sie zog ihn regelrecht an, so dass sich ein Trichter um sie herum bildete. Die Trichterrotation wurde schneller und löste sich vom Boden, Elin jedoch schwebte ruhig in der Mitte, streckte die Hände aus und aus ihren Handflächen

flammte Feuer auf. So schwebte sie noch einige Sekunden, die Rotation um sie herum wurde so schnell, dass ihre Gestalt kaum noch zu erkennen war, wie ein sie umhüllender Kokon. Sie warf den Kopf zurück, in dem Trichterkokon blitzten Funken auf und in einem schillernden, glitzernden Funkenstaubregen zerbarst der Kokon.

Die Elfen am Boden, sowie auch Raimond, geblendet von der gleißenden Explosion, sahen den glitzernden Funkenstaubregen zu Boden fallen. Inmitten der herabfallenden Funken kam langsam eine Gestalt auf sie zu. Elin in ihrer göttlichen Erscheinung. Sie kam näher heran, so etwas wie ein dunstiger Hauch gespickt mit unzähligen glitzernden Fünkchen waberte um sie herum. Sie blieb direkt vor dem Elfenstein stehen, auf dem die Elfen überwältigt vom Anblick dieses göttlichen Schauspiels, ihr bewundernd die Fühler entgegen streckten.

>>Ein Einhorn?! Willst du mich verarschen?!<<, entfuhr es Raimond.

Etwas der artiges hatte er in seinen beinahe tausend Jahren als Vampir noch nicht gesehen. Dieses schimmernde, atemberaubende Wesen, dieses wunderschöne Einhorn konnte doch nicht Elin sein. Seine Elin, die Frau die er liebte. Und doch, sie wandte ihm ihren Kopf zu und er blickte ihr in die Augen, es waren Elins Augen. Und diese Augen machten plötzlich Sinn. So groß, so blau, so tief, allumfassend, allwissend wie das Universum. Es waren die Augen einer Göttin. Raimond starrte sie mit offenem Mund an, er konnte es nicht fassen. Es kam ihm so vor, als lächelte sie ihn an, so zärtlich und liebevoll wie sie es immer getan hatte. Sie trat einen Schritt zurück und strich ihm mit der Spitze ihres Hornes eine seiner Locken aus der Stirn. Bei der Berührung seines Haares stob ein Hauch des Funkenstaubes, der sie umgab heraus und rieselte auf ihn herab. Sie sahen sich tief in die Augen, dann bäumte Elin sich auf, reckte sich in den nachtschwarzen Himmel und galoppierte einen glitzernden Funkenhauch hinter sich lassend in den Schattenwald.

Dunkle Stille legte sich über die Lichtung, der Wind hatte nachgelassen, die Luft stand förmlich. War das gerade wirklich passiert?, oder…, weiter kam Raimond mit diesem Gedanken nicht, denn ein zerberstender Schmerz fuhr durch seinen Körper, als die Elfen ihren Schutzwall wieder errichteten. Er brach auf der Stelle zusammen und krümmte sich vor Schmerzen. Doch diesmal regenerierte sein Körper schneller, die zerstörten Gefäße schlossen sich augenblicklich wieder. Das milderte nicht seine Schmerzen, doch verschaffte es ihm Zeit und Kraft den Schutzwall der Elfen zu verlassen. Kaum war er heraus und das andauernde zerplatzen seiner Gefäße und zerreißen seiner Nervenbahnen hatte ein Ende fiel er rücklinks auf den Waldboden. Vereinzelte letzte Fünkchen von Elins Berührung blitzten um ihn herum auf. Sie hatte ihm die Kraft gegeben zu entkommen, sonst hätten die Elfen ihn mit Sicherheit umgebracht. Er lag allein, noch immer geschwächt, umhüllt von dichtem

Schwarz auf dem Rücken und starrte in den sternenge-
spickten Nachthimmel. Ein letztes Fünkchen tanzte vor
seinen Augen und erlosch. Da wusste er, dass es wahr war.
Elin war ein Einhorn, eine Göttin. Und sie war weg. Er atmete zischend ein bei dem Schmerz, der bei dem Gedanken
seine Brust durchzuckte, sie tatsächlich verloren zu haben.

12

Der Schattenwald

Elin stürzte sich in den Schattenwald, sie lief schnell, geradewegs auf den rotierenden Wirbel der Schatten zu. Sie
fühlte förmlich die Energie in sich explodieren, wie zuckende
Lichtblitze schoss ihre aufgestaute Macht durch ihren Körper, eine Welle voll purer Kraft wogte durch sie hindurch, ein
atemberaubendes Hochgefühl durchflutete ihre Sinne, be-
flügelte ihre Wahrnehmungen. Sie erinnerte sich an dieses
Gefühl, sie wusste auch, sie konnte diese Aufwallungen
kontrollieren, doch sie war zu überwältigt, um sich darauf zu
konzentrieren. Sie begann ihre Umgebung wahrzunehmen,
die nachtschwarzen Schattierungen des Waldes sah sie
scharf konturiert, instinktiv huschte sie lautlos, allen Hinder-
nissen ausweichend durch das dichte Unterholz. Schatten
tauchten vor ihr auf, neben ihr, versuchten sie zu attackieren, doch der Fünkchendunst, der sie umgab, wirkte wie
eine Schutzhülle vor der die Schatten zurückwichen. Erinne-

rungsbrocken an die Schatten und deren letzten Versuch
die Verbindung zu vollziehen sickerten aus Elins Gedächtnis
in ihr Bewusstsein, einzelne Schatten, oder kleinere Gruppen konnten ihr nichts anhaben, eine größere Gruppe jedoch war dazu in der Lage sie so schnell zu umrunden,
dass ihr schützender Fünkchendunst aufgewirbelt und sie
so verwundbar wurde. Ihre einzige Chance dem zu entge-
hen war es schneller zu sein, kleinere Gruppen mit einem
Funkenstoß aus ihrem Horn aufzuschrecken und weiter zu
laufen, bevor sich eine größere Gruppe sammeln konnte.
Vernichten konnte sie sie nicht. Als sie den großen, eiernd
rotierenden Wirbel erreichte stockte ihr der Atem. Hunderte
Schatten folgten in einer bestimmten Frequenz einer Kreis-
bewegung. Sie hatte das schon einmal gesehen. Es würden
tausende Schatten werden, die Frequenz würde schneller
werden, der Rotationskreis enger, bis er implodieren, die
Schatten verschmelzen und wie eine geschlossene Decke
die Erde umhüllen würden. Das Ende freien Lebens. In
diesem Stadium hatte sie noch die Chance den Wirbel aufzubrechen, jedoch nicht für lange, die Schatten hatten ihre
Frequenz gefunden und würden sich schnell wieder zu-
sammenfinden, doch sie konnte etwas Zeit gewinnen. Elin
hatte nur einen schnellen Versuch, sie musste den Überra-
schungsmoment nutzen, die Schatten waren nicht vorge-
warnt. Ihre Sinne waren aufs äußerste geschärft, sämtliche
Muskeln angespannt. Elin schlug das Herz bis zum Hals
hinauf, sie sah sich alleine einer Übermacht gegenüber,

doch sie wusste, sie musste sich dieser Herausforderung stellen. Sie konzentrierte sich, fühlte ihre Kraft, machte sich ihre Macht bewusst, setzte an und sprintete direkt in das Zentrum des Wirbels. Sie bäumte sich auf, feuerte mit ihrem Horn Energiestöße ihrer göttlichen Macht auf die rotierenden Schatten, wodurch diese aufgeschreckt ihre Formation verließen und Löcher im Wirbel entstanden. Die Frequenz wurde unterbrochen, die Schatten zerstoben, fanden sich jedoch schnell wieder zu Gruppen zusammen und attackierten Elin. Sie versuchte so gut es ging die Gruppen aufzulösen, doch es waren zu viele, sie konnte zu diesem Zeitpunkt nicht mehr tun. Resigniert gab sie auf und zog sich zurück. Sie lief. Sie lief so schnell sie konnte, in der Hoffnung die Schatten, die sie verfolgten würden sie nicht einholen. Die Freude über ihren Teilerfolg währte nicht lange, sie hatte es geschafft den Wirbel aufzubrechen, doch sie wusste, das war nur ein kurzer Aufschub. Was hatte Iris sich dabei gedacht sie alleine hier her zu schicken?, schoss es ihr durch den Kopf. Es muss doch einen Grund geben, der sie dazu veranlasst hatte anzunehmen, es bestehe eine reale Chance die Verbindung zu verhindern! Elins Kopf explodierte beinahe, je länger sie lief, desto mehr Erinnerungsfetzen schossen in ihr Bewusstsein, sie realisierte nicht wie lange und weit sie lief, die aufblitzenden Bilder in ihrem Kopf überwältigten sie. Der Rausch ihrer Macht hielt sie gefangen und trieb sie weiter.

Raimond stolperte benommen bei Max durch die Eingangstür, die Wahrheit, dass Elin ein Einhorn, eine Göttin war, fraß sich langsam in sein Bewusstsein, gepaart mit der Erkenntnis sie vielleicht nie wieder zu sehen, was ihm die Kehle zuschnürte und ihn in panikartigen Angstschauern zusammenfahren ließ. Er sah aus, als ob er gerade den Kampf seines Lebens geführt und verloren hatte. Max erschrak regelrecht bei seinem Anblick und dirigierte ihn aus dem Gastraum heraus in sein Büro, wo er ihn in einen Sessel schubste und einen doppelten Drink in die Hand drückte. Max selbst setzte sich Raimond gegenüber auf die vordere Kante seines Schreibtisches und wartete bis er bereit war den Mund auf zu machen.

>>Sie ist weg Max.<<, flüsterte Raimond wie paralysiert, >>Sie ist weg.<<, er sackte bei diesen Worten noch tiefer in den Sessel hinein und sah Max mit wirrem, leerem Blick an.

Max, der Raimond noch nie so gesehen hatte, nicht einmal nach dem Tod von Thomas, versuchte die Lage einzuordnen. So schlimm konnte es doch nicht sein, dachte er bei sich, doch er brauchte mehr Informationen. >>Nun erzähl mal von vorne bitte.<<, bat er also ruhig, >>Was ist passiert?<<

>>Sie ist ..., sie ist ...<<, es wollte Raimond nicht so recht über die Lippen kommen, so unfassbar erschien es ihm. Ein ungläubiges, hysterisches Gurgeln, was beinahe wie ein Lachen klang, mischte sich unter sein Gestammel,

als es schließlich unter amüsierten Gurgellauten aus ihm heraus platzte. >>Sie ist ein Einhorn Max! ... Sie ist eine Göttin! ... Sie ist die letzte Göttin und sie ist weg. Weg, um die Schatten zu schlagen.<<

Max glaubte seinen Ohren nicht zu trauen, Raimond erzählte geistesabwesend von den Ereignissen am Elfenstein, die nur allzu unglaublich klangen. Elin sollte also der Schlüssel sein um die Verbindung der Schatten zu verhindern?! Das waren im Grunde gute Nachrichten, doch würde Raimond über Elins Verlust hinweg kommen? Max betrachtete seinen Freund, für den eine Welt zusammen gebrochen war, mit Mitgefühl und Sorge. In diesem Zustand war Raimond nicht zurechnungsfähig und unberechenbar, eine Erfahrung die Max bereits gemacht hatte. Wie sollte er das verkraften?, zuerst Thomas, nun Elin ... Mitten in diesen Überlegungen, wie er Raimond helfen konnte, sprang Raimond mit einem Satz aus dem Sessel, >>Max, finde diesen alten Mann vom Marktplatz!<<, befahl er noch immer geistesabwesend und wandte sich zum Gehen.

Max starrte ihn wie vor den Kopf gestoßen an und sprang von der Schreibtischkante, >>Was? ... Warte! ... Wo willst du hin?<<, rief er perplex und stellte sich Raimond in den Weg.

>>Ich gehe in den Wald und warte auf Elin ...<<, antwortete Raimond wie selbstverständlich.

>>Du gehst nirgendwo hin ...<<, protestierte Max, >>vor allem nicht in diesem Zustand! Und schon gar nicht in

den Wald!<< Raimonds Augen funkten gefährlich auf, er wandte sich Max zu, fixierte ihn, drängte ihn bei jedem Schritt ein wenig weiter zurück, bis er an die Kante des Schreibtisches stieß, >>Es ist mir scheiß egal in was für einem Zustand ich mich befinde Max.<<, raunte er ihm drohend zu, sein Gesicht unmittelbar vor dem von Max, >>Und es ist mir scheiß egal wohin ich gehen muss, um sie wiederzusehen, und wenn es geradewegs in mein Verderben ist, werde ich das tun … Und du kannst mich nicht aufhalten Max, hast du das verstanden?<<

Max nickte, er sah ein, er hatte keine Chance Raimond umzustimmen. Raimond hatte den Abstand zwischen ihnen wieder vergrößert, er blickte traurig zu Boden, dann sah er Max an, etwas zerbrochenes, hilfloses lag in seinem Gesicht.

>>Ich habe ihr versprochen auf sie zu warten, Max …<<, sagte er leise, >>ich habe es ihr versprochen und das werde ich auch tun!<<, fügte er entschlossen hinzu und ging in Richtung der Tür.

>>Rai! … Bitte! Mach keine Dummheiten!<<, rief Max ihm nach, doch Raimond hatte das Zimmer bereits verlassen.

>>Finde den alten Mann, Max!<<, rief Raimond noch zurück und verschwand.

In Elins Kopf wirbelten Erinnerungsfetzen durcheinander, sie brachte kein klares Bild zu Stande, verwirrende

Emotionen pochten durch ihre Adern, gehetzt und berauscht preschte sie durch den Wald. Da waren Schatten und ein Auftrag, vertraute Gesichter die in einem Wirbel verschwanden, wieder Schatten, wie passte das alles zusammen? Sie hatte Schwierigkeiten sich zu fokussieren, einem bestimmten Handlungsstrang zu folgen, sie wechselte ständig in eine oberflächliche Perspektive, verlor Details. Erst als sie langsamer wurde verringerte sich auch die Geschwindigkeit der aufblitzenden Bilder vor ihrem inneren Auge, sie trabte gemächlich durch lichter werdenden Wald, bis sie eine Lichtung direkt an einem Seeufer erreichte, das Wasser lag glatt und weit vor ihr, spiegelte das Wolkenspiel der aufgehenden Sonne, langsam beruhigte sich ihr Herzschlag, ging ihr Atem ruhiger. Wie lange war sie gelaufen? Sie hatte jegliches Zeigefühl verloren, und warum war sie überhaupt so weit gelaufen? Fasziniert von der wechselnden Farbenpracht am Himmel legte sie sich in das taufeuchte Gras und beobachtete den Sonnenaufgang, dieses Schauspiel war eine willkommene Abwechslung, beruhigte ihr Gemüt, ließ ihren überforderten Geist zur Ruhe kommen. Die Bilder in ihrem Kopf rasten nicht mehr, sondern plätscherten gemächlich vor ihrem inneren Auge. Sie versuchte sich zu konzentrieren, sich an einem Handlungsstrang entlang zu hangeln, sie suchte nach einem Anhaltspunkt, der sie nicht wieder die Perspektive ändern ließ. Plötzlich schrak sie auf. Raimonds Gesicht, als sie ihn das letzte Mal, kurz nach ihrer Verwandlung gesehen hatte, stand ihr vor Augen, ihr

Herz schlug hart und schnell. Der verblüfft, fasziniert und entsetzte Ausdruck in seinem Blick fesselte sie, es rührte etwas in ihr das sie verharren ließ. Eine Vermutung stieg in ihr auf, dass sie dieses Gesicht öfter gesehen hatte, als nur dieses eine Mal, aber es passte nicht zu ihrer Erscheinung als Einhorn. Sie überlegte fieberhaft, was es mit diesem Gesicht auf sich haben konnte, es schien etwas zu bedeuten. War sie ihm vielleicht in menschlicher Gestalt begegnet? In ihrer verzweifelten Suche nach einem Anhaltspunkt war dieses Gesicht aufgetaucht, also folgerte sie, musste es etwas bedeuten und beschloss ihre menschliche Gestalt anzunehmen. Einen Versuch war es wert, dachte sie bei sich, auch wenn ihr menschlicher Körper sie einengte. Sobald sie sich verwandelt hatte war alles wieder da, alle Geschehnisse der letzten zwei Wochen mit Raimond und ihre Gefühle für ihn brachen über sie herein. Sie brach in bitterliches Weinen aus. Wie hatte sie ihn vergessen können? Langsam schwappten auch andere Erinnerungsfetzen nach und ansatzweise fügte sich ein Bild zusammen, verstand sie Zusammenhänge. Schwer atmend vom Weinen lag sie im Gras, am Ufer des malerisch, ruhigen Sees, an dem sie angehalten hatte, über den sich stetig die Sonne in den Himmel hob, langsam beruhigte sie sich und versuchte sich zu orientieren. Wo war sie? Wieviel Zeit war vergangen? Sie versuchte sich auf konkrete, greifbare Dinge zu konzentrieren, bei allem abstrakten fürchtete sie wieder den Faden zu verlieren. Sie schaute an sich herab, sie trug das Selbe hellblaue Hemd, welches sie getragen hatte, als Raimond sie im Wald gefunden hatte. Das war merkwürdig, doch sie folgerte daraus, dass wenn sie aus ihrer göttlichen Erscheinung in ihre menschliche Gestalt wechselte, sie ein solches Hemd trug. Diese Entdeckung beruhigte sie, so konnte sie spontan ihre Gestalt ändern, ohne befürchten zu müssen bei der Rückkehr in ihre menschliche Gestalt nackt da zu stehen. Im Kampf gegen die Schatten war sie als Einhorn stärker, doch hatte sie Raimond und sich selbst versprochen einen Weg für ihre Liebe zu finden und daran hielt sie fest. Sie musste zu ihm zurück, wollte zu ihm zurück. Ein Gedanke brannte sich in ihren Kopf: Es gibt einen Weg! Wir können zusammen sein! Mit Raimonds Gesicht vor Augen, als festen Anhaltspunkt, verwandelte sie sich wieder in ihre göttliche Gestalt, das Einhorn, und lief geradewegs, so schnell sie konnte, zielorientiert, zurück in Richtung Elfenstein, zurück zu Raimond.

Geräusche im Unterholz, nicht weit von ihr ließen sie Aufhorchen, sie befand sich noch immer im Schattenwald, doch der Elfenstein war schon nah, sie hatte es fast geschafft, konnte es kaum erwarten Raimond zu sehen. Sie lief weiter, zügig, die Geräusche bewegten sich parallel zu ihr, es waren keine Schatten, doch was…? Die Wölfe!, erkannte Elin ihre Begleiter. Das Rudel war im Angriffsmodus, was konnte es aufgeschreckt haben, überlegte sie. Es durchzuckte sie wie ein kalter Schlag, als ein weiteres Ge-

räusch durch das Dickicht des Waldes drang, >>Elin! …
Elin! …<<, hörte sie Raimond nach ihr rufen. Das konnte
doch nicht wahr sein!, schoss es ihr durch den Kopf. Blitzschnell verwandelte sie sich, um ihm antworten zu können,
>>Rai! … Rai! Verschwinde von hier! … Die Wölfe!<<

Ihre Blicke trafen sich für eine Sekunde, da stürzte sich
bereits das Rudel auf ihn. Elin zerriss es das Herz, wenige
Sekunden später sprang sie, wieder in ihrer Gestalt als
Einhorn, zwischen Raimond und die Wölfe, erlitt tiefe Kratz-
wunden quer über ihren Rücken, über das Becken, den
Oberschenkel hinab. Sie bäumte sich auf, trat einen Wolf
nach dem anderen mit ihren Vorderhufen von sich, stieß mit
ihrem Horn nach ihnen, ein Wolf biss sie in die Schulter, sie
ging zu Boden, doch sie schaffte es ihren Angreifer mit einer
kräftigen Halsbewegung von sich zu schleudern. Elin rappelte sich auf, sie war blutüberströmt, ihre Beine zitterten
ein wenig unter ihren schweren Verletzungen, die bereits
anfingen zu heilen, sie positionierte sich schützend vor
Raimond, der bewegungslos am Boden lag und reckte erhaben den Hals empor. Einige Wölfe wälzten sich winselnd
am Boden, der Angriffsfunke war jedoch noch nicht erloschen, drei der Wölfe bewegten sich langsam, herausfordernd knurrend, die Reißzähne fletschend auf Elin zu, sie
machte einen Schritt vorwärts, senkte den Kopf und stieß
eine Batterie ihrer göttlichen Blitze vor den Wölfen in den
Boden. Erschrocken angesichts dieser Macht verrauchte
der letzte Angriffsfunke der Wölfe und sie zogen sich win-

selnd zurück. Die Erde qualmte noch an der Stelle, an der
Elin ihre Blitze in den Boden gefeuert hatte, als sie erschöpft
zusammen sackte und in ihre menschliche Gestalt zurückkehrte. Sie blutete nicht mehr, doch die Schmerzen ihrer
Verletzungen lähmten sie. Sie sah zu Raimond, er bewegte
sich nicht, eine überwältigende Angst schnürte ihr die Kehle
zu. Langsam kroch sie auf ihn zu, sein Gesicht schien friedlich zu schlafen, eine riesige Wunde klaffte quer über seinem Oberkörper, Elin konnte kaum atmen vor Entsetzen
und Angst. Das durfte nicht sein! Er konnte doch nicht tot
sein! Vorsichtig untersuchte sie seine Wunde, erleichtert
stellte sie fest, dass sein Herz noch schlug, doch es war
verletzt und er hatte Unmengen an Blut verloren.

>>Rai?<<, flüsterte sie leise seinen Kopf zwischen ih-
ren Händen haltend, sie streichelte sanft seine Wange,
strich ihm die wirren Locken aus der Stirn. Er versuchte sich
zu bewegen, die Augen zu öffnen, doch er war zu schwach.
Es brach Elin das Herz ihn so zu sehen, sie musste ihm
helfen, er konnte noch überleben, doch sie wusste er würde
sterben, wenn er nicht umgehend frisches Blut bekommen
würde. Ihres konnte sie ihm nicht geben.

Max wartete bereits am Waldrand, wo auch Raimond
sein Auto abgestellt hatte. Raimond musste es wirklich
schlecht gehen, wenn er ohne frisches Blut nicht mehr regenerieren konnte, überlegte Max, der schon befürchtet
hatte Raimond würde etwas Dummes anstellen. Zum Glück

hatte er darauf bestanden für einen solchen Fall immer ein paar Reserveblutbeutel vorrätig zu haben, auch wenn Raimond die nicht besonders mochte. Aber warum konnte Elin Raimond nicht direkt in die Stadt bringen, überlegte er weiter, wenn sie es doch bis zum Waldrand schaffen konnte. Diese Frage beantwortete er sich im nächsten Augenblick selbst, als Elin in ihrer Einhorngestalt langsam aus dem Dickicht auf ihn zukam. Max starrte sie mit offenem Mund an, obwohl sie schmutzig und blutverschmiert war, hatte er noch nie zuvor etwas schöneres gesehen, ihr majestätisches Horn in den Nachthimmel gerichtet, die weißblonde Mähne leicht gewellt über ihren Hals fließend, ihr natürliches Schimmern unterstrichen durch einen Fünkchendunst, der um sie herum waberte. In dieser Gestalt konnte sie selbstverständlich nicht in der Stadt erscheinen. Raimond lag fast Bewusstlos auf ihrem Rücken, er atmete schwer, konnte sich kaum bewegen. Behutsam glitt Elin zu Boden, so dass Max Raimond hinunter helfen und ihm schnell etwas Blut einflössen konnte. Elin verwandelte sich begleitet von einem glitzernden, leuchtenden Wirbel zurück in ihre menschliche Gestalt, was Max erneut in bewunderndes Staunen versetzte, und kniete sich neben Raimond, der bereits etwas lebendiger wirkte. Max reichte ihr einen weiteren Blutbeutel, von dem sie ihm zu trinken gab, sie hielt seinen Kopf, streichelte sanft seine Stirn. Gierig saugte er das Blut und öffnete endlich die Augen. >>Elin …<<, hauchte er mit noch schwacher Stimme, als er sie erblickte.

>>Du verfluchter Vollidiot!<<, fauchte sie ihn an , wobei ihr Herz vor Erleichterung einen Takt schneller schlug. >>Du predigst mir wochenlang wie gefährlich die Wölfe sind und wie vorsichtig wir sein müssen und dann rennst du laut brüllend genau in sie hinein!<<, schrie sie ihn beinahe an, sie konnte diesen Leichtsinn nicht fassen. >>Was hast du dir verdammt nochmal dabei gedacht?!<< Tränen standen ihr in den Augen, Tränen der Wut, Verzweiflung und Erleichterung, Raimond würde überleben.

>>Es tut mir leid, …<<, stammelte er schwach, jedoch bereits mit einem leichten Lächeln auf den Lippen, >>ich habe auf dich gewartet. Ich wusste nicht, ob ich dich jemals wiedersehen würde. Ich dachte wirklich ich würde dich niemals wiedersehen … und dann habe ich dein Schimmern im Dickicht gesehen. Ich wollte dich doch nur noch einmal sehen.<<, flüsterte er herzzerreißend, setzte sich auf und nahm sanft ihre Hand. >>Es tut mir leid …<<

>>Oh Rai, …<<, entfuhr es Elin, die Tränen liefen ihr über das Gesicht und sie stürzte weinend in seine Arme. >>Tu mir so etwas nicht an! … Tu mir so etwas nie wieder an! Hörst du?!<<, schluchzte sie in sein Haar.

Er hielt sie fest umklammert bis sie sich wieder beruhigt hatte, das waren nicht nur Tränen der Wut und Erleichterung, da steckte noch mehr dahinter. Was mochte ihr zugestoßen sein in den letzten Tagen?

>>Ist schon gut.<<, flüsterte er ihr sanft ins Ohr, wiegte sie leicht im Arm und streichelte über ihren Rücken, >>Soll

ich dir was sagen?<<, flüsterte er weiter. Elin nickte leicht, >>Ich liebe dich.<<

Sie löste sich schwer atmend ein wenig in seiner Umarmung, um ihn ansehen zu können, wischte sich die Tränen aus dem Gesicht und erwiderte mit gebrochener Stimme, >>Ich liebe dich auch.<<

>>Ja?!<<, erwiderte Raimond spielerisch mit einem breiten Lächeln im Gesicht, seine Verletzung war weitestgehend verheilt. Elin nickte bestätigend, sie hatte ihre Sprache noch nicht ganz wiedergefunden, zu viele Emotionen schwirrten durch ihren Körper und Geist, doch dass sie Raimond liebte das wusste sie ganz sicher, und das Einzige was sie wollte war in seinen Armen zu liegen und von ihm festgehalten zu werden. Raimond wischte ihr die letzten Tränen von den Wangen, gab ihr einen zärtlichen Kuss und zog sie wieder in seine Arme, dann fiel sein Blick auf Max.

>>Max! ... Was machst du denn hier?<<, fragte er verblüfft, er war so auf Elin fixiert gewesen, dass er sich keinerlei Gedanken über den Hergang seiner Rettung gemacht hatte.

>>Naja<<, antwortete Max beinahe etwas verlegen, >>deine kleine Waldfee hat mich angerufen und gesagt du hättest Teestunde mit den Wölfen gehabt, sie konnte wohl kaum als Einhorn vor meiner Tür stehen.<<, erklärte Max knapp weiter, >>Zum Glück hattest du dein Telefon dabei ... Geht's den wieder?<<

Mühsam rappelte Raimond sich auf, nickte Max zu und fasste ihn an der Schulter, >>Ja, das wird schon wieder. Danke Mann!<<

Max nickte bestätigend zurück und fasste seinen Freund ebenfalls an der Schulter. Elin stand seltsam neben sich, das Einzige was sie auf ihren Beinen hielt war Raimonds Arm, der sie um die Hüfte gefasst fest hielt.

>>Wir haben heute Nachmittag übrigens den alten Mann vom Marktplatz gefunden.<<, informierte Max Raimond, >>Er hatte sich vor einer Bande Vampire versteckt. Jetzt ist er bei mir zu Hause.<<

>>Wirklich?!<<, entfuhr es Elin schwach, bevor Raimond antworten konnte, >>Das ist gut … Aber können wir bitte erst morgen hinfahren Rai?!<<, flüsterte sie geistesabwesend, >>Ich erinnere mich bruchstückhaft, ich muss das alles noch sortieren, vielleicht kann er mir helfen die Lücken zu füllen! … Aber jetzt möchte ich nach Hause Rai. Ja?! Ich bin furchtbar müde.<<

>>Natürlich<<, erwiderte Raimond, hob sie auf seine Arme, küsste sanft ihre Stirn und trug sie zum Auto. >>Kein Wunder, dass du müde bist<<, flüsterte er ihr zu, >>du warst drei Tage weg.<<

>>Drei Tage?!<<, staunte Elin und ließ sich von Raimond ins Auto setzten.

13

Götter

Elin saß wie paralysiert in der Badewanne, an schlaf war trotz ihrer Erschöpfung nicht zu denken, sie hatte die Beine angezogen und blickte in ihre eigene Welt, die Erinnerungs-fetzen zuckten noch immer wild durcheinander, sie versuch-te die Bilder in Einklang zu bringen, was ihr teilweise bereits gelang. Raimond saß neben der Wanne auf dem Fußboden, betrachtete fasziniert das Funkenspiel in ihren Augen, hielt einen dicken, weichen Schwamm, mit dem er sanft ihren Rücken mit heißem, Schaumwasser benetzte. Ihre entrück-te Anmut rührte sein Herz und er konnte es kaum fassen, dass diese hinreißende, starke, bezaubernde Frau, diese wirkliche Göttin zu ihm zurückgekommen war. Schweigend wusch er ihren Rücken, ihre Schultern, ihre Arme und war-tete geduldig bis sie verarbeitet hatte, was in ihrem Kopf vorging.

Langsam drehte Elin den Kopf und sah Raimond an, in ihrem Blick lag herzzerreißender Schmerz, Trauer und Ent-setzen. Mühsam suchte sie nach angemessenen Worten ihren Empfindungen Ausdruck zu verleihen, fand jedoch keine, keine die Raimond verstehen würde. Gab es über-haupt welche? Sie sah Raimonds geduldigen, liebevoll besorgten Gesichtsausdruck und ein leises Lächeln schlich sich auf ihre Lippen. Er vermittelte ihr das Gefühl von Si-cherheit und Zuflucht, was wenn sie genauer darüber nachdachte ziemlich absurd war, doch er war da, war für sie da, einfach weil er es wollte. Seine pure Anwesenheit gab ihr Halt und Zuversicht. Sie hob eine ihrer schaumnassen Hände, strich ihm seine widerspenstige Locke aus der Stirn und sah ihn ernst an. War er bereit den Weg weiter mit ihr zu gehen?! >>Ich erinnere mich wieder …<<, sagte sie leise, woraufhin Raimond ihre Hand zwischen seine nahm und beschützend fest hielt, >>es ist noch alles ziemlich verwirrend und durcheinander, mit vielen Lücken, doch es fügt sich langsam ein Bild zusammen.<<

Raimond küsste erleichtert ihre Fingerspitzen zwischen seinen Händen, sie war wieder da. Nur wie konnte er ihr helfen das Bild zu vervollständigen?, fragte er sich. >>An was erinnerst du dich denn am klarsten?<<, fragte er sie daher ruhig.

Elins Augen weiteten sich, ein Ziehen unterhalb ihres Kehlkopfes schnitt ihr die Luft ab, doch sie schluckte es hinunter. >>Ich, …ich erinnere mich, …ich erinnere mich an die letzte Schlacht mit den Schatten, ich erinnere mich daran, wie meine Gattung vernichtet wurde.<<, brachte sie stockend heraus, >>Sie sind alle tot Rai! … Meine gesamte Art, die anderen Götter, unsere Lebensgemeinschaft ist ausgelöscht. Ich bin die einzige überlebende, die letzte wahre Göttin.<<, flüsterte sie mit Entsetzen über diese Tatsache. Sie hatte diese Trauer bereits verarbeitet gehabt, doch mit Rückkehr ihrer Erinnerungen brach auch der Schmerz erneut über sie herein.

Raimond streichelte ihr zärtlich mit dem Daumen über den Wagenknochen, während er ihr Gesicht in der Hand hielt. >>Das tut mir sehr leid.<<, sagte er mitfühlend, diesen Schmerz kannte er nur zu gut.

>>Danke<<, flüsterte Elin leise, >>Ist schon gut.<<, fügte sie mit einem leichten Lächeln hinzu, >>Das kam nur gerade nochmal hoch. Ist schon ziemlich lange her.<< Raimond nickte verständnisvoll, doch etwas anderes brannte ihm auf der Zunge, er räusperte sich verlegen. >>Um ehrlich zu sein<<, begann er zögernd, >>habe ich nicht wirklich daran geglaubt, dass es so etwas wie dich, … ich meine Götter, tatsächlich gibt.<<, gab er zu, woraufhin ihn Elin fragend anblickte. >>Ich meine, ähm … ist auch egal.<<, stammelte er verunsichert weiter, was Elin die Stirn runzeln ließ. >>Auf jeden Fall<<, beeilte er sich weiterzureden, >>deine Verwandlung in, … naja, das Einhorn, das … ähm, … WOW, … das war schon ziemlich überzeugend, … ja, ähm.<<

>>Ist alles in Ordnung?<<, fragte Elin verwirrt und zog mit gerunzelter Stirn auch noch die Augenbrauen hoch. >>Du benimmst dich seltsam.<<

>>Nein, nein, alles OK.<<, erwiderte Raimond schnell, der sich insgeheim albern schalt, weil er befürchtet hatte sie verärgert zu haben und von einem Blitz getroffen zu werden, oder so etwas in der Richtung. Dieses wundervolle Wesen vor ihm war doch schließlich seine Elin. >>Vielleicht

174

möchtest du es mir einfach erzählen?<<, fragte er daher sanft, woraufhin sie zaghaft nickte.

Er hob sie behutsam aus der Wanne, wickelte sie in ein großes, flauschiges Badetuch und gab ihr eine seiner Freizeithosen, mitsamt einem seiner Shirts, die sie so gern hatte, zum Anziehen, hob sie auf seine Arme und trug sie zum Bett. Sie lagen sich seitlich gegenüber, jeder ein Kissen zwischen Kopf und Arm geklemmt, nah genug sich jederzeit berühren zu können, die übrigen Decken und Kissen umrahmten sie wie der Intimität schaffende Rand eines Nestes, sie blickten sich an, sichere Vertrautheit umfing sie, der Raum lag in einem grauen Zwielicht und Elin begann zu erzählen. >>Ich weiß nicht genau wo ich anfangen soll Rai.<<

>>Ich weiß auch nicht genau wo ich anfangen soll zu fragen<<, gab er zurück, <<ich meine … Du bist eine Göttin. Dann bist du doch stark und mächtig und gebietest über uns niedere Erdenbewohner …<<

>>Moment, Moment!<<, unterbrach ihn Elin, sie runzelte die Stirn und eine gewisse Ahnung, weit zurückliegender Warnungen beschlich sie, die sie zur Vorsicht mahnten, >>Ich gebiete über niemanden! Und ich bin auch nicht so mächtig, wie du es dir vielleicht vorstellen magst.<<

>>Ok, na gut<<, entgegnete Raimond leicht verwirrt, in dem Versuch die Bilder von Göttern in seinem Kopf mit dem Wesen das vor ihm lag in Einklang zu bringen, >>dann

vielleicht so, … Was macht dich aus als Göttin, außer, dass du ein Einhorn bist? Woher bist du gekommen? Hat es einen Grund, dass du hier bist? Was weißt du über die Schatten? Warum das alles? …<<

>>WOW<<, unterbrach ihn Elin erneut, >>das wird wohl eine lange Nacht werden …<<, sie drehte sich auf den Rücken, schob ihren angewinkelten Arm unter ihren Kopf und starrte an die graue Waschbetondecke über ihr. >>Ich werde versuchen alle deine Fragen zu beantworten, obwohl ich selber noch ziemlich viele habe.<<, sagte sie ruhig, besann sich und beschloss, aller verborgener Warnungen zum Trotz, absolut ehrlich zu Raimond zu sein. Sie fühlte sich nach wie vor in einer Weise zu ihm hingezogen, sogar verbunden, die in ihrem Empfinden weit über die Definition von Liebe hinausging. Sie wusste nicht, ob er auf dieselbe Weise empfinden konnte, doch das Gefühl, welches ihr Herz umfing war rein und unbeschwert, was nur durch absolute Ehrlichkeit aufrecht zu erhalten war. Anders konnte und wollte sie ihm nicht gegenüber treten. >>Hmm, …<<, schickte sie stumm der Decke entgegen und wandte Raimond ihr Gesicht zu, >>nun gut, also ja, es gibt einen Grund, warum ich hier bin. Ich bin hier, um die Verbindung der Schatten zu verhindern.<<

>>Dann kannst du sie vernichten?<<, fragte Raimond aufgeregt, der von ihrem inneren Zwist nichts mitbekommen hatte, und sich angeregt, angesichts neuer Informationen

auf den Bauch drehte, so dass er Elin direkt anschauen konnte.

>>Nein<<, erwiderte sie nüchtern, >>nicht mit der Macht die mir zur Verfügung steht. Wir sind zwar stark, aber auch unsere Möglichkeiten sind begrenzt. Meine Schwester hat mich hierher geschickt, ... ich verstehe nur nicht warum. Sie hat mich hierher zurück geschickt, also muss sie annehmen, dass ich die Macht habe die Verbindung zu verhindern, aber wie sie darauf kommt verstehe ich nicht.<<

Raimond versuchte ihr zu folgen, doch nichts von dem was sie sagte konnte er in ein schlüssiges Konzept einordnen. Er war vollends verwirrt, >>Zurück? Von wo? Du hast eine Schwester? Aber dann bist du doch gar nicht die letzte Göttin!<<, platzte es ungeduldig aus ihm heraus.

>>Doch, das bin ich.<<, antwortete Elin ruhig. Sie ahnte, wie verworren das alles für ihn sein musste, doch wusste sie nicht wie sie ihm alles was er wissen wollte in einem verständlichen Packet präsentieren sollte, also nahm sie seine Fragen wie sie kamen, so unstrukturiert und zusammenhanglos es auch sein mochte. Sie kämpfte schließlich selbst noch mit dem runden Bild ihrer wiedergewonnenen Erinnerungen. Seine wild durcheinander gewürfelten Fragen empfand sie sogar als hilfreich, sie stießen sie auf Einzelheiten, über die sie im großen, gesamtheitlichen Zusammenhang gar nicht gestolpert wäre. Daher bemühte sie sich, seine Fragen so detailliert wie möglich zu beantworten. >>Meine Schwester, ... Iris, ... sie hat ihre Göttlichkeit ab-

gelegt, um eine Hexe sein zu können. Sie besitzt keine göttliche Macht mehr. Wir waren die letzten tausend Jahre auf dem Gipfel der Unendlichkeit, das ist der Ort an dem wir Leben, unser zu Hause. Durch mich konnte Iris, auch ohne ihre Göttlichkeit, dorthin zurückkehren. Das klingt alles etwas kompliziert. Nicht wahr?<<

>>Etwas ist gut!<<, entgegnete er beinahe überwältigt, doch seine Neugierde war bei weitem nicht befriedigt, er wollte wissen und verstehen, was es mit dem Rätsel um Elin und den Geschehnissen auf der Erde auf sich hatte. Wissbegierig fragte er weiter, er vermutete in ihren Antworten Erkenntnisse auf einige seit langem tief in ihm sitzende Fragen. Die Möglichkeit, dass ihre Sichtweise auf die Dinge drastisch von seiner abweichen könnte, beachtete er dabei nicht. >>Warst du hier, warst du bei der ersten Schlacht mit den Schatten dabei? Was war passiert? Und warum das Ganze überhaupt?<<

>>Ja, Rai, ich war hier.<<, antwortete sie beklommen und richtete ihren Blick wieder an die Decke, >>Ich habe das schon einmal erlebt, ich war dabei, damals bei der letzten Schlacht ...<<, gedankenverloren erzählte sie weiter, während Raimond seinen Kopf in eine seiner Hände stützte und sie gebannt betrachtete. >>Die Schatten standen kurz vor der endgültigen Verbindung, alle haben mitgeholfen, alle existierenden Götter und Halbgötter, mit vereinten Kräften hatten wir es geschafft den Wirbel der Schatten zu sprengen, die Rotation geriet außer Kontrolle, die Schatten stie-

ben auseinander, doch durch die Implosion der auseinander berstenden Rotation wurde das Tor der Unendlichkeit weit geöffnet und alle beteiligten, außer die geflohenen Schatten, wurden hinein katapultiert. Ich habe nur überlebt, weil ich zu diesem Zeitpunkt von den anderen getrennt war, ich wurde bewusstlos auf die Erdoberfläche geschleudert, das hat mir das Leben gerettet. Iris hat mich, als alles vorbei war gefunden und in Sicherheit gebracht. Mehr weiß ich ehrlich gesagt auch nicht. Die Älteren haben mich nicht in ihre Kenntnisse eingeweiht, sie haben mich immer aus allem herausgehalten, wahrscheinlich weil ich in ihren Augen noch zu jung war … Wie dem auch sei, bei der Schlacht brauchten sie alle gesammelten Kräfte, ich sollte nur helfen, doch Hintergründe kenne ich nicht. Iris und ich, wir haben in den letzten tausend Jahren versucht den Grund für das alles in Erfahrung zu bringen, doch soweit ich mich erinnere waren wir nicht erfolgreich … Und nun bin ich hier und weiß nicht wie ich meine Aufgabe erfüllen soll.<<, rekapitulierte sie mehr für sich selbst, >>Was hat sich Iris nur dabei gedacht?<<

Raimond lauschte fasziniert ihren Erzählungen, er hatte sich immer gefragt was die immense Verwüstung dieses Ortes vor tausend Jahren verursacht haben mochte und er konnte kaum glauben, dass Elin daran beteiligt gewesen war. Er hatte es sich zur Aufgabe gemacht gegen die Schatten zu kämpfen und nun lag der Schlüssel im wahrsten Sinne des Wortes vor ihm. Er war entschlossen diesen

Kampf mit Elin gemeinsam zu Ende zu bringen, er konnte sie das nicht alleine machen lassen, was auch immer dafür notwendig war. >>Wie kann ich dir helfen?<<, fragte er daher enthusiastisch und stützte sich wieder auf seine Ellenbogen.

>>Ich weiß nicht ...<<, erwiderte Elin beinahe hilflos, >>ich hoffe, mir fällt noch etwas ein, das Licht in dieses Knäul in meinem Kopf bringen kann.<<, fügte sie kopfschüttelnd hinzu.

Da sie an dieser Stelle nicht weiterkamen siegte Raimonds Neugierde, er brannte darauf mehr über sie zu erfahren. >>Darf ich weiter fragen?<<, platzte es aus ihm heraus.

Ein Lächeln huschte über Elins Lippen bei Raimonds offensichtlichem Wissensdurst und sie drehte sich, ihm zugewandt wieder auf die Seite, stützte ihren Kopf in die Hand ihres angewinkelten Armes und knautschte mit dem anderen das Kissen vor ihrer Brust. >>Sicher, ... Warum nicht.<<, stimmte sie zu, obwohl das Gefühl eingeimpfter Warnungen in ihrem Unterbewusstsein wieder anschwoll und sie eine unbestimmte Befremdlichkeit überkam, welche sie sich bemühte im Kern zu ersticken. Sie wollte ihm schließlich unbefangen und ehrlich antworten.

>>Du sagst, die anderen sind tot, dann könnt ihr also sterben? Und was ist das Tor der Unendlichkeit? Wie viele gab es denn vom euch? Und wenn du sagst ihr wusstet nicht genau wie die Schatten zu vernichten sind und auch

nicht mächtig genug dazu wart, dann seid ihr nicht allmächtig und allwissend?<<

Elin starrte Raimond mit großen Augen an, die aufblitzenden Fünkchen in ihren Pupillen schienen ihr Erstaunen widerzuspiegeln, gleichzeitig blitzte die Erkenntnis auf, woher das befremdliche Gefühl in ihr rührte, welchen Zweck die unterschwelligen Warnungen hatten, >>Allmächtig und allwissend?<<, wiederholte sie seine Frage ungläubig, wobei sie sich bei dem Gedanken ertappte, ihren Vorsatz, ihm abgrundtief ehrlich zu antworten, über Bord zu werfen. >>Allmächtig und allwissend<<, wiederholte sie für sich selbst, das war es, was die Erdenbewohner über ihre Art dachten, ob sie an ihre Existenz glaubten, oder nicht. Sie überlegte weiter und kam zu dem Schluss, dass sie bei ihrem Plan bleiben würde. Sollten Raimond und sie eine gemeinsame Chance haben, dann müsste er die Wahrheit nicht nur wissen, sondern auch verstehen, deshalb für sie fort, auch auf die Gefahr hin ihm so manche Illusion zu rauben. >>Also, … DAS bin ich ganz bestimmt nicht. Ich ahne, wie du auf solche Gedanken kommst, aber lass uns langsam machen Rai, eins nach dem anderen. Versuchen wir es zumindest. Lass mich, für den Anfang, versuchen dir zu erklären was wir sind … Was uns ausmacht. Du scheinst ein gewisses Bild von uns zu haben … Lass mich dich etwas fragen … Was ist deine Vorstellung von unserer Existenz?, auch wenn du nicht wirklich daran geglaubt hast.<<

Raimond war überrascht von ihrer beinahe abwehrenden Haltung, er hatte sich nichts weiter bei seiner Frage gedacht. Durch ihre Reaktion hatte er seine Unbedarftheit verloren, was ihn ein wenig verunsicherte. Er fragte sich, wie er an dieses Thema anschließen sollte, da es für sie anscheinend aus irgendeinem Grund etwas heikel war. Die Befangenheit, die ihn überkam war ihm nicht geheuer und er beschloss zunächst eine der gängigsten, für ihn absurdesten, Ansichten der Erdenbewohner auszuschließen, um seine Offenheit zu demonstrieren, >>Na gut, also das mit dem Himmel und der Hölle, also Paradies und Fegefeuer lasse ich mal außen vor …, oder …?!<<, was ihm nicht gelang.

Elins Augen wurden noch größer, greifbare Ungläubigkeit stand gnadenlos in ihnen geschrieben. >>Du meine Güte!<<, brach es aus ihr heraus, >>Ist das dein Ernst?<<, fassungslos starrte sie ihn an. >>Das ist ja noch schlimmer, als ich vermutet hatte! Ja, so etwas lass bitte wirklich außen vor! Was soll denn das sein, ein Fegefeuer? Ich bitte dich. Ich habe dir eine ernsthafte Frage gestellt und du kommst mit diesen Räuberpistolen um die Ecke.<<

Elin war aufgebracht, über diese, für sie absolut lächerlichen Märchengeschichten. Sie empfand diese Art von verbreiteten Mythen als Beleidigung ihrer Existenz gegenüber, was nichts mit Raimond zu tun hatte, er hatte es nur zur Sprache gebracht, gereizt setzte sie sich auf, kreuzte ihre Beine zum Schneidersitz und knautschte nach wie vor das Kissen vor sich. Empört fuhr sie fort, >>Die Älteren haben ja erzählt, dass solche absurden Geschichten über die Ansichten einiger Erdenbewohner über uns existieren, aber ich hatte keine Ahnung, dass das wirklich wahr ist. Und jetzt komm mir bloß noch mit so etwas wie, ob wir die Menschen erschaffen hätten, oder so …<<

>>Nicht?<<, kam es vorsichtig über Raimonds Lippen. Er hatte eigentlich sarkastisch klingen wollen, mit einem belustigten Unterton, um sie ein wenig zu ärgern, doch ihr aufbrausender Ausbruch hatte ihn stärker verunsichert, als er sich eingestehen wollte. Er hatte keine Ahnung, wie er die Situation einschätzen sollte, war sie wirklich böse wegen dieser kursierenden Mythen?, aber warum?, fragte er sich, irgendwo hatten diese Geschichten doch auch ihren Ursprung gehabt. Er beschloss sich zunächst weiterhin besser zurück zu halten und hoffte darauf, dass sie sich schnell wieder beruhigen würde, um ihm sachlich zu erklären wie es wirklich war.

>>Oh Je!<<, seufzte Elin und blickte ihn skeptisch an, >>Im Ernst?<<, fragte sie ihn vorsichtig, woraufhin er nur den Kopf schüttelte und versuchte ein verschmitztes Lächeln aufzusetzen. Elin entspannte sich etwas >>Gut!<<, und begann wieder zu erzählen, >>Wenn solche Ansichten tatsächlich noch existieren, dann verstehe ich langsam, warum sich die Älteren von der Erdoberfläche zurückgezogen haben. Diese Geschichten stammen aus der Zeit, als es noch sehr viel weniger Menschen gab, als die Erdenbe-

wohner noch überschaubar waren und die Älteren noch ab und zu die Erde besucht haben und auch Kontakt zu den Menschen hatten. Diese Besuche wurden weniger, wurden sogar vom Rat untersagt, als die Erdenbewohner, vor allem die Menschen anfingen diverse Geschichten und Bezeichnungen rund um unsere Existenz zu kreieren. Es hieß, sie seien dabei sehr kreativ. Ich habe bis jetzt gedacht, das wären übertriebene Schauergeschichten, um uns jüngere von der Erdoberfläche fern zu halten, darin habe ich mich wohl getäuscht.<<, schloss sie nachdenklich.

>>Dann ist nichts davon wahr?<<, warf Raimond ein, der noch immer eine reale Quelle unter dem Wirrwarr an Halbwahrheiten vermutete.

>>Das kann ich nicht beurteilen.<<, gestand Elin ein, >>Ich kenne bestimmt bei weitem nicht alle Geschichten und ich will auch gar nicht abstreiten, dass hier und da vielleicht tatsächlich etwas aus diesen Geschichten wirklich passiert ist, aber ich bin mir sehr sicher, dass es einen anderen Kontext gab …<<

>>Na schön.<<, gab sich Raimond zunächst zufrieden, um gleich darauf einen weiteren Schritt in Richtung Wahrheit zu wagen, er hatte seine forsche Selbstsicherheit wiedergefunden und hatte nicht vor Elin so schnell vom Haken zu lassen. >>Wer hat denn dann all dies erschaffen?<<, fragte er gerade hinaus.

>>Niemand<<, platzte es spontan aus Elin heraus, doch nach kurzem Überlegen, >>oder, …<<, antwortete sie,

>>naja, das Universum. Ich versuche es zu erklären.<<
Raimonds geduldige, gefasste Ausstrahlung beruhigte sie
und stimmte sie zuversichtlich, ihm die Zusammenhänge
ihrer Existenz tatsächlich sachlich erläutern zu können,
ohne ihn zu enttäuschen. Sein zaghafter Versuch eines
schelmischen Grinsens verleitete sie sogar, sich zu einem
kleinen Spaß hinreißen zu lassen. >>Und keine Sorge, ich
erwarte keine Opfergabe.<<

>>Na, da bin ich ja beruhigt.<<

>>Das sollte ein Scherz sein.<<

>>Ich weiß.<<

Erleichtert über die gelöstere Stimmung und Raimonds
liebevolles Lächeln, das ihr Herz erwärmte, starte sie den
Versuch ihm die Zusammenhänge des Universums zu erklären. Es sprudelte buchstäblich aus ihr heraus und Raimond bemühte sich, zunächst noch gelassen, ihr zu folgen.
>>Wir sind Existenzen des Universums, genau wie jedes
andere natürliche Lebewesen auch. Allein in unserem Ursprung mag es einen Unterschied geben. Jede natürliche
Existenz, egal ob Mensch, Tier, Pflanze, Vampir, Elfe oder
eben die Natur selbst haben sich mit der Zeit auf der Erde
aus den vorhandenen natürlichen Ressourcen entwickelt,
die bei der Entstehung der Erde aus dem Universum einge-
flossen sind. Alles, was aus der Macht des Universums
entsprungen, und sich daraus entwickelt hat, hat dieselbe
gleichwertige Daseinsberechtigung. Der Unterschied zu uns
ist, wir haben uns nicht entwickelt, wir waren mit dem Tag

der Entstehung der Erde, aus dem Universum, einfach da. Zunächst haben wir in einer Art Energiefeld existiert, später dann mit der Zeit, haben wir ein Bewusstsein entwickelt und gelernt Energie zu materialisieren, wodurch wir unser zu Hause, den Gipfel der Unendlichkeit, erschaffen haben. Und wir haben die Fähigkeit entwickelt uns selbst zu materialisie- ren. Niemand hat uns je eine spezielle Aufgabe, oder Funk- tion zugewiesen, wie es anscheinend von einigen Erdenbe- wohnern angenommen wird. Wir waren einfach da und haben mehr oder weniger die Entwicklungen auf der Erde beobachtet. Beachte bitte, weder ich selbst, noch irgendje- mand, den ich persönlich kannte war einer von diesen ers- ten Göttern, oder hat je einen von ihnen gekannt. Dies sind Überlieferungen der Ahnen. Also ja, wir sterben, und auch ja, wir reproduzieren uns. Unsere Reproduktion ist seither der menschlichen gar nicht unähnlich, es gab auch einige Halbgötter unter den Menschen, es passiert nur wesentlich seltener. Nun fragst du dich bestimmt, was wir denn die ganze Zeit machen, wenn wir keine spezielle Aufgabe zu erfüllen haben, nun, ich gebe zu, das kann zuweilen ziem- lich langweilig sein, aber für uns bedeutet Zeit etwas ande- res. Der Ort an dem wir leben, auf dem Gipfel der Unend- lichkeit, dort gibt es so etwas wie Zeit im eigentlichen Sinne nicht. Ab und zu werfen wir einen Blick auf die Erde und beobachten wie sich die Dinge entwickeln, aber stell dir das wie einen Zeitraffer vor, und es gibt spannendere und weni- ger spannende Abschnitte …<<

Raimonds Gelassenheit war im Laufe ihrer Erläuterungen mehr und mehr ungläubigem Entsetzen gewichen. Die Arglosigkeit wie sie über die Rolle ihrer Art in Bezug auf das Geschehen auf der Erde erzählte, empfand er beinahe noch schockierender, als die Tatsache der Teilnahmelosigkeit als solches. Die Belange der Erdenbewohner schienen sie überhaupt nicht zu betreffen, so unbedarft wie sie darüber sprach. Er versuchte das soeben gehörte irgendwie zu begreifen. >>Soll das heißen, ihr sitz da oben irgendwo auf eurer Wolke ...<<

>>Materialisiertes Energiefeld.<<

>>Was auch immer ..., und guckt einfach nur zu was hier unten passiert, und wenn es euch zu langweilig wird, dann, dann ..., keine Ahnung dreht ihr euch um und, und ..., macht ein Schläfchen?!<<

Elin blickte ihn überrascht an, >>Du scheinst mit unserer Lebensart nicht ganz einverstanden zu sein.<<, stellte sie irritiert fest, sie hatte angenommen Raimond würde ihr konzeptionell folgen können, mit einer solch emotionalen, unsachlichen, ihr nicht verständlichen Reaktion hatte sie nicht gerechnet. Es hatte noch nie irgendjemand die Art ihrer Lebensweise in Frage gestellt.
>>Was ist so schlimm daran?<<, fragte sie schließlich unbedarft.

Raimond versuchte seine Gedanken zu sammeln. Da saß sie vor ihm, eine wirkliche, wahrhaftige, echte Göttin, wunderschön und mächtig. Und skrupellos oberflächlich.

Aber traf sie wirklich Schuld daran, fragte er sich, hatte sie jemals eine Entscheidung bezüglich der Erdenbewohner treffen müssen, bevor sie hierher geschickt wurde?, sie hatte erzählt, dass sie von allem abgeschirmt worden war. Oder konnte es tatsächlich sein, dass die Gattung Götter, an deren Existenz er bis vor drei Tagen wirklich nicht geglaubt hatte, sich überhaupt nichts aus den Erdenbewohnern machte, es sie nicht in dem Maße interessierte, wie es laut Ansicht der Erdenbewohner sein sollte? Raimond fand sich selbst in einem inneren Konflikt. Warum empörte er sich über etwas, was er nicht für möglich gehalten hatte? Und wie konnte er über etwas urteilen, das er gar nicht richtig verstand? Er würde diese Fragen nicht beantworten können, wenn er sich nicht anstrengen würde Elin und ihre Lebensweise zu verstehen. Also bemühte er sich seine aufbrodelnden Emotionen zu bändigen, zu versuchen zunächst ihre Teilnahmelosigkeit unter die Lupe zu nehmen und überlegte sich ein paar Beispiele. >>Nun ja<<, begann er verheißungsvoll und blickte sie leicht herausfordernd an, >>es sind über die Jahrtausende viele schlimme Dinge, abgesehen von den Schatten, passiert. Kriege unter den Erdbewohnern, Naturkatastrophen, schlimme Schicksale unschuldiger Individuen, die nie etwas Böses getan haben, unzählige Existenzen, die vor ihrer natürlichen Zeit gestorben sind … Habt ihr auf so etwas denn keinen Einfluss? Reicht eure Macht nicht soweit Katastrophen, die Erdenbewohner bedrohen, zu verhindern?<<

188

Elin überlegte kurz, Raimond schien aus irgendeinem Grund verärgert zu sein, doch sie ließ sich dadurch nicht beirren und antwortete leichthin, >>Ja, sicherlich, in einem gewissen Rahmen könnten wir das schon, ... aber warum sollten wir das tun?<<

Raimond blickte sie fassungslos an, ihm fehlten die Worte, seine Emotionen übermannten ihn, er setzte sich schwungvoll auf, blieb auf seinen Fersen, Elin gegenüber, sitzen, >>Weil ihr es könnt?!<<, erwiderte er dennoch rhetorisch, ihr in die Augen blickend.

>>Sieh mal Rai<<, seufzte Elin leicht überdrüssig, >>es ist nicht unsere Aufgabe in irgendeiner Art in die Dinge, die hier unten passieren einzugreifen.<<, sie war automatisch in eine Art Verteidigungshaltung gewechselt, die sie unnahbar machte. Sie sah zwar nicht wirklich ein sich in irgendeiner Art und Weise erklären zu müssen, doch lag es ihr nach wie vor am Herzen Raimond ihre Lebensweise verständlich zu machen, deshalb fuhr sie fort, jedoch wesentlich kürzer angebunden und abgeklärter, dazu fingen diese romantischen Hirngespinste der Erdenbewohner langsam an ihr auf die Nerven zu gehen. >>Ja, wir könnten es vermutlich, aber alles was passiert, passiert aus einer natürlichen Entwicklung heraus, also aus der Natur, ... und in die Natur greifen wir nicht ein. So viel zum Thema Naturkatastrophen. Im Übrigen, hast du dir eben in gewisser Weise selbst widersprochen, als du Existenzen erwähntest, die vor ihrer natürlichen Zeit gestorben sind. Zählst du Lebewesen, die im

Kreis der natürlichen Nahrungskette stehen dazu? Zu dem du, wenn ich dich daran erinnern darf, ebenfalls gehörst. An welchem Punkt sollten wir deiner Meinung nach diese Kette unterbrechen, oder entscheiden ein spezielles Individuum zu retten und das nächste nicht?, oder den Jäger sterben zu lassen, weil er kein neues Opfer findet? An welchem Punkt sollten wir deiner Meinung nach anfangen uns um Einzelschicksale zu kümmern?<<

>>Ja, nein, …<<, stammelte Raimond, von ihrer brüsken Rede überrumpelt. Mit ihren wenigen pragmatischen Sätzen hatte sie ihn genötigt sich wieder auf die weltlichen Fakten der Realität zu konzentrieren. Er war von sich selbst überrascht, wie schnell er sich zu verklärten, trügerischen Hoffnungen hatte hinreißen lassen, >>so hatte ich das nicht gemeint. Es ist nur …<< Er blickte Elin an, ihm gefiel ihre abwehrende Haltung, ihre unnahbare Aura ganz und gar nicht. Dennoch konnte er ihre Argumente nachvollziehen, er musste sich eingestehen, dass sie sich in ihren Grundzügen gar nicht unähnlich zu sein schienen, nur in der Umsetzung bestand noch Klärungsbedarf. Ihm wurde klar, dass es vermutlich noch einige Dinge in Elins natürlicher Lebensweise gab, die ihm nicht unbedingt gefallen würden, doch andersrum, überlegte er, gab es sicherlich auch etwas an ihm, das Elin nicht besonders mochte, und doch akzeptierte, er war sich nicht sicher, ob er unbedingt wissen wollte, was das war. Aber er wusste, dass er sie verstehen wollte und er

wollte seine liebevolle, hinreißend entzückende, hingebungsvolle Elin zurück in seinen Armen.

>>Doch, hast du.<<, fuhr Elin unverwandt fort, sie hatte
Raimonds Stimmungswandel nicht bemerkt. >>Ich vermute,
ich weiß worauf du hinaus willst. Es ist nur so, dass sämtliche Ereignisse und Verhaltensweisen, von welchen Erdenbewohnern auch immer, einen natürlichen Ursprung haben,
woraus eine Entwicklung hervor gegangen ist, und wenn
aus einer solchen Entwicklung so etwas wie Konflikte entstehen, werden, beziehungsweise aus unserer Sicht, müssen, diese Konflikte auch auf natürlichem Weg, das bedeutet ohne externes Engreifen, also uns, ausgetragen werden.
Dazu kommt, dass wir gar nicht alles sehen … Wie soll ich
dir das erklären? … Wir haben eine andere Perspektive auf
Geschehnisse, es gibt Phasen auf der Erde, die haben wir
gar nicht mitbekommen, und nicht, weil wir ein „Schläfchen"
gemacht haben. Wir nehmen Ereignisse nur oberflächlich
wahr, wir sehen keine Individuen, oder Details, das liegt
nicht in unserer Betrachtungsweise. Bei der Masse an Informationen, die auf uns hereinprasseln, wenn wir einen
Blick auf die Erdoberfläche werfen, ist es beinahe unmöglich
sich auf Einzelheiten zu konzentrieren. Stell es dir so vor,
als ob eine Welle aus Tausenden, wenn nicht Millionen
Informationen auf dich einflutet und sekündlich neue hinzu-
kommen, wie, … naja, … wie bei deinem Telefon, wenn
ununterbrochen neue von diesen Textnachrichten ankom-
men würden, die du damit empfangen kannst. Könntest du

da noch Differenzieren, oder sogar Antworten? Bei uns ist es so viel, dass wir es nicht mehr können, das Differenzieren meine ich, deshalb ziehen wir uns auf eine oberflächlichere Ebene zurück, um überhaupt die Möglichkeit zu haben einen Überblick zu gewinnen. Das ändert sich, wenn wir eine physische Gestalt annehmen, dann sind wir in der Lage Individuen in unserem Umfeld wahrzunehmen, weil unser Blickfeld, unser Horizont auf diesen kleinen Kreis beschränkt ist.<<

>>Das mit dem, natürlich Regeln hab ich noch nicht ganz verstanden<<, wandte Raimond ein, rutschte von seinen Fersen und schlug seine Beine ebenfalls zu einen Schneidersitz übereinander, >>aber was du zu Letzt gesagt hast, … ähm, warte kurz, nur damit ich das richtig verstehe. In deinem natürlichen Lebensraum, auf deinem Energiefeld, würdest du das, was hier passiert, wie, so etwas, wie, ein Rauschen, das an dir vorbei zieht wahrnehmen, aber hier, jetzt hier in diesem Körper siehst du Einzelheiten und Zusammenhänge.<<

Elin blickte Raimond prüfend an, er schien sich beruhigt zu haben, ging es ihr durch den Kopf. War der praktisch denkende, wissbegierige Raimond wieder zurück und hatte den emotional, irrationalen Teil von ihm in eine versteckte Ecke seiner Persönlichkeit verbannt? Sie blieb skeptisch, wollte sich der Erleichterung noch nicht hingeben. >>Ja, so ungefähr<<, erwiderte sie sachlich, >>das ist gar nicht einfach in diesem Körper zu bleiben, das erfordert viel Konzentration …, darauf möchte ich aber lieber später nochmal zurück kommen, wenn das ok ist.<<

>>Sicher<<, stimmte er zu, >>aber bedeutet das auch, dass du in diesem Körper verwundbar bist?<<

>>Ja, das stimmt.<<, bestätigte sie. Sie sah ihn an, wie er ihr gegenüber saß, keine Armlänge von ihr entfernt, seine widerspenstige Locke kringelte in seiner Stirn, Sehnsucht ihn zu berühren stieg in ihr auf, legte sich um ihr Herz, ein wehmütiges Lächeln zuckte über ihre Lippen, doch es war noch nicht an der Zeit dem Verlangen, ihm in die Arme zu sinken, nachzugeben. Sie schüttelte leicht den Kopf, riss sich zusammen, er sollte zuerst verstehen. >>Wir haben eine menschliche Gestalt und eine göttliche<<, erklärte sie weiter, >>die göttliche kann Macht aus der Natur ziehen, das ist meine Gestalt als das weiße Einhorn. Beide Körper sind verwundbar und können getötet werden … Also noch einmal, … ja, wir sind sterblich. Unsere natürliche Art zu sterben ist es die Entscheidung zu treffen durch das Tor der Unendlichkeit zu gehen, um somit wieder Teil der Energie des Universums zu werden, aber wenn einer unser physischen Körper getötet wird, sterben wir mit ihm und kehren somit unfreiwillig, vorzeitig zur universellen Energie zurück, das ist das, was mit meinen Artgenossen passiert ist. Unsere physischen Gestalten nehmen wir nur recht selten an, eigentlich nur, um auf die Erde zu kommen, was wir eigentlich schon seit ein paar Jahrtausenten nicht mehr getan haben … Früher, vor den Menschen, haben die Älteren es

häufiger getan. Als ich geboren wurde gab es sie bereits, die Menschen meine ich. Die Älteren haben erzählt, dass sie es als willkommene Abwechslung empfunden haben, als die Menschen begannen sich zu entwickeln, sie meinten es sei spannend gewesen das zu beobachten, sie schwärmten von ihrem Streben nach Wissen und Erkenntnis, ihrem Erfindungsgeist.<< Elin lächelte beim Anflug einer Erinnerung. >>Das kann ich übrigens nur bestätigen, vor allem diese vielen lustigen, aber durchaus hilfreichen Spielsachen die sie erfunden haben … Das ging so schnell, da hatte ich wirklich Mühe hinterher zu kommen.<<

>>Was meinst du?<<, fragte Raimond ratlos, lächelte dabei aber über ihr lächeln.

>>Naja<<, schmunzelte Elin und rollte etwas übertrieben mit den Augen, >>dieser ganze technische Krimskrams, den meine ich. Äußerst praktisch, das ist schon wahr, aber wenn du irgendwo, auf einem weit entfernten Energiefeld sitzt und das alles nur beobachtest, kann das schon etwas verwirrend sein. Oh, … ich bin schon dahinter gekommen wozu das alles da ist und wie das funktioniert, grob zumindest, aber ich bin mir nicht sicher, ob ich mich jemals in so ein Ding setzen werde, das ihr Flugzeug nennt. Als ich das erste Mal so ein Ding gesehen hab, da hab ich mich vielleicht erschreckt, das glaubst du nicht.<<

>>Nicht im Ernst?! … Ist gar nicht so übel, so ein Flugzeug.<<, erwiderte Raimond kichernd. Er stellte sie sich bildlich vor, wie sie auf einer Wolke sitzt und sich bei jeder

neuen technischen Errungenschaft der Erdenbewohner stirnrunzelnd am Kopf kratzt und sich fragt was das eigentlich soll.

>>Hmmm …<<, grummelte Elin wenig überzeugt, linste zu Raimond, der sich offenbar amüsierte und fuhr ebenfalls heiter fort, >>aber warte, wo war ich stehen geblieben, ach ja, warum wir nicht mehr auf die Erde kommen …, das war so, je mehr die Menschen begannen ihre Umwelt reflektierter wahrzunehmen, desto seltener besuchten die Älteren die Erde, sie wollten diese Entwicklung nicht beeinflussen, es ging uns schließlich nichts an. Der eine oder andere hat es trotzdem getan, daher auch die Halbgötter und die Mythen und Geschichten über unsere Rolle in der Entwicklungsgeschichte. Diejenigen, die sich entgegen der Empfehlung des Rates, trotzdem den Erdenbewohnern offenbart hatten, hatten es eigentlich nur gut gemeint. Sie wollten den Menschen ursprünglich nur ein Paar hilfreiche Ratschläge geben, was aber etwas aus dem Ruder gelaufen ist. Seit dem ist auch wirklich kaum einer von uns überhaupt noch einmal auf die Idee gekommen, einen Fuß auf die Erdoberfläche zu setzen, geschweige denn in Kontakt zu einem Menschen zu treten. Dieses Offenbaren war ein Verstoß gegen einen unserer Hauptgrundsätze, es hat den natürlichen Entwicklungsverlauf gestört, nein, nicht nur gestört, sondern grundlegend verändert. Ich weiß gar nicht, wie viele verschiedene Varianten es tatsächlich gibt, woran die Menschen glauben und Namen mit unserer Existenz assoziieren.<<

Raimond stutzte, wenn das stimmte, was sie erzählte, hatte ihre Art viele tausend Jahre lang keinen direkten Kontakt mit Erdenbewohnern, dann wäre es kein Wunder, dass Elin nur diese eine, ihr offenbar eingetrichterte, Sichtweise kannte. >>Warst du vor der Schlacht schon einmal auf der Erdoberfläche? Oder kennst du uns nur aus Beobachtungen?<<, fragte er daher neugierig.

>>Oh, doch, ja, war ich!<<, rief Elin aufgeregt aus, froh von etwas aus ihren eigenen Erinnerungen erzählen zu können, bevor sie verlegen innehielt, >>… Ähm. Ach du meine Güte.<<, und beschloss das Thema nicht auszuweiten, >>Ja, war ich, allerdings nur in einem unbevölkerten Gebiet.<<

>>Alles ok?<<, fragte Raimond verwirrt und hob die Augenbrauen, er hatte sich schon auf eine spaßige Anekdote gefreut, >>Darf ich diese Geschichte nicht hören?<<

>>Ähm, … naja, ähm<<, stammelte sie und überlegte wie sie aus dem Thema rauskommen konnte, ohne ihn vor den Kopf zu stoßen, dann fiel ihr etwas ein,   >>… ach, was solls.<<, sagte sie zu sich selbst, knautschte das Kissen in ihrem Arm noch fester und blickte Raimond wissend an, >>Du hast mir mal eine ähnliche Geschichte erzählt, woraufhin meine Antwort „Ist das alles?" war.<<

>>Ohh! Ok,<<, platzte es aus Raimond heraus, als er sich nach kurzem grübeln an das Gespräch mit ihr, welches sie meinte, erinnerte, >>… ok, dann lassen wir es dabei, das müssen wir nicht ausbreiten.<<, fügte er hinzu, konnte

es sich allerdings nicht verkneifen, ihr einen ebenfalls wissenden Blick, mit einem zugefügten, leicht amüsierten Unterton, zuzuwerfen, der sie unschuldig mit den Schultern zucken und ihn nüchtern das Thema wechseln ließ. >>Ähm … wenn du sagst unbevölkertes Gebiet, bist du dann vor Leena und Max überhaupt schon einmal einem Menschen begegnet?<<

>>Ja<<, bestätigte Elin, >>allerdings nur wenigen, und die waren eingeweiht, also hatten keine konfusen Vorstellungen.<<, als sie über die zwei Namen in Raimonds Frage stolperte, >>Oh,... Leena und Max! Was denken die beiden jetzt über mich?<<

>>Wahrscheinlich sind sie gerade dabei einen Opferschrein für dich zu errichten.<<, scherzte Raimond, als er jedoch Elins entsetzten Gesichtsausdruck sah, fügte er schnell hinzu, >>Keine Sorge! Sie tragen deine Existenz mit Fassung … Hört sich so an, als ob du vielleicht auch ein etwas wirres Bild von den Menschen hast?!<<

>>Hmm, schon möglich.<<, räumte sie ein, >>Aber du hast selbst gesagt, sie tun von Zeit zu Zeit merkwürdige Dinge.<<

>>Touché<<, gab er sich an diesem Punkt geschlagen. >>Nun gut, zurück zum Thema. Mal ganz ehrlich, ich verstehe es immer noch nicht wirklich.<<, begann er einen erneuten Versuch die Verstrickungen des Universums zu verstehen, >>Was wäre denn im Endeffekt so schlimm daran bei dem einen oder anderen Erdenbewohner unter-

stützend in dessen Schicksal zum Zwecke einer positiven Wende einzugreifen?<<

>>Oh Hah!<<, entwischte es Elin, >>Jetzt wirst du aber theoretisch, ist vielleicht gar nicht so schlecht …<<, fügte sie hinzu, >>Es geht um die Konsequenzen. Wir greifen in keine Schicksale ein, zu welchem Zwecke auch immer, weil wir die Konsequenzen die sich daraus entwickeln könnten nicht abschätzen können. Das kann keiner von uns, es geht im Endeffekt um nicht kalkulierbare Konsequenzen in der natürlichen Weiterentwicklung.<<

>>Dann tut ihr lieber gar nichts, anstatt das Risiko einer eventuellen Beeinflussung der Entwicklung einzugehen?<<, versuchte Raimond es auf den Punkt zu bringen.

>>Ja, so ist es.<<, bestätigte Elin ihn prompt und er-klärte weiter, >>Ich weiß, dass anscheinend viele Erdenbe-wohner, vor allen die Menschen auf unterschiedlichste Wei-se glauben wir könnten ihr Schicksal beeinflussen, aber wie gesagt, wir nehmen Individuen, oder spezielle Handlungs-stränge halt gar nicht wahr. Und mal ehrlich, selbst wenn, und wir würden tatsächlich diesen speziellen, einzelnen Verlauf beeinflussen, wie sollten wir denn entscheiden wel-chem Individuum wir helfen und welchem nicht? Allen geht nicht. Wir mögen zwar Götter sein, aber eine Anmaßung solche Entscheidungen zu treffen steht uns nicht zu. Das ist Sache des Universums und der Natur. Was aus der Natur entstanden ist, wird auch von der Natur geregelt, mit allen

sich daraus entwickelnden Konsequenzen. So ist nun einmal der Lauf der Dinge.<<

Raimond verstand ihre Argumente durchaus, doch er wollte sich nicht mit der Oberflächlichkeit zufrieden geben, für ihn klangen ihre Erklärungen zu einfach, als ob das Universum als Ausrede vorgeschoben wurde, möglichweise unbequeme Entscheidungen treffen zu müssen, beziehungsweise sich überhaupt mit eventuellen Entscheidungen zu beschäftigen. Für ihn stellte sich in ihrer Darstellung keine logische, natürliche Daseinsberechtigung der Lebensform Götter dar, daher fühlte er ihr weiter auf den Zahn, >>Aber Elin, vielleicht hat das Universum euch erschaffen, damit ihr eingreift wenn Erdenbewohner eure Hilfe brauchen. Bei den Schatten habt ihr eingegriffen. Warum, wenn es nicht eure Angelegenheit ist?<<

>>Du hast recht mit dem Gedanken über den Sinn und Zweck unseres Daseins.<<, überrasche sie ihn zunächst durch ihr Zugeständnis, >>Darüber haben die Älteren und Ahnen seit Beginn unserer Existenz beraten und sind letztendlich über einen Zeitraum von Jahrmillionen, im Zuge der wachsenden Erdbevölkerung, zu dem Schluss gekommen, dass es ihnen nicht zusteht diese Entscheidungen zu treffen.<<, bevor sie ihm die fatale Wahrheit offenbarte. >>Ganz am Anfang, als sich primitive Lebensformen anfingen zu entwickeln und auch noch zu der Zeit, als die ersten menschenähnlichen Lebewesen in Erscheinung traten, sah die Meinung zu diesem Thema noch anders aus. Die Ent-

scheidung, sich nicht mehr einzumischen hat sich erst über die Zeit gefestigt, weil vor allem die Menschen anfingen unterschiedliche Sichtweisen zu haben, … was ja gut ist, doch sie konnten und können damit anscheinend nicht ruhig und zufrieden miteinander leben, … das scheint in ihrer Natur zu liegen. Dabei gibt es kein richtig oder falsch und jede Einmischung unsererseits hätte alles nur noch schlimmer gemacht. Das ist eine traurige, verstörende Eigenschaft der Menschen, wo doch alles Leben gleichwertig aus dem Universum entstanden ist. Und die Natur regelt sich selbst, sie ist die größte Macht. Die Konsequenz, die sich für uns aus dieser Entscheidung ergeben hat ist die, dass wir dadurch unsere eigene Art, unsere Daseinsberechtigung selbst überholt haben. Wir haben uns selbst bewusst überflüssig gemacht und zum Aussterben verurteilt.<<

>>Was?! Wie kommst du denn auf so etwas?<<, rief Raimond erschüttert, >>Siehst du das wirklich so?, dass ihr euch selbst ausgerottet habt? Und du sitzt hier seelenruhig und erzählst mir das ganz sachlich? Ich dachte deine Artgenossen wären bei der Schlacht getötet worden?<<

>>Sei nicht so schockiert Rai.<<, erwiderte Elin abgeklärt, >>das ist doch eine natürliche, logische Schlussfolgerung, unser Aussterben hatte schon viel früher begonnen, ich lebe mit dieser Tatsache schon eine ganze Weile, im Grunde seit meiner Geburt.<<

>>WOW! … Ok. Das muss ich erstmal verdauen.<<, erwiderte Raimond, er war wirklich erschüttert, sie hatte mit

dieser Tatsache alle seine Gedanken bezüglich ihrer Daseinsberechtigung bestätigt. Das Universum schien sich, so wie sie gesagt hatte, tatsächlich selbst zu regulieren, was ihm die Erkenntnis brachte, dass alles Elend und Leid, welches Erdenbewohnern widerfahren war auf natürlichem, entwicklungsbedingtem Ursprung beruhte, woraufhin ihm eine Frage in den Sinn kam. >>Aber warum bist du dann jetzt hier? Warum dann die Schlacht mit den Schatten?<<

>>Pffff ...<<, machte Elin und rollte mit den Augen. >>Das wüsste ich auch gerne! Keine Ahnung, warum ich jetzt hier bin. Die Frage kann ich dir nicht beantworten ... Ja, klar, ich soll irgendwie die Schatten aufhalten, aber ganz ehrlich, aus meiner Sichtweise ist die ganze Geschichte ziemlich kurios ... <<

>>Nicht nur aus deiner!<<, warf Raimond ein, entzückt über ihren nahbaren, emotionalen Ausbruch, der sie für ihn wieder greifbarer machte. Elin betrachtete ihn, dieses Wesen, diesen Erdenbewohner, der er war, der ihr Herz schneller schlagen ließ, schüttelte innerlich den Kopf über die Absurdität dieser Tatsache und besann sich auf seine zweite Frage. Sie suchte in ihren Erinnerungen und fand die Erklärung, mit der die Älteren sie einst in die Schlacht geschickt hatten, in diesen Gedanken haftend antwortete sie, >>In die Schlacht gezogen gegen die Schatten sind wir, weil die Verbindung, die die Schatten vollziehen wollen kein natürliches Phänomen ist ... Es liegt nicht in der Natur der Schatten diese Verbindung zu wollen. Es ist etwas passiert,

das auch wir uns nicht erklären konnten, das die Schatten dazu veranlasst hat. Deshalb kann ich dir auch nicht sagen, warum das Ganze. Wir wissen es nicht. Und das ist auch der Grund, warum wir beschlossen hatten einzugreifen. Diese Verbindung ist widernatürlich, deshalb wollten wir sie aufhalten. Der eigentliche Grund, warum wir die Schatten nicht schlagen konnten war, weil wir verlernt haben unsere vollkommene Macht einzusetzen. Wir wussten nicht mehr wie es funktioniert … Es gibt da ein Geheimnis, an das ich mich nicht erinnere, …<<, schloss sie und hielt geistesabwesend inne. Sie saßen sich eine Weile schweigend gegenüber, der Raum, nur erhellt durch das spärlich einfallende Licht der gelblich scheinenden Straßenlaternen, umschloss sie in völliger Stille. Die dumpfe Wärme der Nacht kondensierte prickelnd auf ihrer Haut, als Elin aus ihren melancholischen Gedanken in die Gegenwart zurückkehrte, und sie traurig und leise sagte, >>Ich sage die ganze Zeit wir, es gibt kein wir mehr. Ich bin allein …! … Und wie ich schon sagte, waren wir auch schon vor der Schlacht eine langsam aussterbende Spezies. Ich bin die zu Letzt geborene Göttin und es wären nach mir keine mehr geboren worden. Halbgötter möglicherweise ja, aber keine Vollgötter.<<

>>Warum?<<, fragte Raimond ebenfalls leise und ergriffen von ihrer Traurigkeit.

>>Nun, … ich weiß nicht genau<<, erwiderte Elin wieder in ihren Erinnerungen grabend, >>es ist sehr selten,

dass sich zwei Götter lange genug, mit genügend ausdauernder Zuneigung aufeinander konzentrieren, dass sie tatsächlich einen neuen Gott zeugen.<<, fuhr sie stirnrunzelnd fort, >>So haben es mir zumindest meine Eltern erklärt … Daher gab es nicht viele jüngere Götter und dazu kommt noch, dass wir alle irgendwie verwandt sind.<<, woraufhin ihr ein amüsiertes, beinahe selbstironisches, nasales, >>Hmmpf<<, entfuhr und sie hinzufügte, >>Eine genauso natürliche Selektion wie bei allen anderen Lebensformen auch. Meine Art ist überflüssig geworden, nutzlos. Und was passiert mit überflüssigen, nutzlosen Lebensformen? Die Natur lässt sie aussterben, und genau das wäre mit uns passiert, wenn nicht eh schon alle getötet worden wären. Ich stehe außen vor, ich kann meine Art auch nicht retten.<<

Raimond war sich nicht ganz sicher, ob sie ihm leid tun sollte. Sie hatte letztendlich Recht, ihr Aussterben war eine logische Konsequenz, und dennoch berührte es ihn, schließlich spiegelte ihre Geschichte die unabdingbare, ultimative Grausamkeit der Natur, des Universums wider und er ertappte sich bei einem eigensinnigen Versuch sie verteidigen zu wollen. >>Aber um alle, … also die gesamte Erdbevölkerung zu retten, dafür seid ihr dann letztendlich doch wieder aktiv geworden. Also ist es euch doch nicht völlig egal was mit uns passiert.<< Elin sah ihn überrascht an, >>Ich habe nie gesagt, dass es uns egal ist. Ihr seid genauso Existenzen des Universums wie wir, in diesem Punkt gibt es keinen Unterschied.<<

Raimond stutzte, >>Und ob es da einen Unterschied gibt!<<, schoss es ihm durch den Kopf. >>Aber ihr habt es euch ab dem Punkt eures Ausstieges aus den Angelegenheiten der Erdenbewohner ziemlich einfach gemacht, findest du nicht?<<, platzte es aus ihm heraus, sein Verteidigungsempfinden war erneutem, entrüsteten Unverständnis gewichen.

>>Wie meinst du das?<< Elin versuchte seine ablehnende emotionale Reaktion zu verstehen, doch seine Sichtweise entzog sich nach wie vor ihrem Betrachtungswinkel, sie wünschte sich innigst, er möge sie endlich verstehen, sie begann sich hilflos zu fühlen, weil sie nicht zu ihm durchdrang, und seine kritischen Fragen und Anmerkungen missfielen ihr zunehmend. Warum stellte er sie überhaupt in Frage?

Raimond wusste langsam ebenfalls nicht mehr weiter. Es kam ihm vor, als ob sie sich im Kreis drehten. Er sah zwar ein, dass Elin seine Sichtweise tatsächlich nicht verstehen konnte, zumindest im Moment noch nicht, weil sie keinerlei Erfahrung im Umgang mit Erdenbewohnern und deren Blickwinkeln hatte, und doch ließ es ihm noch keine Ruhe. Vielleicht, überlegte er, konnte er es ihr anhand eines praktischen Beispiels näher bringen und fragte sie daher vorsichtig, >>Naja, mal, ganz rein theoretisch, könntest du die Bitte eines Erdenbewohners hören und erfüllen?<<

>>Zum Beispiel?<<, fragte sie verblüfft zurück, damit hatte sie nicht gerechnet, war aber gespannt worauf er hinaus wollte, obwohl sie ihre eigentliche Antwort auf seine Frage bereits kannte.

>>Naja, … zum Beispiel …<<, zögerte er etwas unsicher und suchte fieberhaft nach einem, seiner Meinung nach, harmlosen Beispiel, >>Hmm, … ja, das Wetter beeinflussen zum Beispiel, für, naja, … eine gute Ernte, oder so.<<

Elin zog die Augenbrauen hoch und antwortete nüchtern. >>In begrenztem Rahmen könnte ich das Wetter beeinflussen. Ja.<<

Raimond sah sie an, erkannte augenblicklich ihre eigentliche Antwort und stellte resigniert fest, >>Aber du würdest es nicht tun.<<

>>Nein<<, erwiderte Elin unbeirrt, >>Und der Grund für eine Bitte spielt auch keine Rolle. Wenn ich eine Bitte erhöre, muss ich alle erhören, das funktioniert nicht! … Und deshalb ist es auch egal, um was für eine Bitte es sich handelt.<<

>>Ich denke, du solltest eure Lebensweise für dich behalten, sie würde ziemlich viele Erdenbewohner in ihren Grundfesten erschüttern.<<, entfuhr es ihm prompt. Ihre konsequente, unerschütterliche Sichtweise stand ihr ins Gesicht geschrieben. Bei der Erkenntnis, dass sie genauso unabdingbar, ultimativ grausam war wie die Natur und das Universum selbst, lief ihm ein leichter Schauer den Rücken

hinunter und ließ sein Herz kurz schmerzhaft zusammenzucken.

Elins Körper durchfuhr bei seinen Worten ein dumpfes Schaudern, beinahe ein lähmender Schreck, der sie für einige Sekunden ängstlich erstarren ließ. Sie umklammerte das Kissen vor ihrer Brust mit beiden Armen, als sie mit gepresster Stimme, >>Das verstehe ich nicht. Bist du böse mit mir? Weil ich das bin, was ich bin?<<, flüsterte und ihn aus großen erschrockenen Augen ansah.

Raimonds Herz krampfte sich bei ihrem Anblick erneut schmerzlich zusammen, allerdings weil er ihr ansah, dass er ihr anscheinend wehgetan hatte, was er nicht wollte. Er kämpfte mit sich selbst, wie konnte er ehrlich zu ihr sein, ohne ihr weh zu tun?, fragte er sich, worauf ihm keine zufriedenstellende Antwort einfiel. >>Nein, natürlich bin ich nicht böse mit dir ...<<, setzte er an, wurde jedoch augenblicklich von Elin unterbrochen, die sich wieder in ihre Verteidigungshaltung geflüchtet hatte und spitz bemerkte >>Ich finde, dafür, dass du nicht einmal an unsere Existenz geglaubt hast, nimmst du dir das ganze Thema ziemlich zu Herzen.<<

>>Mag sein<<, konterte Raimond kämpferisch, er konnte nicht anders, als ihr zu sagen was er dachte, >>denn ich finde eure Einstellung ist grausam und ziemlich selbstgerecht. Vielleicht wäre es tatsächlich besser gewesen ihr hättet gar nicht existiert, als zu erfahren das ihr das seid, was ihr seid.<<

>>WOW<<, entfuhr es Elin herausfordernd, >>und natürlich verdienen wir es für unsere grausame, selbstgerechte Existenz auszusterben. Nicht wahr?! Ich hatte befürchtet dich enttäuschen zu können wegen dem was ich nicht bin, aber ich hatte nicht damit gerechnet, dass du im Endeffekt von dem enttäuscht und angewidert bist, was ich bin.<<

>>Elin, warte ... so hatte ich das nicht gemeint ...<<

>>Doch, hast du. Und du hast in deiner Aufzählung egoistisch vergessen.<<

Raimond und Elin saßen sich gegenüber, in einem Streit verworren, den keiner von beiden hatte kommen sehen, oder gewollt hatte. Sie hatten sich an einem Punkt festgefahren, an dem keiner weder nachgeben, noch Zugeständnisse machen konnte, die schwere, dumpfe Luft, die sie wie einen Kokon umhüllte ließ die Spannung zwischen ihnen beinahe spürbar über ihr feuchte Haut zucken. Sie sahen sich emotional aufgeladen an, forschten in den Augen des anderen, wo es nichts als Liebe und Zuneigung für einander zu finden gab, realisierten gleichzeitig den Augenblick, die verfahrene Situation in der sie nicht sein wollten und ihre angespannte Streitlust löste sich aus ihren Köpfen und Emotionen. Zurück blieb das Gefühl der gegenseitigen Akzeptanz für den jeweiligen Standpunkt des anderen und verzehrende Sehnsucht nacheinander.

Raimond nahm zögerlich Elins Hand, umschloss sie mit seinen beiden Händen, küsste einmal zärtlich ihre Fingerspitzen und hielt sie weiter, behutsam wie ein zerbrechliches Geschenk, beschützend fest. Er begann leise mit heiserer Stimme zu sprechen. >>Elin ich versuche dich zu verstehen. Wirklich! Und ich weiß, dass du mich im Moment nicht verstehen kannst, … ich weiß, dass du es nicht böse meinst, und ich bin dir auch nicht böse, es ist nur furchtbar frustrierend für mich diese Wahrheiten über dich und das Universum und die Natur zu akzeptieren … Das tue ich im Moment noch nicht ganz, aber ich bemühe mich darum, vielleicht kannst du ein wenig geduldig mit mir sein?!<<

Elin nickte erleichtert, >>Ja, ok<<, presste sie trotzdem beklommen hervor, die Vielzahl an Gefühlen die über sie hereingebrochen waren hatten ihr die Kehle zugeschnürt, >>es fühlt sich nur nicht gut an, dich zu enttäuschen. Ich bin halt das, was ich bin, und deine Sichtweise ist so, … ich weiß nicht, so unlogisch, so willkürlich, irgendwie inkonsequent, das kenne ich nicht. Ich weiß nicht, ob ich dich jemals wirklich verstehen werde.<< Sie blickte ihn mit bebenden Lippen an und drückte reflexartig seine Hand, die ihre umschlossen hielt. Raimond konnte nicht anders, als sie augenblicklich in seine Arme zu ziehen und fest an sich zu drücken, sein Herz schlug schnell und schmerzhaft, beruhigte sich erst, als er das Kissen, welches sie schützend vor sich gepresst hatte zur Seite gezerrt und ihren Körper an seinem spürte. >>Ich weiß, ich weiß.<<, hauchte er sanft in das Haar an ihrem Hals, >>Hab ich dir wehgetan? Das tut mir leid! Ich bin nicht von dir enttäuscht, ich bin nur schockiert. Und, nun ja, du hast Recht, du bist was du bist. Und wir kriegen das schon hin.<<

Elin saß auf seinem Schoß, umklammerte ihn mit Armen und Beinen wie einen rettenden Anker, jede angespannte Faser ihres Körpers hatte sich nach seiner Nähe gesehnt und Erleichterung breitete sich in ihr aus, endlich in seinen Armen zu liegen, in denen sie sich sicher und geborgen fühlte. Sie wollte um nichts in der Welt wieder mit ihm streiten und hauchte, um sicher zu gehen, >>Meinst du?<<, in seine Locken, in die sie ihr Gesicht vergraben hatte.

>>Ja, meine ich.<<, hauchte er zurück, löste sein Gesicht aus ihrem Haar, um sie ansehen zu können, hielt sie jedoch weiterhin fest an sich gepresst, >>Ich hab nämlich nicht vor dich aus meinem Leben zu lassen, auch wenn ich lernen muss ein paar unbequeme Wahrheiten zu akzeptieren und vielleicht wirst du mich irgendwann auch besser verstehen. Aber Elin, kannst du bitte versuchen nicht gleich furchtbar eingeschnappt zu sein, wenn ich etwas einwende?!<<

>>Na gut!<<, gestand sie nach sekündlichem Überlegen zu, genoss seinen festen Griff um ihren Körper, sog seinen köstlichen Geruch ein, >>Ich werde mir Mühe geben. Und ja, vielleicht werde ich dich tatsächlich irgendwann, irgendwie besser versehen. Ich möchte dich nämlich auch nicht aus meinem Leben lassen.<<

>>Sehr gut!<<, raunte Raimond begehrend, verstärkte seinen Griff an Elins Hinterkopf, fand ihren Mund, öffnete

ihre Lippen und küsste sie mit lang entbehrter, sehnsüchtiger Leidenschaft. Elin grub ihre Hände tief in seine weichen, wilden Locken, erwiderte begierig seinen fordernden Kuss und rutschte noch enger auf seinen schwellenden Schoß. Er beugte sich vorsichtig vor, legte sie behutsam auf den Rücken und genoss die verheißungsvolle Wärme ihres Mundes. Eng umschlungen spürten sie die Hitze ihrer Körper, doch bevor sie sich von der Welle der erlösenden Leidenschaft forttragen ließen, lösten sie schmerzlich seufzend ihren köstlichen Kuss. Sie hatten wieder zueinander gefunden und hielten sich, verbunden durch zärtliche Gesten, aneinander fest, doch brannten noch zu viele Fragen und Beteuerungen zwischen ihnen, um sich ihrem fordernden Begehren hinzugeben. Liebevoll strich Raimond Elin, halb über ihr liegend, verirrte Haarsträhnen aus der Stirn und küsste spielerisch ihre Nasenspitze, >>Naja, … eins haben wir schonmal gemeinsam. Ich war auch egoistisch.<<, gestand er ein.

Elin schmiegte ihr Gesicht in seine Armbeuge, liebkoste sanft seine stoppelige Wange mit den Fingerspitzen, flüsterte verschwörerisch >>Ja, warst du. Und du bist es auch jetzt noch.<<, drehte ihren Kopf und schaute ihm in seine lodernden Augen, >>Genau wie ich.<<, fuhr sie fort, >>Und du hast ja recht, … ich bin grausam und egoistisch. Ich sollte jetzt im Wald sein und versuchen die Schatten in Schach zu halten, oder bei den Elfen, oder bei dem alten Mann, oder zumindest in meiner göttlichen Gestalt, versuchen noch mehr Erinnerungsfetzen einzufangen. Im Grunde alles andere, als hier mit dir im Bett zu liegen.<<

>>Dann habe ich anscheinend einen ziemlichen Eindruck auf dich gemacht.<<, entgegnete er amüsiert mit einem verschmitzten Lächeln um den Lippen.

>>Sieht ganz so aus und das ist ziemlich ungewöhnlich.<<, eröffnete sie ihm ernst, >>Es ist nämlich so, nur weil ich in meinem physischen Körper Individuen wahrnehme, heißt das noch lange nicht, dass ich auch in irgendeiner Art und Weise emotional in Geschehnisse involviert bin, geschweige denn überhaupt etwas dabei empfinde.<<, erklärte sie ihm vollkommen unbedarft, was in ihm ein erneutes Unbehagen auslöste. Er entschied sich jedoch darüber hinweg zu sehen, ihre Aussage passte in die Reihe von unbequemen Wahrheiten, die er versuchte zu akzeptieren. Deshalb küsste er sie sanft auf die Schläfe und ließ sie weitersprechen. >>Doch es ist so, ich sehe dich und du hast meine komplette Aufmerksamkeit und was ich fühle, wenn ich mit dir zusammen bin, das kann ich nicht in Worte fassen, etwas vergleichbares habe ich noch nie zuvor empfunden. Ich liebe dich Rai, das ist das einzige Wort das mir einfällt, das annähernd zusammenfasst, was ich empfinde, auch wenn ich glaube, dass es bei weitem nicht ausreicht und ich halte nur deswegen an diesem Körper fest, was völlig wider meiner Natur ist … Das Universum schlägt zuweilen auch mal ziemlich ungewöhnliche Wege ein, so wie die Menschen merkwürdige Dinge tun.<<

Raimond fühlte sich tief gerührt durch ihre Worte, >>Ich liebe dich auch.<<, hauchte er bewegt und küsste sie zärtlich auf den Mund, dann stolperte er über ihre letzten Worte. >>Warte mal, meinst du das Universum könnte dich zu mir geschickt haben?<<

Elin, die seinen Kuss hingebungsvoll erwidert hatte, hielt sein Gesicht schützend zwischen ihren Händen, war dabei sich im Schein seiner Augen zu verlieren, als seine Frage sie überraschte, >>Keine Ahnung!<<, antwortete sie spontan, >>Wir unterliegen der Willkür es Universums genauso wie ihr. Ich weiß nicht, ob da ein Plan, oder so etwas, dahinter steckt, darin habe ich keinen Einblick, oder Einfluss drauf. Ich weiß nur, dass es ziemlich ungewöhnlich ist, dass ich hier so bei dir bin.<<

>>Ist auch egal.<<, stellte Raimond eigensinnig fest, >>Du bist hier und das ist das wichtigste.<<

Ein glückliches Lächeln huschte über Elins Gesicht und ließ einige Fünkchen in ihren Augen glitzernd aufblitzen, sie kuschelte sich eng in Raimonds Arme, küsste sanft seinen Hals und flüsterte, während sie bestätigend mit dem Kopf nickte, >>Ja, das ist es, und ich bin hier, weil ich bei dir sein will, weil wir uns etwas versprochen haben. Und ...<<, fuhr sie, ihn ernst anblickend, bedeutsam fort, >>weil es tatsächlich einen Weg gibt zusammen sein zu können ... Wofür ich allerdings deine Hilfe brauche ... Und weil ich dir alles, zumindest das, woran ich mich erinnere, erzählen möchte, bevor du dich entscheidest mir zu helfen und mit mir zusammen sein zu wollen. Du sollst das alles wissen, damit du weißt, worauf du dich einlässt. Und wenn du sagst, du willst nicht mit einer grausamen, selbstgerechten, egoistischen Göttin zusammen sein und einen Selbstmordauftrag ausführen, dann ist das OK...<<

>>Ich würde alles tun, um mit dir zusammen sein zu können<<, unterbrach er sie bewegt, >>das habe ich dir bereits gesagt, und wie du gesagt hast, wir haben uns etwas versprochen. Und es würde mir das Herz brechen nicht mit dir zusammen zu sein.<<

>>Mir würde es auch das Herz brechen nicht mit dir zusammen zu sein.<<, hauchte Elin beherzt, während sich eine vereinzelte Träne verzückter Erleichterung in ihrem Augenwinkel sammelte und sie ihn glücklich anlächelte, >>Und soll ich dir noch etwas sagen? Das mindestens genauso verrückt ist wie die schlichte Tatsache, dass ich hier bin?<<, fügte sie mit glänzenden Augen hinzu.

>>Na, was denn?<<, raunte Raimond und küsste mit klopfendem Herzen ihre Träne hinfort.

Elin kuschelte sich noch enger an ihn, schmiegte ihren Kopf an seine Brust, spürte seine Muskeln an ihrem Körper, >>Wenn ich in deinen Armen liege<<, begann sie mit heiserer Stimme, >>und du mich fest hältst, dann empfinde ich das als den absolut Besten Platz, den es überhaupt geben kann, sogar als den sichersten, ... was wirklich paradox ist. Ich möchte nirgendwo anders sein, als ganz nah bei dir in deinen Armen.<<

Raimond schloss Elin, so fest er konnte in seine Arme, ihm war schon klar, was sie mit dem paradox meinte, aber das war ihm egal, seine Brust quoll über von überwältigendem Glück, >>Und weißt du was?!<<, seufzte er, >>Du bist alles andere als grausam. Es ist ganz egal, wo wir sind, oder was um uns herum passiert, Hauptsache du bist bei mir und ich kann dich festhalten.<< Elin konnte sich kaum bewegen in seinem festen Griff, der ihr die Welt bedeutete, doch sie schaffte es seine Lippen zu finden und ihn selbstvergessen zu küssen, die Hitze ihrer sich aneinander reibenden Körper erfüllte sie mit ansteigender, zerreißender Spannung. Kurz bevor er die Erlösung versprechende Kontrolle über seinen Körper verlor löste Raimond schmerzlich seinen Mund von Elins, er musste noch etwas wissen, >>Was soll ich tun? Wie kann ich dir helfen? Ich ...<<

Seufzend fand Elin erneut seine Lippen und küsste ihn noch einmal sehnsuchtsvoll, bevor sie ihm antwortete, >>Das erkläre ich dir gleich, das ist ein wenig heikel.<<, sich ein ganz wenig aus seinem Griff löste, ihn auf den Rücken rollte und sich halb auf ihn legte. >>Vorher möchte ich auch noch etwas wissen, das beschäftigt mich schon die ganze Zeit.<<, sagte sie, woraufhin Raimond sie neugierig anschaute und ihr eine Haarsträhne hinters Ohr strich, >>Was ist das mit dir und den Elfen?<<, fragte sie stirnrunzelnd, >>Sie hatten es ja regelrecht auf dich abgesehen.<<

Raimond zog die Augenbrauen hoch, er hatte wenig Lust über die Elfen zu sprechen, er wollte wissen, wie er

Elin bei sich behalten konnte und endlich ihre köstliche, heiße, hingebungsvolle Leidenschaft spüren, aber es schien ihr wichtig zu sein, also antwortete er missmutig schnaubend, >>Also, wenn du jemanden grausam nennen willst, dann die Elfen. Sie sind ziemlich fiese, kleine, überhebliche Zeitgenossen. Das ist nichts persönliches. Sie wollen in ihren engstirnigen, festgefahrenen Dickschädeln die Möglichkeit nicht zulassen, dass nicht mehr alle Vampire mordende Ungeheuer sind. Sie sind unglaublich nachtragend und schären alles über einen Kamm. Das ist alles.<<, schloss er, in Elins bezauberndes, grübelndes Gesicht blickend, bevor ihm doch noch ein Gedanke kam, der ihn auch schon lange beschäftigte. >>Wo wir gerade bei den Elfen sind, fällt mir tatsächlich eine Frage ein. Warum haben die Elfensteine eine solche Bedeutung? Warum sind sie so wichtig, oder besser haben sie eine spezielle Funktion?<<

>>Ja, haben sie.<<, antwortete Elin automatisch, noch mit Raimonds Antwort auf ihre Frage beschäftigt, die sie nicht wirklich zufrieden stellte, doch wahrscheinlich wusste er es nicht besser, überlegte sie, ließ es dabei und konzentrierte sich auf die Antwort seiner Frage. >>Sie sind die Portale zum Gipfel der Unendlichkeit.<<, erklärte sie, >>Ohne die Elfensteine, bzw. die Elfen, die die Steine bewachen, könnte ich nicht auf die Erde gelangen. Sie sind die Verbindung … Thomas und du, ihr habt instinktiv die Wege frei gehalten, die es mir ermöglichen jetzt hier sein zu können.<< Sie runzelte die Stirn und verlor sich kurz in ihren

Gedanken, >>Ich weiß nur immer noch nicht, wie ich es mit den Schatten aufnehmen soll. Iris muss irgendeinen Plan haben, ich muss versuchen Kontakt mit ihr aufzunehmen. Ich muss nochmal zu den Elfen Rai.<<

>>Ist gut.<<, stimmte er widerwillig zu, >>Möchtest du zuerst zu den Elfen, oder zu dem alten Mann?<<

Nach kurzem Überlegen antwortete sie, >>Das entscheide ich morgen. Möchtest du noch etwas wissen?<<

>>Ach<<, schnaufte er, >>ich glaube, ich hätte da noch so ungefähr tausend Fragen. Aber im Augenblick nur die eine. Was ist der Weg? Wie können wir zusammen sein? Und, was muss ich dafür tun?<<

Elin schaute ihn ernst an, die traurige Gewissheit, dass der gegenwärtige friedliche Augenblick in seinen Armen nur von kurzer Dauer sein würde, schlich sich in ihr Bewusstsein, >>Versprich mir zuerst etwas!<<, forderte sie bestimmend ein, >>Tu nie wieder so etwas unglaublich dummes wegen mir, wie du es vorhin mit den Wölfen getan hast. Ich war auf dem Weg zu dir.<<

Raimond musterte ihren beinahe angsterfüllten Gesichtsausdruck, er verstand was in ihr vorging. >>OK, versprochen.<<, sagte er ernst, verlagerte sein Gewicht auf die Seite, so dass Elin neben ihn rollte, er ihren Kopf mit seinem Arm stützte und bittend fortfuhr, >>Dann versprich du mir auch etwas. Verschwinde nicht wieder einfach so für drei Tage und lass mich in Ungewissheit hängen.<<

>>Das kann ich dir nicht versprechen.<<, erwiderte Elin vorsichtig, >>Denn das ist der Punkt, an dem ich deine Hilfe brauche.<<, fügte sie erklärend hinzu, streichelte sanft sein in Falten liegendes Gesicht, sah ihm offen in die Augen und fuhr fort, >>Ich habe dir erzählt, wie sich die Perspektive meiner Sichtweise verschiebt, distanziert, wenn ich nicht in meiner menschlichen Gestalt bin. Dass das meine natürliche Sichtweise ist … Ich kann mir einen Anhaltspunkt für ein spezielles Detail schaffen und trainieren den Focus darauf zu richten. Lass mich versuchen es zu erklären … Wenn ich ein Einhorn bin, will ich ein Einhorn bleiben. Das ist mein natürlicher Instinkt. Ich will im Grunde nicht in diesen menschlichen Körper zurück, er ist schwach, und was am Schlimmsten ist, er engt mich ein. Ich kann nicht lange in diesem Körper bleiben ohne auszuflippen. Mit dir zusammen sein, kann ich aber nur in diesem Körper, und du warst auch mein Anhaltspunkt, durch den ich es geschafft habe die Gestalt des Einhorns zu verlassen, um jetzt hier bei dir sein zu können. Die Sache ist die, … ich werde mich wieder verwandeln, oft, und jedes Mal besteht die Gefahr, dass ich den Grund, … dich, … vergesse wieder in meine menschliche Gestalt zurückzukehren. Das ist alles etwas konfus, ich weiß, aber an diesem Punkt brauche ich deine Hilfe. Du bist der Anreiz für mich wieder in diesen Körper zu schlüpfen. Du musst diesen Anreiz aufrechterhalten, du musst mich diesen Körper spüren lassen, du musst etwas tun, was mich an diesen Körper bindet, ich muss diesen

Körper physisch mit dir assoziieren ... Ich weiß nicht, lass dir etwas einfallen, ... Vielleicht ...<<

Raimond sah sie mit hochgezogenen Augenbrauen an. Er hatte nicht alles verstanden, was sie versucht hatte zu erklären, doch der Kernpunkt war angekommen, >>Du willst, dass ich dich deinen Körper spüren lasse?<<, raunte er beinahe amüsiert über ihren unbedarften, unschuldigen Gesichtsausdruck und fügte verheißungsvoll hinzu, >>Wenn es das ist, was ich zu tun habe, dann wirst du nie wieder ein Einhorn sein wollen.<<, was ihm ein überraschtes, >>Oh<<, ihrerseits einbrachte. Er rollte sich halb über sie und begann sie sanft und spielerisch am Hals zu küssen.

>>Das ist dein Plan?<<, gluckste Elin, während Raimonds Hände unter ihr Shirt wanderten und die weichen Rundungen ihrer Brüste liebkosten.

>>Wart ab.<<, antwortete er verschmitzt, zog ihr und sich selbst Shirt und Hosen aus, so dass sich ihre Körper ungehindert berühren konnten. Die feuchte Hitze ihrer sich aneinander reibenden nackten Körper steigerte die Spannung zwischen ihnen ins unerträgliche, besitzergreifend umschlangen sie einander, während sie sich hungrig küssten. Raimond wanderte fordernd mit der Zunge über ihre schwitzige Haut, ließ seine Lippen saugend folgen, woraufhin ihm Elin flehend ihren Körper entgegen streckte. Sie grub ihre Hände tief in seine zerzausten Locken, während er mit seiner Zunge auf ihrem Körper abwärts wanderte, ihre Brustwarze massierte und an der Stelle zwischen ihrem

218

Bauchnabel und Venushügel saugte. Elin seufzte begierig, ihr inneres zog sich erwartend zusammen, ihr Körper schrie nach ihm, sie öffnete ihm flehend ihre Beine, das brennende Verlangen zwischen ihren Schenkeln pochte in stechendem Schmerz, was ihr Verlangen nach ihm ins unermessliche steigerte. Raimond drang jedoch noch nicht in sie ein, kniete sich stattdessen auf, zog Elin rücklinks auf seinen Schoß und fixierte ihre Arme mit einer Hand unter ihren Brüsten. Sie saß bewegungsunfähig mit gespreizten Beinen auf seinen Oberschenkeln, spürte seine harte Erregung an ihrem Gesäß, während er mit den Fingerspitzen seiner freien Hand die Innenseite ihres Oberschenkels sanft und langsam von ihrem Knie aufwärts entlang strich, die ledrige Oberfläche seiner Haut steigerte noch die Intensivität seiner Berührung. Elin seufzte flehend vor unerfüllter Sehnsucht, ihr pochendes Blut schien beinahe ihre Adern zu sprengen, als seine Fingerspitzen ihre empfindlichste Stelle berührten und begannen sie langsam zu massieren. Sie stöhnte laut und verzweifelt auf, bäumte sich in seinem Griff, als ihr ein Lustschmerz durch den Körper fuhr, der sie erzittern ließ, die Begierde überwältigte sie, sie löste sich mit einem schnellen Ruck aus seinem Haltegriff, drehte sich um und setzte sich seufzend auf ihn. Eine innere Welle der Erleich-terung durchschwappte sie, als sich ihre inneren Muskeln um ihn schlossen, sie küsste ihn leidenschaftlich und be-gann sich schnell auf ihm zu bewegen, ihr Körper forderte Befriedigung, doch Raimond stoppte ihre Bewegungen, indem er sie mit beiden Händen an der Hüfte festhielt. Die violetten Flammen loderten in seinen Augen, Elin seufzte verzweifelt und protestierend, als er sie von sich hob.

>>Nicht so schnell mein Schatz.<<, flüsterte er in heiser Erregung, legte sie auf den Rücken, drang sanft wieder in sie ein und begann sich langsam, kreisend in ihr zu bewegen. Elin seufzte flehend, jede seiner Bewegungen intensivierten den brennenden Schmerz, der durch ihren Körper loderte, bis die erlösende Welle blitzartig ihren Körper durchzuckte, ihr Unterleib bog sich ihm entgegen, ihre inneren Muskeln kontrahierten, stoßweise atmend rieb sie sich an ihm, neue Wellen durchfluteten sie, bis sie erschöpft, nach Luft schnappend auf die Matratze sank. Eine wohlige Wolke der Befriedigung erfüllte ihren Kopf, lähmte ihren entspannten Körper. Langsam wich die träge Mattheit aus ihren Sinnen, sie öffnete die Augen und blickte in Raimonds angespanntes Gesicht. Er lag noch immer über ihr, in ihr, seine ausgefahrenen Fangzähne glänzten im trüben Zwielicht der Dunkelheit, er zitterte leicht, die Flammen in seinen Augen loderten beinahe bläulich, >>Na, nochmal?!<<, presste er erstickt, mit einem schelmischen Grinsen auf den Lippen, hervor und begann sich erneut in ihr zu bewegen. Elin sah ihn mit weit aufgerissenen, erstaunten Augen an, seufzte jedoch augenblicklich auf, als das Brennen zwischen ihren Beinen erneut begann sich auszubreiten. Diesmal bewegte er sich schneller, stoßweise, hielt sie auf die Ellenbogen gestützt an den Schultern fest, sein Gesicht

dicht neben ihrem. Sie hielt ihn mit einer Hand am Hinterkopf, mit der anderen auf dem Rücken fest an sich gepresst,
die heiße, feuchte Nähe seines Körpers, seine fordernden,
besitzergreifenden, intimen Bewegungen, ließen sie erneut
erleichtert erbeben, sie spürte wie auch ihn die Erlösung
durchzuckte und empfing ihn sanft in ihren Armen, in die er
erschöpft sank.

>>Ich glaube dieser Plan könnte funktionieren.<<,
murmelte Elin leise schmunzelnd, woraufhin Raimond sie
fester in seine Arme zog und sie eng umschlungen ein-
schliefen.

14
Das Rätsel

Max begleitete Raimond und Elin die Treppe hinauf zu seiner Wohnung, welche sich direkt über seinem Restaurant
befand. Er beobachtete Elin fasziniert und neugierig, von
Raimond hatte er nur die knappe Information erhalten, dass
sie möglicherweise die Schatten vernichten könnte, nur
selbst nicht genau wusste wie. Max versuchte gar nicht erst
sich einen Reim auf die ganze Geschichte zu machen, er
wollte nur helfen, so gut er konnte, wenn er es überhaupt
konnte. Als er jedoch Raimond und Elin zusammen sah,
vertrauter miteinander denn je, überkam ihn ein Anflug von
trauriger Ehrfurcht. Elins mystische Aura schien sich auf

Raimond übertragen zu haben, was ihnen als Paar eine unbezwingbare, selbstverständliche Ausstrahlung der Zusammengehörigkeit verlieh. Nur ahnte Max bedauernd, dass die glückliche Unbeschwertheit zweier, sich so bedingungslos liebenden Wesen jäh auf die Probe gestellt werden würde. Schwer wog diese Ahnung in seinem Geist und bescherte ihm ein Gefühl von hilfloser Frustration, da er beide von Herzen gern hatte. Zu seiner Überraschung hatte Elins überaus gute Laune ihn aus seinen trübsinnigen Gedanken gerissen, ihm allein durch ihr Lächeln einen Hauch von Zuversicht zurückgegeben und er ertappte sich dabei einen Funken Hoffnung zu Empfinden. Konnte sie womöglich doch die Rettung sein?

Elin hielt Raimonds Hand, froh ihn bei sich zu haben. Die Ereignisse der letzten Tage hatten sie aufgewühlt und sie versuchte noch immer die Erinnerungsfetzen in ihrem Kopf zu sortieren. Würde der alte Mann ihr helfen können? War die Entscheidung richtig gewesen, zuerst mit ihm zu sprechen, anstatt mit den Elfen? Elins Gedanken überschlugen sich, ihr schwirrte der Kopf, sie hatte keine Ahnung wo sie am besten anfangen sollte, doch der alte Mann hatte sie neugierig gemacht. Was mochte er wissen? Unruhig zappelnd drückte sie Raimonds Hand, woraufhin er ihr ermutigend zulächelte. Max öffnete die Tür und Elin sah den alten Mann in einem Sessel sitzen, ihr stockte der Atem.

>>Ferdinand!<<, rief sie aufgeregt, lies Raimonds Hand los und lief auf den alten Mann zu, >>Mein lieber Ferdinand! Wie kann das sein?<<, rief sie aus, fiel ihm um den Hals, umfasste seine Hände mit ihren und ließ sich ihm gegenüber auf dem Fußhocker nieder. Raimond und Max blieben auf der Türschwelle stehen und warfen sich einen verwirrten Blick zu. Die Szene, die sich ihnen darbot gestaltete sich zunehmend kurios. Der alte Mann, den Elin Ferdinand genannt hatte, hob den Kopf und betrachtete das schimmernde Geschöpf vor seinem Angesicht, seine Gesichtszüge hellten sich augenblicklich auf und ein erkennendes Strahlen erhellte sein Lächeln. >>Meine Herrin!<<, entwich es ihm ehrfurchtsvoll mit leuchtenden Augen, in denen vereinzelte, kleine, kaum wahrnehmbare Fünkchen aufblitzten.

>>Nenn mich nicht so Ferdinand.<<, bat Elin überwältigt vor Freude ein alt bekanntes Gesicht zu sehen, >>Ich bin nicht deine Herrin. Das war ich noch nie.<<

>>Doch! Doch! … Das seid Ihr!<<, protestierte Ferdinand enthusiastisch, >>Ihr seid doch schließlich eine wirkliche Göttin! …<<

>>Ja, schon.<<, bestätigte Elin widerwillig und verständnislos, sie fragte sich, warum er so darauf beharrte, ihr Gespräch mit Raimond fiel ihr wieder ein, an dessen beginn das Wort „gebieten" gefallen war, gegen das, und die damit verbundene Bedeutung, sie sich auch im weiteren Verlauf vehement gewehrt hatte. Sie sah sich suchend nach ihm um und fand ihn, sich, mit verschränkten Armen, neben Max an

der Schreibtischkante lehnend, ihr einen wissenden, grüble-
rischen Blick zuwerfend, den sie schmollend erwiderte. Zu
Ferdinand gewandt für sie fort, >>Aber deshalb bin ich noch
lange nicht deine Herrin. Das solltest du doch auch wissen,
also hör bitte auf mich so zu nennen, schließlich bist du ein
Halbgott … Erzähle mir lieber wie es sein kann, dass du
noch lebst, … und wie du hier sein kannst?<<

>>Nur, weil Ihr aufgehört habt eure Macht zu gebrau-
chen, heißt das noch lange nicht, dass Ihr es nicht mehr
könnt, und das macht Euch zu meiner Herrin.<<, gab Ferdinand eigensinnig zurück, betrachtete Elins verblüfften Gesichtsausdruck und fuhr fort, >>Wenn auch zu einer gütigen,
wenn ich Euch so betrachte. … Es ist viel Zeit vergangen
seit unserer letzten Begegnung, was Eurem Gemüt offenbar
nicht zugesetzt hat. In Euren Zügen lese ich nicht die Verbitterung, wie in denen der Älteren.<<

Elin betrachtete ihn still und seltsam gerührt. Er wusste
offenbar Dinge, von denen sie keine Ahnung hatte, was
ihrer steigenden Vermutung nach nicht an ihrem Gedächtnisverlust lag, doch was war tatsächlich geschehen? Was
haben sie vor mir verborgen?, überlegte sie ahnungsvoll.

>>Ferdinand<<, sagte sie schließlich leise und ein-
dringlich, >>ich brauche deine Hilfe.<<, fuhr sie einfühlsam
fort. >>Ich hatte mein Gedächtnis verloren und versuche
gerade die Puzzleteile in meinem Kopf zusammen zu fügen
… Ich erinnere mich an dich. Du warst damals noch ein
kleiner Junge und deshalb nicht an der Schlacht beteiligt.

Deine Mutter hat Iris geholfen mich zum Elfenstein zu bringen …, und … << Elin stockte abrupt, als sie Ferdinands verblüfften, beinahe schockierten Gesichtsausdruck gewahr wurde. Sie sah ihn mit großen, hoffnungsvoll funkelnden Augen an. Ferdinand löste eine seiner Hände aus ihren und berührte kaum spürbar, sanft ihre Wange mit seinen Fingerspitzen. >>Was ist nur mit Euch geschehen meine Herrin?<<, flüsterte er tief bewegt und ließ seine Hand wieder in ihre gleiten. Ehrliche Erschütterung mischte sich unter seine Stimme, als er fortfuhr, >>Was wurde Euch nur angetan? Ihr seid so, … so, verletzlich, … als ob, … als ob, Ihr einen Teil Eurer Seele verloren hättet, … ich …<< Tränen stiegen in Ferdinands Augen und seine offenkundige Bestürzung sprang auf Elin über. Sie konnte seine Worte nicht einordnen, und doch passsten sie zu den Gefühlen mit denen sie sich auseinander setzte. Es stimmt, dachte sie, es fühlt sich so an, als ob ich in jener Nacht, in der ich auf der Erdoberfläche angekommen, und Rai mich gefunden hat, etwas verloren habe. Einen Teil von mir selbst?, abgesehen von meinem Gedächtnis? Ein weiteres Rätsel das ich lösen muss, dachte sie weiter. Doch eins nach dem anderen. Sie spürte Raimonds besorgten Blick auf sich ruhen und am liebsten wäre sie auf der Stelle in seine Arme gestürzt, seine Arme, in denen die Welt in Ordnung war, in denen es keine Sorgen gab. Doch so funktioniert das nicht, gestand sie sich resigniert ein.

Elins Herz schwoll an, ergriffen von Ferdinands bedingungslos ehrlicher Anteilnahme. Sie sah ihn an, den alten, gebrechlichen Mann, der vor ihr saß, den sie als kleinen Jungen in Erinnerung hatte, und er sah sie noch immer mit den Augen des kleinen Jungen an, so wie bei ihrer letzten Begegnung. Angestrengt überlegte sie, wie sie den Ausdruck in seinen Augen beschreiben sollte, Ehrfurcht, schoss es ihr durch den Kopf. Er empfindet Ehrfurcht vor mir, staunte sie innerlich. Was ist es, an das ich mich noch immer nicht erinnern kann?, dachte sie verzweifelt. Laut sagte sie hingegen mit einem angedeuteten, schiefen Lächeln auf den Lippen, >>Da ist wohl etwas schief gegangen, als Iris mich hierher zurück auf die Erdoberfläche geschickt hat, so war das sicherlich nicht geplant.<<, sie drückte Ferdinands Hände etwas fester und blickte ihn ernst an. >>Also, Ferdinand, … hilf mir bitte die Puzzlestücke zusammen zu setzen.<<

>>Meine Herrin,<<, antwortete Ferdinand mit fester Stimme und stolzer Entschlossenheit in den Gesichtszügen, >>ich werde tun, was ich kann, doch wie,…? Was kann ich tun?<<

>>Erzähle mir einfach alles was du von dem Kampf gegen die Schatten weißt, auch wenn du denkst, dass ich das bereits weiß. Aber vor allem eins … Warum bist du hier Ferdinand?<<

Ferdinand rutschte umständlich in seinem Sessel in eine aufrechtere Position, seine Augen richteten sich offen und klar auf Elin und er begann zu erzählen. >>Ich habe gewartet meine Herrin.<<, erklärte er lebhaft, >>Meine Mutter hat gesagt Ihr würdet wiederkommen wenn Ihr die Lösung gefunden habt und uns dann holen … Ihr habt lange gebraucht meine Herrin, doch nun seid Ihr da und erlöst uns von den Schatten, ja?! Und dann nehmt Ihr mich mit, mich mit, auf meine letzten Jahre, auf den Gipfel der Unendlichkeit … Ja?!<<

Elin starrte ihn an, sie hatte keine Ahnung wovon er sprach, doch eins war offensichtlich, er war davon überzeugt sie hätten eine Lösung. Also gab es eine Lösung folgerte sie und warf Raimond einen hoffnungsvollen Blick zu. Sie sah ihm an, dass er zu demselben Schluss gekommen war. Mit Aussicht auf die Lösung des Rätsels, um die Vernichtung der Schatten, gab es tatsächlich Hoffnung.

An Ferdinand gerichtet fuhr sie enthusiastisch fort, >>Also gut Ferdinand, … es gibt also eine Lösung. Wie lautet sie? Und woher weißt du davon?<<

Ferdinand sah sie irritiert an, >>Na von Iris.<<, fuhr er überrascht fort, woraufhin Elin ihn ungläubig anstarrte. >>Iris hatte meiner Mutter versprochen uns nachzuholen. Sie ist nicht zurückgekommen. Meine Mutter hat die Hoffnung nie aufgegeben, bis zum Schluss nicht, doch noch auf den Gipfel der Unendlichkeit zu dürfen … Sie hat immer gesagt, es wird nicht einfach Agnes zu finden, wenn es bis zur letzten Schlacht schon keiner geschaffte hatte, doch gehofft und gewartet hat sie weiter … Und ich nach ihr.<<

Davon hätte Iris mir doch erzählt, schoss es Elin in den Sinn, oder habe ich es nur vergessen?, überlegte sie weiter. Doch es gab noch einen anderen Punkt der ihre Aufmerksamkeit erweckt hatte. >>Agnes?!<<, fragte sie daher fordernd, >>Meinst du die alte Agnes, die laut der Legende, aus Liebeskummer auf die Erde gegangen ist, an einen geheimen Ort, wo sie ihre Göttlichkeit begraben hat? Was hat sie mit der Sache zu tun?<<

>>Ja, genau die Agnes, … meine Großmutter.<<, bestätigte Ferdinand zögernd, >>Sie hat als letzte Göttin den Spruch angewendet, sie kennt als letzte das Geheimnis um die göttliche Macht. Es heißt, sie soll einen Elfenstein bewachen, es hat niemand herausgefunden welchen. Sie ist verschollen … Aber das wisst Ihr doch meine Herrin.<<

>>Nein.<<, erwiderte Elin nachdenklich, >>Oder doch, … warte … Nein, ich kenne sie nur aus Erzählungen, … aus meiner Kindheit, … wage, eine traurige Liebesgeschichte, mehr nicht … Also schön, … egal. Erzähl weiter Ferdinand, was für ein Geheimnis meinst du? Was für ein Spruch? Weiß sie wie man die Schatten aufhalten kann?<<

Ferdinand starrte sie mit weit aufgerissenen, ungläubigen Augen an. Er konnte nicht fassen, dass sie nicht Bescheid wusste. Das dumpfe Gefühl einer dunklen Ahnung beschlich ihn, ein Gefühl das er nicht wahrhaben wollte, ein Gefühl, das ihm sagte es passt etwas nicht zusammen. Erschrocken legte er eine seiner Hände auf ihre, beugte sich vor und flüsterte, >>Elin, meine Herrin, was hat das zu bedeuten? Ihr seid zurückgekommen und wisst nicht einmal wie der Spruch lautet, der das Geheimnis trägt die wahre göttliche Macht zu entfalten? Ihr habt das Rätsel noch nicht gelöst? Warum seid ihr dann hier? Ihr seid doch die einzige, die letzte, die uns retten kann.<<

>>Iris hat mich geschickt.<<, flüsterte Elin zurück, ihr Kopf schwirrte, >>Ja, sie erwähnte ein Rätsel. Aber sie sagte, die Elfen würden mir helfen. Aber die Elfen haben nichts gesagt, als wir bei ihnen waren. Ich weiß nicht was das alles bedeuten soll.<<

>>Pah, die Elfen.<<, platzte es aus Ferdinand heraus. Er war umständlich aus seinem Sessel auf die Beine gekommen, stützte sich auf seinen Gehstock und wanderte, für seinen körperlichen Zustand, erstaunlich agil durch das Zimmer. Aufgebracht fuhr er fort, sofern es seine Beine zuließen mit dem Stock wedelnd. Elin, Raimond und Max strafften überrascht ihre Körperhaltung, angesichts dieses unerwarteten Ausbruches, während es weiter aus Ferdinand heraussprudelte. >>Hochnäsiges, vorlautes, ignorantes Pack! Diese Elfen, die! … Die rühren doch keinen Finger, wenn sie nicht müssen. Sitzen da auf ihrem Stein und halten sich für etwas Besseres weil sie die Portale bewachen. Beschimpft und verjagt haben sie mich als ich mich über Agnes erkundigen wollte. Ich wollte auch helfen sie zu finden. Doch …<<, traurig schüttelte Ferdinand den Kopf, >>Ich bin nur ein vergessener, alter, nichtsnutziger Halbgott. Eine Schande im Weltbild der Elfen …<< Ferdinand

schwieg einen Moment, dann hob er langsam den Kopf und sah Elin wach und kämpferisch an, als er energisch fortfuhr, >>Meine Herrin, …Da stimmt etwas nicht! Nennt mich einen alten, misstrauischen, gebrechlichen, senilen Geschichtenerzähler, aber … ich sage Euch, da ist nicht nur etwas schief gelaufen, da passt etwas ganz gewaltig nicht zusammen.<<

Ferdinand stand entschlossen, auf seinen Gehstock gestützt, in der Mitte des Zimmers und betrachtete die drei anwesenden Gestalten ruhig nacheinander. Er war bestürzt und empört über die Tatsache, dass seiner Herrin offenbar nicht sämtlich mögliche Unterstützung zu Teil wurde, die sie bei ihrer alles entscheidenden Aufgabe benötigte. Für ihn selbst stand es außer Frage ihr selbstlos zur Seite zu Stehen. Wie er diesen Menschen und diesen Vampir einschätzen sollte, die da offensichtlich überfragt an der Seite standen, aber offenbar auch in die Sache verwickelt waren, wusste er noch nicht, aber seine Herrin wollte sie dabei haben, das genügte ihm fürs Erste. Er suchte Elins Blick und fand ihn, ärger überkam ihn, ob der hilflosen Verständnislosigkeit in ihrem Gesichtsausdruck.

Elin erwiderte Ferdinands Blick und schüttelte traurig den Kopf, >>Ich verstehe das alles nicht Ferdinand! Ich bin froh, dass du da bist. Du scheinst der einzige zu sein, der mir im Augenblick weiterhelfen kann. Sag mir bitte, … wie lautet der Spruch?<<

Erwartungsvolles Schweigen erfüllte den Raum, als Ferdinand mit seinem Stock aufstampfte und verkündete, >>Der Spruch lautet: Zu entfalten deine göttliche Macht füge hinzu was erschaffen dich hat.<<

Raimond, Elin und Max tauschten verständnislose, irritierte Blicke aus. Raimond, den Ferdinands Ausbruch über die Elfen innerlich amüsiert hatte und für sich festgestellt hatte, dass er diesen alten Kerl, ein Halbgott, was auch immer das sein mochte, sympathisch zu finden begann, fand als erstes seine Sprache wieder. Nur, alles was ihm in seiner Ratlosigkeit dazu einfiel war, >>Das ist das Rätsel?<<

>>Ja!<<, bestätigte Ferdinand aufgebracht. An Elin gewandt erklärte er geringfügig ruhiger, >>Es gibt eine Zutat meine Herrin, die es Euch ermöglicht Eure komplette göttliche Macht zu entfalten. Mit dieser Macht wäret Ihr dazu in der Lage die Schatten zu besiegen und ...<<

>>Moment<<, unterbrach Raimond Ferdinands Erläuterung, ging zu dem Fußhocker auf dem Elin saß, kniete sich mit einem Bein vor sie, bettete zärtlich ihre Wange in seine Handfläche und drehte behutsam ihren Kopf in seine Richtung bis sich ihre Blicke trafen. Erfüllt von einer Mischung aus Zuversicht, Bewunderung und Besorgnis fragte er, >>es gibt eine komplette göttliche Macht, die du erst durch eine spezielle Zutat erlangen kannst? Du kannst also noch mächtiger werden, als du es so schon bist?<<

>>Ja<<, Elin nickte kaum merklich, >>die gibt es. Das wurde nicht mehr praktiziert, ich weiß nicht genau warum. Aber ja, … ja, damit wäre ich wohl mächtig genug die Schatten allein zu besiegen.<<, sie löste Raimonds Hand von ihrer Wange und behielt sie beschützend umschlossen in ihrer. Mit hoffnungsvoll pochendem Herzen wandte sie sich Ferdinand wieder zu, >>Und Agnes weiß, was diese Zutat ist? Und du meinst sie lebt noch Ferdinand?<<

Ferdinand zuckte mit den Schultern, >>Es wäre möglich.<<, folgerte er, >>Schließlich hatte sie es angewandt, bevor sie ins Exil ging, wodurch sie sehr, sehr stark, geworden sein musste, obwohl sie laut der Legende ihre Göttlichkeit abgelegt und begraben hat.<<

Elin sah ihn erstaunt an, diese Informationen gingen weit über die Legende, die Geschichte aus ihren Kindheitserinnerungen hinaus, daher fragte sie beinahe atemlos, >>Ferdinand, woher weißt du das denn alles?<<

Auf seinen Gehstock gestützt humpelte Ferdinand zu dem Sessel zurück, in dem er gesessen hatte und ließ sich mit einem unterdrückten Stöhnen wieder hineinfallen. >>Mein Vater hatte es vor der Schlacht meiner Mutter erzählt<<, antwortete er ruhig in die Runde, >>und sie hat es mir erzählt. Die älteren haben Euch, meine Herrin, vermutlich nicht eigeweiht weil sie Euch schützen wollten, Ihr wart damals schließlich auch fast selbst noch ein Kind … Und niemand hat damit gerechnet, dass Ihr als einzige, als letzte Göttin, übrig bleibt.<<

Gedankenerfüllte Stille erfüllte den Raum. Ferdinands Informationen hatten ihrer Mission eine neue Perspektive gegeben, obwohl noch unzählige Fragen offen geblieben waren gab es nun einen konkreten Anhaltspunkt um den sich die Lösung eines Rätsels rankte. >>Hmm … <<, durchbrach Max das Schweigen. Der ganze Götter, Halbgötterkram war für ihn nicht greifbar genug, daher hatte er sich bei dem Versuch den Erläuterungen zu folgen, an für ihn nachvollziehbaren Bruchstücken entlanggehangelt, woraus sich für ihn eine simple Frage ergab, >>wenn ich das richtig verstanden habe, geht es um etwas, oder das, was einen Gott erschafft. Was hat dich denn erschaffen Elin?<<

Elin sah ihn verblüfft an und antwortet wie selbstverständlich, >>Meine Eltern.<<

>>Oh, ach so, … <<, druckste Max verlegen und kratzte sich unsicher am Kopf, >>ich dachte das läuft vielleicht ein wenig anders bei euch Göttern.<<

>>Da läuft so einiges anders, als wir dachten<<, murmelte Raimond mehr zu sich selbst vor sich hin, >>, aber das anscheinend nicht.<<

>>Also gut!<<, rief Elin in die anhaltende Ratlosigkeit hinein und sprang auf die Füße, >>Dann ist das unser Anhaltspunkt! Wir müssen Agnes finden! … Das heißt, ich muss noch einmal zu den Elfen. Warte mal, … Rai, du kennst doch alle Elfensteine … Wenn es heißt, dass Agnes einen bewacht, welcher könnte es sein?<<

Raimond, überrascht von ihrem plötzlichen Aktionismus, der sich schnell auch auf Max und Ferdinand übertrug, antwortete ihr nach nur sekündlichem Überlegen, >>Ich habe noch nie von einer Agnes gehört. Aber ich kontaktiere alle. Vielleicht können wir wenigstens einige Steine ausschließen. Komm Max, hängen wir uns ans Telefon.<< Bereits die Liste mit den Telefonnummern in der Hand, drehte er sich noch einmal zu Elin und Ferdinand um, >>Ähm, könnt ihr sie irgendwie beschreiben?<<

Elin und Ferdinand warfen sich einen Blick zu, zuckten synchron mit den Schultern und antworteten gleichzeitig, >>Sie ist alt.<<

Raimond blieb nur die Augenbrauen hochzuziehen und >>Großartig<< vor sich hin zu murmeln.

15

Der Plan

Der Tag war bereits fortgeschritten, als Raimond und Elin sich auf den Weg zum Elfenstein machten. Raimond und Max hatten eine Karte angefertigt, in der alle ihnen bekannten Elfensteine verzeichnet waren. Max hatte begonnen mit allen Stützpunkten Kontakt aufzunehmen, während Raimond die Karte aktualisiert und Elin Ferdinands Erzählungen gelauscht hatte. Leena war kurz dazugekommen, um sich nach den nächsten Schritten zu erkundigen und ihre

Hilfe anzubieten. Max hatte sie jedoch ins Restaurant zurück geschickt, um dort die Basis am Laufen zu halten, da
er Raimond und Elin seine volle Unterstützung zukommen
lassen wollte. Sie hatte seltsam geistesabwesend gewirkt,
fand Elin, im Gegensatz zu ihren früheren Begegnungen.
Aber Leenas Gemütszustand hatte keine Priorität, sie mussten das Rätsel um die Zutat zur Entfaltung der göttlichen
Macht lösen.

Im Wald herrschte eine spannungsvolle Atmosphäre,
als sich Raimond und Elin der Lichtung des Elfensteines
näherten. Elin blieb stehen, sie hielt Raimond an der Hand
und lauschte in den Wald, die Luft war geladen, wie kurz vor
einem Unwetter und sie fühlte sich beobachtet, konnte aber
niemanden im Dickicht ausmachen.

>>Spürst du das auch?<<, flüsterte sie angespannt.

>>Ja<<, antwortete Raimond knapp, seine Vampirsinne
hatten Gefahr gewittert, die nicht von dem nahen Schutzwall, vor dem ihm bereits graute, ausging.

>>Kannst du jemanden sehen?<<

>>Nein<<

Gemeinsam lauschten sie in das unnatürlich stille Unterholz um sie herum, standen bewegungslos, atemlos,
spürten die ungreifbare Gefahr wie ein Ziehen im Nacken.
Elin, die Raimonds Befürchtungen in Bezug auf ihren erneuten Besuch bei den Elfen ahnte, drückte seine Hand fester
und raunte, >>Komm weiter! Rai, … ich kann dich mit bis zu

den Elfen nehmen, ohne dass ihr Schutzwall dich attackiert. Du musst nur unbedingt in meiner Nähe bleiben, ich weiß nicht wie weit meine Hülle reicht.<<

>>Deine Hülle?<<, fragte Raimond erstaunt.

>>Ja, ich nenne das so<<, erklärte Elin ruhig, während sie sich weiter ihren Weg durch das dichte Farngewächs des Waldbodens bahnten, >>das ist auch so etwas wie ein Schutzwall, funktioniert aber etwas anders als der von den Elfen. Es ist eine Hülle, die mich vor äußeren Einflüssen abschirmt. Wenn du dicht bei mir bist kann ich dich mit abschirmen, ich muss die Reichweite noch üben, ich hab das schon eine Weile nicht mehr gemacht.<<

Bewundernd, aber nicht sonderlich überrascht über die neue Entdeckung einer ihrer Fähigkeiten, sagte er trocken, >>Großartig<<, und fügte verschmitzt, mit einem liebevollen Blick in ihre Richtung hinzu, >>glaub mir, ich werde dir nicht von der Seite weichen.<<

Elin erwiderte seinen Blick und sein Lächeln, blieb dann jedoch unvermittelt stehen und lauschte erneut in das Dickicht, nur noch wenige Schritte trennten sie von der Lichtung mit den Elfen. >>Also schön, auf geht's, wir sind gleich da …<<, sagte sie gespannt, blieb dann aber wie angewurzelt stehen, als sie den Rand der Lichtung erreichten. Ihr und Raimond stockte der Atem. Das Wolfsrudel erwartete sie auf der Lichtung, genau zwischen ihnen und den Elfen. Die Wölfe standen in Angriffsformation, knurrend, mit gefletschten Reißzähnen, bereit jeden Augenblick zuzuschla-

gen. Elin stellte sich vor Raimond, es war kaum vierund-
zwanzig Stunden her, dass sie gegen sie gekämpft hatte,
wobei Raimond fast gestorben wäre. Wut stieg in ihr auf, die
Wölfe sollten für sie kämpfen, nicht gegen sie, sie musste
ihnen klar machen, dass Raimond keine Gefahr darstellte,
sie würde ihn weder ausschließen, noch fortschicken. Die
Wölfe würden lernen müssen ihn zu akzeptieren, an diesem
Entschluss gab es für Elin nichts zu rütteln. Trotzig erhob
sie den Kopf in Richtung Rudel, maß jeden einzelnen mit
einem gebieterischen Blick, sie wollte nicht erneut gegen sie
kämpfen, würde es aber tun und sie wusste sie würde gewinnen. Es musste eine andere Möglichkeit geben.

>>Ich würde vorschlagen du wartest hier.<<, raunte sie
Raimond über die Schulter zu, ohne sich umzudrehen oder
die Wölfe aus dem Blickfeld zu lassen, >>Ich rede mit ihnen
und hole ich dich dann ab.<<

>>Keine Einwände.<<, flüsterte er knapp zurück und
sah zu wie Elin langsam auf das geifernde Rudel zu ging.
Sie ging langsam, Schritt für Schritt, hocherhobenen Haup-
tes, überlegene Sicherheit in den Gesichtszügen, doch die
Wölfe machten keinerlei Anstalten sich zu beruhigen, ihre
Nackenhaare stellten sich auf, sie machten sich zum
Sprung bereit. Der Angriffsfunke war kurz davor überzu-
springen, dann wäre der Kampf unvermeidbar, was Elin zu
verhindern versuchte. Sie verstand die Reaktion der Wölfe
auf Raimond, aber nicht auf sie. Erkannten sie sie denn
nicht? Sie musste die Wölfe irgendwie beruhigen, daher

überlegte sie, mussten sie sich wieder sicher fühlen. Sie, Elin, als das erkennen, was sie war. Sie musste sich verwandeln. Elin war nicht ganz wohl bei dem Gedanken, sie wusste dies war die einzige Möglichkeit sich den Wölfen zu erkennen zu geben, um ihnen einen Hauch ihres göttlichen Schutzes zukommen zu lassen, was sie beruhigen würde. Jedoch barg es zu diesem Zeitpunkt auch gewisse Risiken. Zum einen waren die Wölfe stark genug sie in ihrer Gestalt als Einhorn zu verletzen, falls es zu einem Kampf kommen sollte, was Elin allerdings weniger Sorgen bereitete als der zweite Grund. Sie erinnerte sich an den überwältigenden Rausch des Gefühls der Freiheit, als sie sich das erste Mal seit ihrer Rückkehr auf die Erdoberfläche verwandelt hatte, was die Folge gehabt hatte, dass sie drei volle Tage durch den Wald gestreift war und Raimond vergessen hatte. Sie hatte ihn als ihren Anhaltspunkt festgelegt, der sie daran erinnern sollte in ihren menschlichen Körper zurück zu kehren, um mit ihm zusammen sein zu können, das war das, was sie wollte. Jedoch hatte sie bislang noch keine richtige Gelegenheit gehabt das Fokussieren auf ihn in ihrer göttlichen Gestalt, zwecks einer schnellen Rückkehr in ihre menschliche Gestalt zu trainieren. Das letzte Mal hatte er blutend auf ihrem Rücken gelegen, das war einfach gewesen. Daher hatte sie keine Ahnung, ob es ihr gelingen würde, oder ob sie wieder überwältigt, ihrem Urinstinkt folgend, ihrem Drang nach körperlicher Freiheit nachgeben würde. Doch sie hatte keine Wahl, sie musste auf die Stärke ihrer

Liebe zu Raimond vertrauen. Sie kniete sich mit einem Bein auf den Boden, es nutzte nichts, sie musste es tun, legte die Hände in die Erde, fühlte die Kräfte der Elemente, kanalisierte sie, erhob sich in ihrem Kokon und verwandelte sich in das Einhorn, das sie in ihrer göttlichen Gestalt war. Die Wölfe geblendet von dem glitzernden Funkenregen, der Elin umgab hatten nicht angegriffen. Schnell überzog Elin das Rudel mit einem Hauch ihres göttlichen Schimmers, der aus ihrem Horn nieder rieselte, bevor die Wölfe sie doch noch als Feind einstufen konnten. Elin wartete, sie stand ruhig vor den Wölfen, währen der Funkenregen versiegte und die Lichtung wieder in seichter Dämmerung versank. Sie ging langsam, mit erhobenem Haupt, ihr Horn majestätisch in den orange leuchtenden Himmel der untergehenden Sonne gereckt, auf das Rudel zu, musterte jeden einzelnen Wolf. Der Zorn war verflogen. Die Wölfe blickten sich unsicher untereinander an, sie wirkten eingeschüchtert, beinahe schuldbewusst. Elin ließ sich auf den Boden gleiten, um ihre Verbundenheit zu signalisieren, die Wölfe taten es ihr gleich. Sie kamen vorsichtig näher und legten sich dann vor ihr nieder. Eine Weile lagen Elin und die Wölfe stillschweigend, friedlich beieinander, die Übereinkunft war getroffen. Die Gefahr durch die Wölfe war gebannt, was Elins ganze Konzentration eingenommen hatte. Mit dem verfliegen der Anspannung verschwamm allerdings auch, wie befürchtet, ihr Fokus. Sie blickte sich um und fragte sich, was sie an diesen Ort geführt hatte, was diese seltsame Szene vor ihren Augen mit diesen flauschigen, verschmusten Lebewesen wohl zu bedeuten gehabt hatte. Doch kaum hatte sie diesen Gedanken beendet war er auch schon verflogen, vergessen, unwichtig, egal. Sie stand auf, schüttelte sich, bäumte sich auf, wobei ein Schwall ihres Funkenstaubes, vor dem Kontrast des dichten dunkel des Waldes, akzentuiert von den letzten lila Sonnenstrahlen, um sie herum nieder rieselte. Sie setzte bereits zum Sprung in das Unterholz an, als sie ein Geräusch vernahm, das sie innehalten lies. >>Elin<<, rief Raimond vorsichtig vom Rand der Lichtung ihr zu, wo er auf sie wartete. Er wusste, dass er ihr Anker war, der sie an das aktuelle Geschehen band und sie zurückholen sollte, falls sie den Fokus verlieren und auf ihre oberflächliche, göttliche Perspektive wechseln sollte. Das, was er sah, wie sie sich verhielt, deutete genau auf diesen Verlust hin. Ein Angstschauer durchlief seinen Körper, er musste sie dazu bringen sich auf ihn zu konzentrieren. Er war kurz davor sie abermals zu verlieren. >>Elin<<, rief er erneut und diesmal drehte sie ihren Kopf in seine Richtung, beugte ihn überlegend leicht zur Seite und richtete ihre Ohren auf. Er sah, wie sie ihn musterte, sehr langsam ging er auf sie zu, streckte vorsichtig eine Hand nach ihr aus und sagte eindringlich, >>Elin, tu mir das nicht an! Bleib bei mir. Du hast beschlossen, dass du es willst, also erinnere dich daran. Erinnere dich an uns! Du bist mein Leben … Elin. Bitte!<< Elin schnaubte kurz auf, dann tänzelte sie einen Schritt auf ihn zu und erleichtert sah Raimond erkennen in ihren Augen aufblitzen, woraufhin sie sich, inmitten der Wölfe, mit viel Funkenstaub, in ihre menschliche Gestalt zurück verwandelte. Sie sah sich um und ihre Erinnerung an den Anlass ihres Besuches auf der Lichtung war wieder da. Sie streichelte den Wölfen über die Köpfe und kraulte ihr Nackenfell, woraufhin die Wölfe sich erhoben und Elin als Zeichen ihrer Ehrerbietung über ihr Gesicht schleckten, bevor sie sich in den Wald zurückzogen.

Elin lief geradewegs in Raimonds Arme, der sie unendlich erleichtert fest an sich zog und trotz, des für ihn widerlichen Wolfgeruches, überschwänglich küsste, was Elin hingebungsvoll erwiderte. >>Das war ganz schön knapp.<<, stellte sie atemlos und ebenfalls erleichtert fest.

>>Ja, das war es.<<, bestätigte Raimond, sie nicht aus seinen Armen lassend, >>Beides!<<

>>Was meinst du?<<, fragte Elin stirnrunzelnd.

>>Naja<<, grummelte Raimond, >>zum einen die Wölfe … Sie haben auf uns gewartet. Woher wussten sie, dass wir kommen würden? … Und, zum anderen, … du! Du wärest beinahe wieder weggelaufen, so, … so wie du es prophezeit hattest.<<

Sich eng an ihn kuschelnd, ihren Kopf an seiner Brust gebettet, flüsterte Elin, >>Ja, du hast recht. Das war beides ganz schön knapp … Ich weiß nicht, woher die Wölfe hätten wissen können, dass wir herkommen würden. Vielleicht war es Zufall … Aber ich bin froh, dass du hier bist.<<

An diesen Zufall glaubte Raimond keinesfalls, doch gab es keine andere plausible Erklärung. Doch die Anwesenheit der Wölfe bereitete ihm wesentlich weniger Kopfzerbrechen, als der Zustand, in den Elin geriet, wenn sie sich verwandelte. Die Wölfe waren greifbar, ein physischer Gegner, das, was in Elins Kopf vor sich ging war unberechenbar. >>Das ist ganz schön gruselig, wenn du so abdriftest.<<, raunte er ihr ins Ohr, während er ihr sanft über das Haar streichelte.

>>Ja, finde ich auch.<<, flüsterte sie nachdenklich zurück. Sie genoss einen weiteren Augenblick seine Nähe und liebevollen Berührungen, bevor sie ihren Kopf vorsichtig von seiner Brust löste und ihn entschlossen ansah. >>Ich kann das trainieren, es wird einfacher.<<, sagte sie überzeugt, >>Trotzdem brauche ich dich dafür, mich zurück zu holen.<<

Ein schelmisches Lächeln umspielte Raimonds Lippen, als er sie enger in seine Arme zog, >>Immer zu diensten.<<, murmelte, mit einer Hand ihren Hinterkopf umschloss, >>Komm her.<<, hauchte und leidenschaftlich küsste. Elin ergab sich bereitwillig in seine fordernden Liebkosungen, erwiderte hingebungsvoll den feurigen Tanz seiner Zunge. Sehnsuchtsvoll seufzend löste sie ihren Mund von seinem, bevor das Brennen, das ihren Körper durchloderte unerträglich zu werden begann. Ein weiteres Mal berührten sich ihre Lippen in genussvollem Zusammenspiel, dann löste Elin ihre Arme von Raimonds Rücken, strich ihm seine wirren Locken aus den Gesicht, atmete einmal, sich in ihr Schicksal fügend auf und sagte, >>Und jetzt die Elfen.<<

Raimond gab ein widerwillig knatschendes Geräusch von sich und rollte demonstrativ mit den Augen. >>Also gut … Und jetzt die Elfen.<<

>>Und denk dran<<, erinnerte Elin ihn, >>dicht bei mir bleiben!<<

>>Jawohl!<<, bestätigte Raimond und nahm ihre Hand.

Langsam näherten sie sich dem Elfenstein, die Elfen, die das Spektakel mit den Wölfen beobachtet hatten, erwarteten sie bereits. Raimond war nicht ganz geheuer zu Mute wegen dem Schutzwall, doch Elins Hülle umschloss ihn vollständig, er konnte sogar die Grenze ausmachen, es war wie ein leichtes Schwimmen vor seinen Augen, wie in einer Seifenblase. Als sie angekommen waren löste sich die redensführende Elfe von ihrem letzten Besuch aus dem Moos, flatterte missmutig auf und ab und hielt vor Elin inne. >>Was tut er schon wieder hier?<<, fragte die Elfe, ohne weitere Floskeln, auf Raimond deutend, >>Und warum bist du nicht im Wald und kümmerst dich um die Schatten?<<

Elin zog die Nase kraus, langsam konnte sie verstehen, warum sowohl Raimond, als auch Ferdinand diese kleinen Biester nicht ausstehen konnten, doch es war nicht die Zeit für Animositäten. >>Er ist dabei, ob es euch passt oder nicht … und ich kümmere mich um die Schatten! Deshalb sind wir hier. Im Wald konnte ich nicht mehr tun, als den Wirbel aufzubrechen … und das habe ich getan.<<, antwortete sie verärgert und fügte hinzu. >>Also, können wir jetzt konstruktiv über das weiterte Vorgehen beraten?!<< Die Elfe schnaubte verächtlich, willigte dann jedoch ein.

>>Ich weiß inzwischen, dass ich das Rätsel um die fehlende Zutat zum Erlangen der göttlichen Macht lösen muss und, dass Agnes die Lösung kennt. Also muss ich Agnes finden. In der Legende heißt es, sie würde einen Elfenstein bewachen, wisst ihr welcher es ist?<<, fragte Elin ohne Umschweife. Sie hatte keine Lust mehr Zeit als notwendig in die Konversation mit der Elfe zu verschwenden, ihr hochnäsiges Gehabe ging ihr zunehmend auf die Nerven. Sollte die Elfe etwas wissen, sollte sie es ausspucken und zwar zügig, ob ihr die Umstände passten oder nicht, dachte Elin. Sie wurde langsam ungeduldig.

Die Elfe blickte Elin jedoch schockiert an. >>Du kennst die Lösung nicht?<<, rief sie aus, >>Als Iris uns Bescheid gab, du würdest kommen, sind wir davon ausgegangen, du weißt was zu tun ist.<<

>>Nein<<, antwortete Elin beinahe trotzig, >>warum denkst du bin ich wohl hier und frage nach? Weil es mir Spaß macht von dir angepampt zu werden? Ganz bestimmt nicht! Iris hat mir gesagt, ihr würdet mir helfen. Also …, was weißt du?<<

Bei Elins Worten quollen die Augen der Elfe geradezu aus ihrem Gesicht vor purer Erbostheit, ihre Flügel schlugen so schnell, dass sie ein feines Sirren erzeugten, sie sah aus, als ob sie jeden Moment platzen würde, dachte Raimond erstaunt und leicht amüsiert zugleich. Er hütete sich jedoch einen Kommentar fallen zu lassen angesichts Elins Stimmung. Ihr bestimmendes Auftreten hatte ihn selbst ein wenig eingeschüchtert und er gelangte zu dem Schluss, dass er es tunlichst vermeiden würde ihren Unmut auf sich zu ziehen und selbst Opfer eines solchen Ausbruches zu werden. Wobei ihm einfiel, dass es ihm bereits passiert war, was ihm ein gebrochenes Genick zuteil hatte werden lassen. Die Elfe schien sich der Folgen von Elins Unmut ebenfalls bewusst zu sein und beruhigte sich krampfhaft. Als sie ihrer Stimme wieder Herr war presste sie lediglich, >>Iris hat gar nichts weiter gesagt.<<, heraus und entfernte sich schnell ein Stück von Elin.

>>Das darf doch wohl nicht wahr sein!<<, explodierte Elin erbost. >>Was denkt sie sich nur? Dieses ganze Kuddelmuddel! Und keiner weiß etwas! Jetzt reicht es mir! Das soll sie mir selber erklären! Ich glaub es einfach nicht! Öffnet bitte das Portal! … Rai ich …<<

>>Elin, das Portal ist verschlossen!<<, unterbrach die Elfe sie quietschend aus einiger Entfernung. >>Es sind zu viele Schatten, wir können es nicht öffnen.<<, erklärte sie schnell im Moos der Steines untertauchend.

Elin atmete tief und geräuschvoll ein, in ihren düsteren zusammengekniffenen Gesichtszügen kämpften entrüstete Hilflosigkeit und nackte Wut miteinander. Ein wildes Funkenfeuerwerk explodierte in ihren Augen, ihren Körper durchzog ein sichtbares Beben, das sich auf den Waldboden übertrug und ihn von innen heraus pulsieren ließ. Die Welle Elins physischer Wut breitete sich kreisförmig, wie eine Welle, um sie herum aus und ebbte in den erzitternden Baumwipfeln, welche die Lichtung säumten, aus. Raimond hörte Elin wieder ruhiger und gleichmäßiger atmen, der Anfall schien vorüber. Instinktiv wäre er ebenfalls vor ihr zurückgewichen, als er das Beben unter seinen Füßen spürte, doch zeitgleich fielen ihm ihre Worte bezüglich ihrer Hülle und dem Schutzwall der Elfen wieder ein, was es ihm unmöglich machte sich auch nur einen halben Meter von ihr zu entfernen. Allein der Gedanke instinktiv vor ihr zurück zu weichen schmerzte ihn jedoch dermaßen im Herzen, dass er bereitwillig, ruhig und ergeben ihren Ausbruch ertrug. Es war seine unmittelbar nahe, physische Präsenz an ihrer Seite, die zu diesem Zeitpunkt schlimmere Folgen ihrer Wut abgefedert hatte und sie sich schnell beruhigen ließ. Dessen war sich jedoch keiner von beiden bewusst. >>Also schön!<<, schnaubte Elin in die atemlose, abwartende Stille, >>Dann muss ich eben zu einem anderen Stein! … Verdammt Iris! … Rai, zeig mal bitte die Karte …<< Raimond tat wie ihm geheißen. Sie knieten sich auf den Boden und er breitete die Karte mit den eingezeichneten Elfensteinen aus.

Die Elfe blickte entsetzt auf die Karte. >>Sind das etwa alle?<<, fragte sie bestürzt, >>Nur noch so wenige sind übrig?<< Ein Raunen durchzog den Moosteppich des Steines und mehr und mehr Augenpaare lösten sich aus dem

grünen Schutz, um selbst zu sehen wie es um ihre Artgenossen stand.

>>Ja, das sind alle noch bewohnten Steine, die mir be-
kannt sind …<<, antwortete Raimond bedrückt und fügte,
>>Wir beschützen diese Steine.<<, hinzu.

>>Ach ja?! Warum zeichnest du nicht auch die ein, die
du zerstört hast?<<, giftete ihn die redensführende Elfe an.
Raimond sah sie schuldbewusst an, sie hatte ja Recht,
dachte er. >>Ich möchte es wieder gut machen.<<, entgegnete er kleinlaut, worauf er nur ein verächtliches,
>>Zzzzz<<, von der Elfe erntete.

>>Schluss jetzt.<<, ging Elin dazwischen, sie hatte sich
zwar weitestgehend beruhigt, doch unkonstruktive Schuld-
zuweisungen brachten sie nicht weiter. Soweit war ihre
Geduld noch nicht wieder hergestellt. Sie brauchte einen
Hinweis. Irgendeinen. >>Das ist jetzt nicht der richtige Zeitpunkt. Konzentrieren wir uns auf die Karte. Wo ist das
nächste Portal und welche Steine können wir in Bezug auf
Agnes ausschließen?<<

>>Der nächstgelegene Stein ist der an der Südwest
Küste<<, antwortete Raimond ruhig und deutete auf die
Stelle der Karte, wo er den Standort des Steines eingezeichnet hatte, >>doch zu dem haben wir noch keinen Kontakt aufnehmen können, es ist bereits jemand unterwegs
dorthin. Alle anderen haben bis jetzt berichtet, sie hätten
noch nie etwas von einer Agnes gehört.<<, fügte er leise
hinzu.

>>Wie sollten sie auch?!<<, keifte die Elfe fassungslos. >>Agnes ist definitiv bei keinem dieser Steine! Diese Steine sind doch genau dieselben, an denen schon das letzte Mal, ohne Ergebnis, gesucht wurde! Ja, wisst ihr denn überhaupt gar nichts?!<<, erboste sie sich erneut.

Elin ignorierte den vorwurfsvollen Tonfall der Elfe und versuchte sich bestmöglich auf die Karte zu Konzentrieren. Sie waren keinen Schritt weiter gekommen, im Gegenteil, die wenigen Anhaltspunkte die sie hatten zerrannen ihnen buchstäblich vor den Augen. Die Stimmung war aufgeheizt, was hauptsächlich der lähmenden Hilflosigkeit zuzuschreiben war, die sie umfangen hielt. Elin lechzte nach einem Strohhalm, einen Hinweis, in welcher Richtung sie weiter suchen konnte, sollte er auch noch so gering sein. Sie hatte nicht vor sich zu diesem Zeitpunkt resigniert zurück zu lehnen und die Erde vor die Hunde gehen zu lassen. >>Gibt es denn nicht noch andere Steine, die nicht auf der Karte sind?<<, fragte sie daher nachdenklich.

>>Oh!<<, quietschte die Elfe sich beinahe im Flug überschlagend. >>Mit was hat man dir den bloß den Kopf gewaschen?<<, fuhr sie Elin an, die ihren Ärger über diese Äußerung mühevoll herunterschluckte, während die Elfe empört fortfuhr, >>Natürlich gab es noch etliche mehr! Doch wenn dieser Vampir hier sagt, dass das hier die letzten sind, dann wird das schon so sein.<<

Elin warf Raimond einen fragenden Blick zu, den er mit einem traurigen Kopfschütteln beantwortete. Stille legte sich über die Szene, bedrücktes Schweigen erfüllte die, inzwischen im Dunkel liegende, Lichtung. Nur das leise murmeln des Baches mischte sich unter die geräuschvoll schlagenden Flügel der Elfe, die mit verschränkten Fühlern über dem Stein flatterte, während Raimond niedergeschlagen und Elin verzweifelt nachdenkend über der Karte brüteten, die keine neuen Offenbarungen bereithielt.

>>Was ist mit der Legende vom Nordstein?<<, ertönte plötzlich ein fiepsiges Stimmchen aus dem Moos und durchbrach die drückende Atmosphäre.

>>Wirst du wohl ruhig sein!<<, schimpfte die flatternde Elfe, sich dem Moosteppich zuwendend, >>Was denkst du dir dabei den Mund auf zu machen? Hmm?<<, und fügte mit den Augen rollend, >>Und außerdem ist das doch nur eine Legende.<<, hinzu.

Elin jedoch hob den Kopf und betrachtete neugierig die Stelle des Moosteppichs, von wo aus das Stimmchen gekommen war, konnte aber nichts erkennen. Stirnrunzelnd überlegte sie einen Augenblick, dann sagte sie mehr zu sich selbst, >>Agnes ist auch eine Legende.<<, und beugte sich suchend über den Stein. >>Komm heraus. Magst du sie uns erzählen?<<, forderte sie wissbegierig das unsichtbare Stimmchen heraus.

Ein kleines Elfchen löste sich aus dem Moos und flatterte Elin, mit vor Bewunderung aufgerissenen Äuglein vor die Nase, dann flatterte es weiter zu Raimond und beäugte ihn neugierig. >>Von nahem sieht er gar nicht so gruselig aus.<<, rief es aufgeregt mit seiner fiepsigen Stimme zum Stein hinunter.

Raimond betrachtete überrascht das winzige Elfchen, das vor seiner Nase auf und ab flatterte, um ihn genau unter die Lupe zu nehmen. >>Ganz schön vorlaut für so ein frisch geschlüpftes.<<, entgegnete er amüsiert und musste willkürlich über den kleinen Frechdachs schmunzeln.

>>Ich bin nicht frisch geschlüpft.<<, rief das Kleine entrüstet zurück, >>Ich bin fast schon groß.<<

>>Na gut.<<, sagte Elin, ebenfalls mit einem Schmunzeln, >>Wir glauben dir. Dann erzähle uns doch bitte jetzt die Legende.<<

>>Ok, also gut!<<, fiepste das Kleine und legte enthusiastisch los, >>In der Legende heißt es, es gibt einen Stein am Rande des Seins. Auf der Ebene, wo das Meer an die Klippen schlägt und die Welt zu Ende geht. Man muss den Strom überqueren, durch Steppe verkehren, den Gipfel erklimmen, um am Stein des Nordens Frieden zu finden.<<

Es folgte überraschte, ratlose Stille. Raimond und Elin warfen sich einen zweifelnden Blick zu. Sollte das etwa ihr Ziel sein? >>Ok<<, entwischte es Raimond, während er sich am Hinterkopf kratzte und das kleine Kerlchen betrachtete, das noch immer aufgeregt vor ihm auf und ab flatterte. Ein Stein im Norden, jenseits des Schattenwaldes, ging es ihm durch den Kopf. Er selbst hatte den Wald nie durchquert und kannte auch niemanden, der das je getan hatte. Er wusste nicht was dahinter lag, daher fragte er das flatternde

Elfchen, >>Und, was denkst du denn, wo ungefähr auf der Karte würde dieser Stein liegen?<<

Das Elfchen, überrascht von der Frage, begutachtete die Karte und nach kurzem Überlegen flatterte es über den oberen Rand hinaus und markierte in einiger Entfernung der Karte eine Stelle. >>Ich schätze, ungefähr hier.<<, ließ es sich vernehmen.

>>Das reicht jetzt aber wirklich mit den Faxen!<<, schnaubte die ältere Elfe an das Kleine gewandt, >>Zurück zu den anderen mit dir. Du hattest deine Aufmerksamkeit. Also Husch!<<, und scheuchte es zurück in den Moosteppich, worin es widerwillig aber mit Stolz geschwollener Brust verschwand.

>>Und jetzt?<<, fragte Raimond an Elin gewandt, darauf gefasst diesen Besuch als gescheitert hinnehmen zu müssen und an anderer Stelle, welcher auch immer, neu anzufangen.

Elin überlegte, wog ihre Optionen ab, betrachtete die Karte und den Punkt an dem das Elfchen den Nordstein vermutete. Sie wiederholte im Geiste den Vers der Legende, schüttelte nachdenklich den Kopf, doch ein fixer Gedanke hatte sich bereits in ihren Überlegungen festgesetzt und ließ sie nicht mehr los. Was ist, wenn diese kleine, freche Elfe Recht hat und wir hier nur unnötig Zeit verlieren, so unwahrscheinlich das auch sein mag? Laut überlegte sie, >>Das ist ganz schön weit, aber wenn wir … <<

>>Ist das dein Ernst?<<, unterbrach Raimond sie unvermittelt, >>Du ziehst ernsthaft in Betracht dich auf die Suche nach einem unbekannten Stein aus einer fadenscheinigen Legende zu machen?<<

>>Ja!<<, entgegnete Elin mit voller Überzeugung. >>Das erscheint mir wesentlich logischer, als Zeit damit zu verschwenden Orte abzusuchen, von denen wir wissen, dass dort nichts zu finden ist. Einer Legende ist immer Wahrheit zu Grunde gelegt, auch wenn sich die Geschichte dahinter über die Jahre ausgedünnt hat. Und irgendetwas sagt mir, dass wir es auf jeden Fall versuchen müssen. Nenn es Intuition, oder was auch immer ... Der Nordstein ist unser Ziel, was oder wen auch immer wir dort finden werden. Und was Iris angeht, das werde ich mit ihr klären, sobald wir dieses Schattenintermezzo hinter uns haben.<<

So kämpferisch hatte Raimond sie noch nicht erlebt, aber es gefiel ihm, und so sehr ihre nächste Mission auch an den Haaren herbei gezogen war, sie hatte ihn bereits überzeugt. >>Dann suchen wir also den Nordstein?<<

>>Ja.<<, bestätigte Elin, >>Wir suchen den Nordstein!<<

Raimond sah sie an, wie sie von ihrer schimmernden Aura eingehüllt auf der dunklen Lichtung vor ihm stand. Ihr langes Haar fiel ihr in weichen Wellen über Schultern und Rücken, ihr Mund zeigte leichte trotzige Züge, ob der Entscheidung, die sie getroffen hatte. Ihre Augen funkelten vor Entschlossenheit und er wusste, er würde überall mit ihr hingehen. Dennoch zog er eine Augenbraue in die Höhe und bemerkte, >>Das ist total verrückt!<<

Elin richtete ihren Blick auf ihn, ihre trotzig schmollenden Lippen verzogen sich zu einen schiefen Lächeln, was ihre Überzeugung nur noch unterstrich und sagte mit abtuendem Schulterzucken, >>Ich weiß!<<

16

Hindernisse

Max fand die Idee einer mysteriösen Legende nachzujagen genau so verrückt wie alle anderen auch, einschließlich Raimond und Elin selbst. Doch sie waren absolut überzeugt davon diesen Weg machen zu müssen, und Elins Argument, dass dies der einzige Hinweis war, dem noch niemand nachgegangen war, hielt Stand. Die Vorbereitung der Mission, „Suche nach dem Nordstein", und natürlich Agnes, lief dementsprechend auf Hochtouren. Es gab keinerlei Zeit zu verschwenden, jeder Protest der Elfen war in Elins Ohren verpufft, was Ferdinand diebisch freute. Er wäre am liebsten selbst mitgekommen und war Feuer und Flamme für den Plan, sah aber ein, dass er besser bei Max blieb. Sie waren gemeinsam die Karten durchgegangen, da sie jedoch keine gefunden hatten, auf der jenseits des Schattenwaldes etwas eingezeichnet war, hatte Elin vorgeschlagen einfach gradewegs Richtung Norden zu laufen, irgendetwas würde dort schon sein und wenn der Stein „Nordstein" genannt wurde, konnte das ja nicht verkehrt sein. Der Schattenwald selbst und alles, was dahinter kommen mochte, schien vergessenes Gebiet zu sein, welches von keiner lebenden Seele je erforscht, noch kartographiert worden war. Raimond und Elins Weg sollte sie demnach ins absolut ungewisse führen, die einzige Wegbeschreibung, die sie hatten war der Spruch der Elfen, die Legende des Nordsteines.

Max hatte Raimond und Elin nach einer kurzen Nacht zurück zum Elfenstein gefahren, von wo aus sie aufbrechen wollten. Raimond war jagen gewesen, in der Annahme, dass sie nicht so schnell wieder Menschen begegnen würden. Zwei knappe Stunden hatten sie noch versucht zu schlafen, doch Ruhe gefunden hatte keiner. Der Aufbruch stand kurz bevor, die Sonne schickte ihre ersten orangenen Strahlen in den dichten wabernden Bodennebel, der das Unterholz des Waldes bedeckte. Gepäck benötigten sie keines, und da es keine Straßen gab, würden sie eh zu Fuß gehen, weswegen sie unnötigen Ballast vermieden. Schutz, Verpflegung und alles Weitere würden sie auf ihrem Weg schon finden. Also gingen sie ein letztes Mal den Plan durch.

>>Wir müssen den Schattenwald komplett durchqueren<<, begann Elin, >>und wir werden nicht anhalten, bis wir hindurch sind. Es wird am besten sein, wenn wir so unauffällig wie möglich durchhuschen und so wenig Auf-

merksamkeit wie möglich erregen. Rai, du läufst so schnell du kannst und ich passe mich deinem Tempo an.<<

Raimond verzog keine Miene, er wusste, dass sie schneller war als er und gerade wegen dieses Wissens, dass er sie im Grunde blockierte, war er ihr unendlich dankbar, dass nicht im Ansatz eine Diskussion darüber aufgekommen war, ob er vielleicht besser nicht mitkommen sollte. Sie wollte ihn dabei haben, lebte ihr Versprechen.

>>Was ist mit den Schatten?<<, fragte er sie.

>>Wenn wir Glück haben sind sie so damit beschäftigt den Wirbel wieder aufzubauen, dass wir, wenn wir schnell und leise im Unterholz an ihnen vorbei huschen, sie uns womöglich gar nicht bemerken. Wenn doch, müssen wir noch schneller sein. Wie gesagt, wir halten nicht an, bis wir den Wald durchquert haben.<< Elin sah Raimond prüfend an, sie wussten beide nicht wie weit das war. Raimond machte einen Schritt auf sie zu, nahm ihren Kopf zwischen seine Hände und gab ihr einen sanften Kuss. >>Ist gut.<<, sagte er sanft bestätigend.

>>Also gut<<, sagte Elin bestimmt, >>dann los.<<

>>Verwandelst du dich nicht?<<, fragte Raimond überrascht, weil ihre Sinne als Einhorn noch tausendmal schärfer waren, als seine Vampirsinne.

>>Nein<<, antwortete sie, >>so bin ich unauffälliger. Wenn ich als Einhorn durch den Wald laufe hätten wir nie eine Chance ungesehen hindurch zu kommen.<<

Sie verabschiedeten sich von Max, der ihnen viel Glück wünschte, die Elfen blickten ihnen nur kopfschüttelnd hinter her, als sie blitzschnell und lautlos im Unterholz des Schattenwaldes verschwanden.

Nach zwei ermüdenden Tagen lichteten sich die Bäume, das Unterholz wurde seichter und hohe Gräser mischen sich in die Vegetation. Sie hatten es geschafft. Mehrere Male hatten sie scharfe Haken schlagen müssen, als sie auf größere Schattengruppen stießen, hatten aber hindurch schlüpfen können. Elin hatte Recht behalten, die Schatten waren zu sehr mit sich selbst beschäftigt gewesen, um ihre Umgebung scharf zu beobachten. Das Unterholz mit den hohen Gräsern, das sie gerade noch durchquert hatten, lichtete sich plötzlich in eine schilfige Ebene mit morastigem Boden. Die Halme überragten beinahe einen halben Meter ihre Köpfe. Raimond und Elin wurden langsamer, gingen behutsam weiter, bis sich die letzten Halme vor ihnen teilten und ein breiter, quirliger Strom vor ihnen lag. Raimond schnappte nach Luft, stützte die Hände auf die Knie und ließ sich schließlich auf den weichen Boden fallen. Zwei Tage Dauersprint hatten selbst seiner Kondition zugesetzt, er war froh über die Pause. Elin jedoch stand am Ufer dieses mächtigen Stromes, dessen gegenüberliegendes Ufer mit bloßem Auge kaum zu erkennen war. Sie staunte fasziniert über die wilden Wirbel, die willkürlich an der Wasseroberfläche aufbrachen, Treibgut gluckste auf und wurde wieder in die Tiefe gerissen. Das bräunlich gefärbte Wasser stob in wild tanzenden Wellen auf, um dann auf eine Untiefe treffend, die Oberfläche, wie eine geplatzte Blase zu glätten. Dieser Strom war eindeutig ein wildes Naturungeheuer. Die einsetzende Dämmerung tauchte die Szene in ein violettes Zwielicht.

>>Sieh Rai!<<, rief Elin begeistert, >>Das muss der Strom aus der Legende der Elfen sein. Wir sind auf dem richtigen Weg.<<

Raimond setzte sich auf und blickte wenig begeistert auf das reißende, wilde, verschlingende Wasser vor ihm. >>Was bedeuten würde, dass wir da rüber müssen.<<, bemerkte er, stand auf und blickte mit Elin zusammen auf das beinahe nicht zu erkennende gegenüberliegende Ufer, welches sich mit zunehmender Dunkelheit verschleierte. >>Hast du eine Idee, wie wir das anstellen sollen? Ich glaube, schwimmen wird nicht funktionieren … Nicht mal bei dir.<<

>>Hmm<<, machte Elin. Sie war so in das Schauspiel vertieft gewesen, dass sie das Problem, welches vor ihnen lag nicht wahrgenommen hatte. Sie blickte sich nachdenklich um. >>Das ist nicht gut Rai.<<, bemerkte sie misstrauisch, >>Wir sollten von dieser Seite des Stromes verschwinden, bevor es komplett dunkel wird. Da ist uns etwas auf den Fersen, vielleicht sind wir doch nicht so unbemerkt an den Schatten vorbei gehuscht, wie wir dachten … <<, wieder auf das Wasser blickend fügte sie nachdenklich

hinzu, >>Du hast Recht, einfach hindurch schwimmen, das schaffen wir beide nicht. Eine seichtere Stelle zu finden dauert zu lange ...<<

>>Und was schlägst du dann vor?<<, forderte Raimond sie heraus.

Elin machte ein missmutiges, >>Hmpf<<, und warf Raimond einen bösen Blick zu, den er nicht verdiente, ihn aber den Mund halten ließ. Er hatte keine Ahnung was in ihrem Kopf vorging, doch mit wachsendem Amüsement beobachtete er, wie sie so etwas wie einen inneren Krieg führte. Sie grummelte mit düsterem Gesichtsausdruck vor sich hin, trat von einem Bein auf das andere, warf ihm immer wieder stechende Blicke zu, von denen er inzwischen wusste, dass sie eigentlich nicht für ihn waren, und grummelte erneut drauflos.

>>Also schön!<<, brach es plötzlich aus ihr hervor, was Raimond sie neugierig betrachten ließ, ein Schmunzeln umspielte seine Lippen, sie war allzu hinreißend. Für dieses Schmunzeln kassierte er einen weiteren düsteren Blick, ahnungslos, was sie da mit sich ausgefochten hatte, die Antwort erhielt er im nächsten Augenblick. Elin kniete sich nieder, steckte die Hände in den matschigen Boden, vollendete die Verwandlung in ihre Gestalt als Einhorn mit einer glitzernden Wolke Fünkchenstaubes und trat dicht an das Ufer des Stromes. Sie hatte die Verwandlung so schnell vollzogen, dass Raimond erschrocken zurück wich, er wollte noch rufen, >>Halt! Warte! ... Sag mir erst was du vor hast

… <<, doch es war zu spät. Er konnte nur noch wahrnehmen, wie sie mit ihrem Horn die Wasseroberfläche berührte und sich von dort aus seichte, regelmäßige Wellen ausbreiteten. Nicht plötzlich, aber allmählich beobachtete er, wie die sprudelnden, hüpfenden Wellen des Stromes abebbten, die Wirbel ruhiger und die Fließgeschwindigkeit langsamer wurde. Nicht nur die Oberfläche veränderte sich, auch der Pegelstand nahm langsam ab, bis vor ihnen, ein zwar breites, aber seichtes Gewässer lag. Elin richtete sich auf und verwandelte sich ebenso schnell in ihre menschliche Gestalt zurück, wie kurz zuvor andersherum und sah Raimond ernst an, dem pure Verblüffung ins Gesicht geschrieben stand. Bewundernd schaute er zunächst über das seicht plätschernde Gewässer vor ihm, dann richtete er seinen Blick auf Elin, die offensichtlich aufgebracht vor ihm stand. Doch bevor er auch nur den Mund aufmachen konnte, um sie zu fragen, was sie in aller Welt so aufregt, fuhr sie ihn an, >>Kein Wort!<< Raimond verstand in der Tat kein Wort von dem, was sie von ihm wollte, doch als sie fortfuhr klingelte es bei ihm, >>Kein Wort, von wegen … „wie war das noch mit dem nicht in die Natur eingreifen", … oder so!<<, woraufhin er nur abwehrend die Hände hob, jedoch genau das dachte und mühsam ein Schmunzeln unterdrückte.

>>Dann komm schon<<, fauchte sie weiter, nahm seine Hand, >>das hält nicht ewig.<<, und zog ihn mit einer Kopfbewegung in Richtung des Stromes ins Wasser.

Eilig wateten sie durch das, an der tiefsten Stelle, knietiefe Wasser, bis sie am anderen Ufer den Schilfsaum erreichten. Kaum waren sie angekommen, als der Wasser-
stand wieder anzusteigen begann und die Strömung wieder
stärker wurde. Es war inzwischen dunkel geworden.

>>Komm weiter<<, drängte Elin eilig, >>es wird eine
Welle geben.<< Sie hatte sich wieder beruhigt und es tat ihr
Leid Raimond so angefahren zu haben. Sie war eher wütend auf sich selbst gegen einen ihrer existentiellen
Grundsätze verstoßen zu haben und er war Zeuge gewesen. Sie haderte noch immer mit sich selbst, ob es nicht
doch eine andere Möglichkeit gegeben hätte und sie nur
aus Bequemlichkeit so gehandelt hatte, während sie ihn
zügig hinter sich herzog und der Wasserspiegel stetig und
schnell stieg.

>>Ich verstehe das immer noch nicht ganz Elin<<, setz-
te Raimond an, während sie weiter liefen, >>warum ringst
du so mit dir? Warum ist es so verwerflich einzugreifen? Es
schadet doch niemandem.<<

>>Bist du dir da ganz sicher?<<, fragte Elin zurück,
>>Es sind die Konsequenzen Rai. Es gibt immer Konse-
quenzen, jedes Eingreifen hat Konsequenzen.<< Sie hielt
kurz an, schaute Raimond ernst an und deutete auf den
Strom. >>Ich habe den natürlichen Verlauf dieses Gewäs-
sers beeinflusst, was nun diese Welle zu Folge hat. Das ist
eine natürliche Konsequenz auf mein Eingreifen. Weißt du,
ob im weiteren Verlauf dieses Stromes nicht vielleicht Sied-

lungen sind, die durch die Welle, für die ich verantwortlich bin, in Mitleidenschaft gezogen werden?<<

>>Nein<<, gab er kleinlaut zu. >>Aber Elin, warte doch mal<<, fuhr er fort, >>auch wenn das so sein sollte, denkst du nicht, dass es dieser Siedlung nicht auch lieber wäre eine Überschwemmung in Kauf zu nehmen, als von den Schatten vereinnahmt zu werden?<<

>>Du meinst also, der Zweck heiligt die Mittel?<<, folgerte Elin und warf ihm einen herausfordernden Blick zu, dem er fragend Stand hielt, während sie ihn weiter zog. >>Dieses Argument ist eine mächtig diffuse Grauzone, das in den seltensten Fällen tatsächlich bestand hat<<, fuhr sie fort und schloss, >>und deshalb greifen wir gar nicht erst ein.<<

Er verstand ihre Sichtweise etwas besser, war jedoch von der Richtigkeit dieses Nichthandelns nicht überzeugt, ließ es aber für den Moment gut sein.

So schlugen sie sich rasch durch das Schilf, bis der Boden unter ihren Füßen fester wurde. Das Gelände wurde rasch hügeliger, Raimond und Elin erklommen den flachen Kamm einer Hügelkette aus steinigem Geröll, der Mond und die Sterne strahlten hell vom wolkenlosen Himmel. Vor ihnen lag eine weite, endlos scheinende Ebene, bewachsen mit niedrigen struppigen Gräsern. Vollkommene Stille umgab sie, ein seichter Wind strich durch die klare milde Nachtluft, es schien, als ob die Welt stillstehen würde.

>>Lass uns dort unten, im Schutz der Felsen kurz Pause machen.<<, schlug Elin vor, >>Wir müssen weiter, bevor es hell wird.<<, ergänzte sie mit einem besorgten Blick in Richtung des sternklaren Himmels. Raimond folgte ihrem Blick, ihm war klar, worauf sie hinaus wollte, wenn die Sonne aufging würden ihm die ungefilterten Strahlen furchtbare Schmerzen zufügen und ihn lähmen.

>>Gut<<, willigte Raimond ein, >>aber nur kurz. Wir sollten noch ein gutes Stück schaffen, bis ich …, nun ja, bis ich zur Last werde.<<, ergänzte er verlegen. Elin nahm sein Gesicht zwischen ihre Hände, zog es dichter zu sich heran, strich ihm eine Locke aus der Stirn und hauchte ihm einen federleichten Kuss auf den Mund. >>Du wirst mir niemals zur Last werden.<<, sagte sie voller Überzeugung, >>Vergiss das nicht.<< Raimond zog sie in seine Arme und drückte sie wie einen kostbaren Schatz an sich. Er löste sein Gesicht aus ihrem schimmernden Haar, hauchte ihr einen Kuss an die Schläfe, fand ihre Lippen und sie verschmolzen in einem langen, innigen, zärtlichen Kuss.

Im Schutz der Felsen hielt Raimond Elin im Arm, sie schlief an ihn gekuschelt, während er die Sterne betrachtete, er konnte sich nicht erinnern, wann er zuletzt einen klaren Sternenhimmel gesehen hatte, nach all der Zeit unter Wolkendecken. Ein krächzendes Geräusch schreckte beide auf. Elin horchte in die Nachtluft, ihr war, als ob sie beobachtet würden. >>Du bleibst hier.<<, raunte sie Raimond zu, >>Ich sehe mich kurz um.<<, und bevor er irgendetwas erwidern konnte hatte sie sich verwandelt und galoppierte in die Felsen. Nur wenige Augenblicke später, die Raimond wie Stunden vorgekommen waren, tauchte sie auf dem felsigen Kamm wieder auf und forsche in die Dunkelheit. Ihre erhabene Schönheit, die sie in ihrer Gestalt als Einhorn umgab, traf Raimond erneut ins Herz, ihre schimmernde, funkelnde Erscheinung, ließ ihm die Brust anschwellen. Plötzlich bäumte sie sich auf, und einen schrecklichen Augenblick befürchtete er sie wäre in ihre oberflächliche, göttliche Perspektive abgedriftet, hätte ihn und ihre Aufgabe wieder vergessen und ihn verlassen. Der Schreck durchzuckte noch seinen Körper, als er sich bewusst wurde, dass er viel zu weit weg von ihr war, um gegebenenfalls schnell genug bei ihr sein zu können, um sie zurück zu holen, doch da signalisierte sie ihm mit einer Kopfbewegung ihr zu folgen und galoppierte los. Was auch immer sie gewittert hatte, dachte Raimond, war Grund um sich zu beeilen, sie ließ ihn zu sich aufschließen und so liefen sie Seite an Seite über die nächtliche Ebene.

Als die Sonne ihre ersten Strahlen über die Ebene schickte und wie ein feuriges Meer erstrahlen ließ hatten sie ein gutes Stück Weg geschafft, ein Ende der Ebene war jedoch nicht in Sicht. Elin verwandelte sich zurück in ihre menschliche Gestalt und bedeutete Raimond anzuhalten. Sie sah ihm an, dass er erschöpft war und der härteste Teil für ihn würde erst noch kommen. In ihrer unmittelbaren

Nähe befand sich eine kleine Gruppe größerer Felsbrocken, die einen guten Ort für eine kurze Rast darstellten.

>>Ruh dich einen Moment aus.<<, bat sie ihn eindringlich.

>>Ist schon ok. Nicht nötig.<<, gab er schnaufend zurück und stützte sich mit den Händen auf seine Knie.

Elin stellte sich vor ihn, stemmte ihre Hände in die Hüften und legte den Kopf schief, >>Komm schon. Bitte. Die Sonne wird bald grell scheinen, dann brauchst du mehr Kraft. Ich habe allerdings eine Idee, die es dir vielleicht erträglicher macht. Ob es funktioniert musst du mir sagen.<<

>>Was für eine Idee?<<, presste er, nach Atem ringend, hervor.

>>Meine Hülle.<<, entgegnete sie, >>Ich habe überlegt, ob ich, wenn ich die Schutzfunktion auf die Frequenz der Sonnenstrahlen anpasse, sie dich auch vor zu intensiven Sonnenstrahlen schützen kann. Sie wird dich nicht vollständig abschirmen können, aber vielleicht reicht es um langsam weiter zu gehen.<<

Raimond blickte sie seitlich aus seiner gebückten Haltung heraus an und fragte zweifelnd, >>Meinst du das klappt?<<

>>Keine Ahnung.<<, antwortete sie knapp, >>Müssen wir ausprobieren. Du wirst meine Hand nicht loslassen dürfen, damit ich die richtige Frequenz beibehalten kann.<<, erklärte sie weiter.

>>Damit kann ich leben.<<, gab er zurück und lächelte sie schief an, >>Dann werden wir aber sehr langsam sein.<<

Elin richtete ihren Kopf auf, nahm ihre Hände von den Hüften und machte eine gleichgültige Geste. Dann meinte sie mit leichtem Schulterzucken, >>Ich kann dich alternativ auch tragen, dann sind wir schneller.<<, und betrachtete ihn aus dem Augenwinkel.

>>Das …<< Raimond richtete sich abrupt auf und stellte sich gerade vor sie hin. >>Das, werde ich erst in Betracht ziehen, wenn es gar nicht mehr anders geht.<<, polterte er.

>>Ok<<, erwiderte Elin abwehrend, jedoch innerlich leise schmunzelnd und bestimmte, >>aber dafür machen wir jetzt kurz Pause … Setz dich!<<

>>Also schön.<<, grummelte Raimond, ließ sich auf den steinigen Boden plumpsen und lehnte sich an einen der Felsbrocken. Elin setzte sich neben ihn und betrachtete die heller werdende öde Ebene. >>Was hast du letzte Nacht gewittert?<<, fragte er sie neugierig.

>>Nichts Bestimmtes.<<, sagte sie nachdenklich in das weite Nichts der Ebene hinein, >>Es war nur so ein Gefühl, dass wir schnell weg sollten. Es kam noch aus dem Schattenwald.<<

>>So wie beim Elfenstein?<<

>>Ja, genau so.<<

>>Elin, sag mal,<<, begann Raimond zögernd, >>du hast dich nicht zurück verwandelt letzte Nacht, … bis jetzt.

Du hast dich mir angepasst, also wusste ich, deine Konzentration war bei mir, aber ich habe doch die ganze Zeit ein wenig befürchtet du könntest ausbrechen, in deinem Rausch davonlaufen … Ich hätte dich nicht einholen können. Wenn ich das richtig verstanden habe, ist das Risiko grösser, wenn du schnell läufst. Ich war zwar die ganze Zeit dicht bei dir, aber warum bist du trotzdem dieses Risiko eingegangen?<<

Elin sah ihn nachdenklich an, >>Du hast recht, das war ein Risiko. Aber ich wusste, dass ich es kontrollieren konnte, ich war mir sicher. Und, … ok, ich gebe zu, ich wollte es ein wenig austesten, inwieweit, wie leicht sich mein Fokus verschiebt, wenn ich laufe. Weißt du, es tut mir gut mich in meiner Gestalt als Einhorn zu bewegen, es macht mich stärker und beruhigt mich. Ich habe dir gesagt, dass ich mich zuweilen verwandeln muss, um nicht durchzudrehen und letzte Nacht hat mir gezeigt, dass es gar nicht so schwer ist meinen Fokus auf dem Moment zu halten, wenn nichts weiter da ist, das mich ablenken kann. Sogar während des Laufens. Und, die Verwandlung, mit dem einhergehenden Perspektivwechsel wird von Mal zu Mal einfacher für mich zu Händeln, ohne gleich davon zu preschen.<<

>>Bedeutet das<<, versuchte Raimond zu folgen, >>dass ich nicht mehr jedes Mal in Panik ausbrechen muss, wenn du dich verwandelst?<<, und schaute sie hoffnungsvoll an.

Sie lächelte liebevoll zurück und schüttelte langsam den Kopf, >>Nein … Nein, das brauchst du nicht.<<

Raimond runzelte die Stirn und in seine anfängliche Hoffnung, die sie bestätigt hatte, mischte sich ein anderes Gefühl, eine Art Befürchtung. >>Aber soll das auch heißen, du brauchst mich im Grunde gar nicht mehr als deinen Anker, um deine Aufmerksamkeit auf mich, und das hier und jetzt, zu lenken?<<

>>Das habe ich nicht gesagt.<<, antwortete Elin erstaunt über diesen Gedanken und die unterdrückte Niedergeschlagenheit in Raimonds Stimme. Doch nur einen Augenblick später verstand sie, auf was er hinaus wollte, blickte ihn offen und herzerwärmend an, als sie antwortete, >>Und außerdem, hör bloß niemals damit auf meine Aufmerksamkeit auf dich zu ziehen.<<

Raimond zog die Augenbrauen hoch und sein Herz überschlug sich beim Blick in ihre Augen. >>Ach ja? Und warum?<<, murmelte er kaum hörbar.

>>Weil der beste, der allerbeste Platz des gesamten Universums in deinen Armen ist.<<

Ein breites, freudiges Strahlen breitete sich in Raimond Gesicht aus. Er murmelte, >>Ach so! Na dann komm her!<<, und zog Elin auf seinen Schoß, in seine Arme, in denen sie, sich fest an seine Brust gekuschelt, seine Umarmung genoss.

Nur kurze Zeit später wurde Raimond unruhig, die Sonnenstrahlen brannten in seinem Gesicht und an den Händen. Je intensiver sie werden und den Stoff seiner Kleidung durchdringen würden, desto unerträglicher würde es für ihn werden. Bei dieser ungefilterten Stärke würde er sich nur zusammenrollen und unter unerträglichen Schmerzen abwarten können.

>>Wollen wir?<<, fragte Elin, die schon aufgestanden war und ihm ihre Hände entgegen streckte. Raimond nahm sie, stand ebenfalls auf und hoffte inständig, dass ihr Plan funktionieren würde. Und tatsächlich, unter Elins Hülle spürte er die Strahlen zwar unangenehm zwicken, aber er konnte laufen. Sie hatte die abschirmende Funktion ihrer Hülle auf die Frequenz der Sonnenstrahlen modifiziert.

Nach einer weiteren rastlosen Nacht, bei deren Einbruch am Horizont so etwas wie ein verschleiertes Gebirge aufgetaucht war, erreichten sie zur Mittagszeit des Folgetages einen Waldrand, der erholsamen Schatten für Raimond versprach. Er setzte sich unter einen dicht beblätterten Baum und fühlte wie sich seine Haut entspannte. >>Von einem Wald war in der Legende der Elfen aber keine Rede.<<, meinte er.

>>Ja, schon wahr.<<, antwortete Elin gedankenverloren, >>Das Gebirge, das wir gesehen haben, muss gleich auf der anderen Seite liegen.<<

Raimond schaute irritiert zu ihr auf, >>Alles ok?<<

>>Ja, es ist dieser Wald Rai.<<, erklärte sie staunend, >>Er ist, … er ist einfach wunderschön. Ich sehe mich etwas um.<<, und wanderte mit ausgestreckten Armen, den Blick in die Baumwipfel gerichtet durch das lichte Unterholz.

Und was sie sah, ließ ihr Herz aufblühen. Es war ein freundlicher, heller Laubwald mit hohen, uralten Bäumen, der Waldboden bespickt von hereinfallenden Sonnenstrahlen, übersät von blühenden Herbstzeitlosen. Hohe, hellgrüne Farne und zarte Baumsprösslinge stellten das Unterholz dar. Elin glaubte sich in einem Zauberwald zu befinden.

Ausgelassen und beschwingt tanzte sie beinahe unter den mächtigen Baumkronen dahin. Raimond beobachtete sie verzückt, er hatte sie nie lebendiger gesehen, wie sie mit ausgebreiteten Armen, sich um sich selbst drehend, das Leben und die Energie des Waldes spürte.

>>Dies ist ein unberührter Wald<<, trällerte sie, >>so waren ganz früher alle Wälder. Nichts Böses ist ihm widerfahren, er ist rein und vollkommen … Kannst du das auch spüren Rai?<<

>>Ich kann es in dir sehen.<<, antwortete er gerührt und war glücklich diesen Augenblick der Freude mit ihr teilen zu dürfen.

Mit einem sicheren, leichten, beinahe ausgelassenen Gefühl durchquerten sie den friedlichen Wald, und als die Morgendämmerung leise den grauenden Tag ankündigte, vernahmen sie das entfernte Murmeln eines Wasserfalles, was darauf hin deutete, dass sie sich dem Gebirge näherten.

>>Möchtest du noch ein oder zwei Stunden schlafen, bevor wir weiter gehen?<<, fragte Elin besorgt, sie sah Raimond an, dass er gegen die Erschöpfung kämpfte.

>>Nein. Möchtest du?<<, fragte er zurück, >>Ich passe auf dich auf.<<

Elin lächelte ihn an. Sie wusste, dass er wusste, dass das nicht wirklich notwendig war, aber er tat es trotzdem. Zärtlich streichelte sie ihm über die Wange, >>Ich weiß.<<, flüsterte sie liebevoll, >>Es ist nur, du hast überhaupt gar nicht geschlafen, seit dem wir aufgebrochen sind … Und der Weg war anstrengend … Und du bist sicherlich auch hungrig …<<

>>Ist schon gut.<<, unterbrach er sie, sie hatte recht, ihm brannte langsam die Kehle vor Hunger und er würde bald Jagd auf irgendein Tier machen müssen, doch etwas Zeit hatte er noch, lächelte zurück und küsste sie zärtlich.

17
Die Waldlinge

Spät in der Nacht erreichten Raimond und Elin den Fuß der Gebirgskette. Unvermittelt ragte eine steile, glatte Felswand aus grauem Gestein vor ihnen unbezwingbar in den sternenklaren Nachthimmel. Das beständige Rauschen des

Wasserfalles, welches sie schon am Vortag vernommen hatten, war ganz nah. Angelockt von dem verheißungsvollen Plätschern folgten sie der Felswand, bis sie hinter einem letzten Kranz dicht gewachsener Bäume den, sich aus der Felswand ergießenden, Wasserfall erblickten. Aus einer schmalen Spalte floss das Wasser in einem breiten, seichten Vorhang über einen Vorsprung hinweg aus der Felswand. Schimmernd vom Mondschein sammelte sich das klare Gebirgswasser in einem, von dichten Farnen und Ranken umgebenen steinernen Becken, abgeschirmt durch die hohen Bäume.

>>Wir bleiben hier, bis es hell wird.<<, bestimmte Elin und Raimond hatte keine Einwände. Er war erschöpft und staunte fasziniert über die betörende Schönheit dieses Ortes, der einlud ein paar Stunden auszuruhen.

>>Du solltest ein wenig schlafen Rai.<<, sagte Elin und strich ihm seine widerspenstige Locke aus der Stirn. Sie wusste, Raimond hatte Mühe ihr Tempo zu halten, was er sich natürlich nicht anmerken ließ. Sie selbst konnte frische Energie aus der Natur ziehen, aber für ihn gab es weit und breit keine wirkliche Energiequelle, er würde schon bald von den Tieren des Waldes trinken müssen, was ihn zwar am Leben hielt, aber nicht stark machte.

Raimond wusste sie hatte Recht und ärgerte sich, dass er nicht mithalten konnte und sie auf ihn Rücksicht nahm. Und doch sah er sie als seine Elin, die Frau in seinem Leben, seine Partnerin, und nicht als mächtige Göttin. >>Na gut. Du aber auch.<<, raunte er und hauchte ihr einen Kuss auf die Stirn.

>>Mal schaun.<<, entgegnete sie widerstrebend, >>Zuerst mache ich noch eine kleine Runde, dann ruhen wir beide ein wenig aus.<<, bestimmte sie weiter, nahm Raimonds Hand und fügte nachdrücklich, >>Und du wartest hier auf mich.<<, hinzu. Noch bevor er irgendetwas erwidern konnte hatte sie ihm ihrerseits einen Kuss auf den Mund gedrückt und stand in ihrer glitzernden Fünkchenwolke als Einhorn vor ihm, strich ihm mit der Spitze ihres Hornes sanft über die Schläfe, bäumte sich auf und galoppierte in den Wald.

>>Sie hat das unter Kontrolle.<<, murmelte Raimond, sich selbst überzeugend, vor sich hin, >>Sie kommt zurück.<< Er suchte das Ufer des Sees ab und fand eine geschützte, mit Gras bewachsene Kuhle zwischen den Steinen mit Blick über das Wasser. Er legte sich hinein und wartete auf Elin. Es dauerte nicht lange bis sie wieder da war. Ihre schimmernde Einhorngestalt erschien auf der gegenüberliegenden Seite des Sees zwischen den Bäumen, doch anstatt direkt zu ihm herüber zu kommen verharrte sie einen Augenblick, der Strom des Wasserfalles donnerte direkt vor ihr auf die Oberfläche des Sees und wirbelte sie auf. Raimond beobachtete, wie sie den Kopf senkte und mit den Vorderbeinen in die Knie ging. >>Da stimmt etwas nicht!<<, erschrak er über diese Bewegung, war sie etwa verletzt? Er sprang auf, lief zum Ufer und rief laut ihren

Namen. In diesem Augenblick berührte sie mit ihrem Horn die Wasseroberfläche und die Wirbel des Wasserfalles leuchteten hell auf, tausende kleine Wellen hüpften und schwappten schimmernd über den See. Mit offenem Mund starrte er zu ihr herüber, sie hatte sich noch einmal aufgebäumt und sich dann zurück verwandelt. Raimond staunte fasziniert über dieses Schauspiel und hatte seinen Schrecken schon fast vergessen, da zog sich Elin ihr Hemd über den Kopf, sprang nackt ins Wasser und schwamm in die Mitte des Sees. Ihr Körper schimmerte mit den tanzenden, glitzernden Wellen um die Wette.

>>Komm rein, das Wasser ist herrlich.<<, rief sie ihm zu und drehte sich auf den Rücken, was ihre Brüste aus dem Wasser hervor lugen ließ. Das brauchte sie ihm nicht zwei Mal zu sagen. Als er bei ihr angekommen war, schlang sie ihm ihre Arme um die Schultern und Beine um die Hüften, ließ ihn direkt mit einem sehnsuchtsvollen Stöhnen in sich eindringen. Das Wasser war nicht sehr tief, Raimond konnte bequem stehen. Er umfasste ihre Hüften und bewegte sie zunächst schnell, was sie lustvoll seufzen ließ, dann langsamer. Die Trägheit des Wassers verlangsamte ihre Bewegungen zusätzlich, was die Sehnsucht nach der erlösenden Explosion nur noch steigerte. Ineinander vereint liebten sie sich zwischen den glitzernden, tanzenden Wellen des Wasserfalles. Elin lehnte sich mit dem Oberkörper zurück auf die Wasseroberfläche, Raimond hielt sie unter den Schultern und liebkoste ihre aus dem Wasser ragenden

Brüste genussvoll mit dem Mund. Ihr Atem ging schneller, das köstliche Brennen zwischen ihren Schenkeln wurde unerträglich. Ihre Lippen fanden sich zu einen hungrigen, verzehrenden Kuss, dann berührte Raimond mit der Zunge die Stelle hinter ihren Ohrläppchen und verstärkte seinen Griff um ihre Hüften. Sie stöhnte laut auf unter der Woge ihrer inneren Explosion, ihre Muskeln umspannten ihn ruckartig, was ihm die Knie weich werden ließ und beide eng umschlungen unter Wasser glitten. Wieder an der Oberfläche versanken sie in einen zarten, sanften, spielerischen, intimen Kuss, während das Wasser ihre nackten Körper umschmeichelte und die hohen Baumwipfel über ihnen leise rauschten.

>>Du hast mich vorhin erschreckt.<<, raunte Raimond mürrisch, als er sich die Hose zuknöpfte.

>>Ach ja?! Was habe ich denn getan?<<, fragte Elin überrascht.

Raimond nahm Elin sanft in seine Arme und erklärte, >>Als du dich herunter gebeugt hast, für deinen Wasserglitzerzauber, da hat es von hier so ausgesehen, als ob du verletzt wärest. Das hat mich erschreckt.<<

>>Oh<<, hauchte Elin und kuschelte sich an seine Brust, >>das tut mir Leid. An so etwas hatte ich gar nicht gedacht.<<

Raimond löste seine Umarmung, nahm ihre Hände fest in seine, suchte ihre Augen, die ihn funkelnd anstrahlten und fuhr ernst fort, >>Das ist nicht der Punkt Elin. Der Punkt ist, ich war nicht bei dir. Ich hätte nicht mitbekommen, wenn du angegriffen worden wärest. Dir hätte sonst etwas passieren können und ich wäre nicht da gewesen. Ich mag es nicht, wenn wir getrennt sind. Ich vertraue dir und ich weiß, dass du stärker bist als ich. Aber ich mag es einfach nicht, wenn wir getrennt sind.<<

Ein warmes Lächeln breitete sich auf ihrem Gesicht aus, sie löste eine ihrer Hände aus seiner und streichelte ihm liebevoll über die Wange. >>Ich mag es auch nicht.<<, sagte sie sanft, >>Ich weiß, es wurmt dich, dass du mich hier draußen nicht beschützen kannst. Und glaub mir, mir geht es genau so, wenn ich dich zurück lasse, und dir würde etwas passieren, ...<< Sie schüttelte nachdenklich den Kopf und fügte bestimmt, >>Nein, ich mag es auch nicht.<<, hinzu.

Raimond runzelte die Stirn, nahm ihre Hand von seiner Wange, küsste ihre Fingerspitzen und seine Augen glommen kämpferisch auf. >>Oh doch!<<, raunte er ihr bestimmend zu, >>Ich kann dich beschützen. Ich bin nur nicht so schnell wie du ...<< Er atmete einmal tief auf, sah sie mit festem Blick an und ergänzte, >>Nur noch zusammen. Ok?!<<

Elin forschte in seinem Gesicht, er meint das tatsächlich ernst, dachte sie. Er hatte sich auf dem bisherigen Weg so krampfhaft zusammen gerissen und nicht geschlafen, als sie es getan hatte, um auf sie aufzupassen, was nicht notwendig gewesen war. Für ihn schien das sonderbar wichtig zu sein, überlegte sie weiter und entschied sich ihm dieses Zugeständnis zu machen, wo es ihm offensichtlich so viel bedeutete. Und er hatte bereits zugestimmt diese Nacht zu schlafen, daher antwortete sie ihm zärtlich, >>Ok. Nur noch zusammen. Aber heute Nacht lässt du mich auf dich aufpassen während du schläfst! ... Ok?!<<

Raimond lächelte sie nickend an >>Ok<<, flüsterte er zufrieden, nahm ihr Gesicht zwischen seine Hände und gab ihr einen sanften, zärtlichen Kuss, >>dann mal los.<<

Elin lächelte verschwörerisch zurück, wiederholte, >>dann mal los.<<, und verwandelte sich. Sie legte sich seitlich in die geschützte Kuhle, die Raimond gefunden hatte und zog die Vorderläufe in einen rechten Winkel. Raimond legte sich in den Winkel zwischen ihren Brustkorb und Vorderläufe, schmiegte sich an ihren warmen Körper und war binnen Sekunden eingeschlafen. Elin zog die Hinterläufe an, legte ihren Kopf auf ihre Beine, so dass er schützend nah über seinem war und lauschte seinen regelmäßigen Atemzügen.

Die Sonne stand schon hoch über den Baumwipfeln, als Raimond durch ein Stimmengewirr geweckt wurde. Er lag dich an Elins Brustkorb geschmiegt, hörte und spürte ihren regelmäßigen Atem, ihr Kopf ruhte über seinem, sie schlief in ihrer Einhorngestalt. Er versuchte das Stimmengewirr zu identifizieren, blinzelte und lugte über Elins Vorderläufe. Vor ihm standen fünf Geschöpfe, deren Art er noch nie gesehen hatte, die hölzerne Spieße auf ihn richteten. Sie waren vielleicht einen Meter groß, hatten einen rundlichen, behaarten Leib, von dem dünne Beinchen und Ärmchen in großen Füßen und Händen ausliefen. Ihre ebenfalls behaarten Köpfe, die sie beständig von einer Seite auf die andere bewegten saßen direkt auf dem Leib. Sie hatten keine Ohren, dafür Stupsnasen, kleine, runde Münder und riesige Augen mit überproportional großen, runden, schwarzen Pupillen. Man konnte sie in ihrer Erscheinung als niedliche kleine Kerlchen bezeichnen. Das Geplapper setzte wieder ein, die Köpfe der kleinen Wesen zuckten von rechts nach links.

>>Was is denn das?<<; >>Is das ein Einhorn?<<; >>Is das ein Vampir?<<; >>Ein Einhorn mit nem Vampir!<<; >>Das is doch kein Vampir!<<, >>Natürlich is das einer! Kannst du nich guckn!?<<; >>Was soll denn ein Einhorn mit nem Vampir?<<; >>Weiß ich doch nich! Liegt da aber!<<; >>Hallo! Merkt ihr noch was?! Da liegt ein Einhorn!<<; >>Tatsächlich! Ein echtes Einhorn!<<, >>Es schläft. Warum schläft es?<<; >>Vielleicht weil es müde ist?<<; >>Ach Quatsch! Einhörner werden nich müde!<<; >>Ach, und woher willst du das wissen?<<; >>Das weiß doch jedes Baby!<<; >>Achtung! Der Vampir bewegt sich!<< Die Wesen stellten ihr Geplapper ein, hielten ihre Köpfe still und nahmen Angriffsposition mit ihren Speeren ein.

Raimond stieß Elin mehrmals sanft mit dem Ellenbogen in die Seite, bevor sie schlaftrunken aufwachte und die Situation erfasste. Raimond stand langsam auf, so dass sich Elin ebenfalls erheben konnte, beide standen ruhig vor den kleinen Geschöpfen mit den großen Augen, die sich tapfer an ihre Speere klammerten. Raimond sah Elin mit einer hilflosen Armbewegung an, woraufhin sie sich in einer glitzernden Fünkchenwolke in ihre menschliche Gestalt verwandelte. Raimond überlegte, ob er sich jemals an diese Show gewöhnen würde. Aus der Reihe kleiner Geschöpfe, deren Augen noch größer geworden waren, entwischten bewundernde >>Oh`s!<<

Raimond und Elin warfen sich erneut einen ratlosen Blick zu, dann machte Elin einen kleinen Schritt auf die Wesen zu und trällerte, >>Hallo. Ich bin Elin … Und wer seid ihr?<<

>>Willst du nicht lieber fragen, und was seid ihr?<<, mische Raimond sich ein.

>>Nun sei doch nicht so ungeduldig.<<, widersetzte E-lin über ihre Schulter in seine Richtung, >>Das sind doch ganz drollige kleine Wesen. Sie sind bestimmt nur ein wenig irritiert. Gib ihnen einen Augenblick.<<

>>Ich bin auch ein wenig irritiert.<<, grummelte Raimond zurück.

>>Wie meinst du das?<<, fragte sie überrascht und drehte sich zu ihm um.

>>Naja<<, grummelte Raimond weiter, >>So sieht es also aus, wenn du auf mich aufpasst, während ich schlafe. Ja?! Ich wache auf und gucke in einen Holzspeer.<<

Elin sah ihn mit großen Augen an und sie fühle wie ihre Wangen heiß wurden, eine körperliche Reaktion, die sie unangenehm verunsicherte. Sie räusperte sich lautstark und sagte schließlich mit einer wegwischenden Handbewegung, >>Jetzt übertreib nicht. Du hast mich halt erschöpft.<<

>>Ach so!<<, gab Raimond mit hochgezogenen Augenbrauen zurück, >>Ich bin also selber schuld. Ich verstehe …<< Er verschränkte demonstrativ die Arme vor der Brust und verkniff sich mühsam ein amüsiertes Grinsen über ihre hochroten, glühen Wangen, die sie noch entzückender machten. Er konnte ihr beim besten Willen nicht auch nur ansatzweise böse sein, doch so einfach davon kommen lassen, wollte er sie auch nicht, weshalb er betont ernst hinzu fügte, >>Darüber reden wir noch.<<

Die kleinen Geschöpfe blickten verwirrt und neugierig zwischen beiden hin und her, dann schauten sie einander ratlos an. Da Elin noch mit dem unschönen Gefühl des ertappt worden zu seins beschäftigt war, machte Raimond einen Schritt in ihre Richtung, >>Also, dann nochmal…<<, und sie gingen in ihren Angriffsmodus über. Urplötzlich schwollen ihre Köpfe um das doppelt an, die Augen traten hervor und die runden Pupillen verformten sich zu grünlichen Strichen. Auf ihren Rücken wuchsen blitzschnell lange spitze Stacheln und in ihren Mündern, aus denen ein schneidender, fauchender Ton entwich, blitzen eine Reihe spitzer Reißzähne.

>>WOW<<, entwich es Raimond, er hielt die Hände hoch und machte einen Schritt zurück zu Elin, >>Ganz recht. Drollige kleine Dinger.<<

Elin, durch den Schreck wieder in das aktuelle Geschehen zurückgekehrt, schüttelte ihre Verlegenheit ab und konzentrierte sich auf die kampfbereiten, fauchenden Wesen. Sie ging ihrerseits einen Schritt auf sie zu. >>Hallo. Habt keine Angst. Wir tun euch nichts. Ich bin Elin und das ist Rai. Wir suchen jemanden. Vielleicht könnt ihr uns ja helfen.<<

Die Wesen blickten sich wieder ratlos an, beschlossen aber offenbar dem Einhorn eine Chance zu geben, bevor sie es aufspießen würden. Sie wechselten in ihre ursprüngliche Gestalt und schubsten einen von ihnen ein Stück nach vorne. Das eine kleine Wesen sah Elin neugierig aus seinen jetzt wieder runden Pupillen an, den Speer hatte es locker in der Hand. >>Hallo, ich bin Doroll. Das sind Moroll, Poroll, Damroll und Aroll.>>, die anderen vier Wesen winkten ihr zu. >>Nach wem suchst du denn?<<

>>Und was seid ihr?<<, funkte Raimond misstrauisch dazwischen, er traute diesen kleinen Dingern nicht über den Weg, die ihn anscheinend am Liebsten aufspießen würden.

>>Wir sind Waldlinge.<<, antwortete Doroll laut und stolz, ohne Raimond anzugucken.

>>Ach so! Waldlinge!<<, entwischte es Raimond, sich am Hinterkopf kratzend, >>Was auch sonst ...<<, und grummelte zu sich selbst >>Großartig!<< hinterher. Er selbst war zuvor noch nie einem Waldling begegnet, erinnerte sich jedoch dunkel an sehr alte Geschichten, wonach die Waldlinge, genau wie die Elfen, nicht besonders gut auf Vampire zu sprechen waren. Er hatte angenommen, sie wären ausgestorben, wenn sie überhaupt einmal existiert hätten. Darin hatte er sich offensichtlich getäuscht.

>>Rai!<<, zische Elin ihn vorwurfsvoll über die Schulter an, in der Hoffnung ihn zum Schweigen zu bringen, irritiert durch die offensichtliche, gegenseitige Antipathie beider Parteien.

Doroll drehte seinen Kopf zu Raimond, zischte ihn an und fletschte seine Reißzähne, blieb aber ansonsten ruhig vor Elin stehen. Als er den Kopf wieder zu Elin gewandt hatte, fuhr Raimond seine Fangzähne aus und zische seinerseits in Dorolls Richtung. Elin sah dies nur aus dem Augenwinkel, rollte mit den Augen, musste sich aber ein schmunzeln verkneifen. Sie atmete einmal tief und wandte sich wieder an die Waldlinge, >>Was meint ihr, könnt ihr uns vielleicht helfen?<<

Die Waldlinge steckten zur Beratung die Köpfe zusammen, was ein undefinierbares Stimmengewirr zur Folge hatte. Raimond und Elin standen nebeneinander, einige Schritte entfernt und beobachteten den kleinen Kreis von aufgeregt zuckenden Köpfen.

>>Also mich mögen sie.<<, stellte Elin fest, die sich noch immer über die merkwürdige Feindseligkeit zwischen Raimond und den Waldlingen wunderte.

>>Ja, du glitzerst ja auch.<<, gab Raimond trocken zurück.

Der Weg ins Dorf der Waldlinge führte entlang der Felswand, es war ein schmaler unwegsamer Pfad, wuchernde Baumwurzeln und Gesteinsbrocken versperrten hier und da den direkten Weg und mussten überwunden werden. Über ihren Köpfen ragten hoch und dicht rauschende Baumkronen. Poroll und Doroll gingen voraus, gefolgt von Raimond und Elin, Damroll und Aroll gingen hinten an, Moroll war vorausgelaufen um ihre Ankunft anzukündigen. Die Waldlinge liefen munter drauf los, in einer Art Watschelschritt, wackelten mit den Köpfen hin und her und schwatzten unentwegt untereinander. Den Inhalt konnten weder Raimond, noch Elin ausmachen, so verworren und unzusammenhängend waren die einzelnen Kommentare, dass nicht einmal dem Kontext zu folgen war. Die vereinzelten, verstohlenen Blicke auf sich verrieten ihnen jedoch, dass sie das Thema waren.

>>Hältst du es für eine gute Idee mit ihnen mitzugehen?<<, raunte Raimond Elin zu.

>>Hast du eine bessere Idee?<<, raunte Elin zurück, >>Wir haben sie schließlich gefragt, ob sie uns helfen können, die Alternative wäre es doch hier weiter blind im Wald

herum zu suchen. Was soll denn schon passieren? Sie werden uns schon nicht aufessen.<<

>>Naah<<, machte Raimond, warf einen Blick auf die wackelnden, watschelnden Waldlinge und nahm Elins Hand, >>da wär ich mir aber nicht so sicher.<<, woraufhin sie ihm einen halb ungläubig, halb amüsierten Blick zuwarf. >>Ach komm schon<<, fuhr Raimond fort, >>du hast doch auch ihre Zähne gesehen<<, und klapperte laut mit seinen. Elin prustete kichernd los, >>Du bist unmöglich.<<

>>Ah ja?<<, entgegnete er grinsend, ging schnell zwei Schritte voraus, stellte sich ihr in den Weg und ließ sie in sich hineinlaufen, wobei er ihr einen dicken Kuss auf den Mund drückte. >>Ja, bist du!<<, bestätigte sie nachdrück-lich, lief zwei Schritte voraus, stellte sich ihm in den Weg, um ihm ihrerseits einen Kuss zu geben. Das Geplapper der Waldlinge schwoll abrupt an, was Raimond und Elin in die Realität zurückholte.

>>Wir müssen uns benehmen.<<, flüsterte sie ihm ver-schwörerisch zu.

>>Na, das sagt ja die richtige.<<, raunte er vor sich hin und küsste die Fingerspitzen ihrer Hand, die er hielt.

Im Dorf der Waldlinge angekommen empfingen sie un-gefähr zwanzig weitere wackelnde Köpfe, die sie erstaunt und neugierig anstarrten. Es dämmerte bereits, als sie ein-trafen, doch ein großes prasselndes Feuer erhellte den Ort. Die Felswand teilte sich an dieser Stelle in einen schmalen, steilen Canyon, aus dem sich ein plätschernder Bach ergoss, der sich durch das Dorf, in das Dickicht des Waldes hinein schlängelte. Über dem Feuer grillte ein recht großes Tier am Spieß, dessen Art weder Raimond, noch Elin identifizieren konnten. Die Schlafhöhlen der Waldlinge befanden sich unter, oder in den ausgehöhlten, riesigen Baumwurzeln der Jahrtausendealten gigantischen Bäume in diesem Waldabschnitt. Die Schlafhöhlen waren ringförmig um die Feuerstelle angelegt, das Unterholz bot zusätzlichen Schutz. Moroll trat wieder zu der Gruppe der Ankömmling hinzu und führte Raimond und Elin zu dem gigantischsten Baum, den sie je gesehen hatten. Der Stamm war so mächtig, dass selbst wenn sich alle anwesenden Waldlinge an den Händen genommen hätten, ihn nicht hätten umschließen konnten, seine Wurzeln ragten Haushoch aus dem Waldboden heraus, umschlungen von lianenartigen Gewächsen. Elin bestaunte überwältigt diese Manifestation purer natürlicher Macht, ehrfürchtig berührte sie sanft die raue Rinde einer der Wurzeln, spürte die ungezügelte Kraft darin. Sie schmiegte sich mit der Wange enger heran, öffnete beide Handflächen, als ob sie einem alten Freund begegnen würde, dies war ein Baum der alten Zeit. Plötzlich schien es, als ob hoch oben in den Wipfeln des Baumes die Krone erschauern würde, eine rauschende Welle durchzog die Äste und Blätter. Aus der Wurzel, an der Elin lehne wuchs wie aus dem Nichts ein zarter Ast, der sich schnell gabelte und zarte grüne Blätter hervorsprießen ließ. Dieser zarte Ast mit seinem Blätterwerk wuchs so über Elins Rücken und Kopf, als ober er sie beschützend umhüllte, Elin quoll das Herz über, eine Träne der Rührung und Freude entwischte ihrem Augenwinkel und benetzte die Rinde des Baumes. Eine Energiewoge durchlief zunächst die Wurzeln, den Stamm hinauf, bis in die entlegensten Wipfel, die Blätterkrone erzitterte und der Baum machte für alle sichtbar einen Wachstumsschub um einige Meter. Elin löste sich lächelnd von der Wurzel, der Schimmer, der sie umgab glühte beinahe, als sie unter dem sie beschützenden Ast hervortrat. Das versammelte Waldlingsdorf lag von Ehrfurcht erfüllt am Boden und starrte sie staunend an. Ein weiterer Waldling trat aus dem inneren der Baumwurzeln hervor, die seine Höhle bildeten. Er trug einen aus Laub geflochtenen Umhang und Astgeflecht auf dem langsam wackelnden Kopf. Als er auf Elin zu watschelte weiteten sich seine eh schon überdimensionierten Pupillen in ungläubigem Erkennen, was da vor ihm stand. Eine wahrhaftige Göttin. Er war schon dabei ebenfalls ehrfürchtig das Haupt zu senken, doch Elin hielt ihn zurück, stattdessen kniete sie nieder, um mit ihm auf Augenhöhe zu sein.

>>Hallo<<, sagte sie lächelnd, >>ich bin Elin. Wie ist dein Name?<<

>>Tomroll. Meine Herrin.<<, hauchte er verlegen.

>>Hallo Tomroll.<<, entgegnete Elin, >>Bitte nenne mich nicht deine Herrin. Das bin ich nicht. Aber du weißt was ich bin?!<<

Tomroll hob behutsam den Kopf und nickte ein kaum vernehmbares, >>Ja.<<

Elin lächelte dem überwältigten Stammesoberhaupt der Waldlinge zu und fuhr fort, >>Gut! Dann muss ich nicht viel erklären. Tomroll, wir suchen nach Agnes. Es ist sehr wichtig. Weißt du wo wir sie finden können?<<

>>Ja.<<, antwortete Tomroll ohne Umschweife. Er hatte nicht damit gerechnet in seinem Leben noch einmal einer wahren Göttin zu begegnen, was ihn ehrfürchtig erzittern ließ, er erinnerte sich jedoch daran, dass man Götter, welche den Weg auf die Erde auf sich genommen hatten, nicht ungeduldig machen sollte. Deshalb fügte er schnell, >>Kommt herein.<<, hinzu.

Raimond hatte sich in die Schatten des Unterholzes zurückgezogen. Er war nicht minder beeindruckt von Elins Macht wie die Waldlinge und er vermutete, dass dies nur die Spitze des Eisberges war. Er verstand, warum ihr diese Wesen zu Füßen lagen, er selbst hatte eine Sekunde darüber nachgedacht es ihnen gleich zu tun. Es erschien ihm irgendwie nicht richtig dieser Göttin keine Ehre entgegen zu bringen, in dem man sich nicht vor ihr verbeugt. Sie behauptete zwar, dass diese Ehrerbietung absolut überflüssig, sogar unangemessen war, doch ihre pure Erscheinung verleitete dazu. Er wusste, sie wäre schockiert, wenn er es tun würde. Sie begegnete ihm wie eine Frau ihrem Partner begegnete, was ihn sehr mit Stolz erfüllte und doch hatte er sich in den Hintergrund geschlichen. Nun sah er sie, wie sie sich suchend nach ihm umsah, löste sich aus dem Unterholz und ging auf sie zu. Strahlend empfing sie ihn mit ausgestreckter Hand, die er nahm und ihr, Tomroll hinterher, ins Innere des ausgehöhlten Wurzelbaus folgte.

Elin sah ihn stirnrunzelnd an, >>Was ist mit dir?<<, fragte sie verwundert.

>>Gar nichts.<<, antwortete er unbeholfen, lächelte sie liebevoll an und drückte ihre Hand fester.

Das Feuer prasselte warm und behaglich in den Nachthimmel, die Waldlinge quasselten vergnügt und ausgelassen miteinander, warfen Raimond und Elin verstohlene Blicke zu, die am Rand des Feuers, aneinander gekuschelt, an einen Baum gelehnt, saßen. Es hatte ein Festmahl gegeben. Das gegrillte Fleisch des großen Tieres über dem Feuer war äußerst schmackhaft gewesen, für Raimond hatte es dessen Blut gegeben. Er hatte sarkastisch gemeint, dass diese Gastfreundschaft wohl auch etwas eigennützig war, um keinen hungrigen Vampir im Dorf zu haben. Von Tomroll, dem Dorfältesten, hatten sie erfahren, dass Agnes tatsächlich noch am Leben war und hoch im Gebirge leben soll, er selbst hätte sie aber nur einmal vor langer Zeit gesehen, doch die Kräfte wären noch stabil hatte er gemeint, also würde sie noch da sein. Den Weg in die Berge würden Raimond und Elin am nächsten Tag antreten, hatten sie beschlossen.

Der Abend mit den Waldlingen war friedlich und fröhlich. Raimond und Elin schauten ihnen bei ihrem Geplapper zu, dessen Inhalt viel zu konfus vorgetragen wurde, um ihm zu folgen. >>Schau mal, wie glücklich und unbeschwert sie sind, als ob ihnen noch nie etwas Böses wiederfahren ist. Es ist eine Freude ihnen zuzusehen.<<, sagte Elin, erhielt aber keine Antwort. Raimond lehnte an einem Baum, Elin lag, mit dem Rücken an ihn gekuschelt, in seinen Armen. >>Was ist los?<<, fragte sie nachdenklich, >>Du bist so still und ernst.<<

Liebevoll hielt er sie in seinen Armen, streichelte ihre Hände, genoss ihre Wärme. >>Es ist nur, du weißt gar nicht, wie du auf uns Erdenbewohner wirkst.<<

>>Wie meinst du das?<<, fragte Elin verwundert. Raimond hatte so etwas ähnliches schon einmal erwähnt, nur weniger ernst. Verstanden hatte sie es schon damals nicht.

>>Naja<<, versuchte Raimond es zu erklären, >>du sagst es wäre nicht angemessen dir Ehrfurcht und Ehre entgegen zu bringen, weil du nichts dafür tust das zu verdienen. Da magst du sogar Recht haben. Das ist eine sehr ehrliche, selbstreflektierte Sichtweise, es ist nur so, dass deine pure Erscheinung, dein Auftreten, deine Ausstrahlung, ... nenne es wie du willst ..., und das Wissen um deine Macht, was uns dazu veranlasst dich automatisch zu verehren.<<

Elin lag still in seinem Arm und dachte über seine Worte nach, doch ergab diese Sichtweise keinerlei Sinn für sie.

Und doch schien es für Raimond wichtig zu sein, weshalb sie ihn verstehen wollte und nachdenklich zugab, >>Das verstehe ich nicht.<<

Raimond überlegte, >>Wie kann ich es dir besser erklären?<<, dann startete er einen erneuten Versuch ihr ihre Wirkung auf andere zu verdeutlichen. >>Hmm, vielleicht so … Das, was du empfindest, wenn du die Natur betrachtest, ihre Schönheit, ihre Kraft, alles was du damit verbindest, das sehen Erdenbewohner in dir.<<

Elin drehte sich in Raimonds Armen um, um ihn ansehen zu können. Sie wusste welches Gefühl er meinte, doch das auf ihre Person zu projizieren schien ihr all zu kurios. >>Aber warum?<<, fragte sie ihn daher, >>Sie können doch gleich die Natur verehren, anstatt mich.<<

>>Naja, du bist greifbar.<<, antwortete Raimond, >>Du bist der Repräsentant.<<

>>Aber dennoch, richte ich doch gar nichts aus.<<

>>Aber du könntest.<<

>>Was ich aber nicht tue.<<

>>So etwas nennt man Hoffnung oder Glaube.<<

>>Oh je …<<, entwischte es Elin. Sie grübelte einen Augenblick und langsam schwante ihr, worauf Raimond hinaus wollte und diese Erkenntnis gefiel ihr nicht wirklich. >>Ich glaube, so langsam verstehe ich es besser, warum die Älteren aufgehört haben die Erde zu besuchen. Es ist wohl besser, wenn so wenige Wesen wie möglich wissen was ich bin.<<

Raimond blickte sie nachdenklich an. >>Das ist gut möglich.<<, murmelte er und zog sie fester an sich heran, als ob er befürchtete sie bald nicht mehr spüren zu können.

>>Was ist mit dir?<<, fragte Elin besorgt, sein grüblerisches, beinahe trauriges Gesicht betrachtend.

Ein spontanes, kleines Lächeln zuckte um seine Lippen, als er ihr dennoch ernst antwortete, >>Ich bin sehr glücklich an deiner Seite sein zu dürfen.<<

Elin erwiderte unbedarft sein Lächeln, >>Ich bin auch sehr glücklich dich an meiner Seite zu haben.<<, und schmiegte ihren Kopf an seine Brust.

>>Hmm.<<, murmelte Raimond in ihr Haar.

>>Was ist?<<, stutzte Elin und hob ihren Kopf um ihn ansehen zu können, >>Dich bedrückt noch mehr?<<

>>Ja<<, antwortete er leise, >>ich denke darüber nach, was ist, wenn unsere Mission vorbei ist … Wie auch immer sie ausgeht.<<

>>Oh, Rai.<<, seufzte sie gerührt, >>Wir werden es schaffen. Das weiß ich.<<

>>Ja? Und dann? Ich meine, wenn wir scheitern, dann übernehmen die Schatten die Kontrolle über die Erde und alles ist aus. Das ist ziemlich einfach. Und was ist, wenn wir Erfolg haben, du erlangst vollkommene göttliche Macht, wovon du keine Ahnung hast wie sich das auf dich auswirkt, du besiegst die Schatten und wir tanzen unter dem Regenbogen. Was kommt dann? Du sagst ich bin der Mann an

deiner Seite. Aber wie soll das gehen? Und für wie lange? Und …<<

>>Halt! Stop!<<, unterbrach ihn Elin barsch mit gerunzelter Stirn, >>Warum machst du dir darüber Gedanken? Wir werden zusammen sein! Wir haben uns doch etwas versprochen …<<

>>Wie kannst du dir da so sicher sein? …<<, fragte er skeptisch, >>Und unser Versprechen haben wir uns gegeben, bevor wir überhaupt wussten was du bist.<<

>>Dann versprechen wir es uns jetzt halt erneut.<<, entgegnete Elin enthusiastisch, was Raimond den Hauch eines Lächelns ins Gesicht zauberte. Für sie schien alles ganz einfach zu sein und er ließ sich von ihrer Unbedarftheit anstecken, er wollte ihre gemeinsame Zeit nicht mit trüben Gedanken vergeuden. Da fuhr sie fort, >>Und es wird funktionieren. Ich weiß es. Wie auch immer. Und weißt du warum? Weil wir es wollen … Basta!<<

18
Die Erkenntnis

Der versteckte Weg, den Canyon entlang, die Felswand hinauf, hinein in das Gebirge war nicht weit vom Dorf entfernt. Moroll, Poroll und Doroll sollten Raimond und Elin bis über die Gipfel begleiten und ihnen den alten, seit Urzeiten nicht mehr benutzten Weg, der durch die Gebirgskämme zur Ebene führte, zeigen. Das gesamte Dorf hatte sie feierlich verabschiedet und ihnen mit wackelnden Köpfen enthusiastisch hinterher gewunken. Der Weg war steil und rutschig. Loses Geröll, welches sich immer wieder unter ihren Schritten löste, erschwerte das Vorankommen. Sie gingen hintereinander, der Himmel war verschleiert, also musste Raimond nicht unbedingt Elins Hand halten wegen der Sonneneinstrahlung, die Waldlinge, auf dieser Mission nicht fröhlich plappernd, konzentrierten sich auf die Unwegsamkeiten vor ihnen. Zuweilen führte der Weg durch tiefe enge Schluchten zwischen zwei steilen Felswänden, dann wieder flankiert von tiefen Abhängen, deren felsige Gründe im Dunkel nicht zu erkennen waren. Der Wind frischte kalt auf, die ersten mit Schnee bedeckten Gipfel und Kämme kamen in Sicht, sie näherten sich dem Scheitelkamm, den sie überwinden mussten. Das letzte Stück führte an einer Steilwand entlang. Der Weg, der an dieser Stelle wohl einmal breiter gewesen war, schlängelte sich nun nur noch handbreit an der Wand entlang. Nach kurzer Überlegung entschlossen sie sich dennoch dafür an dieser Stelle weiter zu gehen, die Alternative wäre ein weiter Umweg, an dessen Ende sie ebenfalls eine Steilwand hätten erklimmen müssen. Sie hangelten sich Schritt für Schritt, mit den Zehenspitzen auf dem schmalen Rest des Weges, seitwärts, mit dem Gesicht zur Wand, an der sie sich an Vorsprüngen festhielten, entlang. Die Waldlinge waren geschickte Kletterer, ihre großen Hände und Füße saugten sich regelrecht an dem felsigen Untergrund fest, Elin, eh barfuß, schwebte beinahe schwerelos den Felsen entlang, ihr Haar und ihr Hemd zausten in den Windböen, was sie in keinster Weise beeinträchtigte. Nur Raimond zögerte, mit Höhen hatte er es nicht so, und der Sturz in diesen Abgrund würde ihn mit hoher Wahrscheinlichkeit töten, er hatte überlegt ebenfalls seine Schuhe auszuziehen, fühlte sich aber doch sicherer mit ihnen. Elin spürte seine Unsicherheit, ging deshalb vor ihm, damit er sie im Blick hatte, und es half. Ihre Souveränität gab ihm Sicherheit, sie ging langsam und bedächtig, machte ihm vor, wo er sich festhalten konnte und, am Wichtigsten, sie lenkte ihn vom Abgrund ab. Moroll, Doroll und Elin waren bereits auf dem breiten Absatz, am anderen Ende der Steilwand angekommen, Raimond brauchte nur noch wenige Schritte, da erfasste ihn eine scharfe Windböe von der Seite, was ihn an einer Hand den Halt verlieren und bedrohlich weit nach hinten kippen ließ, doch Poroll, der hinter ihm ging, konnte ihn noch mit einer Hand am Rücken stützen, bevor er das Gleichgewicht verlieren konnte. Raimond fand einen Felsvorsprung zum Festhalten, sammelte sich, schluckte den Schreck runter und machte die letzten Schritte bis zum Absatz, wo Elin ihn fest in ihre Arme zog. Ihr Herz war kurz stehen geblieben, sie hatte die Hand nach ihm ausgestreckt, ihn aber nicht erreicht, da hatte Poroll ihn schon gestützt. >>Erschreck mich doch nicht so! Erschreck mich nie wieder so!<<, schluchzte sie erleichtert, als sie ihn Augenblicke später sicher im Arm hielt. Er drückte sie ebenfalls fest an sich, küsste ihre Stirn und flüsterte scherzhaft, >>Ist schon gut. So leicht wirst du mich nicht los.<<

Elin noch immer außer Fassung, streichelte liebevoll sein Gesicht, dann fiel ihr Blick auf Poroll und sie kniete vor ihm nieder und Umarmte auch ihn ganz fest, voller Dankbarkeit. Auch Raimond bedankte sich, mit einem freundschaftlichen Schulterklopfen, bei dem kleinen tapferen Waldling und Elin gab ihm noch einen dankbaren, herzlichen Kuss auf seinen behaarten, wackelnden Kopf, woraufhin dieser noch schneller wackelte.

Der restliche Weg den Gebirgskamm hinauf verlief ohne Zwischenfälle, den Gipfel erreicht erstreckte sich eine atemberaubende Gebirgslandschaft in den azurblauen Horizont. Schwarze, steile, geröllige Erhebungen mit schneebedeckten Kuppen erstreckten sich, so weit das Auge reichte. Raimond nahm wieder Elins Hand, wegen der Sonneneinstrahlung und die Waldlinge zeigten ihnen den Pfad hindurch, durch die steilen Berge, der zu einer Ebene führen sollte, auf der sie Agnes finden sollten. An dieser Stelle trennten sich ihre Wege. Die Waldlinge gingen zurück in ihr Dorf und Raimond und Elin setzten ihren Weg, auf der Suche nach der fehlenden Zutat zum Erreichen der vollkommenen göttlichen Macht, fort.

Der Pfad dem sie folgten war kaum als solcher zu erkennen, er schlängelte sich durch die steilen, schneebedeckten Gebirgskämme, den Boden bedeckte scharfkantiges, schwarzes Geröll. Der Himmel hatte sich zugezogen, der Wind aufgefrischt, welcher nun eisig durch die Kämme fegte und heulte. Die frostigen Temperaturen machten Raimond und Elin weniger zu schaffen, wie die schneidenden Böen, die ihnen entgegenpeitschten. Zwischen den Felskämmen bot sich kaum Schutz. Als die Nacht herein brach erreichten sie einen Felsvorsprung, der sich gebildet hatte, als ein großer Gesteinsbrocken herausgebrochen war. Sie beschlossen die Nacht unter diesem Vorsprung zu verbringen in der Hoffnung, der Wind würde am Tag nachlassen. Elin war während dieses Wegabschnittes auffallend still und nachdenklich gewesen. Das kannte Raimond bereits von ihr, wenn sie Dinge in ihrem Kopf sortierte und er wusste, es war besser sie damit in Ruhe zu lassen, deshalb leistete er keinerlei Widerstand als sie vorschlug, er solle etwas schlafen, ihr würde dieses Wetter in ihrer Gestalt als Einhorn nichts ausmachen und sie würde auf ihn aufpassen. Dies war nicht der Zeitpunkt für die Diskussion über das „aufpassen", wusste er, also fügte er sich und ließ ihr Raum für das, was in ihrem Kopf vor sich ging. Elin verwandelte sich, legte sich so unter den Felsvorsprung, dass Raimond fast wie in einer Höhle lag und empfing ihn an ihrem warmen Brustkorb. Raimond war überrascht über seine Erschöpfung, der Kampf mit dem Wind hatte ihm mehr zugesetzt, als er gedacht hatte, in Elins provisorischer Höhle war es tatsächlich einigermaßen geschützt, er kuschelte sich in die Kuhle an ihrem Brustkorb, sie strich ihm mit ihrem Horn die widerspenstige Locke aus seiner Stirn und da war er auch schon eingeschlafen. In dieser Nacht wachte sie über ihn, sie hatte sich insgeheim bitterliche Vorwürfe gemacht, über die Nacht, in der sie ihm versprochen hatte auf ihn aufzupassen und dann eingeschlafen war, und die Waldlinge ihre Speere auf ihn gerichtet hatten, sie war zu sorglos gewesen. Aber davon abgesehen, hätte sie eh nicht schlafen können, ihr ging zu viel im Kopf herum. Sie dachte an Raimonds Worte vom Vorabend, was er über ihre Wirkung auf die Erdenbewohner und die dazugehörige Erwartungshaltung gegen sie gesagt hatte. So hatte sie die Sache noch nicht betrachtet, sie war recht unbedarft mit dem Umstand umgegangen eine Göttin zu sein, das musste sie sich eingestehen. Zwar kannte sie die Grundsätze, die ihre Eltern und die Älteren ihr beigebracht hatten, aber die Hintergründe dafür hatte sie nie erfragt. Sie erinnerte sich, dass, noch bevor sie geboren wurde die Älteren aufgehört hatten die Erde zu besuchen, zumindest taten sie es nur extrem vorsichtig und gaben sich nicht zu Erkennen. So war sie aufgewachsen, mit dem Grundsatz sich nicht in menschliche, oder anderweitige Angelegenheiten auf der Erde einzumischen, weil alles Konsequenzen hat. Sie hatte das so akzeptiert. Die verwirrenden Geschichten, dass Menschen und auch andere Erdenbewohner ihnen zu Ehren, also den Göttern, Dinge opferten, hatte sie auch gehört. Sie hatte darüber sogar noch mit Raimond gescherzt, als sie ihm zum ersten Mal versucht hatte zu erklären was sie war. Aber konnte da tatsächlich etwas Wahres dran sein? Konnte es sein, dass Erdenbewohner für ein Handeln, mit dem sie denken uns zu Ehren, eine Gegenleistung erwarten? Oder auch nur darauf hoffen? Das wäre doch absurd. Oder waren Erdenbewohner einfach so gestrickt?, überlegte sie weiter. Aber das würde ja bedeuten, schloss sie innerlich, dass jeder Erdenbewohner, dem ich mich zu erkennen gäbe, und der um meine Macht weiß, mir insgeheim mit einer Erwartungshaltung begegnet. Diese Erkenntnis erschreckte sie und sie gefiel ihr auch nicht sonderlich. Sie wollte sich nicht verstecken, oder Angst haben sich zu offenbaren, doch wäre das vermutlich klüger. Dieser Gedanke stimmte sie traurig, denn damit kam sie zu dem zweiten Aspekt der sie wurmte, nämlich Raimonds Frage nach dem danach. Konnte sie als Göttin unerkannt auf der Erde mit ihm Leben? Sie war ja so schon auffällig mit ihrem Schimmer, wie würde sie erscheinen, wenn sie tatsächlich den Schlüssel zur wahren göttlichen Macht fänden. Er hatte Recht sich diese Gedanken zu machen, was würde das mit ihr machen? Sie hatte keine Ahnung. Eine Beklommenheit umfing sie, die sie unterschwellig vermuten ließ, dass sie nicht alles haben konnte, dass sie an einen Punkt kommen würde elementare Entscheidungen treffen zu müssen. Traurig schaute sie zu Raimond hinunter, der friedlich an ihrem Brustkorb schlief, sie fühlte sich seltsam verlassen in diesen Überlegungen, denn selbst Raimond, der sich zuerst diese Gedanken gemacht hatte, konnte ihr bei gewissen Entscheidungen nicht helfen. Es war so, wie es war, und sie wusste, sie musste ihren Weg weiter gehen, mit allen Konsequenzen. Doch etwas anderes wusste sie auch. Sie wollte Raimond nicht verlieren. Und plötzlich erinnerte sie sich daran, dass sie schon einmal genau an diesem Punkt gewesen war, in der Nacht, in der sie den entscheidenden Entschluss gefasst hatte zum Elfenstein zu müssen. An jenem Tag hatten sie und Raimond sich versprochen jeden irgendwie möglichen Weg zu suchen und zu gehen, um zusammen sein zu können. Eine unbeschreibliche Erleichterung bereitete sich in ihr aus. Sie wusste was sie wollte und was sie tun musste. Genau wie an jenem Tag. Sie würden einen Weg finden. Am Vorabend, als sie ihr Versprechen bereits erneuert hatten, hatte sie nicht geahnt wie wichtig das gewesen war. Doch nun wusste sie es und es brannte eine wilde Überzeugung in ihr es zu schaffen.

Als Raimond erwachte, tat Elin so, als ob sie schlafen würde, doch als er sich entrüstet aufsetzte öffnete sie zuerst ein Auge, dann das zweite, verwandelte sich in ihre menschliche Gestalt und schlüpfte in seine Arme. >>Siehst du, ich habe aufgepasst … die ganze Nacht.<<, sagte sie beinahe schmollend. Raimond zog sie fester an sich, lächelte sie an und gab ihr einen zärtlichen Kuss. >>Alles gut?<<, fragte er in Bezug auf ihre Stimmung vom Vortag.

>>Ja, … alles gut.<<, antwortete sie knapp. >>Und, gut geschlafen?<<

>>Ja<<, entgegnete er stirnrunzelnd.

>>Schön! … Dann küss mich nochmal, bevor wir weitergehen. Ich hab dich vermisst.<< Das ließ er sich nicht zweimal sagen, zog sie erneut enger an sich, stützte mit einer Hand ihren Hinterkopf, teilte ihre Lippen mit seinen, fand ihre Zunge und küsste sie leidenschaftlich und hingebungsvoll. Elin schmiegte sich an ihn, vergrub eine Hand in seinen Locken, spielte damit und genoss seine sehnsüchtigen Berührungen. Widerwillig lösten sie ihre brennenden Körper voneinander, der Weg war noch weit. Elin nahm Raimonds Hand, Sonne hin oder her, und sie folgten weiter dem Pfad in Richtung Ebene. Die Sonne schien tatsächlich, der Wind hatte sich gelegt und der Schnee glitzerte auf den Kämmen. Elin hüpfte beinahe ausgelassen vor sich her.

>>Woher die gute Laune?<<, fragte Raimond, ehrlich verwirrt über ihre Stimmungsschwankung.

>>Es ist nur, … ich weiß, dass wir es schaffen werden. Und ich weiß, dass wir zusammen sein werden.<<, trällerte sie.

>>Ah, ja? … Bin dabei. Und woher weißt du das?<<

>>Ich weiß es einfach.<<

Raimond blieb nichts anderes übrig, als diese Aussage kopfschüttelnd zu akzeptieren. Wer würde schon einer Göttin widersprechen?

Kurze Zeit später lag die Ebene plötzlich vor ihnen. Völlig unerwartet erstreckte sich aus der Felsenlandschaft heraus eine weite, fruchtbare Ebene, die mit zartgrünen

Setzlingen bewirtschaftet war. Weit in der Ferne lag ein leichter Dunstschleier, der den Horizont mit einem zart violetten Streifen bekleidete, aus diesem Dunstschleier ragte schemenhaft ein säulenartiges Bauwerk hervor, welches verschwommen waberte. Von noch hinter dem wabernden Bauwerk am Horizont vernahmen Raimond und Elin so etwas wie Meeresrauschen, an Klippen schlagende Wellen. Sie sahen sich ungläubig an, sie waren am Ziel. Dies war nach der Legende der Elfen „Der Ort, an dem die Welt zu Ende geht."

19

Agnes

Hand in Hand durchschritten sie den Torbogen des massiv aus Granitstein gebauten Tempels und betraten einen von Säulen gesäumten Innenhof, in dessen Mitte ein Monolith in den klaren blauen Himmel ragte. In dunkle, grobe Gewänder gehüllte Menschen warfen ihnen unter ihren Kapuzen bedeckten Häuptern neugierige Blicke zu, wagten es jedoch nicht sie anzusprechen, ein flüstern und Raunen ging herum.

>>Wir suchen nach Agnes.<<, rief Elin schließlich in die Runde, >>Ist sie hier? Bitte, es ist wichtig. Wir kommen von weit her und müssen sie dringend sprechen.<<, erhielt jedoch keine Antwort.

>>Agnes?<<, rief Elin laut, ihre Stimme hallte durch den Innenhof. >>Wir brauchen deine Hilfe!<< Ungeduldig trat sie von einem Bein auf das andere, schaute sich suchend um, doch die verhüllten Gestalten huschten in die Schatten der Säulen. Leichter Missmut mischte sich in Elins Stimmung, nach all dem Rätseln und allen Unwahrscheinlichkeiten jemals an diesem Ort anzukommen, erhielt sie nun nicht einmal eine Antwort. >>Agnes?!<<, rief sie noch einmal mit hörbarer Ungeduld. Raimond betrachtete Elin mit wachsender Bewunderung, und leisem, unterschwelligem Unbehagen, über die Selbstverständlichkeit, mit der sie auftrat. Dieses selbstbewusste, starke Auftreten hatte, seit dem ihr Gedächtnis zurückgekehrt war, langsam, stetig zugenommen. Für sie bestand offensichtlich keinerlei Zweifel daran eine Daseinsberechtigung an diesem Ort zu haben, während er sich wie ein Eindringling unter Beobachtung fühlte und zusah Elins Hand nicht loszulassen. Er war nie der unsichere Typ gewesen, doch an diese neue Rollenverteilung musste er sich erst gewöhnen, vor allem bei dieser Art von öffentlichen Auftritten an ihrer Seite, die komplett neu für ihn waren. Er empfand Stolz an ihrer Seite sein zu dürfen, und doch tauchte unterschwellig vermehrt ein Gefühl von Unzulänglichkeit auf. Er mochte diese neuerliche Anwandlung nicht, welche ihn nicht überkam, wenn sie alleine waren, und hoffte sie würde sich schnell wieder legen, schließlich wollte sie ihn doch an ihrer Seite haben. Von dem hilflosen Menschenmädchen, das er im Wald

gefunden, und dem gegenüber er einen Beschützerinstinkt entwickelt hatte war keine Spur mehr in Elins Auftreten zu finden. Diese Entwicklung störte ihn nicht. Verliebt hatte er sich in die bezaubernde Frau, die ihn als Persönlichkeit sah und schätzte. Die Frau, die es genoss in seinen Armen zu liegen. Und diese Frau war Elin nach wie vor. Göttin hin, oder her.

Da vernahmen sie plötzlich das dumpfe knarren einer schweren, verzogenen Tür und langsame schlurfende Schritte näherten sich dem Innenhof.

>>Sachte. Sachte.<<, ertönte eine krächzende Stimme aus einem Seitengang, >>Meine alten Füße tragen mich nicht mehr so schnell.<<, und eine kleine, auf einen Stock gestützte bucklige, ebenfalls in einen dunklen Umhang gehüllte Gestalt betrat den Rand des Innenhofes, lange graue Haare flossen aus der Kapuze hervor, >>Wer verlangt so ungeduldig nach mir? Und bei was sollte ich helfen können?<<, krächzte sie weiter. Sie war beinahe bei Raimond und Elin angekommen, die sie mit einer Mischung aus Erleichterung und Ungläubigkeit anstarrten, Elins Ungeduld war verflogen. Hatten sie Agnes wirklich gefunden?

>>Agnes?<<, fragte Elin gespannt, >>Mein Name ist Elin, ich komme um …<<, hielt jedoch inne, als sie Agnes feindseligen Gesichtsausdruck gewahr wurde. Die kleine zusammengesunkene Gestalt hatte ihr bei diesen Worten den Kopf entgegen gehoben, betrachtete sie mit zusammen gekniffenen, trüben blauen Augen, welche sich im nächsten

Moment aufklarten, weiteten und vereinzelte Fünkchen erkennen ließen.

>>Oh!<<, entwich es Agnes spontan, bevor sich ihr Blick wieder verdunkelte. >>Was haben wir denn da?!<<, krächzte sie, Elin misstrauisch betrachtend, und ließ die Kapuze ihres Umhanges zurückfallen. >>Eine wahrhaftige kleine Göttin, geradewegs vom Gipfel der Unendlichkeit …Was mag ich wohl für dich tun können? … Hmm?!<< Unvermittelt verspürte Elin ein Unbehagen, welches sie irritierte und verunsicherte. Sie hatte keine klaren Vorstellungen davon gehabt, was sie erwarten würde, wenn sie Agnes tatsächlich gegenüber stehen würde, doch ein wenig herzlicher hatte sie sich die Begrüßung schon vorgestellt.

>>Was ist? Hast du deine Stimme verloren?<<, polterte Agnes in Elins verunsichertes Schweigen, >>Wo du doch gerade noch wunderbar laut herumbrüllen konntest?! … Hmm?! … Was kann es sein, das die besserwisserischen Idioten vom Gipfel der Unendlichkeit nicht selbst hinkriegen, und dann schicken sie auch noch dich. Ein Baby. Zusammen mit einem Vampir … Sind die da oben jetzt völlig durchgeknallt, oder was?! Jahrtausende lang hat sich niemand auch nur ansatzweise dafür interessiert was aus mir geworden ist …<<, ereiferte sich Agnes weiter, >>ist mir auch egal, …, geh wieder und sag den Halunken, egal was es ist, sie müssen schon selbst damit zurechtkommen. Tun sie doch sonst auch … Die alte Agnes hatte damals schon die Schnauze voll und daran hat sich nichts geändert.<<,

schloss Agnes abrupt und wandte sich zum Gehen. Sie schlurfte energisch mit ihrem Stock klappernd in Richtung der Tür, aus der sie gekommen war.

Elin stand wie versteinert. Ihre Gedanken überschlugen sich, auf diese Situation war sie nicht vorbreitet gewesen. Raimond hingegen wäre am liebsten direkt hinter Agnes her gelaufen, um ihr seinerseits eine Standpauke zu halten. Er kochte innerlich vor Wut über die Art und Weise wie Agnes mit Elin umgegangen war, auch wenn er sich eingestehen musste, dass es ihn eine Spur amüsiert hatte, wie Agnes über ihre Artgenossen gesprochen hatte. Dennoch war sie ungerecht und gemein zu Elin gewesen und hatte ihr weh-getan, das konnte er nicht einfach so hinnehmen. Doch bevor er einen Schritt tun konnte platzte es aus Elin heraus. Pure Verzweiflung schwang in ihrer Stimme. >>Aber das kann ich nicht! Es ist doch niemand mehr da! Ich bin die letzte! … Ich bin die letzte Göttin und meine Aufgabe ist es die Erde vor den Schatten zu retten! … Ich muss sie besie-gen, doch das schaffe ich nur, wenn ich meine vollkommene göttliche Macht entfalte. Aber ich weiß nicht was die speziel-le Zutat ist. Niemand weiß das, außer du. Deshalb sind wir hier. Wir müssen das Rätsel lösen. Also, was ist es Agnes? … Was ist die spezielle Zutat zum Erlangen der wahren göttlichen Macht? … Agnes! Bitte!<<

Agnes stand wie erstarrt, den Blick auf die Tempel-mauern gerichtet. Einige Sekunden nach Elins Worten dreh-te sie sich sehr langsam um und schlurfte bedächtig zurück zu Elin und Raimond. Sie richtete ihre kalten, klaren Augen auf Elin und fragte, >>Wie meinst du das, du bist die letzte?!<<

Elin atmete tief durch, eine überwältigende Masse an Emotionen brach in diesem Augenblick in ihr zusammen, ihr liefen dicke Tränen über ihre geröteten Wangen, als sie sehr leise antwortete, >>Sie sind alle tot.<< Agnes starrte sie schockiert an und konnte dabei gleichzeitig kaum glauben, was sie mit eigenen Augen sah.

Nachdem Agnes ihren ersten Schrecken überwunden, Elin sich beruhigt und Agnes Raimond und Elin doch noch Einlass in den Tempel gewährt hatte, saßen sich alle in einem Raum im inneren des Tempels gegenüber. Elin hatte versucht Raimond vorzustellen, was Agnes jedoch lediglich mit einem zur Kenntnis nehmenden Nicken quittiert und ihn daraufhin nicht weiter beachtet hatte. Raimond störte das nicht weiter, sein anfängliches Gefühl der Unzulänglichkeit war vollends verflogen. Durch seinen Ärger über Agnes hatte er eine wachsame, skeptische Haltung ihr gegenüber eingenommen. Der Raum, in den Agnes sie geführt hatte, war hoch, gewölbt, rund gebaut, von steinernen Säulen rund herum an den Wänden gestützt. Eine steinerne Treppe führte hinab in die Mitte, wo Raimond, Elin und Agnes auf mit Stroh gefüllten Polstern saßen, ein behagliches Feuer prasselte neben ihnen in einer tönernen Feuerschale.

Knapp hatte Elin Agnes die Geschehnisse und den Grund ihres Anliegens erläutert, was Agnes in einen aufgewühlten Zustand versetzt hatte und ihre Feindseligkeit milderte. Tausende Jahre hatte sie abgeschnitten von allen Vorgängen außerhalb des Tempels friedlich in ihrem Exil verbracht und auf ihr verdientes, nicht eintretendes, Ende gewartet, um zu erfahren, dass die Erde kurz vor dem Ende freien Lebens stand und nur noch eine letzte Göttin übrig war, um dieses Schicksal zu verhindern. Sie hatte Elins Erzählungen mit Entsetzen gelauscht, und als sie gewahr wurde, dass Elin die letzte wahre Göttin, die letzte ihrer Art, war, war sie noch ein Stück mehr in sich zusammengefallen, dann hatte sie sich zusammengerissen und den Blick zu Elin erhoben, in dem der Funke des Kampgeistes aufgeblitzt war.

Aufgebracht versuchte Agnes diese neuen Informationen zu verstehen, schlüssig waren die Vorgänge für sie keinesfalls, >>Warum sollten die Schatten diese Verbindung eingehen wollen? Sie haben doch nichts davon.<<, ereiferte sie sich, um nachdenklich fortzufahren, >>Äußerst seltsam … Und sie haben es schon einmal versucht? Das ergibt keinen Sinn. Immerhin haben die alten Säcke dafür nochmal ihre Hintern bewegt, um diese Katastrophe zu verhindern … Nunja, da sind noch einige andere Sachen, die ich nicht verstehe. Erkläre mir diese bitte, bevor wir zur Lösung des Rätsels kommen.<<

>>Ich werde es versuchen Agnes.<<, antwortete Elin kopfschüttelnd, >>Es gibt so viele Dinge, die ich selber nicht verstehe.<<

>>Kind, ich bin ganz ehrlich zu dir. Es gibt nur einen einzigen Grund, aus dem ich dir helfe …<<, sagte Agnes scharf zu Elin, was sie noch ratloser dreinblicken ließ, >>aber dazu kommen wir später.<<

>>Also gut<<, begann Agnes, >>fangen wir damit an. Als ich dem Gipfel der Unendlichkeit für immer den Rücken gekehrt habe war es für mich der richtige Zeitpunkt zu gehen, … das ist eine andere Geschichte …, aber ich verstehe nicht, warum ihr nach mir suchen musstet. Du hast gesagt, niemand kannte die Zutat. Aber jeder der alten Halunken weiß, was zu tun ist … Es mag sein, dass ich die letzte war, die den Prozess vollzogen hat, aber wissen tun sie es alle.<<

Elin war vollends verwirrt. Wie konnte das sein? Ratlos zuckte sie mit den Schultern. Agnes Blick wurde schärfer, genau wie ihr Tonfall, >>Sag mir Kind, was haben die alten Halunken so getrieben, in den Jahren an die du dich erinnerst? … Viele können es ja nicht sein …<< Elin wusste nicht, was sie darauf antworten sollte, sie erinnerte sich lediglich daran, dass die meisten ihrer Artgenossen sich in die oberste Sphäre zurückgezogen hatten, wo sie ihre Ruhe hatten, und nur dann und wann kurzzeitig auf dem Gipfel der Unendlichkeit erschienen. Es hatte allgemeine bedächtige, ruhige Gemächlichkeit vorgeherrscht und sie selbst war frei und ungezwungen, ohne jegliche Maßregelung, oder Ausbildung aufgewachsen. Bis der erste Abgriff der Schatten erfolgte und sie aus ihrer Lethargie gerissen wurden. Daher antwortete Elin schlichtweg, >>Nicht viel.<<

>>Nicht viel?<<, wiederholte Agnes, >>Nicht viel! … Das heißt, sie haben sich über Jahrtausende in ihre glückselige, friedliche Unwissenheit der Sphäre verpisst?! Was ich nicht sehe und nicht höre, das geht mich auch nichts an. Richtig?! … Lass mich raten, du bist auch die zu Letzt geborene? Klar, so unwissend wie du hier herumläufst war schon deine Erziehung zu anstrengend, da wird nicht noch ein kleines Götterkind produziert. Es war abzusehen, dass es einmal so zu Ende geht, ich habe nur nicht damit gerechnet, dass ich es erlebe. Unglaublich! … Diese selbstherrlichen, ignoranten, oberflächlichen, egoistischen alten Saftsäcke … Dieses faule Pack! … Soll ich dir sagen, warum es keiner mehr wusste?! … Sie hatten es vergessen! Schlicht und einfach vergessen! … Das muss man sich mal vorstellen. Vergessen! Vergessen, wie sie ihre vollkommene Macht entfalten können. Oh sicher, es ist natürlich furchtbar anstrengend und vor allem überflüssig. Warum sollte man das Wissen um etwas bewahren, das anstrengend und überflüssig ist, man hält sich ja schließlich aus allem raus … <<, plötzlich stockte Agnes in ihrer Schimpftirade, wie von einer Erinnerung überwältigt, und fuhr still fort, >>Nein. Nein, … das stimmt so nicht ganz … Hmm, es ist beinahe belustigend, dass ihre arrogante Selbstverherrlichung sie am Ende

das Leben gekostet hat.<< Agnes schwieg eine Weile. Raimond und Elin wagten es nicht zu sprechen, auch wenn ihnen ihre Fragen auf der Zunge brannten.

Agnes schaute Raimond und Elin an. Zwei ratlos dreinblickende, junge Gesichter, die gekommen waren, um die Welt zu retten. Agnes Blick blieb an Elin haften, an der jungen, unbedarften, unwissenden Göttin, die die letzte ihrer Art war. >>Der Grund, warum ich dir trotz allem helfe<<, durchbrach Agnes Stimme die Stille, >>ist deine Gabe. Die Alten haben ihre Fehler zu spät erkannt und haben dafür bezahlt. Und vielleicht hätte es so zu Ende gehen sollen. Aber nun sitzt du mit dieser Gabe vor mir. Ich weiß nicht, zu was sie dich genau befähigt, aber sie ist etwas sehr besonderes und birgt Hoffnung.<<

Diese Offenbarung weckte Raimond und Elin gleichermaßen aus ihrer Sprachlosigkeit. Dankbar über den Stimmungswechsel glomm Zuversicht auf. Agnes schien Antworten auf so viele Fragen zu haben, vielleicht würde sie noch mehr preisgeben, als nur die dringlichste Antwort auf ihr zu lösendes Rätsel.

Dennoch sah Elin Agnes ratlos an und fragte, >>Was für eine Gabe habe ich denn?<<

>>Weinen … <<, hauchte Agnes schockiert darüber, dass Elin selbst über diese Besonderheit nicht aufgeklärt war, >>du kannst weinen!<<

>>Oh ja!<<, entwischte es Raimond spontan, Elins Tränenausbrüche vor Augen, >>Das kann sie.<<, die ihn

immer gerührt und eine Spur hilflos gestimmt hatten. Dann runzelte er die Stirn und wunderte sich, >>Und was ist daran so besonders? Außer, dass ihre Tränen glitzern.<<,

Agnes bedachte ihn mit einem abschätzenden Blick. Wie konnte jemand Tränen einer Göttin, nicht als solche schon wertschätzen?, dachte sie herablassend. Bedarf es dessen tatsächlich noch einer Erklärung? Laut sagte sie jedoch mit Nachdruck, >>Es bedeutet, dass sie mit wahrem, ehrlichem Mitgefühl, mit Herzenswärme geboren worden ist. Die Fähigkeit zu weinen hatten nur wenige unserer Vorfahren und über die Jahrtausende ist sie komplett verloren gegangen. Das macht sie zu etwas Besonderem.<<

Raimond war Agnes Blick nicht entgangen und verstärkte seine Wachsamkeit, daher beschloss er erst einmal den Mund zu halten, bis er die Situation und Agnes besser einschätzen konnte. Er schaute zu Elin herüber, die davon nichts mitbekommen hatte und neugierig, wissbegierig an Agnes Lippen hing.

>>So<<, fuhr Agnes fort, >>bevor wir zu der Antwort auf eure Frage kommen, möchte ich auch noch ein paar Dinge wissen. Und zwar, eine Sache macht mich stutzig. Du hast von deiner Schwester erzählt Elin, die ihre Göttlichkeit abgelegt und gegen Hexerei eingetauscht hat. Das ist ein Kuhhandel. Hexerei ist eine Unterform der Göttlichkeit, beide Kräfte entspringen der Kraft der Natur, Hexerei setzt sich nur anders zusammen. Warum hat sie das getan?<<

Elin, überrascht über diesen Themenwechsel, hatte keine große Lust über Entscheidungen, die ihre Schwester getroffen hatte nachzusinnen, für sie waren die Dinge wie sie waren und sie wollte endlich ein paar Antworten. Sie war sich nicht sicher, was sie von Agnes halten sollte. Auf der einen Seite brannte verzehrende Neugierde in ihr, diese Vorfahrin gab ihr mehr Wissen über sich selbst und ihre Herkunft, als alle anderen zu ihren Lebzeiten auf dem Gipfel der Unendlichkeit. Ob ihr das, was sie hörte gefiel, oder nicht. Und sie brannte darauf mehr zu erfahren. Auf der anderen Seite wütete ihre Ungeduld, die ihre Kooperationsbereitschaft stark beeinträchtigte. Außerdem schwankte sie zwischen dem Gefühl einer gewissen Ehrfurcht gegenüber dieser legendären Artgenossin und Bockigkeit, denn sie konnte nicht behaupten Agnes zu mögen, und nein, es gefiel ihr nicht, wie Agnes über ihre Vorfahren herzog. Ihr fiel ein, dass Raimond sich zwar weniger drastisch, aber tendenziell ähnlich zu diesem Thema geäußert hatte. Sie erwartete beinahe unterschwelliges Amüsement in seinem Gesicht zu lesen, als sie zu ihm herüber schaute, doch was sie sah war aufmerksame Wachsamkeit. Und, als er ihren Blick erwiderte wärmte aufmunternde, bestätigende Ermutigung ihr Herz. Ihre Ungeduld siegte. Daher überging sie Agnes Frage und ging in die Offensive, >>Mich würde eher interessieren, warum sie mich ohne jede Vorbereitung auf die Erde geschickt hat, die Elfen konnten es mir auch nicht erklären ... Apropos Elfen. Agnes, ist das Portal an diesem

Stein offen? Ich muss Iris wegen all dieser Fragen kontaktieren. Unseres ist versperrt. Sie könnte helfen ...<<

>>Hoppla!<<, schrak Agnes über Elins plötzlichen Aktivismus auf, >>Nun mal ganz ruhig kleine Elin. Mich dünkt hier ist etwas faul an der Sache. Nun, sei es drum, eure Zeit ist knapp nicht wahr? Wenn du das Portal benutzt, wann wärest du wieder hier? Übermorgen? Nächste Woche? Nächsten Monat? Bis dahin haben die Schatten vermutlich längst ihre Verbindung vollzogen. Alles, was ihr benötigt ist die Antwort auf die Frage, was die eine spezielle Zutat zum Erlangen der vollkommenen Göttlichkeit ist. Richtig? Diese Antwort erhaltet ihr von mir. Also, vergiss diesen törichten Gedanken und lass uns hier weitermachen.<<

>>Gut ...<<, stimmte Elin zu, froh über Agnes pragmatischen Einwand, denn sie hatte eigentlich keine Lust Iris zu sehen und sie hatte noch weniger Lust noch länger rum zu debattieren und drängte, >>dann sag es uns jetzt bitte. Was ist es?<<

>>Einen Moment noch ...<<, zögerte Agnes, was ihr ein ungeduldiges Augenrollen von Elin einbrachte. Laut grübelte sie, >>Das ist eine sehr kuriose Geschichte und irgendwie passt das alles nicht zusammen ... <<, doch auch ihr war klar, dass weiteres Gerede keinen Sinn hatte, daher lenkte sie ein. >>Aber, diese Antworten werden wir heute nicht bekommen. Nun, denn, ... eine Sache noch, bevor ich euch die Lösung verrate. Ich muss wissen, ob überhaupt

Aussicht auf Erfolg besteht. Also, zu euch beiden … Ihr habt euch gern ja?!<<

Raimond und Elin blickten sich irritiert an. Diesen erneuten Themenwechsel hatten sie nicht erwartet, woraufhin Elin nur ein zögerliches, >>Ähm, … ja.<<, herausbrachte.

>>Ah ja?!<<, war Agnes einzige Reaktion, bevor sie nach kurzem Grübeln fortfuhr, >>Naja, dann könnte es vielleicht tatsächlich funktionieren …<< Bei diesen Worten betrachtete sie Elin eindringlich, was Elin als Gutheißung interpretierte und dennoch stutzen ließ. Was hatte Rai damit zu tun?, schoss es ihr durch den Kopf, dachte aber nicht weiter darüber nach, zu euphorisch war sie ihrem Ziel so nahe zu sein. Agnes Blick wanderte daraufhin zu Raimond und verweilte auf ihm, >>Dann ist es also ein Vampir ja? … Nun, ja, … warum nicht?!<< Eine weitere Bemerkung, die ihr auf der Zunge lag schluckte sie gerade noch hinunter, doch ein Blick voller schmerzvoller Erinnerungen hinterlegt mit unterschwelligem Hochmut, der ihr entwische, und Elin streifte, blieb von Raimond nicht unbemerkt.

Eine plötzliche innere Unruhe traf Elin unvermittelt, eine Mischung aus Unbehagen und Euphorie wirbelte ihre Gemütslage auf. Eine unbestimmte, ungute Vorahnung beschlich sie, die sie nicht definieren konnte und gleichzeitig eiferte sie Antworten und, unterschwellig Agnes Zustimmung entgegen. Hibbelig rutsche sie auf ihrem Polster herum und fragte schließlich, >>Agnes, was hat Rai …?<<

>>Noch ein klein wenig Geduld kleine Elin.<<, unterbrach sie Agnes prompt, >>Wir kommen schon zu eurer Lösung, … Ich bin nur ein wenig neugierig.<<

Neugierig war auch Elin auf das, was Agnes anscheinend über Raimond wissen wollte. Angesichts dieses Interesses an ihm stieg ihre innere Aufregung, sie hatte zuvor noch mit niemandem über ihre Beziehung gesprochen. Die paar Worte mit Leena und Max zählten nicht wirklich in ihren Augen. Agnes war für sie die erste Bezugsperson, deren Meinung ein gewisses Gewicht hatte. Sie hatte sonst schließlich niemanden mehr, dem sie sich in Herzensangelegenheiten anvertrauen konnte. Sie hatte selbst nicht geahnt, wie sehr sie sich Zustimmung wünschte, obwohl sie sich ihrer Gefühle für Raimond sicher war. Daher überraschte es sie selbst, als sie mit einer Spur Erleichterung, >>Du bist die erste, die nicht gemein zu ihm ist.<<, sagte.

>>Elin …!<<, entwich es Raimond erstaunt. Ihm war entgangen, dass Elin, trotz ihres schroffen Auftretens gegenüber Agnes, ein gewisses Bedürfnis verspürte ihr zu gefallen. Und ihm ging auf, dass Elin offenbar Agnes unterdrückte Feindseligkeit entgangen war. Zudem hatte er nicht geahnt, dass sie in dieser Angelegenheit einen gewissen Redebedarf verspürte und er empfand es als zunehmend unangenehm zum Gesprächsgegenstand zu werden. Noch dazu in seiner Anwesenheit. Er verstand nicht, warum es plötzlich um ihn ging, und Elin das auch noch unterstützte. Ein Gedanke schoss ihm durch den Kopf. Was hat Agnes

vor? Will sie uns tatsächlich helfen, oder verfolgt sie eigennützige Ziele? Aber was hätte sie davon uns zu boykottieren? Er konnte sich keinen Reim darauf machen. Vielleicht war sie tatsächlich nur neugierig.

Raimonds Einwurf ignorierend, antwortete Agnes ohne Umschweife auf Elins Feststellung. >>Gemein? Warum sollte ich denn gemein zu ihm sein.<<, fragte sie erstaunt, >>Nun, ja, ein wenig schüchtern erscheint er mir, aber das ist ja nun kein Grund.<<

Mit großen Augen blicke Elin Agnes an. Hatte sie tatsächlich nichts gegen ihre Verbindung einzuwenden? Hatte sie tatsächlich nichts gegen Raimond, wo doch alle anderen Erdenbewohner Vorbehalte gegen seine Art hatten? Zögerlich kam ihr daher, >>Nun ja, … er ist ein Vampir.<<, über die Lippen.

>>Na und?<<, entgegnete Agnes ohne Umschweife, >>Ich erinnere mich an sehr vergnügliche Zusammentreffen mit den Vampiren der alten Garde. Ich empfand die Unterhaltungen immer als sehr angenehm und amüsant, sie sind nicht so furchtbar pathetisch wie die Menschen.<<

Raimond war trotz allen Misstrauens hellhörig geworden, >>Vampire der alten Garde?<<, fragte er jetzt ebenfalls neugierig. Er hatte Geschichten und Legenden von diesen Artgenossen gehört, hatte sie jedoch als übertriebene Hirngespinste abgetan. Nun saß diese alte Frau, ebenfalls eine Legende, vor ihm und erzählte von Zusammenkünften mit seinen legendären Artgenossen. Er wusste so gut wie nichts über sie und hing nun, genau wie Elin an Agnes Lippen und lauschte gespannt.

>>Ja, die alte Garde.<<, bestätigte Agnes lapidar, angesichts der zwei jungen Gesichter, die sie erwartungsvoll anstarrten, und sachlich fortfuhr, >>Ich weiß nicht, ob von den alten Jungs noch einer übrig ist, sie hatten die Angewohnheit nach ein paar Jahrtausenden einen theatralisch inszenierten Selbstmord zu zelebrieren. Meist immer dann, wenn das seltene Ereignis eintrat, dass ein neuer Vampir geboren wurde. So hielt sich ihre Population immer in gewissen Grenzen.<<

>>Es gibt Vampire, die schon so geboren wurden?<<, fragte Raimond verblüfft. Dieser Teil der Legenden war wohl verloren gegangen.

Argwöhnisch musterte Agnes ihn, als sie sagte, >>Aber ja. Vampirismus ist eine natürliche, wenn auch seltene Mutation ...<<, stockte, und den Grund seiner Frage erkannte. >>Ach so! Du warst einmal ein Mensch, ... du bist einer von diesen Verwandelten. Die, von denen ihr erzählt habt ...<<

Elin spürte den Stimmungswechsel gleichzeitig mit Raimond. Ihre gebannte, wissbegierige, freudig neugierige Stimmung war abrupt in den altbekannten Verteidigungsmodus gekippt. Ernüchtert und traurig, ob der Tatsache, dass Agnes Einstellung gegenüber Raimond doch nicht anders war, als die der anderen Erdenbewohner, entgegnete sie trotzig, >>Er ist nicht mehr so ...!<<

Agnes, Elins Betroffenheit ignorierend, fuhr in Pragmatismus verhaftet fort und wischte Elins Einwand nichts bedeutend beiseite, >>Ja, ja, schon gut.<<, und wandte sich Raimond zu, >>Lass mich dich ansehen.<< Sie musterte Raimond eingehend, fixierte ihn mit ihren alten, wissenden Augen, in denen noch gelegentlich vereinzelte Funken aufglommen. Gedankenverloren murmelte sie, >>Verwandelt durch Hexerei, manipuliert durch Hexerei … Und du hast dich davon befreit? … Ja?!<<

>>Ja<<, antwortete Raimond knapp mit steigendem Unbehagen. Das Gefühl der Unzulänglichkeit schlich sich langsam wieder in sein Gemüt und begann durch seine Adern zu pulsieren, bis es ein Gewicht auf seine Brust legte und ihn resigniert und traurig stimmte. Er hatte nicht gewusst, wie sehr er innerlich, genau wie Elin, nach Zustimmung lechzte. Nun verstand er sie.

Agnes fuhr hingegen ungeniert mit ihrer Musterung fort. Elin, die sich Agnes Interesse an Raimond anders vorgestellt hatte, verspürte das Bedürfnis ihn zu beschützen, zu verteidigen, wie sie es auch schon bei den Elfen getan hatte. Sie spürte seine Unsicherheit und konnte sie nachempfinden, ihr selbst war die Situation zunehmend unangenehm. Und doch hatte Raimond irgendetwas mit dem Geheimnis, dessen Lösung sie suchten zu tun, deshalb blieb ihr nichts anderes übrig, als Agnes gewähren zu lassen. >>Das geht also.<<, murmelte Agnes weiter, >>Na gut. Eine Eigenschaft, die ich an der alten Garde sehr zu schätzen wusste war, dass sie die Fähigkeit hatten ihre Opfer am Leben zu lassen und trotzdem nahezu unerkannt zu bleiben.<<

Ein sehr leiser Hoffnungsschimmer glomm bei diesen in Worten in Elins Kopf auf, ein Argument zu Raimonds Verteidigung. >>Das kann Rai auch!<<, platzte es kämpferisch aus ihr heraus.

Wenig überrascht, ob Elins Enthusiasmus, entgegnete Agnes trocken, >>Ah ja?!<<

Elin warf Raimond einen dringenden, auffordernden Blick zu. Aufmunternd drückte sie seine Hand und er begann zu erklären, >>Das ist nicht ganz so einfach und erfordert Übung und Disziplin. Es gibt einen speziellen Punkt, der entscheidet, ob das Opfer stirbt oder überlebt, wenn man genau diesen Punkt abpasst ist der Verstand des Opfers geöffnet und man kann ihn beeinflussen.<<

>>Deine Eichhörnchengeschichte!<<, rief Elin eifrig, nun auch endlich verstehend, was er damit meinte.

>>Ja, genau.<<, bestätigte er schmunzelnd über ihren Eifer und fuhr ermutigt fort, >>Überschreitet man diesen Punkt stirbt das Opfer, hört man zu früh auf ist der Verstand des Opfers nicht bereit.<<

Abschätzend blickte Agnes zwischen Raimond und Elin hin und her. Erwiderte allerdings lediglich, >>Interessant … Nun, wir werden sehen.<<

>>Agnes … Rai ist …<<, setzte Elin erneut an, doch Agnes unterbrach sie, >>Schon gut Kleines. Wenn du sagst

dein Rai ist in Ordnung, dann wird er das schon sein. Immerhin ist er mit dir hierhergekommen.<<

Aber nichts war in Ordnung. Die Stimmung war am Boden. Agnes hatte durch ihre herabwürdigende Fragerei und geringschätziges Auftreten sowohl Elin, als auch Raimond tief getroffen. Raimond ordnete seine Gefühle pragmatisch ein, er war diese Ablehnung gewohnt und schluckte diese erneute Breitseite in den Winkel seines Herzens, in dem er sich sagte, sie hat ja Recht. Elin hingegen war am Boden zerstört. Sie verstand Agnes ablehnendes Verhalten nicht, Antipathie hin oder her. Mit reiner Neugierde hatte diese Fragerei nichts zu tun gehabt. Agnes hatte sie an einem wunden Punkt erwischt und angefangen zu bohren. Es tat ihr Leid, dass sie Raimond in diese Situation gebracht hatte, aber sie wusste auch, dass sie sich zusammenreißen musste. Im Grunde wollte sie nur weg von diesem Ort, weg von Agnes, aber ohne die Lösung des Rätsels ging das nicht. Also schluckte sie ihre verletzten Gefühle, ihre aufkeimende Wut und zunehmende Bockigkeit herunter. Was auch immer die Lösung war, und was auch immer Raimond damit zu tun haben sollte, Elins Geduld war am Ende. Doch bevor sie den Mund gegen Agnes auf machen konnte, sagte diese, >>Es heißt „Zu entfalten deine göttliche Macht füge hinzu was erschaffen dich hat", nicht wahr?<<

Raimond und Elin hielten gespannt den Atem an, als Agnes fortfuhr, >>Es ist Liebe. Die Lösung des Rätsels ist Liebe … Um die wahre göttliche Macht zu entfalten müsst

ihr eure Liebe verschmelzen. Liebe ist die mächtigste Ener-
gie, die im Universum existiert. Wenn diese Energie zweier
Liebenden verschmilzt, von denen mindestens einer der
Gattung Gott angehört, entsteht wahre göttliche Macht. Und
ja, mit dieser Macht bist du alleine dazu in der Lage die
Schatten zu vernichten Elin.<<

Raimond und Elin waren baff. Damit hatten sie nicht gerechnet. Vergessen waren alle bösen Gedanken und Gefühle, beide waren sich einig, wenn es um Liebe ging, konnte
nichts Böses dahinter stecken.

Elin fand als erstes ihre Sprache wieder, >>Ist das alles?<<

>>Ja<<, antwortete Agnes knapp und kühl, >>kriegt ihr
das hin?<<

Mit leuchtenden Augen und warmem Lächeln in ihren
Gesichtern antworteten beide einstimmig, >>Ja!<<

Agnes war der Stimmungswechsel nicht entgangen. Ihre Augen verengten sich kaum merklich, als sie lapidar fort
fuhr, >>Gut. Es ist auch gar nicht schwierig. Ihr konzentriert
euch einfach auf eure Emotionen, auf das, was ihr für einander empfindet, dann geht die Sache schon ihren Lauf …
Ist schon merkwürdig<<, sann sie mit kühler Stimme nach,
>>welche Wege das Universum manchmal einschlägt.
Wenn du niemanden hättest Elin, den du bedingungslos
liebst und der dich ebenso zurück liebt, könntest du nicht die
vollkommene Macht erlangen und du hättest absolut keine
Chance die Verbindung der Schatten zu verhindern, also

wenn ihr euch nicht begegnet wäret, wäre die Erde verloren. Und ist es nicht unglaublich? Die alten Halunken haben die Liebe vergessen … Und du sitzt vor mir und empfindest sie, wie das natürlichste des natürlichen. Kurios. Nicht wahr?!<<

Soweit hatte Elin noch gar nicht gedacht und griff instinktiv, tief gerührt nach Raimonds Hand. Er legte beschützend seine andere Hand über ihre, hatte jedoch etwas weiter gegrübelt und merkte an, >>Ich verstehe den Zusammenhang mit dem Spruch nicht so ganz.<<

Bei diesen Worten blitzte etwas in Agnes Augen auf, als ob sie am Ziel eines geheimen Planes angekommen wäre. Sie setzte jedoch sachlich und kühl zu der Erklärung an, während Elin mit vor Aufregung klopfendem Herzen und Raimond schlicht neugierig lauschten. >>Ah, ja. Natürlich … Ganz, ganz früher, zu Zeiten der ersten Götter, … bis zur dritten Generation konnte die Gattung Gott nur dann eine neue göttliche Existenz hervorbringen, also Fortpflanzen, wenn sie sich genug liebten, um ihre Liebe miteinander zu verschmelzen. Diese Verschmelzung war früher einmal die Voraussetzung für unsere Fortpflanzung und nicht zu Kampfeszwecken gedacht. Im Grunde war es so, … Keine Liebe, keine Verschmelzung, keine neue göttliche Existenz … Also, war Liebe das, was dich erschaffen hat … Da ist die Verbindung zu dem Spruch.<<

>>Oh!<<, entwischte es Elin überrascht bei dieser Erklärung, sie wurde jedoch von Agnes aus ihren Überlegungen gerissen, die lapidar fortfuhr, >>Nun ja, das war früher.

Irgendwann haben unsere Vorfahren herausgefunden, dass das mit der Fortpflanzung auch ohne die Verschmelzung funktioniert und haben es seitdem immer seltener praktiziert. Ich meine, es stimmt schon, es ist ein ziemlicher Kraftakt und alle haben uns damals für verrückt erklärt das auf uns zu nehmen, wenn es doch seinen ursprünglichen Zweck nicht mehr erfüllt und überholt ist. Naja, wie dem auch sei, wie ich schon sagte, ein faules Pack waren sie, und wozu braucht man schon Liebe. Nicht wahr?!<<

Ein verächtliches Husten entwich Agnes Kehle. Sie musterte aus zusammen gekniffenen Augen ihre zwei Besucher. Raimond wirkte gefasst, das Thema schien ihn erwartungsgemäß nicht aus der Bahn zu werfen, Agnes Aufmerksamkeit galt eh Elin, die sie gespannt, mit vor Aufregung roten Wangen aus großen funkelnden Augen ansah. Ein weiteres verächtliches Husten entwich Agnes Kehle, dann fuhr sie lapidar fort, >>Aber keine Sorge meine kleine Elin, über die Strapazen der Fortpflanzung brauchst du dir keine Gedanken zu machen …<<, und sah vor ihren Augen, wie, wie erwartet eine Welt für Elin zusammenbrach. Wir sind doch alle gleich, dachte sie, wir kleinen, gefühlsduseligen Göttinnen.

>>Wie meinst du das?<<, presste Elin, wie vor den Kopf geschlagen hervor und Agnes antwortete gewohnt gelassen, >>Wie sollte das funktionieren? Sein Körper ist bei seiner Verwandlung gestorben.<<, wobei sie auf Raimond deutete und unbeirrt fortfuhr, >>Sieh Elin, in seinem

Körper ist kein Leben mehr und wo kein Leben ist, kann auch kein neues entstehen.<< Elin spürte einen kalten, scharfen Stich in ihrem Herzen, etwas gemeineres hatte noch keiner über Raimond gesagt. Mochten die Elfen ihn Monster nennen, oder sonst etwas, aber leblos? Sie musste sich so sehr zusammenreißen nicht aufzuspringen und keine entrüstete Protestrede gegen Agnes zu schmettern, dass ein schmerzhaftes Zittern durch ihren Körper fuhr, vor allem weil Agnes nichts weiter, als herablassende Sachlichkeit ausstrahlte.

Ohne einen weiteren Kommentar abzuwarten erhob sich Agnes und schlürfte mit den Worten, >>Nun, ihr wisst, was zu tun ist. Es ist spät. Die Hüterinnen haben euch ein Gemach gerichtet.<<, aus dem Raum.

Warmes Fackellicht warf lodernde Lichtspiele an die Wände des Raumes, der Raimond und Elins Gemach sein sollte. Durch einen offenen Fensterbogen drang das Rauschen von brechenden Wellen, gepaart mit einer salzigen Briese Meeresluft herein. Die Lagerstätte bestand aus einer mit Stroh gefüllten, in den Boden eingelassenen Matratze, sowie Kissen, bedeckt mit grob gewebten Decken. Raimond lag mit lässig hinter dem Kopf verschränkten Armen, gegen die Wand gelehnt, auf der Lagerstätte und beobachtete Elin, wie sie aufgebracht, vor sich hin schimpfend durch dem Raum marschierte. Er hatte ihren wachsenden Ärger während des Gespräches mit Agnes bereits wahrgenommen,

konnte ihre Empfindungen allerdings nicht ganz nachvollziehen. Für ihn hatte Agnes nichts verwerfliches gesagt. Er
mochte sie nicht, aber das war nicht von Belang. Doch Elin
ereiferte sich zusehends und er beschloss sie schimpfen zu
lassen, bis er verstand worum es ihr ging. Außerdem war
sie mehr als bezaubernd, wie sie durch den Raum lief, was
ihm ein liebevolles Lächeln um die Lippen legte und ihn von
einem anderen wachsenden, dringlicher werdenden Bedürfnis ablenkte. >>Sie ist eine alte, böse, gemeine Gewitterhe-
xe.<<, brach es aus Elin heraus, >>Wie kann sie so herzlos,
so grausam sein? Sie hat absichtlich nach meinem wunden
Punkt gesucht und dann hat sie den Finger reingesteckt und
hat darin rumgepuhlt. Und es hat ihr Spaß gemacht. Wie
kann man so gehässig sein?! Und, wie kann sie sagen,
dass kein Leben in dir ist?!<<

So langsam verstand Raimond ihre Sicht, was ihm das
Herz wärmte, jedoch nicht die Fakten milderte, >>Ach
komm schon<<, versuchte er einzulenken, >>das hat sie
doch nur biologisch gemeint. Und damit hat sie ja auch
recht.<<

>>Nur biologisch?<<, ereiferte sich Elin dramatisch und
blieb vor Raimond stehen, >>Als ob die Definition von Leben nur auf das biologische herunter zu brechen ist. Du bist
ein fühlendes, empfindendes Lebewesen und sie hat dich
zu einer bloß existierenden Kreatur herabgestuft. Niemals
hat jemand etwas gemeineres über dich gesagt!<<

Ihre Worte beschrieben genau das Gefühl der Unzulänglichkeit, das ihn in den letzten Tagen unangenehm heimgesucht und beschäftigt hatte. Vielleicht war dies nicht der richtige Zeitpunkt um mit ihr darüber zu reden, kam es ihm in den Sinn, doch sein Mund war schneller. >>Bin ich das? Ein Lebewesen?<<, platzte es aus ihm heraus, >>Per Definition ist tatsächlich kein Leben in mir. Und vielleicht bin ich als rein existierende Kreatur auch nicht gut genug, um an der Seite einer Göttin sein zu dürfen. Wenn das Universum uns rein zu dem Zweck zusammen gebracht hat, um die Schatten zu vernichten, hat es vielleicht keine schlechte Wahl getroffen, denn wen kümmert es was aus einer leblosen Kreatur wird, wenn du in deinen göttlichen Sphären keine Erinnerung mehr an mich hast ... Und warum bist du so auf dem Thema Fortpflanzung herumgeritten? Ich bin tot Elin! Agnes hat nur biologische Fakten auf den Tisch gelegt. Die hättest du auch selbst zusammen zählen können. Warum regt dich das so auf?<<

Elin war wie vor den Kopf geschlagen. Sie hörte ihr Herz in den Ohren schlagen, kalt krampften sich ihre Nackenmuskeln zusammen, >>Hör auf damit!<<, kreischte sie ihn an, >>Das ist grausam! Denkst du das wirklich? Denkst du wirklich, du bist nicht gut genug für mich? Ich, ... ich, ... will nicht, dass du jemals wieder so etwas furchtbares sagst! Und denkst du tatsächlich, ich bin auch so gleichgültig und berechnend, wie das faule Pack, das mal meine Vorfahren gewesen sind und verpisse mich in die Sphären, wenn der

Pflichtteil erledigt ist?! … Ich dachte, wir hatten das doch schon alles, und …<<

Erschrocken war Raimond aufgesprungen und hatte sie fest in seine Arme gezogen. Sie konnte kaum atmen, zitterte am ganzen Körper, weinte mit panisch aufgerissenen Augen. Er presste sie fest an sich, zog sie auf die Lagerstätte, auf seinen Schoß und versuchte ihre Verzweiflung mit liebevollen leichten Küssen auf ihre Stirn und Schläfen zu vertreiben. >>Elin … Komm her.<<, flüsterte er ihr ins Ohr, >>Beruhige dich. Ich weiß, dass du nicht so bist wie deine Vorfahren. Und es tut mir leid, wenn ich wieder etwas aufgewühlt habe, das wir natürlich schon geklärt haben.<<, und streichelte ihr tröstend über den Rücken, mit einer solch heftigen Reaktion hatte er nicht gerechnet. Nun schalt er sich, dass er es hätte besser wissen und nicht so leichtfertig daher reden sollen, doch ganz verstehen konnte er sie noch immer nicht. >>Was ist denn los?<<, fragte er sie leise, >>Wir wissen doch jetzt was wir wissen müssen, und das mit dem verschmelzen unserer Liebe, das sollten wir doch hinkriegen, oder?<<, und fügte scherzhaft, >>Und da haben wir doch auch schon ein wenig Übung drin, nicht wahr?!<<, hinzu.

>>Mach keine Scherze Rai!<<, sagte Elin ernst, löste ihren Kopf von seiner Schulter und sah ihn mit gerunzelter Stirn an, >>Sag das nie wieder Rai. Denke es nicht einmal! Dass du nicht gut genug für mich bist. Das kann ich nicht ertragen. Das …<<, sie schüttelte selbstvergessen den Kopf

und fuhr leise und eindringlich fort, >>Wenn auch kein biologisches Leben in dir ist Rai, … so bist du doch mein Leben!<<

Überwältigt brachte er nur ein geflüstertes >>Ok<< heraus, als sie zweifelnd ihre Stirn empor zog und sagte, >>Und was das Verschmelzen angeht, ich glaube nicht, dass „das" damit gemeint ist.<<

Ein verschmitztes Lächeln stahl sich auf Raimonds Lippen, erleichtert über ihren Stimmungswechsel antwortete er, >>Schon klar, aber schaden kann es auch nicht.<<, woraufhin sich auch auf Elins Gesicht ein schelmisches Lächeln zeigte.

>>Apropos<<, fuhr Raimond vorsichtig fort, >>warum hat dich diese Fortpflanzungsgeschichte so aufgeregt?<<

>>Naja<<, antwortete Elin leicht verunsichert, >>ich habe darüber nie nachgedacht, bis …, bis Agnes den eigentlichen Grund für die Verschmelzung erklärte. Und irgendwie hat es mich verletzt, als sie sagte, dass das für uns unmöglich ist.<<

Ihr Blick musterte Raimonds erstaunten Gesichtsausdruck, als er beinahe ungläubig, >>Du hast das in Erwägung gezogen? Mit mir?<<, fragte.

>>Ja<<, antwortete sie ohne Umschweife, >>und ich will trotzdem nur dich an meiner Seite, obwohl wir das niemals umsetzen können.<<

Gerührt zog er sie fest zurück in seine Arme und war sich von diesem Moment an sicher nie wieder an seiner

Daseinsberechtigung an ihrer Seite zu zweifeln. >>Soll ich dir was sagen<<, flüsterte er ergriffen in ihr Ohr, >>du bist auch mein Leben.<< Glücklich löste sie sich soweit aus seinem Griff, dass sie seine Lippen erreichte und ihn erleichtert küsste. Er erwiderte ihren Kuss, zaghaft, zurückhaltend mit geschlossenen Lippen, was Elin stutzig zu ihm aufblicken ließ. Es lag unendliche Liebe, und noch etwas anderes, in seinem Blick. >>Ist alles in Ordnung?<<, fragte sie intuitiv besorgt, >>Du siehst irgendwie gequält aus.<<

>>Ja, alles ok.<<, log er, atmete tief ein und legte ihren Kopf zurück an seine Schulter. >>Komm her.<<, seufzte er in ihr Haar, lehnte sich an die Wand und zog sie fest an sich, genoss ihren warmen, weichen Körper auf seinem. Elin fand erneut seinen Mund, teilte seine festen, rauen Lippen mit ihren, küsste ihn verheißungsvoll. Sie zog ihm sein Shirt über den Kopf, spürte seine Muskeln durch ihr Hemd, welches er ihr im nächsten Augenblick auszog. Prickelnd kitzelten seine Brusthaare an ihren Brüsten, während sie an seinem Ohrläppchen knabberte, seine rauen Hände über ihren Rücken streichelten und sie seine Hose öffnete. Ein heiseres Stöhnen entwich seiner Kehle, bevor er ihren Mund mit einem verzehrenden Kuss erfüllte, sie mit beiden Händen an den Hüften nahm und über seine Erektion dirigierte. Elin setzte sich mit einem erfüllten seufzen auf ihn, fühlte ihn hart und tief in sich, ihre Muskeln umschlossen ihn und sie begann sich auf ihm zu bewegen. Raimond stöhnte auf, legte seine Hände um ihre Hüften und bewegte sie

schneller, ließ sie auf ihm kreisen, dann wieder rhythmisch auf und nieder, seine Hände wanderten über ihre Taille zu ihren Brüsten, seine rauen Handflächen auf ihren Brustwarzen stießen Elin einen wohligen Schauer durch den Körper, ihre empfindlichste Stelle brannte vor Begierde, der Druck seiner Hände auf die Nervenstränge in ihren Brüsten versengte sie innerlich. Er setzte sich auf, nahm eine ihrer Brustwarzen zwischen die Zähne und ließ seine Zunge damit spielen, während er sie fest im Rücken gestützt hielt, als ihr Oberkörper sich vor begierigem Verlangen unter seinen Berührungen durchbog. Er wanderte mit saugenden Liebkosungen über ihr Schlüsselbein, den Hals hinauf, bis er hungrig ihre offenen Lippen fand und erneut in einem verzehrenden Kuss mit ihr verschmolz. Er hob sie hoch, legte sie auf den Rücken, ohne sich aus ihr zu lösen, Elin lechzte nach der berauschenden Erlösung, doch Raimond verlangsamte seine Bewegungen, liebkoste jeden Millimeter ihrer Haut, genoss jede Sekunde ihrer berauschenden Wärme, zögerte das Finale dieses köstlichen, verschlingenden Zusammenseins hinaus. Elin wand sich lustvoll seufzend, in ihrer Vereinigung, unter Raimonds Bewegungen, ergab sich in seine erfüllende Schwere, fühlte seine weichen Locken und heißen Atem an ihrem Gesicht, bis sie unter der Woge der Erfüllung erzitterte, so wie er.

Erschöpft schliefen sie im flackernden Schein der herunterbrennenden Fackeln ein. Elin sicher eingerollt in Raimonds Armen, der sie von hinten umfasst hielt.

20

Das Universum

Hohe wogende Wellen brachen sprudelnd, weite, weiße Gischt schlagend an die steilen, scharfkantigen Klippen des Ortes, den die Elfen „Das Ende der Welt" nannten. Ein pfeifender, brausender Wind fegte durch Elins mit Fünkchenstaub durchsetzte Mähne, welcher vom Mondschein reflektiert wurde. Sie stand reglos am Rande der Klippen und schaute in das unendliche schwarz des Ozeans. Ein lautloses Geräusch ließ sie den Kopf neigen und als sie Agnes, die sich mühsam näherte, gewahr wurde verwandelte sie sich zurück in ihre menschliche Gestalt.

>>Diesen Anblick hatte ich schon beinahe vergessen.<<, krächzte Agnes, als sie neben Elin ankam und ihrem Blick in den Horizont folgte.

>>Was ist damals passiert?<<, fragte Elin, >>Was hat dich dazu veranlasst dich an diesen Ort zurück zu ziehen? Ferdinand sagte etwas von einem gebrochenen Herzen … ?<<, sie vermutete, dass das der Grund für Agnes Gehässigkeit sein könnte. Eigentlich hatte Elin nicht erwartet Agnes noch einmal vor ihrem Aufbruch zu sehen und hatte auch keine große Lust noch weiter mit ihr zu sprechen, doch sie überwand ihren Unmut. Das Rauschen des Meeres hatte sie auf die Klippen gelockt und der Wind besänftigte ihr aufgewühltes Gemüt.

>>Ah, ja.<<, seufzte Agnes und setzte sich auf einen Felsvorsprung. Elin tat es ihr gleich. Agnes legte ihren Stock beiseite, nahm Elins Hand zwischen ihre und begann zu erzählen. >>Von diesem Schmerz weißt du noch nichts mein Kind. Vielleicht ist es das Schicksal der wirklich liebenden ihn erfahren zu müssen. Ich wäre daran beinahe zerbrochen, vielleicht wirst du stärker sein und es ertragen können … Jedenfalls, konnte und wollte ich nicht länger einer unausgesprochenen Schmach ausgesetzt sein, als unbedingt notwendig … Scht, unterbrich mich nicht … Wir sind damals verraten worden. Mein Geliebter und ich. Wir sind von einer Lüge seiner Mutter verraten worden.<< Agnes seufzte schwer, als ob der Schmerz längst vergangener Zeiten erneut über sie herein brach. Sie hielt Elins Hand, den Blick auf den schwarzen Horizont gerichtet und fuhr fort. >>Was waren wir verliebt damals. Mein Geliebter und ich beschlossen unsere Liebe zu verschmelzen, einem neuen Gott das Leben zu schenken. Doch er starb dabei.<< Elin erschrak, starrte Agnes mit weit aufgerissenen Augen an, doch Agnes fuhr unbeirrt mit ihrer Geschichte fort. >>Das Risiko, dass das passiert bestand immer. Das war der wahre Grund, weshalb die Verschmelzung nicht mehr praktiziert wurde. Die Wahrscheinlichkeit, dass bei zwei wahren Göttern etwas schief geht, war jedoch ziemlich gering. Und doch war er nicht stark genug. Der Grund, weshalb wir es überhaupt getan haben, war der gefühlsduselige Wunsch zweier Liebenden nach einem eigenen Kind … Ich

weiß, ich habe gesagt, dass die Verschmelzung dafür nicht mehr notwendig war. Es war jedoch so, dass wir es bereits sehr lange versucht hatten und es nicht klappen wollte. Da haben wir uns, in unserer Liebesdusseligkeit, an den ursprünglichen Grund für die Verschmelzung erinnert, und dachten damit unsere Chancen zu erhöhen … Was sollte denn schon schief gehen? Die anderen hatten uns für verrückt erklärt, aber wir wollten es unbedingt. Aus Liebe …, und daran ist er gestorben …, das sollte nicht passieren. Zwei wahre Götter sind stark genug die Verschmelzung zu überstehen, es ist ein Kraftakt, doch es sollten beide stärker denn je daraus hervorgehen. Was war also passiert? Ich war am Boden zerstört, es konnte keiner erklären, wie das geschehen konnte. Darüber hinaus stellte ich fest, dass ich schwanger war.<< Agnes hielt inne und lauschte, voll Verbitterung, durch ihre Erinnerungen übermannt, verächtlich auf Elins in Panik verfallenen Herzschlag. Abweisend fuhr sie fort, >>Nun, es stellte sich heraus, dass mein Geliebter gar kein wahrer Gott war, sondern nur ein Halbgott, den seine Mutter seinem Vater untergeschoben hatte. Er war mit der Gewissheit ein wahrer Gott zu sein auf dem Gipfel der Unendlichkeit aufgewachsen, niemand hatte daran gezweifelt, bis die Wahrheit bei unserer Verschmelzung an den Tag kam. Wenn wir gewusst hätten, dass er nur ein Halbgott war, hätten wir die Verschmelzung nicht vollzogen. Denn kein anderes Wesen, als ein wahrer Gott kann diesen Kraftakt überleben … Ich erntete nur Hohn und Spott, niemand nahm Anteil an meinem Verlust, oder sah auch nur die Tragik in unserer Geschichte. Wenn jemand uns doch Beachtung schenkte, dann als Witzfiguren, Trotteln der Liebe. Ich hatte die Wahl zwischen Ignoranz und Boshaftigkeit. Irgendwann hielt ich es nicht mehr aus.<< Agnes schnaubte verächtlich. >>Als mein Sohn alt genug war, alle Zusammenhänge zu verstehen, weihte ich ihn in alles ein, er entschied sich den Gipfel der Unendlichkeit zu verlassen und ich ging ebenfalls. Ich begab mich an diesen Ort, legte meine Göttlichkeit ab, doch dadurch, dass ich in der Verschmelzung wahre Göttlichkeit erlangt hatte, bin ich ziemlich gut konserviert. Findest du nicht auch?<< Das amüsierte Krächzen, das aus Agnes Kehle entwich klang eher wie ein Grunzen. >>Nun, der freudige Umstand meiner Schwangerschaft hat mich davor bewahrt in der übergeordneten Perspektive der Sphären Vergessen zu finden, um mich für tatsächliche Ewigkeiten, in unerträglichen Erinnerungen an ein nicht enden wollendes Leben zu binden … Ja, die Wege des Universums in ihrer abgründigsten Grausamkeit.<< … >>Ich bin inzwischen eine Legende. Das muss man erstmal schaffen.<<, grunzte sie weiter. Elin entwich nur ein müdes Lächeln auf den Lippen, >>Agnes, Rai ist kein Gott. Er ist nicht einmal ein Halbgott. Das bedeutet, dass ich ihn sehr wahrscheinlich umbringe, wenn wir unsere Liebe verschmelzen. Richtig? Ich habe das doch richtig verstanden, ja?!<< Sie hoffte inständig keine Bestätigung von Agnes auf diese Vermutung zu erhalten, doch Agnes sah sie mit klaren, offenen Augen an, die keinen Zweifel offen ließen. Elin war einem hysterischen Anfall nahe. Das konnte doch nicht sein! Sie fühlte, wie sich ihre Kehle zuschnürte, sie nur noch stoßweise Atmen konnte. Tränen rannen ihr unkontrolliert aus offenen Augen über die Wangen, während sie Agnes ungläubig anstarrte. >>Kannst du das?<<, fragte Agnes kalt, >>Kannst du deinen Geliebten umbringen, um die Welt zu retten?<<, fügte sie hinzu und ließ Elin verzweifelt auf den felsigen Klippen zurück.

Erst als der Morgen graute hatte Elin die Klippen verlassen. Ihre sämtliche hoffnungsvolle Zuversicht und Gewissheit, dies alles unbeschadet mit Raimond gemeinsam zu überstehen war zerschlagen. Sie hatte vergeblich auf einen Silberstreifen am Horizont der aufgehenden Sonne gewartet, wie konnte das Universum so grausam sein?

Wie hatte sie noch vor wenigen Stunden über Agnes geschimpft, sie gemein genannt, weil sie Raimond als leblos bezeichnet hatte. Und nun? Diese Wut kam ihr inzwischen belanglos vor, in ihrem Kopf schwirrte es, sie konnte keinen klaren Gedanken fassen. Wie durch einen Nebel stolperte sie zurück in Richtung ihres Gemaches, sie wollte nur eins, Raimond sehen, ihn fest in den Arm nehmen, ihn spüren. Mit jedem Schritt den sie tat wuchs ihre Sehnsucht nach ihm und bei jedem Schritt brannte auch eine zerreißende Gewissheit in ihrem Herzen, Raimond wird sterben, durch sie, durch ihre Liebe, wegen ihrer Liebe. Konnte sie das?

Elins Herz schmerzte so sehr, dass sie kaum atmen konnte als sie endlich in ihrem Gemach ankam. Jede Faser in ihr lechzte danach einfach in seine Arme zu sinken, ob sie ihm die Wahrheit sagen konnte wusste sie nicht.

Das Gemach lag im dunklen Zwielicht, des ersten grau des Tages, welches sich durch die Fensteröffnung schlich. Kurze, zuckende Flammen der heruntergebrannten Fackel leckten hektisch an der Wand. Elin ging zur Lagerstätte, wo sie Raimond, tief schlafend, vor wenigen Stunden verlassen hatte. Doch das Lager war leer. Suchend sah sie sich um, wo konnte er sein? Eine erneute Welle der Verzweiflung drohte über sie hereinzubrechen, die Versuchung sich in ihrem Weltschmerz unter den Decken zu verstecken und ihren Tränen freien Lauf zu lassen war all zu verlockend. Da kam ihr Raimonds ausgezehrtes Flackern in seinen Augen in den Sinn und sie widerstand dem Drang in Selbstmitleid zu zerfließen. Der schwimmende Nebel in ihrem Kopf lichtete sich und ihre Gedanken formatierten sich zurück in klare Formen. Er wird doch nicht?

Elins Atem ging schnell, als sie durch die verwinkelten, zwielichtigen Gassen der Tempelanlage schlich. Sie wusste nicht, was sie vorfinden würde, wenn sie ihn fand. Nur eins wusste sie, er war hungrig. Sie lauschte, sie brauchte ihn nicht zu rufen, sie würde ihn an seinem Herzschlag erkennen. Und da war er, der Rhythmus den sie so gut kannte und liebte. Doch da war noch ein weiterer, schnell, panisch, unregelmäßig. Elin brauchte nur wenige Schritte, bis sie ihn in einer Nische entdeckte. Er hielt sein Opfer von hinten umfasst. Mit einer Hand hielt er der Hüterin den Mund zu, mit der anderen ihren Körper umfasst, während er ihr gierig das Blut aus der Halsschlagader saugte. Ein winziges Rinnsal ihres Blutes lief der Hüterin den Hals hinab, ihren Blick panisch auf Elin gerichtet, die wie erstarrt die Szene beobachtete. Sie hatte Raimond noch nicht jagen sehen. Elins Herzschlag beschleunigte sich in dem Maße, wie der der Hüterin sich zusehends verlangsamte. Sie fühlte sich zwiegespalten. Einerseits war sie angewidert und schockiert von dem, was sie sah, doch dieses Gefühl hielt nicht lange an, es mischte sich Faszination und eine Spur Begeisterung darüber. Sie fühlte ihr Herz hart schlagen, als Raimond von seinem Opfer abließ und sie aus violett flackernden Augen ansah. Erst jetzt nahm er ihre Anwesenheit wahr. Blutreste rannen ihm aus den Mundwinkeln, als er die ausgesaugte Hüterin zu Boden sinken ließ, in seinem Gesicht stand Stärke und Befriedigung. Elin wartete nicht auf seine Reaktion auf ihre Anwesenheit, sie lief, verwirrt von dem Rausch, der durch ihre Adern schoss, zurück zu ihrem Gemach.

Raimond wusste nicht, was ihn erwarten würde, wenn er Elin gegenüber trat. Er hatte seinem Hunger nachgegeben, hatte ihn nicht kontrollieren können. Zu lange hatte er auf menschliches Blut verzichtet.

Elin erwartete ihn, an der Fensteröffnung stehend, in ihrem Gemach. Sie blickte hinaus in den Dunst des langsam grauenden Tages. >>Sie ist tot … Nicht wahr?!<<, sagte sie tonlos ohne sich umzudrehen, als sie seine Anwesenheit im Raum spürte.

>>Ja<<, antwortete Raimond knapp und Elin nickte kaum wahrnehmbar, den Blick noch immer in den Horizont gerichtet.

>>Elin … ich<<, begann Raimond, wurde jedoch umgehend von Elin unterbrochen. >>Warte<<, sagte sie und drehte sich zu ihm um, in ihrem Blick lag so viel Schmerz, dass es Raimond beinahe das Herz zerriss. Hatte er sie verloren? Er erstarrte bei diesem Gedanken und setzte an weiter zu reden, doch da fuhr Elin bereits fort. >>Du willst dich entschuldigen. Nicht wahr? … Doch für was? Dafür, dass du deiner Natur gefolgt bist? … Ich verurteile dich nicht. Falls du das befürchtet hast, ich …<<

>>Du verteidigst mich?!<<, platzte es aus Raimond heraus. Ungläubig starrte er sie an, die Welle der Erleichterung, die durch seinen Körper schwappte, nahm er nicht wahr. >>Elin, ich habe gerade einen Menschen getötet. Noch dazu die Hüterin eines Elfensteines. Einen Menschen, den ich mir wegen dieser Aufgabe, geschworen habe zu beschützen. Und du, … du, sagst es ist nicht nötig mich dafür zu entschuldigen? Was ist los mit dir? …<< Der Anblick ihres offensichtlichen Schmerzes, der ihr ins Gesicht geschrieben stand, gepaart mit ausdrucksloser Verzweif-

lung, ließen ihn innehalten. Apathisch starrte sie ihn an, er war sich nicht sicher, ob sie ihn tatsächlich sah. Misstrauisch ging er langsam auf sie zu, irgendetwas war noch passiert, überlegte er, außer seines Jagdausfluges. Er war aufgewacht, als sie sich rausgeschlichen hatte, und vermutete sie war noch einmal Agnes begegnet. Da antwortete sie lapidar, >>Du warst hungrig …<<, auf seine Frage.

Raimond runzelte die Stirn, die Person, die ihm gegenüber stand, mit der er dieses Gespräch führte, verhielt sich nicht wie die Frau, die er kannte, die er liebte. >>Ja, das war ich. Und dafür brauche ich mich tatsächlich nicht zu entschuldigen. Aber ich konnte mich nicht kontrollieren. Ich hätte sie nicht umbringen müssen. Und dafür mache ich mir Vorwürfe …<<, er stutzte, >>Warte mal, du hast nicht eingegriffen. Du hättest sie retten können …<<

>>Ich habe es gespürt, diesen Rausch des schwindenden Lebens.<<, erwiderte sie geistesabwesend.

>>Du warst fasziniert davon? Und hast dich mitreißen lassen?<<, erwiderte er erstaunt, >>Das ist gefährlich Elin! … Das kostet Leben. Und nicht nur das eine dieser Hüterin.<<

Unbeeindruckt von seiner Warnung fuhr sie gedankenverloren fort, >>Diese Befriedigung, die du empfindest, wenn du nicht aufhörst, wenn du dem Rausch nachgibst, die hast du nur, wenn dein Opfer stirbt. Nicht wahr?!<<

>>Ja<<, antwortete er ehrlich, >>Das ist etwas, auf das ich verzichte, wenn ich meine Opfer am Leben lasse.<<,

und argwöhnisch fügte er hinzu, >>Aber das ist doch im Augenblick gar nicht das Thema dieses Gespräches!<<

>>Das ehrt dich Rai.<<, antwortete sie lapidar, ohne auf seine Vermutung einzugehen. >>Aber du brauchst dich nicht schuldig zu fühlen wegen diesem einen.<<

>>Du verteidigst mich immer noch?!<<, erboste er sich.

Ruckartig änderte sich Elins Gemütszustand, von einer Sekunde auf die andere platzte die Wattepackung, die sich um ihren Geist gelegt hatte auf und trotziger Widerstand glomm in ihrem Gesicht auf. Wild tanzten die Funken in ihren Augen, als sie ihm kampfeslustig antwortete, >>Ja, natürlich verteidige ich dich! Und ich werde dich immer verteidigen. Du warst ausgehungert, also hör auf eine große Sache daraus zu machen. Und, …und du musst stark sein Rai.<<

>>Keine große Sache daraus machen?<<, rief er erstaunt aus, während er versuchte ihr Verhalten einzuordnen, was ihm nicht gelang. >>Irgendetwas ist los, das du mir nicht sagst.<<, fuhr er sie an, >>Du kannst mir doch nicht weißmachen, dass dich dieser Verlust eines Menschenlebens kalt lässt.<<

>>Nein<<, rief sie aufgebracht, >>es lässt mich nicht kalt. Aber ich habe im Augenblick andere Prioritäten. Und wenn du es genau nimmst, dann trage ich die Verantwortung für den Tod dieser Hüterin. Ich habe dich hierher hin mitgenommen. Es war doch klar, dass du irgendwann trinken musst. Menschenblut trinken musst, um bei Kräften zu

bleiben. Ok, du hattest dich nicht unter Kontrolle weil du total ausgehungert warst, aber ich habe es geschehen lassen. Also gib mir die Schuld. Nicht dir. Dieser Tod war eine Konsequenz meines Handelns. Das hatten wir doch schon. Und ich habe dir auch schon erklärt, dass ich nicht in den natürlichen Verlauf der Nahrungskette eingreife. Tiere fressen Tiere. Menschen töten Tiere, um sie zu essen. Das Tier, das die Waldlinge für uns getötet haben, von dem du getrunken und ich gegessen habe, war ein Opfer unserer Anwesenheit. Und nun hast du einen Menschen getötet, um dich deiner Natur entsprechend zu ernähren. Da gibt es keine Unterschiede. Also, wenn jemand verantwortlich ist, dann ich, weil ich nicht in den natürlichen Verlauf der Nahrungskette eingegriffen habe. Was, wenn du dich erinnerst, meiner Natur entspricht.<<

Raimond starrte sie wie vor den Kopf gestoßen an. Er widerstand dem Drang sie an den Schultern zu packen und zu schütteln, um sie wieder zur Vernunft zu bringen, da wurde ihm seine Vermutung zur Gewissheit, doch würde sie ihm sagen was sie quälte?! >>Da ist noch etwas anderes.<<, ging er in die Offensive, >>Du versteckst dich doch hinter deinen Argumenten. Und nein, es lässt dich wirklich nicht kalt und das verwirrt dich. Dass du die Verantwortung übernehmen willst passt nicht zu deiner Darstellung der göttlichen Oberflächlichkeit. Sag mir was los ist Elin. Was hat Agnes zu dir gesagt, dass es dich so aus der Fassung wirft.<<

Elin atmete tief durch. Beinahe hätte sie über die Tatsache gelächelt, dass er sie so gut kannte, sie durchschaut hatte. Doch sie war noch nicht bereit ihm die Wahrheit zu sagen. >>Sie hat mir schlicht die Grausamkeit des Universums vor Augen geführt. Und vielleicht ist es der entscheidende Wesenszug von uns Göttern, genau so grausam zu sein. Zu diesem Zeitpunkt kann ich dir nicht sagen, wie viele Leben noch wegen meines Egoismus gelassen werden. Ich bin erschrocken darüber, wie egoistisch ich tatsächlich bin, und vielleicht noch sein werde ..., weil ich dich liebe.<<

>>Elin ...<<, entwich es ihm schockiert und gequält, ob ihres offensichtlichen Schmerzes.

>>Nein, sag nichts!<<, hielt sie ihn zurück, als er näher auf sie zu kam, >>Es tut mir leid, dass du in dieser Sache mit drin steckst. Dass du in dieser Position bist, ... wegen mir, ...<<

>>Nein. Tu das nicht!<<, sagte sie aufgebracht, beinahe euphorisch, >>Entschuldige dich nicht dafür, dass wir uns kennen gelernt haben und uns lieben. Niemals. Hörst du?! Das ist etwas, das ich niemals wieder hören möchte. Ich bereue keine Sekunde. Und ich bin dankbar für jede Sekunde mit dir. Wir werden das zusammen schaffen, davon warst du doch so sehr überzeugt, also, ...<<

>>Oh Rai.<<, fiel sie ihm weinend ins Wort. Ihr Körper schmerzte, als würde er innerlich zerreißen, zitterte vor angestauter Anspannung.

Raimond hielt es kaum aus sie nicht auf der Stelle in seine Arme zu ziehen. Es brach ihm das Herz sie so zu sehen, doch er wusste auch, dass sie in diesem Zustand unberechenbar war. Deshalb sagte er schlicht leise und sanft, >>Sag mir was los ist.<<

In ihrem verzweifelten Weinkrampf gefangen gab sie schließlich ihrem sehnlichsten Verlangen nach und presste, >>Nein, ich …, halt mich einfach nur fest.<<, heraus, was er im nächsten Bruchteil der Sekunde, mit der Gewissheit tat, dass sie ihm zu diesem Zeitpunkt nicht verraten würde, was sie quälte. Umso überraschter war er, als sie ihm nur Minuten später, mit krampfhaft tränenunterdrückender Stimme zu raunte, >>Lass uns von hier verschwinden. Jetzt.<<

Sanft hatte Elin Raimond geküsst, nachdem sie sich in seinen Armen halbwegs beruhigt, ihn fest an sich gedrückt hatte, noch nie war ihr Herz so schwer gewesen. Er spürte, es musste etwas schlimmes sein, das Agnes ihr unter vier Augen mitgeteilt hatte. Es tat ihm weh Elin so verzweifelt zu sehen und ihr nicht helfen zu können. Zumindest nicht, solange sie sich ihm nicht anvertraute. Und er ärgerte sich über Agnes, weil sie Elin so zusetzte. Was auch immer das unschöne Geheimnis war, das sie sich so verzweifelt an ihn klammern ließ, musste eine schlimme Wahrheit sein, und er bezweifelte, dass Agnes Elin einfühlsam darüber aufgeklärt hatte. Mit tränenverhangenen Augen hatte sie ihn so zärtlich und liebevoll geküsst, wie nie zuvor. Es hat mit mir zu tun, begann eine Vermutung tief in ihm zu dämmern.

Die Sonne hatte den Horizont noch nicht erreicht, als sie den Tempel verlassen hatten. Agnes hatte sie am Torbogen erwartet und wortlos ziehen lassen. Raimond dachte an diese letzte Begegnung, als er und Elin die weite, grüne Ebene, in Richtung Gebirgspfad, überquerten. Ein scharfer, kalter Wind pfiff ihnen erbarmungslos aus dunklen, schweren, schneeträchtigen Wolken entgegen. Elin lief schnell, getrieben, gehetzt diesen Ort zu verlassen. Raimond hielt mit. Sie lief wie in einem Rausch, nicht willens ihr Tempo zu drosseln und Gedanken zuzulassen, geschweige denn eine Konversation. Raimond wusste, sie würde erst anhalten, wenn sie musste, und vorher würde er nicht erfahren was vorgefallen war. Er hatte Agnes letzten verachtungsvollen Blick vor Augen, dem Elin trotzig entgegen getreten war.

Der schneidende Wind ließ nicht nach, als sie den Pfad erreichten, der sich durch die schneebedeckten Gebirgskuppen schlängelte. Raimond hatte zusehends Mühe Elins Tempo zu halten, ihr schien der Sturm nichts auszumachen, im Gegenteil, er belebte sie. Und er blies ihren Kopf frei. Sie bedeutete Raimond in ihrem Windschatten zu laufen, denn sie war noch nicht gewogen langsamer zu werden, zu sehr setzte ihr Agnes letzte Offenbarung zu. Sie wollte die Realität nicht in ihr Bewusstsein lassen.

Die Strecke bis zum Abstieg legten sie während jenes Tages zurück, und würden noch vor Sonnenuntergang das Waldlingsdorf erreichen. Bei dem Pfad, der die Felswand hinab führte angekommen, war Elin schließlich gezwungen gewesen ihr Tempo zu drosseln und an der Stelle, an der Raimond auf dem Hinweg beinahe abgestürzt war, stehen zu bleiben. Sie blickte in den Abgrund vor ihren Füßen, dann in den tobenden Himmel, der ihre Stimmung widerzuspiegeln schien. Raimond hatte es vor diesem Wegabschnitt bereits gegraut, doch als er einen Blick auf die Steilwand warf, huschte ein erleichtertes, dankbares Lächeln über sein Gesicht. Die Waldlinge waren an diese Stelle zurückgekehrt und hatten ein Seil in den Felsen befestigt, so dass er besser die Balance halten konnte. Er betrachtete Elin. Nun, da sie stehen geblieben war, machte sie noch immer keinerlei Anstalten zu sprechen. Ein mürrischer Blick bedeutete ihm voran die Steilwand zu überwinden, was er ohne Zwischenfälle bewältigte. Auf der anderen Seite angekommen schritt sie wortlos an ihm vorbei und begann zügig den gerölligen Abstieg. Raimond folgte ihr, bis es ihm auf halber Strecke zum Waldlingsdorf zu bunt wurde.

>>Elin, … was ist es?<<, rief er ihr im Gehen zu, ohne eine Reaktion zu erhalten. >>Es hat mit mir zu tun … Stimmt`s?<<

Elin lief stracks weiter, ließ ihn jedoch, ohne sich umzudrehen, sachlich feststellend wissen, >>Wir können das nicht tun Rai! … Ich kann das nicht tun!<<

>>Du kannst nicht? Oder du willst nicht?<<, forderte er sie, hinter ihr her stolpernd, heraus.

>>Beides.<<, antwortete sie ihm gereizt. In ihr brodelte es, sie war wütend, empört, entsetzt. Verzweiflung zerrte an ihrem Herzen und sie wusste nicht, wie sie diesen Schmerz, mit dem sie sich nicht auseinander setzen wollte, lindern konnte. Sie wollte nicht über ihr Schicksal nachdenken, doch würde sie es tun müssen, wenn sie Raimond einweihen würde, doch dafür fühlte sie sich nicht stark genug. Raimond jedoch konnte und wollte ihr inneres, zerreißendes Leiden nicht länger unbeteiligt mit anschauen und provozierte sie weiter, auch auf die Gefahr hin ihren Jähzorn herauf zu beschwören. >>Du willst also, dass die Schatten die Verbindung vollziehen?! ... Das Ende freien Lebens? Ewige Dunkelheit? ... Das ist es, was du willst?!<<

Ohne ihren Schritt zu verlangsamen, oder ihn anzusehen, keifte sie ihn an, >>Hör auf Rai! Ich kann das nicht!<<, doch er ließ nicht locker, >>Hast du das damit gemeint, als du gesagt hast, du weißt nicht wie viele Lebewesen noch sterben werden, wegen deines Egoismus? ... Die Hüterin war erst die erste? ... Elin, spuck es aus! Was wird passieren, wenn wir unsere Liebe verschmelzen? Wirst du mich vergessen, wenn du erst in der Sphäre vollkommener göttlicher Macht angekommen bist? Ist es das? Denkst du, du bist nicht stark genug zu mir zurück zu kommen?<<

>>Ja auch, ... nein, eigentlich nicht. Unser Band ist stark ...<<

>>Was dann? ... Los!<<, forderte er.

Abrupt blieb sie stehen, drehte sich zu ihm um, funkelte ihn aus wilden, wütenden Augen an. >>Verdammt nochmal Rai, du wirst dabei sterben! Unsere Liebe wird dich umbringen! Ich werde dich umbringen!<<

Wie vor den Kopf geschlagen starrte Raimond sie bewegungslos an, mit dieser Option hatte er nicht gerechnet. Seine Gedanken wirbelten, er hatte vermutet, dass es mit ihm zu tun hatte, aber das ...! ..., und schlagartig verstand er Elins Verzweiflung und Wut. Er hingegen empfand Resignation, ihm wurde klar, dass er der Schlüssel zur Rettung der Erde war, eine Aufgabe, die er sich im Leben nicht hatte vorstellen können. Und diese Aufgabe fiel ihm nur durch seine Liebe zu Elin zu, seiner Liebe zu einer Göttin, die ihn mit Haut und Haaren verschlingen würde. Er wusste, er hatte keine Wahl, hatte noch nie eine gehabt, denn er liebte sie. Und es gab auch keine andere Option, nicht für ihn, er würde sich seinem Schicksal stellen, wenn es so weit war ... Er hatte es sich zur Aufgabe gemacht die Erdenbewohner gegen die Schatten zu verteidigen, bis in den Tod. Dann wird es so sein, dachte er, betrachtete Elin, die voller angestauter, explosionsbereiter Emotionen vor ihm stand und sagte ruhig und bedächtig, >>Also die Erde oder ich, ja?!<<

>>Schönen Gruß vom Universum!<<, entgegnete Elin schnippisch, seinen traurigen Unterton überhörend.

>>Nun gut, ... dann soll es so sein. Dann werde ich mein Leben geben, um die Erde zu retten ...<<

>>Wie bitte?!<<, empörte sie sich, >>Und ich soll dann tausende von Jahren in einer Welt existieren ohne dich? Allein?<< Sie begann auf dem schmalen Pfad zwischen Abgrund und Felswand erbost auf und ab zu laufen. Der Wind nahm noch an Intensität zu, fegte scharf um sie herum, die Wolken zogen sich noch dichter über ihren Köpfen zusammen. >>Du hast leicht reden! Du bleibst nicht zurück! Lass doch die Erde vor die Hunde gehen! Was geht es mich an? Wir haben uns immer aus allem heraus gehalten und auf einmal soll ich das Liebste umbringen das ich habe? Wofür? Das ist doch nicht fair?! Ich kann dich nicht umbringen Rai! Ich kann das nicht!<<

Sein Herz befiel, bei ihren Worten, eine traurige, liebevolle Wärme, die jäh von der Realität erstickt wurde, >>Und doch kannst du nicht so egoistisch sein.<<, entgegnete er sanft.

>>Oh doch!<<, brauste Elin verzweifelt auf, >>Ich kann und ich werde! Ich werde dich nicht verlieren! Ich …<<

>>Elin, …<<, rief er beschwichtigend in das immer wilder und lauter werdende Getöse des Windes, >>Ich weiß, Agnes sieht mich nur als Mittel zum Zweck und sie erwartet, dass du mich nach der Verschmelzung sowieso vergessen wirst, dass ich eine kurzweilige Laune von dir bin, ein spaßiger Zeitvertreib, der zufällig dazu beiträgt die Erde zu retten, dass ich es aber im Grunde nicht Wert bin an deiner Seite zu stehen. Ich liebe dich dafür, dass du mich nicht so

siehst, … als diese Unzulänglichkeit. Ich weiß, dass du es nicht tust …<<

>>Unzulänglichkeit?! …<<, brach es verzweifelt aus ihr heraus. Sie hatte versucht dieses Gespräch hinauszuzögern, bis sie ihre Emotionen besser im Griff hatte, hatte versucht sie zu verdrängen, doch sie konnte nicht mehr, konnte es nicht ertragen, wie er sich anscheinend kampflos in sein Schicksal ergab, was sie noch wütender machte, weil sie insgeheim wusste, dass es so kommen würde, doch das wollte sie noch nicht wahr haben. Wild sprudelte ihre Frustration über ihre Lippen und entlud sich in die Atmosphäre. >>Rai du bist mein Leben! … Niemals! Ich werde das nicht tun! Aber weißt du was?! … Wenn ich doch nicht drum rum kommen sollte, mich diesen verdammten Schatten zu stellen und du das nicht überlebst, dann glaube mir, werde ich einen Dreck tun und friedlich in die Sphären schweben und dich vergessen … Das werde ich niemals! … Wenn es so kommt, dass ich dich verliere, werde ich durch das Tor der Unendlichkeit gehen und mich dem Universum übergeben, womit die Zeit der Götter ein für alle Mal vorbei ist. Und damit hat sich dann auch das mit der Hoffnung, die angeblich in mir liegt erledigt! Das kann sich das Universum dann mal abschminken, was auch immer es noch mit mir vorhatte. Pah! … Ich will nicht einen einzigen Tag ohne dich sein Rai! Das würde ich nicht überleben!<<

>>Elin …<<

>>Was?<<

>>Beruhige dich!<<

Der Sturm peitschte über dem Gebirgskamm, Böen pfiffen unbarmherzig um die Felsen, heulten durch die Schluchten. Die schwarzen, schweren Wolken senkten sich und begannen, mit grollen erfüllt, über ihren Köpfen zu rotieren. Raimond presste sich an die Steilwand, um nicht erfasst zu werden, Elin zitterte unter ihrer Verzweiflung und schrie trotzig in den Himmel, >>Nein! Ich will mich nicht beruhigen! Und ich werde es nicht tun! Und ich will auch nicht länger darüber diskutieren! Du wirst nicht sterben! Basta!<< Der Wolkenwirbel zerbarst in einem ohrenbetäubenden Knall, grelle Blitze erhellten zuckend den bleiernen Horizont und Elin sank erschöpft, weinend zu Boden. Das Gewicht der Wolken entlud sich prasselnd über Raimond und Elins Köpfen. Der Sturm war vorüber.

Raimond setzte sich neben Elin auf den Boden, hob sie auf, zog sie in seine Arme und lehnte sich gegen die Steilwand. Elin lag schwach auf seiner Brust, weinte so unerbittlich, wie der Regen auf sie nieder strömte. Raimond hielt sie wortlos, mit einer Hand streichelte er beruhigend ihren Nacken, die andere ruhte beschützend auf ihrem Rücken. Er konnte und wollte in diesem Moment auch nicht weiter über sein Schicksal nachgrübeln, es hatte keinen Zweck, er konzentrierte sich auf das regelmäßig, rauschende Geräusch des fallenden Regens und hieß die, seltsam wohltuenden, reinigenden Tropfen, die ihn trafen willkommen. Sie saßen still, einsam, in ihrer bis dahin schwärzesten Stunde, einan-

der haltend, im strömenden Regen auf dem schmalen Gebirgspfad, hoffnungslos, verzweifelt, bis Elins Tränen und
der Regen langsam nachließen und schließlich versiegten.

Der Himmel brach auf und die untergehende Sonne
färbte die, sich verflüchtigenden, Wolken in ein kräftig leuch-
tendes rosaorange. Elin regte sich in Raimonds Armen, hob
ihren Kopf und schaute ihm, ihr Universum offenbarend, in
die Augen, >>Ich liebe dich.<<, flüsterte sie ernst. >>Ich
liebe dich auch.<<, flüsterte er genauso ernst zurück, als ein
erschrecktes, panisches Kreischen die Luft zerriss. Raimond und Elin sprangen aufgeschreckt auf die Füße, das
Geräusch kam aus dem Waldlingsdorf, und setzten eilig
ihren Weg fort.

21

Zugeständnisse

Bereits aus der Ferne konnten Raimond und Elin den Tu-
mult eines Kampfes erahnen. Vom letzten Felsabsatz des
Gebirgspfades erkannten sie eine Gruppe von ungefähr
fünfzig Vampiren, die das Waldlingsdorf angriffen. Die Waldlinge verteidigten sich tapfer mit ihren Speeren, scharfen
Reißzähnen und spitzen Rückenstacheln, doch die Vielzahl
ihrer Angreifer war überwältigend. Raimond und Elin tauschten nur einen übereinstimmenden Blick aus und stürzten
sich in den Kampf. Elin verwandelte sich noch im Sprung

von dem Felsabsatz in ihre Einhorngestalt, landete in einer Gruppe Vampire und feuerte aus ihrem Horn Blitze auf sie, die sie auf der Stelle verbrennen ließen. Die Vampire waren jedoch schnell und sie musste aufpassen keinen Waldling zu treffen. Raimond folgte ihr auf dem Fuße und erledigte zwei seiner Artgenossen, die gerade einen Waldling bedrängten, indem er dem einen von hinten mit einem kräftigen Ruck den Kopf abriss und dem anderen noch in der Drehung die Hand in den Brustkorb stieß, um sein Herz heraus zu reißen. Die Waldlinge, ermutigt durch die tatkräftige Unterstützung, formatierten sich auf den untersten Zweigen der Bäume, von wo aus sie ihren Gegnern ins Genick sprangen, um ihnen mit ihren Reißzähnen und Krallen tiefe, klaffende Wunden zuzufügen, welche sie schwach zu Fall brachten, um sie schließlich mit ihren Speeren aufzuspießen. Es war ein wildes, blutiges Getümmel, in dem Raimond, Elin und die Waldlinge gegen die Überzahl der Vampire kämpften. Es schien ihnen, als ob für jeden getöteten Vampir zwei neue erscheinen würden. Sie hielten einander so gut es ging im Auge, doch die Situationen wurden stetig brenzliger, so bohrte Elin einem der Angreifer ihr Horn von hinten durch sein Herz, als dieser Raimond im Visier hatte. Und Raimond verteidigte zwei am Boden liegende Waldlinge vor einem tödlichen Schlag. Elin konnte die meisten Vampire mit ihren versengenden Blitzen auslöschen, doch musste sie präzise und gewissenhaft vorgehen. Zunächst von Raimond und den Waldlingen unbemerkte, änderten die Vampire ihre Taktik. Sie teilten sich in zwei Gruppen, von denen die eine Raimond und die Waldlinge beschäftigte, und die andere sich auf Elin konzentrierte. Drei von ihnen lenkten Elin ab, in dem sie in Vampirgeschwindigkeit vor ihrer Nase auftauchten und wieder verschwanden, ohne dass Elin feuern konnte, der Rest der Gruppe näherte sich ihr von hinten. Mit diesem Manöver hatten sie sie von Raimond und den Waldlingen, die von der anderen Vampirgruppe in erbitterte Zweikämpfe verwickelt waren, isoliert und konnten ihren Angriff starten. Plötzlich spürte Elin, wie etwas sie umhüllte, das ihr ihre Kraft nahm, wie ein erstickender Kokon, der sie schwach zu Boden sinken ließ. Raimond hatte Elins Abwesenheit von dem Kampfgetümmel bereits bemerkt und versucht sich, soweit frei von seinen Angreifern zu machen, um nach ihr zu suchen. Es machte ihn nervös sie nicht im Blickfeld zu haben, doch seine Gegner attackierten ihn unermüdlich weiter. Erst, als er Elins erschrockenes, panisches Aufschreien hörte, waren auch seine Angreifer für eine Sekunde abgelenkt. Drei Waldlinge packten einen von Raimonds Gegnern, den anderen erledigte er in derselben Sekunde. So hatte er endlich eine Lücke, um zu Elin zu können. Ihr Schrei war ihm durch Mark und Bein gefahren, mit wilder Angst im Nacken stürzte er in ihre Richtung. Er sah sie in dem Augenblick, als sie sich, am Boden liegend, in ihre menschliche Gestalt verwandelte. Sie lag unter einem grobmaschigen Netz. Raimond sah sich noch immer fünfzehn Gegnern gegenüber, und er stürzte sich als erstes auf den Vampir, der Elin auf die Beine gezerrt und in den Schwitzkasten genommen hatte, indem er ihm vorerst das Genick brach. Raimond zog Elin das Netz vom Körper, welches ihm federleicht in den Händen lag, und sie sank bewusstlos in seine Arme. Er stand, Elin fest an sich gepresst, mit wütend gefletschten Fangzähnen und violett lodernden Augen, inmitten ihrer Angreifer, die sie genüsslich triumphierend umringten. In Raimonds Kopf raste es. Er wusste, von den Waldlingen konnte er keine Hilfe erwarten, die waren mit sich selbst beschäftigt, er blickte auf Elin in seinen Armen, fokussierte seine Angreifer und machte sich kampfbereit. Kampfbereit, für den möglicherweise letzten Kampf seines Lebens.

Da erhob sich plötzlich ein dumpfes Grollen aus dem dichten Unterholz des umliegenden Waldes, welches zu einem wilden, peitschenden Getöse anschwoll. Raimond erstarrte. Er kannte dieses Geräusch. Die Wölfe! Noch bevor er etwas anderes denken konnte, schoss das Rudel aus dem Wald und begann die Vampire niederzumetzeln. Raimond versuchte mit Elin auf dem Arm raus aus dem Scharmützel, aus spritzendem Blut und abgetrennten Gliedmaßen, in den Schutz der Wurzeln des Urbaumes zu gelangen. Nach ein paar Schritten wurde er jedoch von der Flanke eines angreifenden Wolfes zu Boden geschleudert. Elin, noch immer bewusstlos, glitt aus seinen Armen, doch er schaffte es ihren Sturz abzufangen. Als er im nächsten Moment aufblickte sah er sich Angesicht zu Angesicht mit einem Zähne fletschenden Wolf, der zum tödlichen Schlag ansetzte. In der Sekunde, in der Raimond dachte, es wäre seine letzte, setzte der Wolf jedoch zum Sprung an und setzte über seinen Kopf hinweg. Der Vampir, der sich Raimond von hinten genähert hatte, war in eben dieser Sekunde einen Kopf kürzer. Der Wolf, entledigte sich des Kadavers noch in der Luft, kaum gelandet machte er kehrt und schlich langsam, knurrend auf Raimond zu. Raimond wagte es nicht sich zu bewegen, jede schnelle Bewegung wäre sein sicherer Tod gewesen, er wunderte sich eh, warum der Wolf ihn nicht bereits zerfleischt hatte. Ihm stockte der Atem, als der Wolf dicht vor seinem Gesicht zum Stehen kam, und ihm seine bluttriefenden, gefletschten Zähne unter die Nase hielt. Dann schnupperte der Wolf einige Male gezielt an ihm, machte ein angewidert niesendes, schnaubendes Geräusch und zog, ein anderes Opfer suchend, davon. Raimond begriff in diesem Augenblick nur, dass dies seine Chance war Elin, und sich, in Sicherheit zu bringen. Er hob sie vorsichtig auf, trug sie über das blutige Schlachtfeld unter die Wurzeln des Urbaumes, wo er sie sanft, in dessen Obhut, auf weiches Moos bettete. Er wusste nicht, was er sonst hätte tun können, er wusste nicht, wie schlimm es um sie stand, er wusste nur, sie brauchte neue Kraft, Kraft, die sie aus der Natur bekommen konnte. Und er wusste, dieser Baum und Elin hatten eine Verbindung. Er kniete sich neben sie, fühlte ihre Stirn, ihre Hand, beides blass und kalt. Kein Hauch von röte überzog ihre Wangen, oder Lippen. Zwar hörte er ihr Herz sehr schwach schlagen, doch trotzdem überkam ihn eine lähmende, beklemmende Angst, die ihm sein Herz zerquetschte. In diesem Moment verstand er ihr Hadern wegen der Verschmelzung nur zu gut, er wollte und konnte auch keinen einzigen Tag ohne sie leben.

Plötzlich begannen aus den dicken, knorrigen Wurzeln, unter denen Elin lag, kleine zarte Ableger zu wachsen, die zaghaft und vorsichtig, tastend an Elin herumstupsten. Nach den ersten Berührungen fuhren sie, wie erschrocken, zurück, um dann intensiver nachzufühlen. Schnell wuchsen viele tausende, zunächst feine, dann kräftiger werdende Wurzelableger, die sich wie ein Kokon um Elin legten. Sie schoben sich unter sie, hoben sie hoch, wuchsen so dicht um sie herum, bis der Kokon komplett verschlossen war. Raimond beobachtete diesen Vorgang fasziniert und ließ einen Funken Hoffnung in sein Herz. Er blieb bei Elin in der Wurzelhöhle und wartete, und ihm war so, als ob ein sanftes Leuchten aus dem inneren des Kokons drang.

Draußen kam der Kampf langsam zum Erliegen. Als die erschöpften Waldlinge die Wölfe als Unterstützung erkannten, hatten sie sich hoch in die Baumkronen zurückgezogen, und ihnen die letzten Vampire überlassen. Bedrückende Stille legte sich über den blutbesudelten Schauplatz, der einmal das Waldlingsdorf gewesen war. Die Vampirkadaver begannen bereits zu zerfallen, die Wölfe und Waldlinge leckten ihre Wunden, suchten nach weiteren Verletzten und warteten auf Raimond und Elin. Sie schlichen leise, erfüllt von unterschwelliger Unruhe vor der Wurzelhöhle auf und ab, beobachteten besorgt, die sich verfärbende, welkende Blätterkrone des Urbaumes. Dann geschahen drei Dinge gleichzeitig. Ein lautes Wehklagen erhob sich unter den Waldlingen, die sich schnell um eine Gruppe sammelte, die aus dem Wald in das Dorf zurückgekehrt war. Der Vampir, dem Raimond lediglich das Genick gebrochen hatte, erwachte inmitten des Wolfrudels, nur um ihm nächsten Augenblick seinen Kopf zu verlieren. Und der Urbaum entließ Elin aus ihrem Kokon.

Raimond empfing sie in seinen Armen und sie strahlte ihn kräftig und lebendig an. Er wusste nicht wohin mit seiner Erleichterung und presste sie, unfähig zu sprechen, an sein Herz.

>>Mir geht es wieder gut Rai.<<, sagte sie halb erstickt und versuchte sich aus seinem Klammergriff zu befreien. Ohne Erfolg. >>Rai … du erstickst mich … erzähl mir lieber was passiert ist. Diese Vampire müssen uns gefolgt sein … und dieses verfluchte Netz, das war ganz speziell für mich bestimmt! … Vielleicht hat Agnes ja Recht, und da ist tatsächlich etwas faul an der Sache. Das müssen wir rauskriegen! … Aber sag mal, wie habt ihr diese widerlichen Vampirbastarde erledigt? … Oh, ich rieche die Wölfe! Da haben wir ja Glück gehabt … Rai, lässt du mich jetzt bitte los?!<< Elin strampelte noch etwas halbherzig in Raimonds Armen, ergab sich jedoch schließlich in seine Umarmung. Sie

schmiegte ihren Kopf an seinen Hals und flüsterte, >>Ich weiß.<<

Nach einer Weile runzelte Raimond die Stirn und lockerte etwas seinen Griff um Elin. >>Was ist denn da draußen los?<<, murmelte er verwundert, >>Es war doch ganz ruhig gewesen bis jetzt …<<, und verließ, vorsichtig und wachsam, mit ihr die Höhle.

Alle Augen waren sofort auf sie gerichtet und ein erleichtertes Raunen löste für wenige Augenblicke das Wehklagen der Waldlinge ab. Eine Gasse bildete sich, die den Blick auf einen, am Boden liegenden Waldling frei machte.

>>Oh! … Nein!<<, hauchte Elin, >>Sie haben einen verloren?!<<, und ging langsam, gefolgt von Raimond, hinüber zu dem leblosen Waldling und kniete sich neben ihm nieder.

>>Es ist Poroll.<<, sagte sie mit leiser trauriger Stimme, woraufhin auch Raimond betroffen neben seinem Lebensretter niederkniete. Elin legte dem kleinen, friedlich daliegenden Wesen, ihre Hand auf die flauschige Stirn und streichelte mit leisem Lächeln sanft über sein Gesicht. Nach einigen Minuten bemerkte sie, wie sämtliche Augenpaare, auch Raimonds, in gespannter, atemloser Stille, erwartungsvoll auf sie gerichtet waren. Irritiert schaute sie in die Runde, bis sie erschrocken begriff, was von ihr erwartet wurde. Hilfesuchend blickte sie zu Raimond, der neben ihr kniete, doch auch in seinem Blick lag dieser Funken erwartungsvoller Hoffnung. Sie blickte auf Poroll, dann noch ein-

mal in die Runde, beklemmende Hilflosigkeit ließ sie panisch Aufspringen und fassungslos zu Raimond, stellvertretend an alle, sagen, >>Ich kann ihm nicht helfen! … Und auch nicht retten! … Das weißt du doch! … Er ist tot. Ich kann keine toten wieder lebendig machen! … Selbst wenn ich es jetzt wollte. Das liegt nicht in meiner Macht!<<

Verunsichert durch die Erwartungen, die ihr entgegen gebracht wurden, die sie jedoch nicht erfüllen konnte, gab sie einem Urinstinkt nach. Noch bevor Raimond reagieren konnte, war Elin aus dem trauernden Kreis gesprungen, hatte sich noch während des Laufens in ihre Einhorngestalt verwandelt und war in den Wald geprescht.

Der Wald lag friedlich unter dem klaren Sternenzelt des Nachthimmels. Raimond lehnte an einem Baum, am Rande der Lichtung, und beobachtete das prasselnde Feuer, mit dem Porolls Körper den Elementen übergeben werden sollte. Die Waldlinge hockten davor und murmelten einen leisen Gesang. Er spürte Elins Anwesenheit hinter sich, drehte sich jedoch nicht um. Sie hatte sich noch nicht in ihre menschliche Gestalt zurück verwandelt, ihr schimmerndes Horn lugte, noch halb versteckt aus den dichten, hohen Farnen des Unterholzes.

>>Das muss ziemlich beängstigend und frustrierend sein, Erwartungen nicht erfüllen zu können.<<, sprach Raimond leise vor sich hin, >>Da haben die alten Halunken wohl ziemlichen Mist gebaut, bevor sie sich verpisst haben

… Hmm?!<< Er hörte Elin, in ihrem Versteck, beinahe lautlos Schnaufen. >>Hörst du die Waldlinge? Sie singen dafür
…, zu dir, oder dem dafür zuständigen deiner Art, dass
Poroll sicher an dem Ort für verstorbene Seelen ankommt
und dort willkommen geheißen wird … Wenn ich das richtig
verstanden habe … Und sie glauben, du könntest ein gutes
Wort für ihn einlegen …<<

Nach diesen Worten spürte Raimond wie Elin sich hinter ihm verwandelte, vereinzelte Fünkchen tanzten ihm vor
der Nase, sie hielt sich jedoch noch versteckt im Unterholz.
Leise hörte er sie hinter sich sprechen, >>Dort ist niemand
Rai. Und dort war auch noch nie jemand … Porolls Lebens-
energie wird ungehindert durch das Tor der Unendlichkeit
gehen und wieder Teil des Universums werden … Er läuft
nicht Gefahr ein Schatten zu werden … Und selbst wenn,
könnte ich diesen Prozess nicht beeinflussen. Das obliegt
den natürlichen Gesetzen des Universums.<<

Raimond schwieg und richtete seinen Blick in den Sternenhimmel. Elin kam vorsichtig aus ihrem Versteck, ging zu
Raimond und lehnte sich leicht in seinen Arm. Sie schaute
zu ihm auf, betrachte ihn, wie er die Sterne betrachtete.
Dann stutzte sie, >>Du rennst ja gar nicht panisch, laut
brüllend, durch den Wald und suchst nach mir!<< Raimond
richtete seinen Blick schmunzelnd auf sie, antwortete aber
ernst, >>Ich wusste, du würdest wiederkommen.<<

>>Woher wusstest du das?<<

>>Wir haben uns etwas versprochen. Und ich vertraue dir.<<

Lächelnd streichelte Elin Raimonds Wange, strich sanft seine Locken aus seiner Stirn und küsste ihn liebevoll auf seine vollen, rauen Lippen. Sie schmiegte ihren Kopf sanft an seine Schulter, legte eine Hand beschützend auf seine Brust und richtete ihren Blick in das lodernde Feuer, das lange, leckende Schatten in den Wald warf. >>Mir ist etwas eingefallen Rai<<, sprach sie leise, und doch überzeugt. Raimond schwieg, seine Hand ruhte behaglich auf ihrer Hüfte und er senkte seinen Blick neugierig auf sie, während sie erklärte, >>Ich habe über die Verstrickung der Ereignisse nachgedacht, …, erinnerst du dich? … das ungute Gefühl, als wir den Strom überquert hatten? Die Vampire, die uns verfolgt haben? Das Netz! … Und auch schon, als wir noch zu Hause waren, …, der Angriff der Schatten und der Vampire … Rai, ich glaube jemand, oder etwas, hat es ganz speziell auf mich abgesehen. Vermutlich, um mich daran zu hindern meine Aufgabe zu erfüllen. Davon bin ich überzeugt. Und da kommen auch Agnes Worte ins Spiel, als sie meinte, es passen Dinge nicht zusammen. Sie hat Recht. Da ist etwas faul … Das alles kann nicht allein von den Schatten ausgehen, diese Komplexität übersteigt ihre Fähigkeiten. Rai warte, …, ich kann dir weder wer?, noch was?, oder warum? beantworten. Ich weiß nur eins, … wenn mehr dahinter steckt, als nur die Schatten, haben wir einen weiteren Anhaltspunkt. Eine andere Option, den

Schatten Herr zu werden und die Verbindung zu verhindern, als nur unsere Verschmelzung … Wir müssen nur herausfinden, was hinter dem Ganzen steckt und du musst nicht sterben.<<

Raimond hatte ihr aufmerksam zugehört, und obwohl sie zuletzt eifrig und aufgeregt erzählt hatte, war ihre Schlussfolgerung haltbar. Er zweifelte nur daran, dass sie diesen anderen Anhaltspunkt rechtzeitig finden würden. Er wollte jedoch ihren Optimismus, der zwar nicht unbegründet war, aber eher einem verzweifelten Griff nach einem davonschwimmenden Rettungsring glich, nicht zerstören. Und auch diskutieren wollte er nicht. Er ließ ihr ihren Funken Hoffnung, es war schließlich tatsächlich einer, und überlegte, ob er sie dazu bringen könnte einen Hoffnungsschimmer für alle zu verbreiten. Er lächelte sie an, murmelte, >>Das ist eine gute Idee,<<, und küsste sie behutsam, zunächst auf die Stirn, dann auf den Mund. Elin erwiderte sanft lächelnd seinen Kuss, dann löste er sich widerwillig von ihren Lippen und flüsterte bittend, >>Könntest du nicht vielleicht einen klitzekleinen Fünkchenzauber für die Waldlinge vorführen? … Ich meine, … sie kennen die Wahrheit nicht, … und, naja sie sind so traurig und verstehen nicht, warum du nicht, …<< Elin sah ihn mit großen, erstaunten Augen an. War das sein ernst?!, überlegte sie, da fuhr er fort, >>Du sollst ja nicht fortsetzen, was deine Vorfahren begonnen haben. Es ist nur, … sieh sie dir an, ich fände es grausam, wenn nach diesem Verlust auch noch ihr Glaube, der ihnen jetzt Stärke gibt, zerstört werden würde ... Gib ihnen einen Funken Hoffnung. Elin. Bitte.<<

>>Ist es nicht grausamer ihnen etwas vorzumachen, und sie in etwas zu bestärken, das gar nicht existiert?<<, entgegnete sie.

>>Ja, im Prinzip gebe ich dir Recht. Und ich würde dich auch eigentlich nicht darum bitten. Aber sie wissen was du bist und du bist hier. Du bist greifbar ... Und<<, führte er weiter aus, ihren entrüsteten Gesichtsausdruck genießend, >>bist du nicht von Natur aus grausam? Also, ob du es tust oder nicht, du wirst dich deiner Natur entsprechen verhaltend ... Aber ich bitte dich in diesem Fall um diesen Gefallen. Für die Waldlinge ... Du hast doch auch einen Funken Hoffnung in deinem Herzen, der dir Kraft gibt. Nicht wahr?!<<

Elins Augen waren noch ein Stückchen größer geworden und sie biss die Zähne aufeinander, was ihr einen schmollenden Ausdruck um die Lippen zeichnete. Raimond konnte sich kaum beherrschen sie nicht zu küssen. Sie lag leicht in seinem Arm, ihre Hände ruhten auf seinen Schultern und sie studierte seine in gespannter Erwartung, in Falten liegende Stirn. Er hatte die Augenbrauen hoch gezogen und um seine Lippen kräuselte sich ein verhaltenes Schmunzeln. Verdammt!, dachte sie, warum kann ich an nichts anderes denken, als ihn zu küssen. Dann atmete sie einmal resigniert auf und rollte, mit den Worten, >>Also schön.<<, demonstrativ mit den Augen.

>>Du machst es?<<, platzte es begeistert aus ihm heraus.

>>Ja.<<, bestätigte Elin, nahm seine Hände in ihre, gab ihm einen schnellen Kuss und wandte sich dem Feuer zu. >>Ich werde Poroll eine gute Reise wünschen.<<

Von seiner Position, vom Rande der Lichtung aus, an den Baum lehnend, beobachtete Raimond wie Elin sich dem Feuer näherte. Als die singenden Waldlinge sie bemerkten bildeten sie eine Gasse für sie, und der Gesang wechselte in gespanntes Murmeln. Elin erreichte das Feuer, die Hitze schlug ihn ins Gesicht und sie spürte die trauernden, erwartungsvollen Augen der Waldlinge in ihrem Rücken. Rai hat Recht, überlegte sie, auch wenn ihr nicht ganz wohl bei der Sache war, sie verdienen einen Funken Hoffnung.

Raimond sah gespannt, wie Elin sich vor dem Feuer niederkniete, ihre Hände in die Erde grub und ihr Gesicht gen Himmel richtete. Ein leichter Wind kam auf, nur eine Böe. Elin nahm ihre Hände aus der Erde und es sah so aus, als ob sie die Böe eingefangen hätte und mit ihr spielte. Kein Lüftchen regte sich, außer um Elin herum, sie stand auf, ihr Haar und Hemd flatterten, als stünde sie inmitten eines Wirbelsturmes. Im nächsten Augenblick schickte sie den Wirbel, der um sie herum tobte über das Feuer und eine gewaltige Flammensäule reckte sich, bis zu den Sternen, in den klaren Nachthimmel.

Ich glaube, die Definition von „klitzeklein" müssen wir wohl noch klären!, schoss es Raimond durch den Kopf und für einen kurzen Augenblick bereute er seine Bitte. Aber nur kurz. Aus dem Funken Hoffnung war ein wahres Inferno geworden, das auch ihn erfasste.

<u>22</u>

Schatten

Raimond und Elin waren noch in der Nacht aufgebrochen, noch ehe Porolls Feuer heruntergebrannt war, hatten sie den Heimweg in die Stadt angetreten. Die Wölfe waren bereits voraus gelaufen, sie nahmen einen anderen Weg. Elin hatte es eilig, ihre Idee, dass die Verbindung der Schatten eine andere Quelle haben könnte, als aus ihrem eigenen Antrieb heraus, und das damit verbundene neue Ziel, welches die Verschmelzung ihrer und Raimonds Liebe nicht erforderte, wodurch er überleben würde, trieb sie an.

Die Sonne stand gleißend hell, stach brennen vom wolkenlosen Himmel, als sie die steinige, wüstenähnliche, am Horizont flimmernde Ebene durchquerten. Elin trug Raimond auf ihrem Rücken. Er hatte nur kurz protestiert, sein einziges Argument war sein Stolz, den er runtergeschluckt hatte, nachdem sie ihn, nur eine Sekunde, mit verschränkten Armen und hochgezogenen Augenbrauen gemustert hatte. Er wusste sie hatte Recht, und so hatte sie sich in ihre Einhorngestalt verwandelt und er war auf ihren Rücken geklettert. Nach kurzweiliger Skepsis empfand er es mit der

Zeit sogar als angenehm von ihr getragen zu werden. Ihre Hufe berührten kaum den Boden, es fühlte sich an, als ob sie dahinflog und sie lief schnell, sehr schnell. Der endlos scheinende, in der Hitze flirrende Horizont schien sich nicht zu bewegen, doch der Boden unter ihnen floss nahezu in der Geschwindigkeit dahin. Er hätte dieses Tempo niemals mithalten können, geschweige denn bei dieser Sonnenein-strahlung. Elins Hülle schirmte ihn ab, und unter ihren gleichmäßigen, schwebenden Bewegungen kostete es ihn keinerlei Mühe sich auf ihrem Rücken zu halten. Seine Ge-danken drifteten ab, dem Schicksal entgegen, das ihn und Elin zu Hause erwarten würde. Er unterstützte Elin in ihrem Vorhaben diese mögliche andere Quelle zu finden, schließ-lich ging es dabei um sein Leben, viel Hoffnung setzte er schlussendlich aber nicht in diesen Plan. Aber wer weiß, beendete er diesen Gedankengang mit einem leisen Schnauben.

Der Strom lag unter einer wabernden Nebeldecke, als sie am Ende des Tages das schilfige Ufer erreichten. Dun-kelheit legte sich bereits über das Firmament und vertrieb die letzten blauvioletten Schimmer des schwindenden Abends.

>>Du willst doch nicht etwa heute noch auf die andere Seite?!<<, fragte Raimond erstaunt, als Elin Anstalten machte das Wasser zu beruhigen, >>Halt! … Elin stopp!<<, setzte er energisch nach, als er merkte sie reagierte nicht

und sprang von ihrem Rücken. Das zeigte Wirkung, Elin sah sich verwundert zu ihm um und verwandelte sich in ihre menschliche Gestalt.

>>Was soll das Rai? Wir müssen uns beeilen!<<, fuhr sie ihn regelrecht an.

>>Ja, das müssen wir. <<, lenkte er beschwichtigend ein, >>Aber Elin, sieh dich um. Es ist beinahe dunkel. Das Wasser ist vollkommen verdeckt. Selbst mit unseren Sinnen wäre es absolut leichtsinnig jetzt hinüber zu gehen, wo wir nicht wissen, was uns dort erwartet. Wir werden auf der anderen Seite keine Rast machen können, bevor wir den Elfenstein erreichen und vermutlich dem einen oder anderen Schatten begegnen … Also, wenn wir Rast machen, dann hier und jetzt. Und das werden wir auch tun! Morgen früh, mit dem ersten Licht, wenn sich der Nebel gelichtet hat, … oder du den Nebel lichtest …, gehen wir rüber. Das ist sicherer. Es hat keinen Sinn dieses Risiko einzugehen. Sieh doch, das andere Ufer ist nicht mehr zu erkennen und der Wald verwischt bereits in der Dunkelheit. Wir bleiben hier …<<

>>Rai, …<<, versuchte Elin neu zu argumentieren, doch Raimond schnitt ihr direkt das Wort ab. Er hörte auf ein inneres Gefühl, einen Instinkt. Etwas warnte ihn den Weg in der beginnenden Dunkelheit fortzusetzen. Normalerweise hörte er sich Elins Argumente gerne an und war auch grundsätzlich bereit ihr zuzustimmen, doch nicht in diesem Fall. Er war entschlossen sich durchzusetzen und

würde nicht nachgeben. Diesmal würden sie auf ihn hören müssen. >>Nein! Komm mir nicht so. Wir bleiben heute Nacht hier. Verborgen im Schilf. Und du wirst etwas schlafen ... Und keine Widerrede!<<

Elin wollte erneut den Mund öffnen, doch Raimond ließ sie nicht zu Wort kommen, indem er seine Arme vor der Brust verschränkte und seine Augenbrauen zusammenzog. Sie hielt erstaunt ihre Worte zurück und schließlich spielte ein ergebenes Lächeln um ihre Lippen. >>Also schön.<<, ließ sie verlauten, >>Aber du wirst auch etwas schlafen.<<

>>Ich?!<<, erboste er sich, >>Das einzige, was ich heute getan habe, war die Aussicht zu bewundern! ... Kommt gar nicht in Frage. Komm her! Du wirst mich morgen wieder tragen, also keine Widerworte.<<

Elin hatte gar keine Lust Widerworte zu geben, womöglich nur, um ihren Willen durchzusetzen. Sie hätte nicht schlafen brauchen, und sie wusste Raimond auch nicht, aber er hatte Recht damit erst mit Anbruch des neuen Tages den Strom zu überqueren. Also fügte sie sich bereitwillig in ihr Schicksal und kuschelte sich in seine wartenden Arme.

Das Schilf wogte raschelnd, gut zwei Meter über ihren Köpfen, im seichten Wind des sternenklaren Nachthimmels. Raimond und Elin lagen an einer trockenen Stelle auf dem Grund des Schilfmeeres, die Mondsichel erhob sich in das Sternenzelt und warf einen schwachen Schein auf die tanzenden Schilfhalmspitzen. Raimond beobachtete das Himmelsschauspiel, Elin schlummerte ruhig in seinem Arm, ihr Kopf auf seiner Brust, seine Hand schützend auf ihrem Rücken. Leise, langsam mischte sich ein unbekanntes Geräusch unter das wogende Rascheln des Schilfes. Allmählich hob sich dieses Geräusch, gleichmäßig, mechanisch über die Laute der Nacht. Elin schlug die Augen auf, >>Die Schatten!<<, keuchte sie und setzte sich erschrocken auf. >>Sie haben den Wirbel erhoben. Wir haben nicht mehr viel Zeit.<<

Die Nebelschwaden waberten zäh, erdrückend über den Strom und seine Ufer, versteckten den Boden vor den klärenden Strahlen der Morgensonne. Auf der anderen Seite des Stromes sah Elin, wie sich der Nebel in das Unterholz des Waldes hineinfraß, oder war es andersherum? Sie stutzte, der Nebel quoll aus dem Wald hervor und füllte die Wassersenke. In diesem Augenblick war sie froh, dass Raimond sie davon abgehalten hatte sich kopfüber, in der Dunkelheit, in diese undurchsichtige, sinnbetäubende Masse gestürzt zu haben. Er musste bereits am Abend etwas gespürt haben, das ihr in ihrem Bestreben voran zu kommen entgangen war, überlegte sie erleichtert. Sie stand am Ufer des Stromes, von dem sie wusste, was für ein wildes, unberechenbares Monster er war, doch die Nebeldecke verschluckte jedes gluckern oder rauschen, versagte jeden Blick auf die strudelnden Untiefen. Es war still, mucksmäuschenstill, nur das beklemmende, mechanische Rotieren der

Schatten erfüllte drohend die Luft. Elin war unruhig, nervös, ihr Gefühl verhieß Schrecken und Dunkelheit.

>>Ich traue diesem Nebel nicht Rai.<<, sagte sie nachdenklich, den Blick auf das kaum erkennbare gegenüberliegende Ufer gerichtet, >>Wir müssen wirklich schnell machen ... Ich hoffe, wir erreichen noch heute Abend den Elfenstein ...<<

Raimond betrachtete sie von der Seite, sie wirkte ernst und angespannt, als ob sie etwas in der Atmosphäre witterte, das sie beunruhigte. Und sie hatte sich einiges vorgenommen, auf dem Hinweg hatten sie zwei Tage durch den Wald gebraucht, nur aufgehalten durch kleinere Begegnungen mit vereinzelten Schatten, nun wollte sie es an nur einem Tag schaffen. Er folgt ihrem besorgten Blick und bereitete sich innerlich auf eine Hetzjagd vor. >>Ich verstehe.<<, sagte er ruhig.

Elin hatte einige Mühe gehabt den Nebel soweit zu lichten, um einigermaßen freie Sicht auf das Wasser des Stromes zu bekommen, doch schließlich hatte er sein Gesicht gezeigt, so wie sie es in Erinnerung hatten, brutal, verschlingend, unberechenbar, zornig. Er hatte sich nur widerwillig Elins Macht gebeugt, hatte ihr trotzig seine Strudel und Strömungen entgegen gestellt. Hochkonzentriert, Zentimeter um Zentimeter hatte sie ihn letztendlich bezwungen, doch sie spürte, er war beflügelt von einer übernatürlichen

Kraft und würde sich ihr nicht lange beugen. Lange genug, hoffte sie, mit mulmigem Gefühl.

Raimond saß auf ihrem Rücken, versuchte sich unnötigerweise so leicht wie möglich zu machen. Elin trabte zügig durch das knietiefe Wasser, sie hatten bereits über die Hälfte des Weges geschafft, die Uferböschung rückte in erreichbare Nähe, als plötzlich der Nebel, wie aus dem Nichts, von beiden Seiten auf sie einströmte und ihnen die Sicht nahm. Elin stolperte irritiert, versuchte sich zu orientieren, ihr Versuch den Nebel erneut zu lichten scheiterte, er schien sich nicht nur über ihre Sinne, sondern auch über ihre Macht gelegt zu haben, wie das Netz im Waldlingsdorf, nur nicht so intensiv. Ihr mulmiges Gefühl wurde ihr zur Gewissheit, dieser Nebel unterlag, wie der Strom, einem widernatürlichen Zauber. Raimond spürte ihre Unsicherheit, versuchte sie zu beruhigen und für sie die Orientierung zu übernehmen. Viel konnte auch er nicht ausrichten, doch es gelang ihm das Rascheln des Schilfes am Ufer zu orten, welches ihm den Weg wies. Er bedeutete Elin die Richtung und sie setzte vorsichtig den Weg fort. Nach einigen wenigen Schritten spürte sie jedoch, wie das Wasser zu steigen begann. Zügig schwoll der Wasserpegel an, nach nur wenigen Momenten hatte Elin keinen Grund mehr unter den Hufen und sie wurde von der zornigen Strömung erfasst.

Raimond spürte ihren Anfall von Panik und raunte ihr möglichst beschwichtigend, >>Schwimm!<<, in ihr Ohr und zeigte ihr die ungefähre Richtung. Elin hatte Mühe auch nur den Kopf über Wasser zu halten, und nicht von einem verschlingenden Strudel erfasst zu werden, doch sie bemühte sich irgendwie in die Nähe des Ufers zu gelangen, es war nicht mehr weit entfernt. Und es gelang ihr. Zudem lichteten sich in Ufernähe die Nebelschwaden von Zeit zu Zeit und gaben den Blick auf das Schilf frei. In einiger Entfernung vor ihnen erkannte Raimond eine Reihe umgeknickter Schilfhalmbüschel, die auf der Wasseroberfläche schwappten. Er zeigte Elin was er entdeckt hatte und sie verstand was er vorhatte. Mühsam kämpfte sie sich parallel zur Strömung, dichter an die im Wasser treibenden Halme heran, konnte sie jedoch nicht direkt erreichen. Sie erschauerte, als sie merkte, dass Raimond sich zum Sprung bereit machte. Er kletterte von ihrem Rücken und hoffte, dass er mit einem Satz die Spitzen der Halme erreichen und packen konnte. Bevor er sprang beschwor er Elin eindringlich, >>Hör zu! Wenn ich gesprungen bin musst du dich verwandeln, sonst kann ich dich nicht greifen und festhalten. Ok?!<< Elin schnaubte.   Raimond sprang, erwischte tatsächlich mit einer Hand ein Büschel Halme, drehte sich um und suchte nach Elin. Er scannte die Wasseroberfläche, nichts. In heißer Panik fühlte er sein Herz in den Ohren schlagen, angsterfüllt rief er nach ihr. Nach Sekunden des Schreckens tauchte sie einige Meter von ihm entfernt auf, prustete, schnappte nach Luft. Die reißenden Strudel hielten sie gefangen. Raimond ließ die rettenden Halme los und stürzte sich zu ihr, packte ihr Handgelenk, versuchte sie den Fän-

gen des Strudels zu entwinden. >>Elin, hör auf so zu strampeln!<<, rief er ihr Wasserspuckend zu, >>Hier sind gefähr-
liche Unterströmungen. Mich würde es zwar nicht umbringen zu ertrinken, aber wer weiß wo ich wieder auftauchen
würde. Darauf lege ich wirklich keinen gesteigerten Wert.
Aber du kannst hier ertrinken, also … Schau her! … Wir
kommen hier raus. Mach es wie ich, lass dich von der Oberfläche tragen. Die Seitenströmung treibt uns näher an das
Ufer heran.<< Elin tat es ihm gleich, sie kam sich dumm vor.
In gewisser Weise konnte sie die Elemente beherrschen,
hatte aber keinerlei physische Erfahrung mit ihren Eigen-
schaften. Sie nahm sich vor das unbedingt mit ihrem
menschlichen Körper üben zu müssen. Raimond hatte sie
auf den Rücken gedreht und zog sie in die seichtere Seitenströmung, wo sie nach wenigen Minuten einige Schilfbü-
schel erreichten, sich in flaches Wasser hangelten und
erschöpft im Schilf der Böschung liegen blieben. Nach kurzem Durchatmen setzte Elin sich abrupt auf, zornig hatte sie
ihre Augenbrauen über ihrer Nase zusammengezogen, ihre
Nasenflügel bebten und Millionen Funken explodierten in
ihren Augen. >>Das ging schon wieder gegen mich!<<,
zischte sie wütend.

Zornig preschte Elin durch den Wald. Sie gab sich gar
keine Mühe unbemerkt durch das Unterholz zu schlüpfen,
oder Haken um versprengte Schatten zu schlagen, ihr Weg
führte direkt durch die Mitte. Ihre Wut machte sie trotzig,
aber nicht unaufmerksam, wer oder was hinter der ganzen

Geschichte steckte, hatte es persönlich auf sie abgesehen, und das wurmte sie.

Raimond hielt sich diesmal eng an ihren Körper gepresst, in ihrem Windschatten, und ging mit jeder ihrer Bewegungen mit. Anders, als bei ihrem Lauf über die Ebene, musste Elin im Wald den Bäumen ausweichen, was ihn von einer Seite, auf die andere warf, er war voll darauf konzentriert ihren Bewegungsablauf nicht zu beeinträchtigen. Er spürte ihre Hülle, die ihn mit umschloss, nahm schemenhaft die, in der Geschwindigkeit vorbeirauschenden Bäume wahr und duckte jedes Mal instinktiv den Kopf, wenn ein Schatten, dessen Weg sie kreuzten versuchte sie zu attackieren, aber an Elins Hülle abprallte. Das mechanische Rotieren, welches sie die ganze Zeit über begleitete wurde stetig lauter, und wie Raimond fand auch schneller. Sie näherten sich dem Wirbel. Wenn sie den direkten Weg zum Elfenstein nahmen, würden sie den Wirbel passieren müssen. Elin war der Meinung, das Risiko wäre kalkulierbar, wenn sie schnell genug wäre. Selbst, wenn ihre Anwesenheit bemerkt werden würde, könnten sich Schatten, die sich bereits dem Wirbel angeschlossen hatten, nicht schnell genug wieder aus der Verbindung lösen, um anzugreifen. Raimond vertraute Elin bedingungslos, nach dem, was sie beim Überqueren des Stromes erlebt hatte, würde sie kein erhöhtes Risiko eingehen. Ein Lächeln huschte über seine Lippen, er dachte zurück, an ihre ersten gemeinsamen Tage, in denen er sie für ein verloren gegangenes Menschenmädchen gehalten hatte und sie ihn verängstigt aus großen verschreckten Augen, Augen so groß und weit wie das Universum, angeschaut hatte. Und nun war sie es, die sich den Schatten entgegen stellte. Wie hatte sich ihr beider Schicksal so verwickeln können? Er hatte das schönste, das er sich vorstellen konnte, seine Liebe zu Elin und ihre Liebe für ihn, erleben dürfen, um am Ende wegen dieser Liebe sein Leben zu verlieren. Er wollte keine Sekunde ihrer gemeinsamen Zeit, oder eines der Gefühle für sie missen, nur fragte er sich, wie es so hatte kommen können? Ah ja!, blitzte es in seinem Kopf auf, da war ja was, und sein Lächeln erfror zu einem bitteren Strich. Das Universum.

Ohne Vorwarnung frischte mit einem Mal der Wind auf, aber es schien kein normaler, natürlicher Wind zu sein. Er kam konstant, mit gleich bleibender Intensität aus einer Richtung und hatte einen Aufwärtssog, der Raimond und Elin schräg von vorne traf und Elin genau in die Flanke schlug. Sie wurde aus ihrer Laufgeschwindigkeit gerissen und kämpfte, beeinträchtigt durch diesen scharfen, hartnäckigen Luftstrom, um ein vorrankommen. >>Wir sollten ganz schnell raus aus diesem Sog!<<, rief Raimond ihr zu, als er zerknirscht feststellte, dass dieser Wind Elins Hülle verwirbelte. Sie befanden sich direkt in der Rotationsströmung der Schatten, die in ihrem Wirbel knapp über den Baumwipfeln kreisten.

In dem Augenblick, bevor Elin den Luftstrom durchbrach, um ihren Weg, direkt durch das Auge des Wirbels fortzusetzen, war ihre Hülle so verwirbelt, dass nur noch Fetzen um sie herum wehten. Raimond und sie waren einem Angriff der Schatten schutzlos ausgeliefert. Elin bemühte sich kräftiger, stemmte sich gegen die Wand aus fegendem Wind, hatte den Durchbruch so gut wie geschafft, da wurde eine Gruppe aus fünf Schatten, die sich noch nicht dem Wirbel angeschlossen hatten, auf ihre Anwesenheit aufmerksam und startete sofort einen Angriff. Elin wurde von zweien in den Luftstrom zurückgedrängt und Raimond versuchte vergeblich die übrigen drei abzuwehren, doch sie hatten ihn bereits in ihren Fängen, aus denen er sich nicht befreien konnte. Alle fünf Schatten trugen ihn fort, in den Wirbel hinein, fort von Elin. Elin brach durch den Luftstrom, sie stand im absolut windstillen Auge des Wirbels. Allein. Raimond war von den Schatten verschleppt worden. In wilder Panik verwandelte sie sich in ihre menschliche Gestalt, rief nach ihm. Angst schnürte ihr die Luft ab, wie hatte sie so leichtsinnig sein können?, schalt sie sich verzweifelt. Sie suchte den Wirbel nach ihm ab, konnte ihn jedoch nicht entdecken, was bedeutete, er war noch auf der anderen Seite und noch nicht absorbiert worden. Elin erschrak bei dem Gedanken, was die Schatten ihm antun würden so heftig, dass ein erschauerndes Zittern ihren Körper durchlief. Sie durfte das nicht zulassen, sie musste ihn finden! Entschlossen blickte sie in das kleine Stück klaren, stahlblauen Himmels, welches das Auge des Wirbels frei ließ, atmete tief durch und konzentrierte sich. Der Durchmesser des Wirbels war zu groß, um aus dem Auge auszubrechen und ihn von außen zu umrunden, das würde zu lange dauern. Sie durfte keine Zeit verlieren, also kniff sie die Augen zusammen, scannte die Umgebung außerhalb des Wirbels ab, wo sie ihn schemenhaft hinter dem Luftstrom entdeckte und konnte nur hoffen, dass noch kein Schatten in seinen Kopf eingedrungen war. Umgehend verwandelte sie sich wieder in ihre Einhorngestalt und preschte verzweifelt in seine Richtung. Als sie auf den Luftstrom traf, prallte sie kurz an der Gegenkraft ab, doch ihre Angst um Raimond trieb sie unermüdlich an.

Sie kämpfte wild entschlossen und in dem Moment, in dem sie aus dem Wirbel ausbrach, fing sie an wild auf die Schatten zu feuern. Grell zuckte die Blitze aus ihrem Horn, während sie auf die Gruppe zu galoppierte. Als sie es geschafft hatte die Schatten auseinander zu treiben, sah sie Raimond benommen am Boden liegen. Angst hämmerte in ihrer Brust. Sie konnte sich nicht zurück verwandeln, da die Schatten nur verscheucht waren, sie lauerten lechzend auf ihre nächste Chance sich in Raimonds Geist einzunisten. Ich muss ihn in Sicherheit bringen, hämmerte es in Elins Kopf, also stellte sie sich über ihn, so dass er zwischen ihren Beinen lag, hob ihr Horn und ließ glitzernden Funkenregen über sich niederrieseln. Damit hatte sie endgültig die allgemeine Aufmerksamkeit, aber die Schatten wichen zunächst angewidert zurück. Wir müssen hier verschwinden, pochte es in Elins Herz. Schnell! Raimond bewegte sich ächzend, er hielt sich den Kopf und würgte, als ob er sich übergeben müsste. Elin schmerzte es, ihn nicht im Arm halten, ihm nicht in seiner Qual helfen zu können. Aber seine körperliche Abwehrreaktion ließ sie hoffen, dass er noch er war. Langsam öffnete Raimond die Augen und sah verschwommen Elin in ihrer Gestalt als Einhorn, eingehüllt in eine Kaskade glitzernder Funken, über sich stehen. Er brauchte einige Sekunden, um die Situation zu erfassen, das war knapp!, besann er sich erleichtert, dann kroch er unter ihr hervor und versuchte aufzustehen, doch seine Beine waren noch wackelig. Elin neigte den Kopf zu ihm herunter und sah ihn flehentlich an, dann senkte sie ihre Knie, um es ihm leichter zu machen auf ihren Rücken zu klettern. Er sah die Besorgnis in ihren Augen, streichelte über ihre Mähne und flüsterte mit rauer Stimme, >>Ich bin ok.<< Er sah sie erleichtert aufschnaufen, dann stupste sie ihn zärtlich an die Schulter und er beeilte sich auf ihren Rücken zu krabbeln.

Unablässig sprühten die Funken aus Elins Horn, als sie ihren Weg Richtung Elfenstein wieder aufnahm. Sie bemühte sich ihr schlechtes Gewissen zu unterdrücken, indem sie noch schneller lief, als zuvor. Bald näherten sie sich der Lichtung, es waren nur noch wenige Kilometer, und sie hatten es geschafft. Raimond hatte sich weitestgehend erholt und freute sich darauf wieder selbst laufen zu können. Elin wollte schon ihren Schritt verlangsamen, als sie wieder vermehrt Schatten um sich herum bemerkte. Die Gruppe, die sie angegriffen hatte, war ihnen gefolgt, doch die übrigen, auf die sie gestoßen waren, schienen ein anderes Ziel zu haben, doch welches? Elin grübelte noch, da rief Raimond ihr bestürzt zu, >>Der Elfenstein! Sie greifen den Stein an!<<

Elin setzte mit einem Sprung auf die Lichtung, die Fünkchenwolke, die sie umhüllte stob auseinander und entsetz sahen Raimond und Elin, wie Schatten auf den schutzlosen Stein niederstießen und die Elfen kreischend aufflatterten. Ihr Schutzwall war außer Kraft gesetzt. Erneut feuerte Elin wütend ihre Blitze auf die Schatten, die ihrerseits zornig aufkreischend von dem Stein abließen, aber weiterhin darüber kreisten. Raimond schwang sich von Elins Rücken und versuchte die, in alle Richtungen versprengten Elfen wieder einzusammeln und zurück in den Schutz ihres Steines zu bringen. Er wusste, wie hilflos und orientierungslos sie alleine, außerhalb ihrer schützenden Gemeinschaft waren. Einige flüchteten in ihrem Schrecken panisch vor ihm, was er nachvollziehen konnte, doch er zwang sie zu ihrem Glück, fing sie, eine nach der anderen, ein und brachte sie zurück zu ihrem Stein. Er ignorierte ihre Schimpftiraden gegen Vampire und schluckte das Zwicken ihres Stromstoßes gegen ihn herunter, eine Elfe alleine war nicht gefährlich für ihn, er überhörte gleichmütig alles, was diese kleinen, garstigen, nachtragenden Dinger ihm an den Kopf warfen, bis sie alle wieder stark, in ihrem Kollektiv vereint, auf ihrem Stein saßen. Elin konnte den Schutzwall nicht selbst errichten, aber sie konnte den Elfen, die nun wieder vereint waren Energie zuführen, so dass sie ihren Wall wieder aus eigener Kraft errichten konnten. Sie richtete ihr Horn auf den Stein und Raimond sah einen gleichmäßig, leicht in orange und blau flirrenden Strahl aus Elins Horn auf den Elfenstein treffen, der ihn komplett einhüllte. Nach wenigen Augenblicken schwoll dieses Energiefeld an, Raimond beeilte sich in Elins Nähe, unter ihre Hülle zu kommen, zerbarst in einer Druckwelle flirrender Energie, stieß die letzten Schatten aus der näheren Umgebung des Steines und bildete einen neuen Schutzwall. Elin musste den Stein noch weiterhin aufladen, damit die Elfen den Wall halten konnten. Von außen hörten sie das zornige Kreischen der Schatten und sahen sie hektisch den Wall umrunden. Erleichtert sahen sie, dass jeglicher Versuch ihn zu durchstoßen scheiterte.

Elin führte dem Stein weiterhin Energie zu, Raimond atmete durch, unter ihrer Hülle war er sicher vor der tödlichen Wirkung der Schutzwalles auf Vampire, nur die Elfen beruhigten sich nicht. Sie flatterten nach wie vor hektisch, panisch auf ihrem Stein herum, versuchten sich zu ordnen, doch etwas stimmte nicht. Das bemerkten auch Raimond und Elin, doch Raimond erhielt auf seine Nachfrage keine Antwort, dann vernahmen sie ein, leises, flehendes Geräusch, zwischen dem zornigen Gekreische der Schatten.

Es kam von außerhalb des Schutzwalles und alle fuhren erschrocken zusammen. >>Eine ist verloren gegangen.<<, sagte Raimond besorgt und richtete seinen Blick in die Richtung, aus der das Fiepen kam. Das aufgeregte Stimmengewirr auf dem Stein war nicht zu verstehen, aber allen war klar, dass die verloren gegangene Elfe es nicht alleine zurück zum Stein schaffen würde.

>>Ich hole sie.<<, sagte Raimond ruhig, obwohl er wusste, dass er außerhalb von Elins Hülle furchtbare Schmerzen erleiden würde. Sie hielt ihn mit einem Blick voll von Stolz und Besorgnis einem Moment zurück, sie selbst konnte nicht gehen. >>Ich beeile mich.<<, versicherte er ihr und quittierte das zuversichtliche Lächeln in ihren Augen mit einem Lächeln seinerseits, welches noch breiter wurde, als sie sich schüttelte und eine Funkenstaubwolke über ihm niederrieselte, die die Wirkung des Schutzwalles mindern sollte. In dem Augenblick, in dem Raimond Elins Hülle verließ begannen sofort Nervenstränge in seinem Körper zu reißen und Blutgefäße zu platzen. Er stöhnte auf vor Schmerzen, doch dank Elins Fünkchenzaubers konnte er weiter gegen. Schleppend erreichte er den Rand des Schutzwalles, überquerte den Rand und ließ sich ächzend auf den Waldboden fallen, er hatte jedoch keine Zeit zu regenerieren. Schatten brausten noch immer rund um den Schutzwall herum, er hörte die Elfe schwach fiepen, sie schien verletzt zu sein. Den Schmerz abschüttelnd rappelte er sich auf und begann das Unterholz und den Waldboden

abzusuchen. Er hoffte inständig, die Schatten hätten ihn nicht bemerkt, und er schien Glück zu haben, er konzentrierte sich auf die Elfe. Das Fiepen wurde lauter, er suchte unter Baumwurzeln und Farnbüscheln, wo sich Elfen besonders gut verstecken konnten, dann fand er sie, es war die kleine, frischgeschlüpfte Elfe, die die Legende von dem Nordstein erzählt hatte, durch die sie Agnes gefunden hatten. Raimond hob sie vorsichtig auf, ihr einer Flügel war schwer verletzt und sie war sehr schwach. Raimond brach es beinahe das Herz das Kleine so zu sehen, in seiner Hand schlug es kurz die Augen auf, und es schien ihm so, als ob es ihn im Erkennen schwach anlächeln würde, bevor sich seine Augen wieder schlossen. Raimond wusste nicht, wie schwer die kleine Elfe tatsächlich verletzt war, er bettete sie in seinen Handflächen, machte sich für die Schmerzen des Schutzwalles bereit und überschritt die Grenze. Nach nur wenigen Schritten brach er stöhnend auf dem Boden zusammen, Elins Zauber wirkte nicht mehr. Er wand sich vor Schmerzen und versuchte dabei die Elfe nicht fallen zu lassen. Elin unterbrach sofort ihre Energiezufuhr auf den Stein, er war so gut wie aufgeladen, sie beschloss den Rest würden die Elfen auch alleine schaffen und stürzte zu Raimond.

Bei ihm angekommen verwandelte sie sich umgehend in ihre menschliche Gestalt und nahm ihn unter ihrer Fünkchenwolke in die Arme. Sobald er unter ihrer Hülle war, verlor der Schutzwall seine Wirkung und ihre Funken unterstützten seine Regeneration. Er konnte sich nach wenigen Minuten wieder bewegen und aufsetzen. Mit dicken Tränen in den Augen streichelte Elin über Raimonds Gesicht, vor Erleichterung keine Worte findend. Raimond wusste, was sie empfand, schenkte ihr ein liebevolles Lächeln und hauchte, >>Ich weiß.<<

>>Elin, sie ist verletzt. Ich weiß nicht wie schwer.<<, besann er sich nach einigen Sekunden auf die kleine Elfe in seinen Händen. >>Oh …<<, seufzte Elin traurig und nahm sie ihm ab. Sie betrachte die, kaum noch lebendige Elfe in ihren Händen und eine Welle frustrierten Weltschmerzes erfasste sie. Sie weinte. Weinte hemmungslos über alles. Diese kleine Elfe in ihren Händen rührte dermaßen ihr Herz, verkörperte jede Qual, jeden Schmerz, den sie erfahren hatte, seit sie mit Raimond aufgebrochen war die Erde zu retten. Jede Ungerechtigkeit, jeder Verlust brach erneut hervor und über alles legte sich ihre Liebe zu Raimond. Ihr Herz schmerzte so sehr, dass sie sich nicht beruhigen konn- te, nicht beruhigen wollte, ihre Tränen quollen aus ihrem Herzen und befreiten ihre verengte, schmerzende Brust.

Raimond nahm ihr die tränennasse Elfe aus den Hän- den und brachte sie behutsam zum Stein zurück, wo sie bereits sehnlichst erwartet wurde. Er hoffte inständig sie wäre noch zu retten, hatte aber keine große Hoffnung. Eine der älteren Elfen warf ihm noch einen Blick, der mit viel gutem Willen, Dankbarkeit beinhaltete zu, bevor er zu Elin zurückkehrte, die weinend, auf ihren Knien, den Kopf in ihre

Hände vergraben, am Boden saß. Er setzte sich neben sie und nahm sie ruhig in seine Arme, er wünschte, er könnte ihr etwas von dem Druck, der sie quälte abnehmen. Doch das konnte er nicht, aber er konnte für sie da sein, sie halten, ihr das Gefühl geben nicht allein zu sein mit der Bürde die Erde zu retten.

>>Es tut mir leid Rai … Es tut mir leid …<<, schluchzte Elin immer wieder in seinen Armen, woraufhin er ihr versicherte, es gäbe nichts, wofür sie sich entschuldigen müsste. Es dauerte eine ganze Weile, bis sie sich beruhigt hatte, die Tränen versiegt waren und ihr Atem regelmäßig ging. >>Was machen wir jetzt Rai?<<, fragte sie ihn, ihren Kopf an seine Brust lehnend. >>Wir gehen nach Hause.<<, antwortete er ruhig und küsste sie liebevoll auf die Stirn.

23

Hoffnung

Die Außenbezirke der Stadt empfingen Raimond und Elin mit dunklen, verwahrlosten, schmutzigen Straßen. Es hatte längere Zeit nicht geregnet und die staubig, trockene Luft war beinahe leicht elektrisch aufgeladen und wirkte statisch. Die spärlich funktionierende Beleuchtung zuckte mechanisch über den staubigen Asphalt. Die zerbrochenen Fensterscheiben in den Häuserschluchten, die Schuttberge in den Vor- und Hinterhöfen und die ausgebrannten Autowracks, stumme Zeugen des Verfalls, mahnten Raimond und Elin zur Wachsamkeit. Raimond kannte diese verlassenen Stadtbezirke, Schlupflöcher dunkler Bewohner, doch spürte er ihre Anwesenheit nicht. Die toten Bezirke waren tatsächlich tot, was ihn umso misstrauischer machte. Etwas ging in der Stadt vor, das er nicht deuten konnte. Elin spürte diese unbestimmbare Spannung ebenfalls. Ihre und Raimonds Sinne waren instinktiv gewarnt, sie schlichen, huschten lautlos in den tiefen Schatten von Gasse zu Gasse, doch die Umgebung blieb still. Sehr still. Zu still.

In dieser trostlosen Kulisse bemerkte Elin, auf ihrem Weg in Richtung Stadtkern, eine Art Blumenschmuck, der sich an den reglosen Kabeln der Straßenbeleuchtung entlang rankte und in krassem Gegensatz zu dem herunter gekommenen Straßenbild stand. Diese Dekoration, aus voll blühenden weißen Lilien und weißen Rosen, wiederholte sich in regelmäßigen Abständen und war in allen Straßenzügen zu finden, als ob sie eine öffentliche Festivität begleiten würde. Elin runzelte die Stirn und Raimond zuckte ratlos mit den Schultern. Misstrauisch krochen sie noch tiefer in die dunklen Ecken, die ihre Rückkehr in die Stadt verbergen sollten.

Allmählich kamen sie in bewohnte Bezirke, äußere Stadtteile, in denen sich Menschen, hauptsächlich Studenten angesiedelt hatten. Für gewöhnlich, wusste Raimond, herrschte in diesen Straßen auch in Nachtstunden reger Betrieb, doch zu dieser frühen Morgenstunde, der Himmel begann sich gerade blau zu färben, waren die Straßen leer, bis auf zwei schwankende Nachtschwärmer auf der anderen Straßenseite, die ihren Weg nach Hause suchten.

Raimond drängte Elin schneller weiter zu gehen, doch als Elin die zwei bemerkte, fixierte sie sie, blieb zu Raimonds Überraschung stehen und hielt ihn zurück. >>Was hast du vor?<<, flüsterte er ihr zischend zu. >>Geh in Deckung und warte auf mein Zeichen.<<, raunte sie zurück, überquerte bereits die Straße und steuerte genau auf die beiden unglücklichen zu. Raimond beobachtete die Szene aus seinem Versteck, überlegte fieberhaft, was Elin vorhaben könnte. Er hörte, wie sie den beiden Typen irgendwelches Süßholz um die Mäuler schmierte und sah, wie sie mit ihnen … flirtete?! Er wäre beinahe kopflos, mit einem Satz aus seiner Deckung hervorgeprescht, doch Elin war schneller. Er sah, wie sie die zwei in eine dunkle Seitengasse lotste, beide gleichzeitig, mit jeweils einer Hand an der Kehle packte und ihre Köpfe zusammendonnern ließ. Das dumpfe Klatschen des Aufpralles ließ ihn überrascht und bewundernd zusammenzucken. Mühelos hinderte sie beide daran bewusstlos zu Boden zu sinken, sie waren benommen, aber noch bei Sinnen. An Gegenwehr schien keiner von beiden in Elins Würgegriff zu denken. Den einen packte sie an der Kehle, hob ihn hoch und presste ihn mit ihrem Unterarm, ein paar Zentimeter über dem Boden an die Wand, den anderen hielt sie locker unter seinem Kinn fest und kippte, mit ihrem Daumen, den Kopf so zur Seite, dass seine Halsschlagader frei lag. Das Ganze hatte wenige Bruchteile einer Sekunde gedauert. Raimond sah, wie sie ihm zunickte und er huschte lautlos zu ihr und ihren Opfern in die Gasse. >>Erzähl mir nicht, du hast keinen Hunger.<<, murmelte Elin mit Unschuldsmiene, als sie Raimond ihre erbeutete Halsschlagader, mit ausgestrecktem Arm, servierfertig, unter die Nase hielt. >>Du bist unglaublich!<<, schmunzelte er, nahm ihr den Typen aus der Hand und grub seine Fangzähne tief in seinen Hals. Er trank gierig, natürlich hatte er Hunger. Violett loderten seine Augen, als sein Opfer schwer zu Boden sackte und er sich darüber beugte, um keinen Tropfen des köstlichen, belebenden Blutes zu vergeuden.

>>Versuch ihn nicht umzubringen … ok?!<<, flüsterte Elin ihm zu, als sie das berauschende nachlassen, des Herzschlages zu spüren begann, welches sich bereits in ihrem Körper pulsierend ausbreitete. Sie atmete tief und raunte heiser, >>Ich hab hier noch einen.<< Bei dem Anblick, wie Raimond brutal und befriedigt seiner natürlichen Bedürfnisse nachging, fühlte sie eine wilde Erregung durch ihren Körper pulsieren, wie sie es noch nicht zuvor empfunden hatte. Es war eine Mischung aus dem Todesrausch des Opfers und Raimonds wilder, aggressiver Nahrungsaufnahme. Sie empfand dieses Schauspiel als ausgesprochen sexy, was sie nicht im Geringsten verwirrte. Ihr gefiel, was ihm gut tat, und seine offensichtliche Stärke regte sie an.

Bei Elins letzten Worten begann der zweite Typ wild in ihrem Haltegriff zu strampeln, was zur Folge hatte, dass sie ihm ungehalten, >>Und du hältst die Klappe, sonst garantiere ich für gar nichts.<<, zu zischte, woraufhin er seine Bemühungen einstellte.

Gefährlich fauchend, seine blutigen Fangzähnen bleckend, richtete sich Raimond vor dem zweiten Typen auf, seine Vorspeise, noch lebendig, hinter einer Mülltonne verstaut und betrachtete das wimmernde Häufchen Elend von Mensch, das nur durch Elins Unterarm an die Wand gepresst, in der Luft hing. >>Und nun zu dir!<<, raunte er, sich über die fletschenden Zähne leckend, mit einem genüsslichen Schmunzeln um den Lippen.

>>Oh Rai!<<, entrüstete sich Elin spielerisch, >>Nun quäl ihn doch nicht noch extra!<< Raimond warf ihr aus flirrenden Augen einen sengenden Blick zu, er sah ihr ihre Erregung an und schmollte mit einem Augenzwinkern, >>Spielverderber …<<, zurück, woraufhin er einen aufgesetzten, empörten Gesichtsausdruck ihrerseits erntete. Der Typ begann irgendetwas, wie >>Bitte … gehenlassen …<<, vor sich hin zu blubbern, was ihm seinerseits ein einstimmiges >>Halt die Klappe!<<, einbrachte. Elin packte ihn, wie zuvor seinen Kumpan unter dem Kinn, kippte seinen Kopf mit dem Daumen und reichte ihn Raimond. >>Ich bin mir nicht ganz sicher, was ich davon halten soll, dass du mich nun auch noch fütterst.<<, sagte er, nicht minder erregt, mit neugierig, herausforderndem Unterton, nahm ihr den Typen

aus der Hand, rückte ihn in Position und schlug ihm seine Zähne in den Hals. Elin schwieg ein Augenblick, beobachtete zufrieden seine Sättigung, dann antworte sie leise, >>Naja, ... du musst stark sein.<<, und fügte mit einer wegwischenden Handbewegung, >>Und du siehst mir schließlich auch gerne beim Essen zu ... nicht wahr?!<<, hinzu.

Raimond ließ von seinem Opfer ab, blickte ihr in die Augen, überwältigt von ihrer absoluten Vollkommenheit und ihrer bedingungslosen Liebe zu ihm, stand auf, wischte sich das Blut aus den Mundwinkeln, schloss sie in seine Arme, küsste sie in vollkommener Hingabe seines Herzens und Elin ergab sich in seine Umarmung.

Raimonds Mahlzeiten lagen, mit einer hübschen Geschichte über nymphomanische Waldfeen verarztet, hinter einer Mülltonne. Raimond nahm Elins Hand und sagte bestimmt, >>Und jetzt gehen wir nach Hause.<<

>>Bist du sicher?<<, fragte Elin, >>Willst du nicht vielleicht doch zuerst zu Max?<<

Raimond schüttelte den Kopf, >>Den kann ich anrufen.<<, raunte heiser in ihr Ohr, >>Ich möchte jetzt mit dir nach Hause gehen.<<, und küsste sie sanft auf den Hals, was ihre Knie weich werden ließ.

Elin saß gedankenverloren, eingemummelt in ihre Lieblingssachen, Raimonds Freizeitklamotten, auf einem Hocker in der Küchenzeile seines Loftes und beobachtete ihn, wie er mit Max telefonierte, wobei er den kleinen, brummenden Ofen im Auge behielt, in dem er ihr Essen aufwärmte. Den Kopf mit dem Kinn in ihre Hand gestützt, lässig mit den Beinen in der Luft baumelnd, hingen ihre Gedanken ein paar Minuten zurück. Sie spürte noch das heiße Wasser aus der Duschbrause auf ihrer Haut, Raimonds Hände und Küsse überall auf ihrem Körper. Widerwillig hatte sie ihre Beine von seinen Hüften, von ihm, gelöst, sie hätte ewig mit ihm unter diesem berauschenden Wasserfall bleiben, sich von ihm berauschen lassen können. Ihn nie wieder loslassen. Heiß fühlte sie seine leidenschaftlichen Küsse an ihrem Bauch, Busen, Hals brennen, als ein lautes „Pling" sie aus ihren Erinnerungen riss. Sie hörte Max am anderen Ende der Leitung laut schimpfen, >>Du wärmst doch nicht mein Essen in der Mikrowelle auf?! … Rai?!<<, bekam aber nur ein, >>Bis später Max.<<, zur Antwort, woraufhin Raimond das Gespräch beendete und Elin eine große Portion dampfenden, sämigen Gemüse-Fleisch-Eintopf, den er im Gefrierfach gefunden hatte, mit einem innigen Kuss servierte.

Elins Wangen glühten rot vor Befriedigung und Müdigkeit, von der heißen Dusche und warmen Mahlzeit. Raimond betrachtete sie liebevoll, sie saß zerbrechlich versunken in seinem viel zu großen Shirt, mit ihrem fiebrig, bezaubernden Gesicht über ihrem dampfenden Teller und für den Bruchteil einer Sekunde vergaß er was sie war, wie stark sie war und was für eine Aufgabe sie zu erfüllen hatte. Sie blickte mit einem vollen Löffel in der Hand zu ihm auf und

fragte, >>Und, was sagt Max?<<, was ihn abrupt in die
Realität zurück holte. Er atmete einmal durch und begann
zu erzählen. >>Max sagt, in den zehn Tagen, die wir weg
waren, hat es keine nennenswerten Zwischenfälle gegeben,
das Rotieren des Schattenwirbels ist seit einem Tag zu
hören, was sich mit dem Angriff auf den Elfenstein gestern
zu unserer Rückkehr deckt … Er sagt, die Stadtbevölkerung, die das Rotationsgeräusch wahr nimmt und auch den
dunklen Schleier über dem Wald gesehen hat, wäre deswe-
gen nicht besorgt, oder beunruhigt.<< Elin runzelte die Stirn,
>>Sie sehen es kommen und haben keine Angst?<<

>>Nein<<, fuhr Raimond fort, >>offenbar sind alle ganz
fixiert auf das große Fest, das heute Abend in den Straßen
stattfinden wird.<<

>>Ein Fest in den Straßen …?<<, wunderte sich Elin,
>>Jetzt?! In der ganzen Stadt? … Ist dafür der Blumen-
schmuck?<<

>>Ja, genau<<, antwortete Raimond grübelnd, >>es
soll ein Neubeginn gefeiert werden …<<

>>Wie passend!<<, unterbrach Elin ihn wirsch und füg-
te sarkastisch,>>Was soll denn neu beginnen? Der Beginn
der ewigen Dunkelheit durch die Schatten?!<<, hinzu. Raimond warf ihr einen scharfen Blick zu, der ihr klar machen
sollte, dass er das nicht als Option akzeptieren würde und
erklärte dann, >>Nein, es geht wohl um diese Investorin,
von der Max schon einmal erzählt hatte, die, für die Leena

arbeitet. Sie möchte sich anscheinend mit diesem Fest der Stadtbevölkerung vorstellen.<<

>>Wow, und dafür ein ganzes Stadtfest?!<<, platzte es aus Elin, den letzten Löffel ihres Eintopfes ableckend, heraus,>>Die hat´s ja nötig im Mittelpunkt zu stehen. Weiß Max etwas neues über sie?<<

Raimond schüttelte den Kopf, >>Max meint, er selbst hätte sie noch nicht zu Gesicht bekommen, aber alle, die ihr begegnet seien, wären vollkommen angetan von ihr. Sie hat wohl eine außergewöhnliche Ausstrahlung … Seit wann bist du denn so gehässig? … Lass uns lieber dafür sorgen, dass die Stadt noch etwas von dieser Investition hat.<<

>>Hmm …<<, machte Elin nachdenklich, bevor sie Raimond mit hochgezogenen Augenbrauen anschaute und aufzog, >>Ach komm, du denkst doch das Selbe …<<, woraufhin er grinsend eine entschuldigende Handbewegung machte. Nach einer kurzen Pause fuhr Elin fort, >>Na gut … Dann werden wir wohl heute Abend auf dieses Fest gehen und uns diese Investorin angucken.<<

>>Du willst auf das Fest gehen? …<, staunte Raimond, >>Elin wir haben keine Zeit für ein Fest! Spätestens morgen musst du den Wirbel vernichten, …,das weißt du! Wir haben doch einen Plan, …, wir …<<

>>Aber, genau das tun wir Rai.<<, intervenierte sie, stand auf, ging zu ihm auf die andere Seite der Theke und nahm beschwichtigend seine Hände in ihre, >>Wir verfolgen unseren Plan, und suchen die Quelle des Ganzen … Wo

anders sollte die Quelle zu finden sein, als hier. Hier, wo auch der Wirbel ist. Und wo versteckt sich jemand, oder etwas am besten, wenn es etwas im Schilde führt? ... In der Menge. In der Öffentlichkeit ... Wir gehen auf die Feier!<<

Da ist was dran, überlegte Raimond, sanft ihre Finger streichelnd. Grübelnd beobachtete er wie, ein Funke hier, ein Funke da in ihren Augen aufblitzte, widerstand dem Impuls ihre warmen, weichen, vollen Lippen zu küssen, legte seine Stirn an ihre und grummelte, >>Du zögerst es hinaus!<<

Elin atmete tief durch, nahm sein Gesicht schützend zwischen ihre Handflächen, ohne ihre Stirn von seiner zu lösen, streichelte mit den Daumen seine Wangen, presste die Lippen zusammen, er hatte sie wieder einmal durchschaut, und grummelte zurück, >>Mag sein.<<

Er hob sie hoch, so dass sie ihre Beine um seine Hüfte schlang und trug sie in Richtung Bett, ließ sie sanft auf die Matratze sinken, verharrte schwer über ihr, raunte, >>Also eine Feier ... Na gut, aber vorher will ich dich noch einmal ganz und gar für mich haben. Dich spüren ..., dich schmecken ...<<, und begann ihren Hals zu liebkosen.

>>Rai<<, hauchte Elin den Tränen nahe, seinen Kopf mit den Handflächen umschließend, >>dies wird nicht das letzte Mal sein! ...<<, Raimond antwortete nicht, sondern verschmolz in einem verzehrenden, verzweifelten, verschlingenden Kuss mit ihr.

Die Straßen waren voll von Stadtbewohnern, die ausgelassen, fröhlich, unbeschwert in Richtung Marktplatz schlenderten, um dort eine neue, wichtige Persönlichkeit in der Stadt willkommen zu heißen und gemeinsam ein neues Projekt zu feiern. Die Sonne stand unverdeckt, prächtig am abendlichen Himmel, warf kräftige, warme, goldene Strahlen in die Häuserschluchten, auf die fröhlichen Stadtbewohner, die unter dem Blumenschmuck tanzten. Raimond hielt Elin fest an der Hand, als sie sich einen Weg durch die frohlockende Masse bahnten. Sie gingen zu Fuß, die Straßen waren für Autos gesperrt, was Raimond noch nie erlebt hatte.

Elin trug das dunkelblaue, mit glitzernden Silberfäden durchzogene, Kleid, das aussah, als ob es die Fünkchen in ihren Augen widerspiegeln würde. Ihr Haar trug sie locker in Strähnen hochgesteckt, so dass sich noch weiche Locken um ihr Gesicht ringelten. Raimond hatte sie bewundernd angestarrt, als sie das Kleid angezogen hatte und sie hatte sich von Herzen über seine Reaktion gefreut. Sie hatte sich gefragt, wann sie dieses besondere Kleid tragen sollte und der einzig passende Anlass, erschien ihr, war ein gemeinsamer Abend mit Raimond. Und speziell an diesem Abend hatte sie das Bedürfnis besonders hübsch für ihn aussehen zu wollen. Aber auch Raimond hatte sich für seine Verhältnisse schick gemacht. Seine wilden Locken hatte er, so gut es ging, zurückgekämmt und trug zu seiner schwarzen Jeans keins seiner üblichen Shirts, sondern ein eng anliegendes, ebenfalls dunkelblaues Hemd, dessen Saum knapp über seinen Gürtel reichte und dessen Ärmel er lässig, bis knapp unter die Ellenbogen, hochgekrempelt hatte. Elin hatte ihn genauso bewundernd angestarrt, wie er sie. Ihre Lippen verschmolzen in einem wehmütigen, zärtlichen, bittersüßen Kuss, bevor sie sich auf den Weg machten.

Kaum auf der Straße angekommen, wunderten sie sich über die überaus ausgelassene Stimmung, wo doch im Rücken der Stadt, im angrenzenden Wald eine, alles verschlingende Bedrohung wuchs. Selbst, wenn die Bewohner deren Ausmaß nicht erfassen mochten, so konnten selbst sie das beständige, mechanische Rotationsgeräusch hören und die schleierartigen Ausläufer, des sich hebenden Wirbels am Himmel sehen, doch es schien so, als ob ihre Wahrnehmung diesbezüglich gestört wäre. Raimond und Elin bemerkten diesen Zustand mit zunehmender Skepsis. Gerne hätte Elin sich von der ausgelassenen, unbeschwerten Fröhlichkeit anstecken lassen, alles vergessen was ihr Sorgen bereitete. Sie wollte so gerne auch einfach nur mit Raimond Spaß haben, Spaß und Freude an einem sorgenfreien Abend. Doch, wenn sie das tat, würde es Raimond das Leben kosten. Elins Hoffnung war noch nicht erloschen.

Sie waren auf dem Weg zu Max. In seinem Restaurant sollte diese ominöse Investorin, zunächst inoffiziell, in die Stadtgesellschaft eingeführt werden, obwohl viele ihr, laut Max, bereits begegnet, und hingerissen von ihr, waren. Max wunderte sich selbst über diesen ganzen Zirkus, hatte er

Raimond am Telefon erzählt, und hoffte sich bald mit ihm, Elin und Ferdinand zurückziehen zu können, um die Lage neu zu beurteilen. Er wusste, es war nicht mehr viel Zeit. Raimond hatte ihm nichts von seiner und Elins Verschmelzung, und den damit zusammenhängenden Konsequenzen erzählt. Max wusste nicht, wie knapp die Zeit tatsächlich war.

24
Iris

Raimond und Elin schritten Hand in Hand, dem goldenen Licht der untergehenden Sonne entgegen. Melancholisch betrachteten sie die lachenden, fröhlichen, feiernden Menschen, die an ihnen vorüber tanzten. Die Sonne tauchte sie in leuchtend warmes Licht, ließ sie flammend erstrahlen. Elins Kleid reflektierte flirrend die Sonnenstrahlen und es wirkte, als ob sie selbst in Flammen stehen würde. Die tanzenden Stadtbewohner um sie herum, nahmen trotz Elins auffallend, leuchtend strahlender Erscheinung keinerlei Notiz von ihr und Raimond. Unbeirrt setzten sie fröhlich ihren Weg fort, während Raimond und Elin jeder Schritt den sie taten, schwerer und schwerer fiel. So schwer, wie das Wissen in ihren Gemütern wog, den letzten Abend miteinander zu verbringen, um anschließend ihre Liebe zu verschmelzen, damit die Erde zu retten und sich niemals wieder in den Armen halten zu können. Die Wahrscheinlichkeit, die Verbindung der Schatten noch anders aufhalten zu können sank mit jedem Schritt den sie taten.

Elin dachte traurig daran, wie schön es wäre diesen Abend mit Raimond so genießen zu können wie alle anderen auch. Sie wollte fröhlich sein, lachen, und einmal, nur einmal in ihrem Leben mit Raimond tanzen. Raimond nahm ihre Hand fester, nicht nur wegen der ungewöhnlich starken Sonnenstrahlen an diesem Abend, er wollte sie nah bei sich fühlen. Er wusste, es würde ihr letzter gemeinsamer Abend werden. Wenige Schritte vor ihrem Ziel zog er sie in seine Arme und begann sich mit ihr im Takt der Musik zu bewegen, als ob er ihre Gedanken gelesen hätte. Er wirbelte sie schwungvoll um sich herum, fing sie auf, drehte sie um sich selbst, so dass ihr Kleid Funken zu sprühen schien und sie lachend in seine Arme fiel. Eng hielt er sie an sich gedrückt, sein Gesicht in ihrem Haar, ihr Gesicht an seinem Hals, bis die Musik verklungen war. Er suchte ihren Mund und küsste sie voller, von Herzen kommender, verzweifelter Inbrunst und Hingabe, jeder Kuss, den sie seit ihrer Rückkehr ausgetauscht hatten, war ein letzter gewesen.

Die Musik spielte weiter, Stadtbewohner tanzten um sie herum, warfen Blütenblätter in die Luft, die Sonne versank hinter der Häuserschlucht und abendliche Dämmerung senkte sich über die Straßen.

Max räusperte sich lautstark und Ferdinand kicherte grinsend vor sich hin, als Raimond und Elin, nach geraumen Minuten, endlich, widerwillig ihren Kuss lösten. Max hatte sie vom Fenster seines Restaurants aus gesehen und war mit Ferdinand herausgeeilt, wobei die Eile überflüssig gewesen war, wie er kopfschüttelnd, mit verschränkten Armen über der Brust, ungeduldig, feststellen sollte. Ferdinand hüpfte aufgeregt von einem Bein auf das andere, fand das Schauspiel aber im Gegensatz zu Max bezaubernd. Noch ineinander versunken trennten sich schließlich Raimond und Elins Gesichter, um sich ihrem Publikum zuzuwenden.

Die Begrüßung fiel knapp, aber herzlich aus. Die Antwort auf die Frage, ob sie wüssten was zu tun sei, noch knapper.

>>Ja<<

Ferdinand, ganz aus dem Häuschen und ungeduldig dem Spuk endgültig ein Ende zu bereiten, drängelte Elin den Zauber zu vollziehen, wurde aber von einem lauten Stimmengewirr hinter ihm übertönt. Alle Blicke richteten sich auf den Eingang von Max Restaurant, wo sich eine kleine Traube von Leuten angesammelt hatte.

Eine auffallend herausgeputzte Frau trat, gefolgt von Leena, die ebenfalls ein elegantes, karmesinrotes Abendkleid trug, aus dem Schatten der Eingangstür. Die Ansammlung von Stadtbewohnern gab den Blick auf beide Frauen frei und Elin stockte der Atem. Die Frau, bei der es sich offensichtlich um die ominöse Investorin handelte, trug ein langes, schulterfreies, goldenes, mit funkelnden Steinen besetztes Abendkleid, welches enganliegend ihren Körper umschmeichelte. Ihre dunkelbraunen, hüftlangen, über ihrer linken Schulter zu einem lockigen Zopf gebundenen Haare, die warm mit dem Ton ihres Kleides harmonierten, umrahmten in fülligen Wellen ihre Schläfen und Wangen. Im Kontrast zu ihrem dunklen Haar, standen ihre sehr großen blauen Augen stechend, starr in ihrem Gesicht, welches ein Abbild von Elin zu sein schien. Sie tat einige Schritte auf Elin zu und genoss ihren Auftritt in der Gruppe sprachloser Gesichter. Niemand rührte sich, bis die automatisch gesteuerte Straßenbeleuchtung flackern über ihren Köpfen ansprang und die Spannung löste. Die Frau musterte die Gruppe belustigt und sagte bedächtig, >>Ich fürchte so einfach ist das nicht Ferdinand.<<

Raimond, Max und Ferdinand starrten sie nach wie vor, wie eine irrationale Erscheinung, mit offenen Mündern an. Nur Elin war noch erstaunter, >>Iris!?<<, hauchte sie ungläubig und flog ihrer Schwester in die Arme. >>Bin Ich froh, dass du da bist!<<, jauchzte sie begeistert, >>Du hast ja keine Ahnung, was wir alles durchgemacht haben … Iris, ich weiß jetzt wie ich meine vollkommene göttliche Macht entfalten kann. Aber Iris, da muss es noch einen andren Weg geben. Du musst uns helfen den zu finden, weil weißt du, … ich müsste sonst, …<<

Iris löste sich mit einem süffisanten Lächeln um den Lippen aus Elins stürmisch enthusiastischer Umarmung, trat einen Schritt zurück und fiel ihr schroff ins Wort, >>Was müsstest du tun kleine Elin? ... Etwa deinen Geliebten umbringen?<<

Elin starrte Iris irritiert an, suchte nach Worten, ihre Gedanken wirbelten. Sie hatte ihre Schwester als starke, eigenwillige Person in Erinnerung, aber nicht als gemein. Als Kind hatte Iris nicht viel Interesse daran gehabt sich mit ihr zu beschäftigen, aber gestritten hatten sie sich nie. Dann hatte Iris ihre Göttlichkeit abgelegt und war auf die Erde gegangen, wiedergesehen hatten sie sich erst nach dem ersten, vereitelten Angriff der Schatten, nach dem Iris sie gerettet hatte. In den letzten gemeinsamen tausend Jahren auf dem Gipfel der Unendlichkeit, hatten Iris und sie sich mit der Suche nach dem Mittel zur Vernichtung der Schatten beschäftigt. Iris sollte erleichtert sein und Tatendrang zeigen, aber keine Gehässigkeit. Was war passiert? Diese Frau, die dort vor ihr stand, dachte Elin, war ihre Schwester, doch warum war sie so kalt? Elins Gedanken sprangen zurück in ihre Jugend. Dieser abfällige, überhebliche Ton ihn Iris Stimme, den hatte sie zwar in ihrer Kindheit schon gehört, es aber nicht wichtig genommen, sondern Iris Launenhaftigkeit zugeschrieben. Was war hier los? Wie hatte Iris sich in so kurzer Zeit so verändern können? Was habe ich ihr getan? Und doch, dachte Elin weiter, der Blick in Iris Augen, dieses schadenfreudige, siegessichere, bösartige

Aufblitzen kannte sie, hatte sich jedoch nicht vorstellen können, welche Ausmaße es annehmen konnte. Elin war zutiefst bestürzt. Sie fühlte sich verraten und benutzt, obwohl sie nicht einmal genau wusste warum. Iris war da, aber offensichtlich nicht, um ihr zu helfen. Doch was machte sie dann hier? Wie war sie hergekommen und warum wusste sie über alles Bescheid? Elins Gedanken wirbelten noch, da richtete sich Iris an Raimond und fragte ihn zuckersüß, >>Hallo Rai! Ich glaube nicht, dass es sich lohnt, dass wir uns besser kennenlernen … Bist du bereit zu sterben?!<<

Max und Ferdinand starrten Raimond erschrocken an. Max hatte sich bereits über Raimonds zurückhaltende Informationen gewundert und nun sah er seinen Freund bei dieser Offenbarung gelassen, >>Wenn es sein muss …<<, antworteten. Gefasst, kühl, seine Sinne in Alarmbereitschaft, hatte Raimond Iris fixiert, ließ sie nicht aus den Augen, als er weitersprach, >>Aber ich habe das Gefühl, die andere Option steht direkt vor uns.<<

In Iris Augen blitze es gefährlich auf, sie fixierte ihn ihrerseits mit einem siegreichen Schmunzeln in den Mundwinkeln. Irritiert blickte Elin zwischen Raimond und Iris hin und her, >>Aber Rai, das ist Iris, meine Schwester<<, rief sie in seine Richtung, >>sie … sie …<<, stockte, als sie Iris unverändert verächtlichen Gesichtsausdruck gewahr wurde und wandte sich ihr verwirrt, fassungslos zu. >>Iris?!<<, wisperte sie beinahe lautlos, den unbegreiflichen Verrat vor ihren Augen nicht wahrhaben wollend, >>Woher ...? ... Sag mir, dass du nichts damit zu tun hast! Sag´s mir! ... Iris?!<<

>>Oh, Elin. Du naives kleines, unwissendes Ding.<<, platzte es ungeduldig aus Iris heraus, >>Ich bin überrascht, dass du heute überhaupt noch vor mir stehst. Ihr habt es also tatsächlich geschafft, das Geheimnis zu lüften und lebend zurück zu kommen. Ich applaudiere dir, du hättest nicht einmal die erste Nacht überleben sollen, so menschlich und hilflos ...<<, ein abfälliges, unterdrücktes Glucksen entrang ihrer Kehle, als sie den Blick auf Raimond richtete und mit einem leichten Kopfnicken in seine Richtung verkündete, >>Was nicht geplant war, war das da ...<<, was Elin instinktiv dazu bewog sich zwischen Iris und Raimond zu stellen. Siegessicher fuhr Iris fort. >>Doch es ist zu spät Elin. Die Verbindung der Schatten steht unmittelbar bevor! Sie erheben sich bereits, um ... Nun ja, um mir zu dienen! Mir die Herrschaft über die Erde zu übergeben ...! Um den Göttern endlich ihre wahre Bestimmung zu ermöglichen! ... Wir feiern heute den Beginn einer neuen Ordnung. Meine Herrschaft! ... Und beerdigen das freie Leben der Erdenbewohner!<< Iris machte einen weiteren Schritt auf Elin zu, fixierte sie mit eiskaltem Blick und rief donnernd, >>Ich werde heute, mit Hilfe der Schatten, den mir zustehenden Platz, als göttlich geborene Herrscherin, in der natürlichen Ordnung des Universums einnehmen!<< Applaudierende Stadtbewohner, die von Max und Ferdinand ungläubig be-

gutachtet wurden, erhielten einen gespielt wertschätzenden Gruß von Iris und zogen weiter ihrer Wege.

Elin war vollkommen perplex. Ihr Gehirn fing gerade erst an die Tatsache zu verarbeiten, dass ihre Schwester, die sie gerettet hatte, von der sie dachte, sie würde sie unterstützen, ihre letzte lebende Verwandte, hinter dem Angriff der Schatten steckte. Agnes hatte so etwas vermutet gehabt, dass da etwas faul an der Sache war. Aber Iris?! … Elin konnte nur scheibchenweise denken. Zunächst fiel sie in fassungslose Ungläubigkeit und plapperte, >>Du warst die ganze Zeit hinter mir her? Du hast mir all die Dinge angetan? Du hast uns die Vampire auf den Hals gehetzt?! … und … Du wolltest mich umbringen!<<

Iris schien beinahe amüsiert über Elins vorübergehende Begriffsstutzigkeit, sie genoss die Situation regelrecht, den allgemeinen Schock über die Wahrheit, dass sie allein dieses Chaos angerichtet hatte und bald die alleinige Macht haben würde. >>So sieht es aus kleine Schwester.<<, gab sie süffisant, ihren Triumph auskostend zurück und schlug in die nächste Kerbe, >>Unsere Leena hier hat mich immer schön auf dem Laufenden gehalten …, so wusste ich immer, was ihr geplant hattet.<<

>>Leena?!<<, staunte Max ungläubig, doch Leena zeigte keinerlei Reaktion. Teilnahmslos stand sie in Iris Schatten, scheinbar unberührt die Szene beobachtend. Iris legte ihr einen Arm um die Schulter und fuhr in vorwurfsvollem Ton fort, >>Was ist sie nicht für eine treue Seele, …,

nicht wahr Max? … Und was hat sie dir nicht für ein hübsches Kleid ausgesucht, kleine Schwester! … Hmm?! … Ein unbezahlbarer Schatz unsere Leena! … Aber irgendwie hat das keiner von euch wirklich zu schätzen gewusst. Wirklich schade für euch, …,nein, nicht wirklich. Aber ein wahrer Schatz für mich!<< Iris gab, der nach wie vor ungerührten Leena einen demonstrativen Kuss auf die Wange, was Max, der sich bereits mühsam beherrschte, beinahe aus der Fassung brachte.

>>Sie ist manipuliert!<<, raunte Raimond Max erklärend, wachsam die Lage abschätzend, zu. Er stand hinter Elin zusammen mit Max und Ferdinand, Iris und Leena gegenüber. Sein Verstand flüsterte ihm ununterbrochen, das ist nicht gut!, zu. Jeder andere Gegner wäre ihm lieber gewesen, als Elins Schwester. Eine Exgöttinhexe. >>Oh, das war nicht schwer.<<, unterbrach Iris seine Gedankengänge und fügte gehässig, >>So verliebt, wie sie in dich ist Rai.<<, hinzu.

Miststück!, fuhr es Raimond durch den Kopf, doch er ging nicht auf ihre Bemerkung ein. Er hatte nicht vor ihr noch mehr Aufmerksamkeit zukommen zu lassen, statt dessen ließ er Max mit einem schweifenden Blick in die Runde wissen, >>Die ganze Stadt ist manipuliert.<<

Max folgte Raimonds Beobachtung. >>Aber wie …?<<, flüsterte er staunend.

>>Radio …<<, erklärte Iris, die jede Bewegung beobachtete, selbstgerecht, >>Du bist mir irgendwie entwischt Max … Naja, egal, …<<

Mitten in diesem Geplänkel platzte Elin der Kragen. Sie hatte noch lange nicht alle Gedanken zu Ende gedacht, die durch ihren Kopf wüteten. An dem Punkt allerdings, an dem ihr klar wurde, dass Iris der Schlüssel war, platzte ihre angestaute Fassungslosigkeit impulsiv aus ihr heraus. Wütend bebten ihre geballten Fäuste, donnerte ihre Stimme, >>Setz dem ein Ende Iris! … Sofort! … Halte die Schatten auf!<< Die Lösung war so einfach, so greifbar, doch Iris sagte schlicht und ruhig, >>Nein.<<

>>Nein?! …<<, kreischte Elin außer sich, >>Was meinst du mit nein?! … Das kannst du doch nicht tun!<< Das kann sie nicht tun, das wird sie nicht tun, … das kann sie nicht!, hämmerte es in Dauerschleife in Elins Kopf und Herzen. Ihr Verstand konnte nicht erfassen, was vor sich ging, die reine Möglichkeit, nicht nur, dass ihre Schwester für alles verantwortlich war, sondern sich auch noch weigerte es zu beenden. Dass ihre Schwester Raimonds leben in Händen hielt und es nicht verschonen würde. Das kann sie nicht!, weigerte sich Elins Gehirn weiterhin die Realität zu akzeptieren.

>>Doch, kann ich.<<, entgegnete Iris trocken.

Elin schüttelte den Kopf. Das konnte doch alles nicht wahr sein, dachte sie verzweifelt, >>Iris, das ist verrückt! Total verrückt! … Warum?<<

>>Verrückt? Warum Elin? Unserer Gattung war es bestimmt über die Erde zu herrschen, über die Bewohner zu bestimmen.<<, erboste sich Iris dramatisch und redete sich in Rage, >>Das war unsere ursprüngliche Aufgabe. Die Aufgabe, die das Universum uns zugeteilt hatte. Und was haben unsere Vorfahren gemacht?! Sie haben ihre Chance verwirkt, haben sie weggeworfen! Haben die Erdenbewohner sich selbst überlassen. Haben gesagt, es wäre nicht richtig sich in ihre natürliche Entwicklung einzumischen. Pah! ... Weißt du Elin, ich habe dem Rat gegenüber geäußert, dass ich den Wusch hege unserer wahren Bestimmung wieder etwas mehr Beachtung zu schenken, dem verwirrenden Hin und Her, dem dauernden Gezanke auf der Erde ein Ende zu bereiten. Eine klare, einheitliche Richtung zu geben. Sie endlich uns zu unterwerfen und zu führen ... Weißt du, was sie gesagt haben? Was sie getan haben? ... Nein, natürlich weißt du das nicht. Sie haben mich gefragt, ob ich denn keinen Respekt vor der Individualität hätte ... Respekt ... Individualität<< Iris spuckte diese beiden Worte beinahe auf den Asphalt. >>Sie sagten, es ginge mich nichts an und ich solle die Erdenbewohner ihr selbst angerichtetes Hekmek alleine austragen lassen, wie auch immer es ausgehen sollte ... Als ich mich weigerte, zwangen sie mich dazu meine Göttlichkeit abzulegen und in diesem Chaos auf der Erde zu leben. Sie hielten das für eine lehrreiche Lektion ... Pah! ... Zum Glück lehrten mich die Hexen ihre Kunst ... Wenigstens etwas ...<<

Elins Herz pochte hart in ihrer Brust. Angst, vor dem was Iris gesagt hatte strömte eiskalt durch ihre Adern. Iris meint das ernst!, klang es schrill, alarmierend in ihren Ohren nach. Diese Herrschsucht lag in der göttlichen Natur und Elin verstand in diesem Augenblick die wahren Beweggründe der Gleichgültigkeit ihrer Vorfahren. Es war gefährlich diese Eigenschaft zu entfesseln, wie sie schockiert feststellen musste.

>>Du hast geglaubt, ich hatte meine Göttlichkeit freiwillig abgelegt ... Nicht wahr?!<< Iris schüttelte ungehalten den Kopf und fuhr giftig fort, >> ... Pah! ... Und du denkst so einiges kleine Elin, nicht wahr?! Aber nur das, von dem sie auch wollten, dass du es weißt. Sie haben dich nie wirklich über deine Existenz und deren Bedeutung aufgeklärt. Es ist im Grunde unglaublich, dass ausgerechnet du bei meinem ersten Versuch, als einzige überlebt hast. Ausgerechnet du, unser kleines, unwissendes, verhätscheltes Wunderkind, die weinende, zu Letzt geborene Göttin, die tatsächlich letzte Göttin ... Schau nicht so schockiert Elin. Ich habe dich verschont, als ich bemerkte, dass du entkommen warst. Und wenn du schon überlebt hattest, dachte ich, kann ich dich ja auch benutzen, um auf den Gipfel der Unendlichkeit zu kommen, dort war es wesentlich einfacher und bequemer einen neuen Angriff vorzubereiten. Meine Hexenkraft kann zwar einige göttliche Kraft kompensieren, aber für das Tor der Elfen reichte es nicht aus ... Naja, für den Weg hierher, auf die Erdoberfläche, musste ich mir dann etwas einfallen

lassen. Leider waren die Elfen des Südwest Steines nicht sehr kooperativ …<<

Raimond hielt Ferdinand an den Schultern zurück, als er sich wild schimpfend, mit seinem Stock wedelnd auf Iris stürzen wollte. Er hielt auch Max mit einem Kopfschütteln zurück, dem er seine brodelnde Wut ansah. Max hatte verzweifelt versucht die Bewacher des Südwest Steines zu erreichen und auch von den ausgesandten Aufklärern hatte er keine Rückmeldung erhalten. Jetzt wusste er warum, er wollte diesem Miststück, genau wie Ferdinand, am liebsten das Maul stopfen. Doch beide gewahrten bei einem Blick auf ihr herausforderndes, selbstgerechtes Lächeln, dass Iris sie nur mit einem Fingerschnipsen töten würde, was sie im Zweifelsfalle in Kauf nehmen würden. Doch für den Moment hielt Raimond beide zurück, Iris Blick hatte auch auf ihm geruht und langsam begann er zu verstehen, welche tatsächlichen Beweggründe Elins Vorfahren hatten sich aus den Angelegenheiten der Erde zurück zu ziehen. Ihm wurde klar, dass es das Beste war, was sie hatten machen konnten, um die Erde nicht in das reinste Chaos zu stürzen. Er überlegte, wenn jeder Gott dieselben Herrschaftsansprüche erhoben hätte, wie Iris jetzt, wären die Erdenbewohner in einem ewigen Kampf der Götter gefangen gewesen. Götter ohne Mitgefühl. Gegen diese Vorstellung empfand er das Geplänkel, das die Erdenbewohner von Zeit zu Zeit untereinander austrugen, beinahe als harmlos und war froh, dass sich keine göttliche Macht in die irdischen Angelegenheiten

einmischte. Außer zu diesem Zeitpunkt. In diesem Augenblick hoffte er, Elin würde ihrer Schwester ordentlich in den
Arsch treten. Und nicht nur, um seines Überlebens willen.

Elin jedoch atmete ruhig und regelmäßig. Ihr Herzschlag hatte sich beruhigt und ihr Kopf war vollkommen frei.
Kein Gedanken-, oder Gefühlchaos beeinträchtigte ihr Handeln. Der Schock über die Wahrheit hatte ihren Geist befreit
und auf eine gelassene Ebene erhoben. Sie stand ihrer
Schwester Auge in Auge gegenüber, den Kopf leicht zur
Seite geneigt, die Augenbrauen über ihrer Nase zusammengezogen und sagte abgeklärt, >>Aber Iris, das ist nicht
richtig!<<

>>Nicht richtig?!<<, blaffte Iris überrascht. Sie musterte
ihr Schwester missmutig und ging in die offensive, >>So
sanftmütig Elin? Wo ist dein Jähzorn?<<

Elin musterte ihre Schwester ebenfalls. Erhaben antwortete sie, >>Was ich von dir höre ist fern unseres göttlichen Strebens. Das macht mich nicht sanftmütig, sondern
betroffen und achtsam. Es ist nicht richtig, was du vorhast.
Hör auf damit.<<

Irritiert durch Elins Selbstbeherrschung begann Iris
überhebliche Selbstgerechtigkeit zu wanken und sie giftete,
>>Was ist nicht richtig daran meiner natürlichen Bestim-
mung zu folgen? Und die ist es über diese schwachen,
hilflosen, nichtsnutzigen Kreaturen von Erdenbewohnern zu
herrschen.<<

Elin atmete tief. Sie wusste selbst nicht, woher sie die Kraft und Überzeugung, die Ruhe nahm, die aus ihrer Aura sprach. Doch sie wusste, dass Iris unrecht hatte, daher sagte sie unmissverständlich, >>Das ist falsch Iris, … und ich werde das nicht zulassen!<<

>>Oh, …<<, kicherte Iris noch immer von sich überzeugt, >>und was gedenkst du zu tun, um mich aufzuhalten?!<<

Elin runzelte die Stirn, >>Iris, ich frage mich, wieso denkst du, du würdest hiermit durchkommen? Du bist so sehr davon überzeugt, dass ich dich nicht aufhalten werde. Wie kommst du darauf? Ich bin hier und habe die Kraft und die Mittel …<<

Iris fiel ihr verächtlich prustend ins Wort, >>Die Kraft und die Mittel Elin? Ist schon klar! … Du willst wissen, warum ich mir keine Sorgen mache, du könntest mich aufhalten? Weil ich dich kenne Elin. Du tust absichtlich keiner Fliege etwas zu Leide, geschweige denn, würdest du deinen Geliebten durch dein eigenes Handeln umbringen. Das bringst du nicht fertig mit deinem, ach so mitfühlenden kleinen Herzen. Aber was noch ausschlaggebender ist, ist dein Egoismus Elin. Mahl ehrlich, was scheren dich die Erdenbewohner? Die hätte ich auf dem Gewissen, nicht du. Also? … Hmm?! Lieber sie, als dein aktuelles Objekt der Begierde … Oder?! … Also ja, ich bin trotz deiner überraschenden Anwesenheit überzeugt, noch heute Abend die Herrschaft über die Erde zu übernehmen. Nun dann, ich bin neugierig. Was ist dein Plan?<<

Die ruhige Gelassenheit, die Elins Körper und Geist durchströmte verlieh ihr Sicherheit und sie antwortete davon überzeugt, >>Ich werde dich umstimmen ...<<, was Iris in schallendes Gelächter ausbrechen ließ. >>Mich umstimmen?!<<, prustete sie, doch als Elin sie weiterhin ruhig, gelassen und stark betrachtete, wechselte sie das Thema. Sie hatte noch nicht so schnell vor Elin vom Haken zu lassen, wo sich ihr die einmalige Gelegenheit bot ihrer Schwester allen angestauten Frust aufzubürden. >>Aber natürlich! Du willst deinen Geliebten retten ... Ja? Ist er es denn wirklich wert gerettet zu werden? Du hattest doch deinen Spaß ... In ein paar Jahrhunderten findest du ein neues Spielzeug, warum so viel Gehabe um dieses hier? ... Ich meine, ich erinnere mich an den einen, oder anderen deiner Günstlinge, ... oh, da war zum Beispiel Großcousin Leonard, hat sie dir von ihm erzählt Rai? Beinahe ein Jahrzehnt hat sie sich mit diesem Muskelprotz von einem Halbgott auf der Erdoberfläche herumgetrieben, ..., was war das noch, was euch ausversehen passiert war?! ... Ach ja, ihr habt eine Kontinentalplatte verschoben, woraufhin gleich mehrere Vulkane ausgebrochen waren, wodurch ein ganzes Ökosystem aus dem Gleichgewicht geriet. So war es doch ... Nicht wahr?! ... Und, hat sie dir das erzählt Rai?<<

Elin verriet durch keine Miene was in ihr vorging, wobei Iris Worte tatsächlich ihre Wirkung nicht verfehlt hatten und an ihrer Gelassenheit nagten.

Raimond bewunderte sie in diesem Augenblick mehr, als jemals zuvor. Ihm war egal, was Iris über Elin gesagt hatte. Er vertraute ihr. Stolz betrachtete er sie und die Art ihrer Ausstrahlung, den Schimmer der sie umgab, hätte er tatsächlich mit göttlich beschrieben. Sie stand mit einer Selbstsicherheit in dieser Situation, die einer Göttin gerecht wurde, auch wenn sie es nicht schaffen sollte ihre Schwester umzustimmen, sie wusste was richtig war und folgte diesem Instinkt. Die Geschichte, wegen der Iris ihn angesprochen hatte, hatte ihn nicht berührt, das Thema hatte er mit Elin bereits gehabt und er antwortete leichtfertig mit den Schultern zuckend, >>Ist das alles?<<

Iris funkelte ihn verdrießlich an, wobei ihm auffiel, dass alle Funken in ihren Augen erloschen waren, während Elin still in sich hinein schmunzelte. >>Du scheinst ihn ziemlich gut dressiert zu haben.<<, giftete Iris Elin weiter an, >>Aber wie dem auch sei ..., selbst dieser ungeheuerliche Regelverstoß hatte keinerlei Strafe für unser kleines Wunderkind zu Folge gehabt. Nicht wahr? ... Dir haben sie alles durchgehen lassen. Vor dir haben sie alles abgeschirmt. Nur aus einer sentimentalen Laune heraus, du könntest irgendwann dein Mitgefühl teilen und die Erdenbewohner von Leid und Elend befreien. So ein Quatsch! ... Ich hatte es fast geschafft. Beinahe hatte ich den ignoranten Haufen komplett ausgelöscht, … und wer überlebt? Du, … ausgerechnet du! Da musste ich mir etwas einfallen lassen dich los zu werden, bevor du noch anfängst eigenständig zu denken. Der Plan war wasserdicht. Du hättest den Sturz vom Gipfel der Unendlichkeit gar nicht überleben sollen …<<

>>Iris …<<, versuchte Elin sie eindringlich zu unterbrechen, um einen Zugang zu ihrer Schwester zu finden, doch Iris ignorierte sie.

>>Aber nein, … nicht Elin!<<, eiferte sie weiter mit theatralischem Unterton, >>Du fällst von Himmel, genau in die Arme deiner großen Liebe …<<

Elin versuchte die Atempause ihrer Schwester zu nutzen. Je länger Iris ihren Frust herausposaunte, desto trauriger fühlte sie sich. Iris war im Unrecht, und was sie vorhatte war falsch, das wusste sie, und doch tat ihre Schwester Elin leid. Sie wollte ihr weder etwas antun, noch sie belohnen, aber vielleicht, dachte sie, könnte sie ihr etwas wiedergeben, mit dem sie zufrieden wäre. Elin glaubte Iris Beweggründe zu verstehen und ging in die Offensive. >>Ist es das Iris … du bist eifersüchtig?<<, stellte sie fest und machte Iris ein ultimatives Angebot. >>Du kannst meine Göttlichkeit haben! Nimm sie! Nimm sie und verschwinde! Lass uns in Ruhe! Werde glücklich damit … ich will sie nicht! Mach damit, was immer du willst, aber hör auf uns zu terrorisieren!<<

Iris musterte Elin argwöhnisch, verzog angewidert das Gesicht, spuckte Elin vor die Füße und schüttelte sich.

>>Uh! ... Deine widerlich mitfühlende Göttlichkeit? Eine milde Gabe? Nein Danke! ... << Pochend fühlte Elin ihr Blut in ihren Ohren pulsieren. Sie atmete tief durch die Nase, bemühte sich die Klarheit ihrer Gedanken aufrecht zu erhalten. Ein übertrieben gönnerischer Seufzer entwich Iris Kehle, als sie großspurig ihren Kopf um ihren Nacken rollen ließ und gewollt belanglos weitersprach, >>Aber Elin, du musst ihn ja gar nicht opfern. Es ist gar nicht notwendig. Ich lasse euch gehen ... Geh! Nimm dein Spielzeug und verschwinde, so wie ihr Götter das halt macht! Nimm ihn, sucht euch ein nettes Plätzchen und werdet glücklich bis in alle Ewigkeit. Ich bleibe hier und kriege die Erde. So bekommen wir doch beide was wir wollen ...<<

Elin schwieg. Das Pochen in ihren Ohren war zu einem stetigen Sirren geworden, das sich seinen Weg durch ihren Körper bahnte. Ihre Wut war zurück. >>Elin ...!?<<, flüsterte Raimond ihr von hinten in ihr Ohr. Er wusste, dass sie auf Iris Angebot nicht eingehen würde, ihre absolute Bewegungs- und Reaktionslosigkeit beunruhigten ihn jedoch. Er spürte, wie ihre stabile Aura bröckelte, wollte ihr beistehen. Er wünschte sich, ihr tatkräftig helfen zu können, anstatt nur zuzusehen, wie ihre Schwester sie quälte. Wünschte sich, er könnte Iris selbst besiegen.

>>Ist schon gut Rai.<<, antwortete sie ihm kurz angebunden und erklärte Iris, >>Das ist keine Option!<<

>>Und da ist es! ...<<, ätzte Iris, >>Dein angeborenes Mitgefühl.<<, und atmete theatralisch, gelangweilt, lautstark

aus, >>Das Mitgefühl der ersten Götter ... Es war eine wirklich spannende Entwicklung, wie es über die Jahrtausende in Ungeduld und Jähzorn gekippt ist und schließlich zu Frustration und Selbstgerechtigkeit wurde. Aber anstatt, ihren Jähzorn zu nutzen und, die ihnen zustehende völlige Kontrolle über die Erdbewohner zu übernehmen, haben sich die Alten einfach zurückgelehnt, haben sich in ihrer Ignoranz gesuhlt. Verpisst haben sie sich ... Diese Idioten ... Und nun stehst du hier ... Bereit aus Mitgefühl die Liebe deines Lebens zu opfern, um die Bevölkerung eines Planeten zu retten ... Ist das ekelhaft! ... Ich fasse es nicht, dass du es überhaupt bis an diesen Punkt geschafft hast.<<

>>Iris! Beende das!<<forderte Elin scharf. Sie fühlte mit jeder Sekunde ihre Selbstbeherrschung schrumpfen. Jedes Wort aus Iris Mund brachte ihr Gemüt mehr in Wallung. Zorn kroch langsam ihre Wirbelsäule empor und sammelte sich kribbelnd in ihrem Nacken. Die trockene, elektrisch aufgeladene Luft verdichtete sich zusehends zu einer statischen Masse.

Iris wurde zunehmend ungeduldiger, sie hatte nicht mit Elins Hartnäckigkeit gerechnet, >>Ich denke nicht im Traum daran!<<, zischte sie Elin ungehalten an. Ihre Kompromissbereitschaft war erschöpft. Blinder Hass glomm in ihren Augen, als sie Elin bösartig ins Visier nahm, die Arme ausbreitete und zwischen ihren Handflächen, im Halbkreis über ihrem Kopf, die angesammelte Elektrizität aus der Luft, in einem flirrenden, summenden Blitz, bündelte. Das Signal für die Schatten den Wirbel zu vervollständigen und über der Stadt zu erheben. Die Zeit der Diskussionen war vorbei. Die Luft, ihrer Statik beraubt, aber nicht minder aufgeladen, fegte scharfe Böen eisigen Windes durch die Häuserschluchten der Stadt, als Raimond, Max, Ferdinand und Elin den steigenden Wirbel am Himmel näher kommen sahen.

>>Ich kann das nicht zulassen!<<, schrie Elin unbeirrt ihre Schwester an.

Ein verzerrtes, gehässiges Grinsen lag auf Iris Gesicht. Sie komprimierte den Blitz zwischen ihren Handflächen, schrie, >>Dann wirst du mich wohl umbringen müssen.<<, zurück, und schleuderte den Blitz in den Wirbel, der sich daraufhin rasch verdichtete und an Geschwindigkeit zunahm.

Elin starrte ihre Schwester fassungslos an, die hysterisch lachend vor ihr stand. Sämtliche Gelassenheit wich aus ihrem Körper, ihrem Geist. Unbändiger Zorn durchflutete ihren Körper, Blitze begannen über ihren Köpfen durch die Straßenzüge zu zucken, erhellten den Himmel, verschmorten mit lauter kleinen Explosionen die Kabel der elektrischen Beleuchtung. >>Ja Elin<<, feuerte Iris sie an, >>das ist der kopflose Jähzorn, den ich von dir kenne! Weiter so kleine Schwester ...! Los, bring mich um, damit die Schatten ihre Motivation verlieren und sich in Wohlgefallen zerstreuen! ... Mach schon! Worauf wartest du?<< Der folgende Schwall von Iris hysterischem Lachen ging in tosenden Windböen unter, vor denen sich die feiernden

Stadtbewohner fliehend in Sicherheit brachten. Sie glaubten an einen schweren Gewittersturm.

Elins angestaute Wut entlud sich in die Atmosphäre, grelle Blitze durchzuckten den, inzwischen über der Stadt rotierenden, Wirbel der Schatten, dessen Luftstrom pfeifend über den Dächern der Häuser hing. >>Ich will dich aber nicht umbringen Iris!<<, schrie Elin in das Getöse.

>>Dann<<, antwortete Iris triumphierend, >>verabschiede dich von deinem Geliebten oder akzeptiere meine Herrschaft!<<

Elin bebte. Im Bruchteil der nächste Sekunde hatte sie sich verwandelt und schoss Iris einen ihrer göttlichen Blitze vor die Füße, dass der Asphalt glühend zerbarst. Noch bevor Iris reagieren konnte traf Elins nächster Blitz sie frontal und schleuderte sie gegen die Hauswand. Iris rappelte sich auf, die aus der Wand gebrochenen Backsteine dampften zu ihren Füßen, positionierte sich herausfordernd gegenüber ihrer Schwester und erwartete ihren nächsten Schlag. Ein schneller Gedanke durchzuckte Elins Geist in dieser Sekunde des Zögerns, die unnachgiebige Grausamkeit des Universums verlangte Tribut. Ich werde einen von beiden töten müssen. Raimond oder Iris. Das Universum verlangt eine Entscheidung. Elins dritter, entscheidender Blitz gegen Iris traf sie mit voller Kraft. Doch anstatt von der Energie zerfetz zu werden, prallte der Blitz von Iris ab und stieß ungebremst auf Elin zurück. Sie wurde mit aller Wucht, die sie gegen Iris aufgebracht hatte getroffen, über den, berstenden Asphalt, gegen die gegenüberliegende, aufplatzende Häuserfront geschmettert. Einige Sekunden schockierter Stille verstrichen, bis sich die Rauch- und Staubwolke, die Elin bedeckte gelegt hatte und sie sich hustend aufsetzte. Iris betrachtete sie belustigt, rief gehässig, >>Ein schönes Leben noch kleine Schwester.<<, hüllte sich, zusammen mit Leena, in einen Kokon und verschwand, begleitet von lautem, höhnischem Lachen, im Trichter des Wirbels.

Raimond, Max und Ferdinand liefen zu Elin, die bereits wieder auf ihren Füßen stand und sich den Staub vom Hemd klopfte. Sie hatten den Kampf nur beobachten können und bis zuletzt, wie Elin selbst, an einen Sieg über dieses verdammte Miststück geglaubt. Raimond hatte keine Sekunde an Elin gezweifelt, jetzt hielt er sie, nach ihrer Niederlage, im Getöse des, sich verbindenden, Wirbels der Schatten, im Arm.

>>Sie hat mich ausgetrickst.<<, erklärte Elin entschuldigend, >>Sie hat mich bis an diesen Punkt provoziert, sich an meiner Energie aufgeladen … Sie hat mich schon wieder benutzt!<<

>>Ist schon gut.<<, murmelte Raimond besänftigend, ihr liebevoll Staub von der schmutzigen Wange streichend.

>>Nein. Ist es nicht.<<, flüsterte Elin ernst zurück, woraufhin Raimond sie fest, tröstend in seine Arme zog.

Die Straße war wie leergefegt. Iris und Leena waren in den Wirbel eingetaucht, die Stadtbewohner untergeschlüpft. Max und Ferdinand standen, vom Wind gepeitscht, ratlos, hilflos unter den schwankenden, qualmenden Kabeln der dunklen Straßenbeleuchtung, zuckende Blitze und der rotierende Wirbel höher über ihren Köpfen. Raimond und Elin hielten sich einige Meter von ihnen entfernt, den Böen trotzend, eng umschlungen fest umarmt. Max und Ferdinand beobachteten, wie Raimond Elin etwas ins Ohr flüsterte, woraufhin sie sich, die Hände über ihre Ohren pressend, von ihm losriss. Sie trat trotzig nach einem Stein, der dumpf an eine Mülltonne schlug, schimpfte heftig in den Himmel. Raimond versuchte beschwichtigend auf sie einzureden, was sie noch wilder schimpfen ließ. Dann hörten Max und Ferdinand Raimond bestimmen, >>Tu es Elin!<< Und mit fester Stimme beschwor er sie, >>Du weißt, du musst es tun.<<

Elin blickte in sein entschlossenes, liebevoll, sanft lächelndes Gesicht und bei dem Gedanken ihn wahrscheinlich zum letzten Mal lebendig zu sehen, das letzte Mal seine Stimme gehört zu haben rannen ihr Tränen des Schmerzes unkontrolliert über die Wangen. Ein erschütternder Krampf, ausgehend von ihrem Herzen, erfasste ihren Körper, ließ sie schmerzerfüllt erbeben und beinahe den Verstand verlieren. Sie atmete mit einem heftigen Stoß aus, krümmte sich nach Fassung ringend und atmete schnell mehrere Male ein und aus. Raimond brach es das Herz sie seinetwegen so leiden zu sehen. Am liebsten hätte er Iris, das Schicksal, das Universum verflucht, doch ihm war schmerzlich bewusst, dass nichts die Situation ändern konnte. Ein Gedanke brach in sein Bewusstsein, eine Gewissheit, die sich in seinen Geist brannte. Sowohl Elin, wie auch er selbst erfüllten an diesem Punkt ihrer Existenz ihre Bestimmung. Das Universum hatte sie mit all seiner Grausamkeit zusammen geführt, um diese Aufgabe zu erfüllen. Er wartete auf Elin, machte sich bereit, fühlte diesen, seinen letzten Moment mit ihr und schenkte ihr sein Herz.

Elin nahm entschlossen seine Hände, seine rauen Hände, die sie so gerne auf ihrem Körper spürte, seine sicheren, beschützenden Hände und hielt sie fest in ihren. Der Wirbel der Schatten toste laut über ihren Köpfen, verwischte den völlig verdunkelten Himmel, scharfe Winde erfassten Gegenstände, schleuderten sie umher. Elin richtete ihren Blick auf Max und schrie ihm in letzter Verzweiflung, >>Bring ihn zu den Elfen Max!<<, zu, bevor sie Raimond ein letztes Mal in die Augen sah, in denen nur der Glanz von Liebe und Wärme schimmerte. Unter der Membran ihrer Hülle nahmen weder Raimond, noch Elin das wilde Getöse um sich herum wahr. Elin begann die Struktur ihrer Hülle zu verstärken, so dass ein geschlossener Kokon um sie herum entstand. Sie waren allein in ihrer Blase, um die herum die Welt zusammenbrach.

Ich bin jetzt hier, um durch mein Mitgefühl die Erdenbewohner vor Leid und Elend zu bewahren. Das war keine

sentimentale Laune des Universums. Das ist meine Bestimmung!, wusste Elin klar, im Augenblick ihrer schwersten
Stunde. Und dennoch wog ihr Herz tonnenschwer, schmer-
ze zum Zerreißen unter der atemraubenden Last der Trauer. Tränen strömten ihr unaufhörlich aus funkelnden Augen
über ihre geröteten Wangen, benetzten ihre Lippen. >>Ich
liebe dich.<<, hauchte sie verzweifelt und Raimond schenkte ihr ein letztes warmes, ermutigendes Lächeln, bevor sie
seinen Kopf zwischen ihre Hände nahm und ihn zunächst
sanft, dann fordernder zu küssen begann. Sie schmeckte,
wie sich das Salz ihrer Tränen unter die warme Liebkosung
ihrer Zunge mischte, spürte wie Raimond ihre Zärtlichkeit
erwiderte und seine Hände fest ihren Rücken umschlossen.
Sie öffnete ihm bedingungslos ihr Herz und fühlte seine
Liebe zu ihr atemberaubend, gewaltig auf sich übergehen.
Eine überwältigende Woge aus Wärme, Zuversicht, Hoffnung und bedingungsloser Hingabe erfüllte sie mit unbe-
schreiblicher Energie. Eine Energie, die sie nie zuvor empfunden hatte, eine Energie, die sie innerlich zum Schwin-
gen, zum Zerspringen brachte. Ihr Kokon, umhüllt von einem leicht goldenen Glühen, erhob sich einige Meter,
schwebte zwischen den Häuserfronten, begann sich langsam vertikal zu drehen. Sie saugte Raimonds Liebe fordernd, gierig in sich auf, komplettierte ihre mit seiner zu
einer puren, reinen, perfekt abgestimmten, unzerstörbaren,
unbesiegbaren Energie. Raimond übergab ihr sein selbst,
sein Herz, seine Liebe. Er spürte ihre Energie nach seiner

greifen, fühlte die Stärke ihrer Vereinigung, eine unbändige Macht, entstanden aus ihrer Liebe zueinander. Die fordernde, verzehrende Macht ihrer Verschmelzung zog unersättlich an seinen Kräften. Der verzückend süße Rausch ihrer vereinigten Liebe, der seinen Körper und Geist durchflutete nahm ihm schließlich die Sinne und gab ihr sein Leben. Er konnte ihre Liebkosungen nicht mehr erwidern, seine Arme lockerten den Griff um ihren Rücken, er glitt ihr leblos aus den Händen und schlug hart auf dem Asphalt der Straße auf. Mit seiner Energie in ihrem Körper begann Elin in ihrem Kokon schneller zu rotieren, verwandelte sich jedoch nicht, sondern stieg wie ein glitzernder, leuchtender Wirbel den Schatten entgegen.

Vom Boden aus konnten Max und Ferdinand beobachten, wie Elin direkt in das Zentrum des Wirbels der Schatten eintauchte und verschwand. In diesem Augenblick ertönte ein markerschütternder Schrei, der von dem Getöse des Wirbels nicht verschluckt, sondern ausgespuckt wurde und die aufgeladene Atmosphäre, in einer Art Druckwelle, erzittern ließ.

Elin, berauscht von der freigesetzten Energie ihrer und Raimonds verschmolzener Liebe, erlebte die Entfaltung ihrer wahren göttlichen Macht wie eine Explosion ihrer Sinne. Ihr Geist stülpte sich über ihren Körper, verließ die physische Gebundenheit, expandierte zu komprimiertem, reinem, energetischen Bewusstsein. Sie fühlte selbstverständliche, unbedingte Stärke und erhabene Leichtigkeit. Instinktiv nahm sie die rotierenden Schatten um sich herum wahr und begann, wie automatisch, ihren Kokon in entgegengesetzter Richtung rotieren zu lassen. Sie drehte sich schnell, fetzte mehr und mehr Schatten aus der Trichterfläche, rieb sie auf, stieg weiter, schneller, tiefer in den sich verengenden Trichter hinauf. Die Schatten kreischten, dünnten sich, unter dem Aufrieb der Gegenbewegung, aus, konnten ihre Formation nicht halten, zerstieben. In einem gewaltigen Knall, begleitet von einer unbändigen, verschlingenden, leuchtenden Druckwelle explodierte Elins Kokon und erfasste sämtliche Schatten, die in einem letzten Aufschrei verpufften.

Den Himmel und Horizont überspannente ein greller Lichtblitz, der sich in rot, orange, violett glitzernden Schwaden verflüchtigte und ein friedliches, sternenklares Himmelszelt hinterließ, während Elin in ihrem körperlosen, vollkommenen, göttlichen selbst in die Sphären schwebte.

Raimonds lebloser Körper lag auf dem Asphalt der dunklen, leergefegten Straße. Max und Ferdinand knieten neben ihm. Es war dunkel. Der Sturm hatte sich gelegt. Sie waren alleine. Das einzige Geräusch, das die Stille störte war das Knirschten der schwankenden, qualmenden Kabel der durchgebrannten Straßenbeleuchtung über ihren Köpfen. Darüber prangte der unendliche, unbeeindruckte Sternenhimmel. Der Spuk war vorbei.

Ferdinand nahm traurig eine von Raimonds Händen in seine und flüsterte stimmlos, >>Ist er wirklich tot?<<

Max nickte.

Ferdinand blickte mit seinen alten, gütigen Augen zu ihm herüber, in denen der letzte Funke Hoffnung noch nicht erloschen war. >>Meinst du nicht, dass er nur regeneriert und gleich wieder aufwacht?<<

Max schüttelte den Kopf.

>>Sie hat gesagt wir sollen ihn zu den Elfen bringen.<<

Max hob den Kopf und sah Ferdinand forschend an. >>Ja, das hat sie.<<, bestätigte er tonlos.

>>Na, dann los<<, drängte Ferdinand, >>bevor er zerfällt.<<

Auf der Lichtung angekommen legten Max und Ferdinand Raimond in das weiche, feuchte Gras direkt zum Fuße des Elfensteines. Nach geraumer bedächtiger Stille, drangen vereinzelte, leise Klagelaute aus dem Stein, die Ferdinand zu Tränen rührten. Tief bestürzt kauerte Max neben Raimonds friedlich dreinschauendem Gesicht und wurde erst durch die Ankunft des Wolfsrudels aus seiner Leere gerissen. Die Wölfe umrundeten den Elfenstein, begutachteten die ungewöhnliche Versammlung, schnupperten an Raimond, schnaubten erkennend und erhoben ein wütendes Trauergeheul in das unendliche, sich gleichgültig über sie erstreckende, Firmament.

25

Die Gabe

Schwerelos, gedankenverloren, jenseits von Zeit und Bewusstsein trieb Elin müßig in der unendlichen, göttlichen Sphäre. Sorglos betrachtete sie die weit entfernte, scheinbar bewegungslose, blauweiße Kugel vor sich. Die Erde. Sie hatte keine Ahnung, wie lange sie bereits durch die Sphäre schwebte, oder was sie dazu bewogen hatte den Gipfel der Unendlichkeit zu verlassen. Sie fühlte sich leicht und stark, sie fühlte sich wohl in ihrer zeitlosen, körperlosen Existenz in der universellen Gleichgültigkeit. Es war leicht. Gedanken und Erinnerungen spielten keine Rolle. Sie existierte einfach. Friedlich, frei, sorglos. Aber etwas stimmte nicht, dachte Elin verstimmt. Ihr Geist kam nicht zur Ruhe, konnte sich nicht auf die gedankenlose Gleichgültigkeit der Sphäre einlassen. Wie lange sie zufrieden, ungestört durch ihr Bewusstsein dahin geschwebt war konnte sie nicht sagen. Jahrhunderte? Jahrtausende? Etwas hatte ihre Aufmerksamkeit geweckt, zog sie an. Neugierde? Aber weswegen? Etwas an der Aura der Erde hinderte ihren Geist vergessen zu finden. Grübelnd, missmutig betrachte sie den schwerelosen Planeten, der vor ihrer Nase im Raum schwebte. Wie wunderschön und friedlich die Erde von hier oben aussieht, überlegte sie irritiert. Ich bin schon einmal auf der Oberfläche gewesen, habe unter den Erdenbewohnern gelebt. Aber ich erinnere mich nicht mehr daran. Ich bin wohl zu weit weg, so weit weg war ich noch nie. Man hört nicht einmal ihre ständigen Bitten, so wunderbar ruhig ist es hier. Ist ja auch egal, weshalb ich mal dort unten war, so wichtig kann es nicht gewesen sein …

In die Leichtigkeit ihrer Gedanken versunken bemerkte Elin zunächst nicht, dass sie sich langsam der Erdoberfläche näherte. Wie von einer unsichtbaren Kraft angezogen sank sie aus der leisen, friedlichen Sphäre der Erdoberfläche entgegen. Ärgerlich realisierte sie diesen Umstand, als wieder die bittenden Stimmen der Erdenbewohner, immer lauter und drängender an ihrem Bewusstsein kratzten. Missmutig dachte sie, verdammt, schon wieder dieses ewige, wimmernde Geseire, für …, ach keine Ahnung … immer dasselbe. Oh Mann! Lasst mich doch in Ruhe mit eurem Kram, ich werde euch sowieso nicht helfen. Genervt drängte sie das konfuse Rauschen von Stimmen in einen abgelegenen Teil ihres Bewusstseins, schüttelte sich im Geiste und wandte sich einem neuen Gedanken zu, auf den sie sich eingelassen hatte. Sich, nach wie vor der Erdoberfläche nähernd, überlegte sie, ich weiß zwar nicht was das soll, dass ich hier runter gezogen werde, aber nun gut, dann schaue ich mir halt an, was dort unten meine Aufmerksamkeit benötigt. Wenn das Universum meint ich soll es mir ansehen, dann bitteschön, … ich hab schließlich nichts anderes zu tun.

Die Erdatmosphäre bremste Elins Geschwindigkeit, wodurch sie gemächlich durch dicke Wolkenschichten,

vorbei an riesigen, von der Sonne rosa gefärbten Quellwol-
ken, durch dunstigen Hochnebel schwebte, bis sie über der
Lichtung eines dichtbewachsenen, satten, dunkelgrünen
Waldes innehielt. Es war Nacht. Irritiert schwebte sie un-
sichtbar, in ihrem körperlosen Zustand, über dieser Lichtung, durch die ein leise murmelnder Bach floss und eine
Ansammlung verschiedener Erdenbewohner neben einem
Stein kauerten. Was für eine merkwürdige Szene, dachte
Elin, das Bild unter sich betrachtend. Was soll ich hier? Ist
das ein Elfenstein? Tatsächlich … Ein Elfenstein, ein Rudel
Wölfe und drei Menschen. Wie ungewöhnlich. Was machen
sie da? Ich muss näher heran, um es besser erkennen zu
können … Der eine Mensch liegt auf dem Boden neben
dem Stein, die Wölfe liegen um ihn herum. Die zwei anderen Menschen sitzen daneben. Was ist los, mit dem, der am
Boden liegt? Sie sehen alle so traurig aus, und … oh, sie
trauern um ihn, er ist tot. Sie scheinen ihn sehr gern gehabt
zu haben. Aber seit wann trauern Elfen und Wölfe um einen
Menschen? Oh, schau an, dort ist sogar eine kleine Elfe, ein
Frischling, die versucht ihn aufzuwecken. Sie schießt mit
ihren Stromstößen auf ihn, um ihn wiederzubeleben … Aber
er wird nicht wieder aufwachen. Das kann nicht einmal ich
vollbringen … Das ist wirklich eine kuriose, rührende Szene,
aber was, um alles in der Welt, soll ich hier?! … Und doch
schwebte Elin noch näher an den, am Boden liegenden
Menschen heran, um ihn sich genauer anzuschauen. Sie
wusste nicht warum sie das tat, aus Neugierde, wegen

dieser ungewöhnlichen Konstellation der trauernden Erdenbewohner? Sie konnte es nicht erklären und sie suchte auch
nicht wirklich nach einem Grund. Dieser Mensch, den sie
betrachtete, der gestorben war, berührte auf unerklärliche
Weise ihr Herz, fesselte ihre Aufmerksamkeit. Er sieht so
friedlich aus, dachte sie beklommen, als würde er nur tief
schlafen. Wie wohl sein Lächeln ausgesehen haben mag?
Eine seichte Windböe streichelte sanft durch sein Haar,
löste eine seiner blonden Locken und wehte sie ihm in die
Stirn. Elin juckte es in den Fingern ihm diese Haarsträhne
wieder hinter sein Ohr zu streichen …

Der Schlag, der sie in diesem Augenblick traf, nahm ihr
für einige Sekunde die Sinne. Sie empfand, trotz ihres körperlosen Zustandes physischen Schmerz, der sie wie ein
gewaltiger Fausthieb direkt auf ihr Herz traf und es
zerquetschte. Eiseskälte packte ihren Nacken, die ihr die
Luft zum Atmen nahm … Rai! … Erinnerungsfetzen blitzten
in ihrem Kopf auf, Raimond, sein Gesicht, sein Lachen,
seine Stimme, sein Geruch, sein … Und Raimond, wie er ihr
leblos aus den Händen geglitten war als sie ihre Liebe vereinigt hatten … Nein! …, schoss es ihr durch den Kopf und
ein gewaltiger, ohrenbetäubender Windstoß fegte über die
Lichtung, der alle Anwesenden zu Boden drückte, gefolgt
von einem grellen Lichtblitz, woraufhin Elin unsanft, in ihrer
menschlichen Gestalt, zu Boden stürzte.

Die unangenehme Beengtheit ihres menschlichen Körpers ignorierend, ging Elin langsam, zaghaft, ängstlich auf

Raimonds Körper zu. Das lange, silbrige Gewand, das spielerisch jeden ihrer behutsamen, leichtfüßigen Schritte umschmeichelte, unterstrich ihren natürlichen Schimmer und verlieh ihr eine geheimnisvolle, erhabene Aura. Max, Ferdinand, die Wölfe und Elfen starrten sie ehrfurchtsvoll, atemlos an. Ihre Erscheinung, als wahrhaftige Göttin, hüllte die Lichtung in gespanntes, demütiges Schweigen. Elin hatte allerdings nur Augen für Raimond. Nichts, außer seinen Körper nahm sie wahr. Sie hatte ihn geopfert, hatte sein Leben genommen, um das aller Erdenbewohner zu retten. Er hatte es so gewollt und es war das einzig richtige gewesen. Und doch, überwältigte sie der Schmerz bei seinem Anblick. Alle Anwesenden fühlten mit ihr, als sie neben Raimonds leblosen Körper auf den Boden sank und ihm liebevoll seine Locke aus der Stirn strich. Sie betrachtete ihn lange, schweigend, streichelte ihm über sein Gesicht, seine Hände, nahm seine Fingerspitzen, küsste sie sanft, versuchte zu begreifen, dass er wirklich tot war. Er war noch nicht zerfallen?! Und dennoch sickerte diese Tatsache langsam in ihr Bewusstsein. Ihr Herz krampfte sich ruckartig zusammen, lähmte ihren Körper, Angst packte sie im Nacken, schnitt ihr die Kehle zu. In ihrem Kopf begann es sich zu drehen, stoßweise, schnell stieß sie Luft aus ihren Lungen, sog sie wieder ein. Ihre Wangen brannten vor Einsamkeit und Hilflosigkeit. Das darf nicht wahr sein!, dachte sie immer wieder, das darf nicht …! … Brennend schlossen sich ihre Augen, quollen über vor beißenden Tränen, aus der Tiefe ihres gebrochenen Herzens. Hemmungslos weinend stürzte sie sich über ihn. Bebend, schluchzend drückte sie ihr Gesicht an seins, ihre heißen, glitzernden Tränen benetzten seine Wangen, liefen über ihre Lippen auf seine, in seinen Mund, sickerten um ihn herum in den Waldboden.

Atemlose Stille lag über der Lichtung, sogar der Bach schien sein Murmeln eingestellt zu haben. Elin lag mit dem Kopf auf Raimonds Brust, still, friedlich, seine Hand streichelnd. Die erste Morgendämmerung stieg verhangen über die Baumwipfel und erhellte die Lichtung. Leise Unruhe breitete sich unter den Elfen und Wölfen aus, und auch Max und Ferdinands Aufmerksamkeit wurde auf das gelenkt, was um Raimonds Körper herum geschah und sich auf die gesamte Lichtung ausbreitete. Unzählige Blumen begannen aus dem Boden zu sprießen, die schnell wuchsen und in allen möglichen gelb, orange und rot tönen erblühten, und sich wie ein flammendes Meer lodernd über die Lichtung ergossen. Elin runzelte die Stirn, lauschte angestrengt, erschrak. Das Geräusch, das sie glaubte gehört zu haben, konnte unmöglich da sein. Gebannt, ungläubig lauschte sie weiter. Ruckartig fuhr sie hoch, saß aufrecht neben Raimond, starrte ihn mit weit aufgerissenen Augen an, zweifelte an ihren Sinnen. Aufgeregt fixierte sie Raimonds Gesichtszüge, hielt den Atem an, horchte, ob sich dieses Geräusch wiederholen würde und bedeutete Max und den Elfen leise zu sein. Da war es wieder. Sie konnte es kaum fassen, und noch einmal, regelmäßig wiederholte es sich in ruhigem Takt, ein Herzschlag. Raimonds Herzschlag!

Ungläubig starrte Elin auf Raimonds Brust die sich unter flachen Atemzügen zu heben und senken begann. >>Rai?!<<, flüsterte sie mit rauer, gebrochener Stimme, nahm sein Gesicht zwischen ihre Hände, suchte nach einem Zucken, irgendetwas. Er atmete ruhig weiter. >>Rai! Wach auf!<<, presste sie mit bebender Stimme hervor, und da war es, eine Bewegung. Raimond öffnete die Lippen, runzelte die Stirn, bewegte seine Finger, schlug die Augen auf … Unfassbare Erleichterung erfüllte Elins Herz. Tränenreiches Schluchzen mischte sich unter ihr ungläubiges, fassungslos glückliches Lachen, das ihre Brust befreite. Sie streichelte seine rosige Wange, nahm seine warme Hand in ihre. Raimond blickte sie aus klaren, liebevollen, blauen, dunkelblauen Augen an, schenkte ihr ein zaghaftes Lächeln und flüsterte schwach >>Hi<<.

Lachend und weinend stürzte sich Elin über ihn, strich sanft seine Locken aus seiner Stirn, küsste behutsam seine weichen Lippen und hauchte glücklich lächelnd, >>Hi<<, zurück. Bei dem Versuch sich aufzurichten, zuckte er jedoch schmerzvoll zurück und blieb mit einem gequälten, >>Au!<<, liegen. Elin setzte sich auf und betrachtete ihn besorgt genauer, Verletzungen schien er keine zu haben, aber, … sie fühlte seinen Pulsschlag, zog verblüfft die Augenbrauen hoch und lächelte ihn kopfschüttelnd an.

>>Was ist?<<, murmelte er misstrauisch, >>Warum siehst du mich so merkwürdig an? Irgendetwas ist komisch, … aber ich …<<, und schaffte es mit Elins Hilfe sich aufzusetzen.

>>Nicht so hastig Rai!<<, flüsterte sie fürsorglich, >>Ich muss wohl in Zukunft etwas vorsichtiger mit dir sein.<<, betrachte amüsiert seinen verwirrten Gesichtsausdruck und erklärte, >>Du bist kein Vampir mehr Rai … Du bist wieder ein Mensch.<<

Verblüfft befühlte Raimond seinen Körper, horchte in sich hinein. Seine Sinne schienen verschwommen zu sein und, wie sagten die Menschen so schön, ihm tat alles weh. Er richtete seinen Blick in die sprachlose Runde, sah Max und Ferdinand mit großen Augen und offenen Mündern, die Wölfe mit gespitzten Ohren und ein Meer von staunenden Elfenaugen, die den Stein überschwemmten. Elin kniete erhaben bezaubernd mit verweinten Augen, glühenden Wangen und geschwollenen Lippen vor ihm, betrachtete ihn ängstlich, zurückhaltend. Sie befürchtete diese hauchdünne Blase von Glück könnte jeden Augenblick zerplatzen und sie ihn erneut verlieren. Unendlich liebevoll ruhte sein Blick auf ihr, ein leises, verschmitztes Lächeln huschte über seine Lippen, als sie beinahe schüchtern seinen Blick erwiderte. >>Komm her und gib mir endlich einen richtigen Kuss.<<, raunte er fordernd, nahm ihr Gesicht zärtlich zwischen seine Hände und zog sie zu sich heran. Sie spürte seine Wärme, seinen Atem, legte ihre Hände auf seine, er allein war ihr

Universum. >>Ich liebe dich so sehr Rai.<<, wisperte sie atemlos, kurz bevor sich ihre Lippen berührten und zu einem, alles vergessenden, innigen, hingebungsvollen Kuss verschmolzen. Elin glitt endlich in seine Arme, kuschelte sich erleichtert an ihn, genoss seine Nähe und konnte die Tatsache, ihn mit ihrer Liebe, zurückgebracht zu haben, noch immer nicht glauben. Das Universum hatte ihnen tatsächlich eine zweite Chance gegeben.

Eng umschlungen saßen Raimond und Elin auf der Lichtung, konnten ihr Glück kaum fassen. Ein aufgeregtes Fiepen drang an Raimonds Ohr und er löste sich seufzend von Elins inniger Liebkosung. Vor seiner Nase flatterte das kleine Elfchen, das er verletzt zum Stein zurück gebracht hatte. Ein Strahlen breitete sich über sein Gesicht aus, ein Lächeln, das Elin so noch nie bei ihm gesehen hatte. Herzliche, ansteckende, unbeschwerte Freude lag in seinem Lachen, die augenblicklich die gebannte, ungläubige Spannung auf der Lichtung löste und alle erleichtert mit einstimmten. Max und Ferdinand fielen ihm um den Hals, klopften ihm auf die Schulter, die Elfen plapperten unverständlich durcheinander, wobei das Lachen des Kleinen ihre gemeinschaftliche Dankbarkeit ausdrückte. Die Wölfe kamen einer, nach dem anderen, schnüffelten an ihm, leckten über sein Gesicht, was er mit verkniffenem Mund und gerümpfter Nase über sich ergehen ließ und erwiderte, sie hinter den Ohren kraulend, ihre Zuneigung. Elin betrachtete, mit vor Glück überquellendem Herzen, die gemeinsame Freude und Raimonds unbeschwertes, befreiendes Lachen, in das sie herzlich mit einfiel.

26
Neue Perspektiven

Dicke, weiche Kissen stützen Elin im Rücken, während sie am Kopfende von Raimonds Bett lehnte, >>Warum hast du eigentlich ein so riesengroßen Bett?<<, fragte sie ihn, die Kissen in eine kuschelige Position rückend. Raimond zuckte, neben ihr sitzend mit den Schultern, >>Es war schon hier.<<, antwortete er lapidar und schnappte sich ein Stück „Chicken Supreme" Jumbo Pizza aus einer der flachen Schachteln, die über ihren Schoß ausgebreitet waren. Sie hatten sich nicht einigen können, weshalb ebenfalls eine „Seaside Deluxe" Jumbo und „Grüner Garten Spezial" Jumbo, jeweils mit extra Knoblauch und Käse, verlockend in ihren Kartons nach ihm riefen.

Der Regen prasselte unaufhörlich, mit scharfen, von Windböen getriebenen Tropfen an die Panoramafensterscheiben von Raimonds Loft und ließ die Sicht verschwimmen. Es schien, als ob die Sonne den Versuch aufgegeben hatte die dicken, grauen, schweren Wolken mit schwachen, silbernen Strahlen durchbrechen zu wollen. Der bleierne Himmel wanderte Stunde um Stunde, durch den Sturm getrieben in den unsichtbaren Horizont. Raimond und Elin saßen, mit ihren Jumbopizzaschachteln auf dem Schoß, im Bett und beobachteten den Regen.

Raimond hatte sich daran erinnert, wie Max einmal über die Unart der Menschen geschimpft hatte, bei schlechtem Wetter, oder aus Faulheit, Pizza bei einem Lieferservice zu bestellen, um nicht raus gehen zu müssen. Er hatte Elin davon erzählt und sie war ganz wild darauf gewesen das auszuprobieren, und tatsächlich hatte er in einem Stapel alter Werbeprospekte die Speisekarte eines solchen Lieferservices gefunden. Sie fanden es toll. >>Das darfst du aber nicht Max verraten.<<, flüsterte Raimond kichernd, woraufhin Elin ihn von einem dieser warmen, weichen, mit flüssigem Käse gefüllten Brötchen abbeißen ließ und sich den Rest selbst in den Mund steckte. >>Niemals!<<, mampfte sie vergnügt.

>>Kann es von nun an immer so sein Rai? … So friedlich …<<, fragte sie ihn, zufrieden in ihren Kissen lehnend, >>Können wir nicht einfach für immer hier in diesem Bett bleiben und Pizza essen?<< Raimond konnte sich ein Grinsen nicht verkneifen und küsste sie auf die Schläfe, >>Naja, mein Leben ist ja nun nicht mehr allzu lang, aber davon mal abgesehen, erinnere ich mich daran, dass du es kaum ein paar Tage hier drinnen ausgehalten hast, bis du ausgeflippt bist. Und, so gerne ich dich für den Rest meines Lebens hier in diesem Bett in meinem Arm halten würde, und so bezaubernd du bist, wenn du wütend bist, glaube ich, gehe

ich das Risiko besser nicht ein. Ich bin nämlich jetzt sterblich … Weißt du?!<<

Elin stieß ihm sanft ihren Ellenbogen in die Seite, was
ihn übertrieben aufstöhnen und schmunzeln ließ, woraufhin
sie ihn entrüstet noch einmal Knuffte und sich dann, >>Ja,
ich weiß.<<, murmelnd an ihn kuschelte. Daran brauchte er
sie nicht zu erinnern. Dass er jetzt sterblich war. Menschlich
sterblich. Das war ihr in den letzten Tagen, seit sie die Verbindung der Schatten vereitelt und Raimond dabei getötet
hatte, schmerzlich bewusst geworden. Sie hatte ihn getötet,
und sie hatte ihn gerettet. Die einzige Erklärung, die ihr
dafür einfiel war, dass ihre Gabe, ihre Tränen, ihr angebo-
renes Mitgefühl ihn zurückgebracht hatten. Ihre Gefühle für
ihn waren so tief, kamen ungefiltert stark aus ihrem Herzen,
dass das Universum ihm, ihnen beiden, noch einen kurzen,
begrenzten Zeitraum zusammen geschenkt hat. Eine andere Erklärung fiel ihr nicht ein und sie dankte dem Universum,
dass es in diesem Punkt nicht ganz so grausam gewesen
war. Sie wollte jede Sekunde mit Raimond, die ihnen blieb
auskosten, so zerbrechlich er nun auch war.

Es war nicht so einfach gewesen ihn unbeschadet mit
auf den Gipfel der Unendlichkeit zu nehmen, dazu musste
sie ihn in einen Kokon einhüllen, der, für den Transport, die
Atmosphäre der Erde aufrechterhielt. Doch dank ihrer vollkommen göttlichen Macht, mit der sie ihn in seinem Kokon
umschlossen hatte, war es gegangen. Ferdinand nachzuho-

len war dagegen ein Kinderspiel gewesen. Eine von Raimonds ersten Fragen kam ihr in den Sinn, als sie den Lauf eines am Fenster niederfließenden Regentropfens verfolgte. >>Bist du jetzt allmächtig?<<, hatte er gefragt, typisch Raimond. Das war die Frage, die allen unter den Nägeln brannte, >>Nein<<, war ihre Antwort gewesen. Oh, sicher, sie war jetzt stark, verdammt stark und sie konnte so manche Dinge beeinflussen. Das Universum jedoch nicht. Sie, als wahrhaftige Göttin, unterlag nach wie vor den Gesetzen des Universums und war seiner Willkür ausgeliefert. Eine Tatsache, die für Erdenbewohner anscheinend, nach wie vor schwer nachvollziehbar war.

Auf dem Gipfel der Unendlichkeit hatten sie die Hexen gefunden, die Iris, mit einem Bannzauber gefesselt zurückgelassen hatte. Die Hexen versicherten, sie hätten keine Ahnung von Iris Plänen gehabt und wüssten auch nicht, wohin sie verschwunden sein konnte. Elin entschied, dass sie bleiben durften, bis sie wussten, wohin sie gehen wollten. So blieb Ferdinand, glücklich endlich auf dem Gipfel der Unendlichkeit willkommen zu sein, bei den Hexen. Mit Anges hatte Elin nur kurz, über das Portal der Elfen des Nordsteines, unbedeutende Floskeln ausgetauscht. Sie überlegte, sie noch einmal zu besuchen, nun da alles vorbei war, war sich jedoch noch unschlüssig. Von Iris, und auch Leena, gab es keine Spur. Es war davon auszugehen, dass beide die Vernichtung der Schatten, ebenfalls, nicht überlebt hatten, dem gellenden Schrei zufolge, von dem Max berichtet hatte, als Elin in das Zentrum des Wirbels eingedrungen war. Über ihre Schwester wollte Elin noch nicht nachdenken, ihr Handeln verkörperte alle Gründe, warum die Götter sich zurückgezogen hatten. Aber wie konnte Iris ihr all die Grausamkeiten persönlich angetan haben? Diese Enttäuschung nagte am meisten an ihr. Aber sie wollte sich ihre Gedanken nicht trüben lassen. Das Universum hatte ihr wenige, kostbare Jahre mit Raimond geschenkt, die sie sich nicht durch zu viel grübeln vermiesen lassen wollte. Grübeln und verdrießlich sein konnte sie immer noch, doch nicht in diesem Augenblick. Sie drehte sich in Raimonds Arm, schob die halbvollen Pizzakartons an die Seite, woraufhin Raimond, >>Und was machen wir mit den Resten?<<, fragte, und Elin pragmatisch, >>Frühstück<<, antwortete. Sie kuschelte sich an ihn und streichelte liebevoll die Konturen seines Gesichtes, strich ihm seine widerspenstige Locke aus der Stirn. Raimond zog verstimmt die Stirn in Falten, wobei sich seine Nasenflügel leicht weiteten und die Haut zwischen seinen Augenbrauen runzelte. Er betrachtete sie, wie sie ihn betrachtete. >>Elin, ich bin jetzt bereits seit einer Woche wieder ein Mensch und du siehst mich noch immer wie ein neugeborenes Baby an.<<, grummelte er missmutig.

Ein Lächeln stahl sich bei diesem Vergleich auf ihre Lippen und sie schmunzelte, >>Naja, das bist du ja irgendwie auch.<<

Leichte Entrüstung, gepaart mit liebevoller Nachsicht spielte in seinem Gesicht, als er sie fester in seinen Arm zog, >>Behandel mich bitte nicht wie ein rohes Ei. Das ist nicht sehr sexy.<<

>>Oh, du bist sehr sexy. Keine Sorge.<<, entgegnete Elin, ohne mit der Wimper zu zucken.

>>Gut!<<, entgegnete er zufrieden, küsste sie spielerisch auf die Stirn und schüttelte resigniert den Kopf beim Anblick ihres unschuldigen Gesichtsausdruckes. >>Was soll ich nur mit dir machen?<<, fragte er sie neckend.

>>Ich weiß nicht.<<, entgegnete sie mit großen Augen, >>Vielleicht könntest du mich küssen?<<, was er sich nicht zweimal sagen ließ. Genießerisch seufzend löste sie sich von ihm und murmelte gedankenverloren, >>Du bist so weich … Daran habe ich mich immer noch nicht gewöhnt.<<

Verärgert drehte er sich von ihr weg, verschränkte die Arme vor der Brust und sagte verdrießlich, >>Ja … Toll. Weich und zerbrechlich … Und sterblich. Großartig.<<

Erstaunt blickte Elin ihn an. So offen hatte er seinen Verdruss, wieder ein Mensch zu sein, bislang noch nicht geäußert. Sie hatte so etwas bereits vermutet, und auch sie knabberte noch an der Tatsache, dass ihnen nur wenige Jahre zusammen blieben, aber sie war dankbar für jede Sekunde mit ihm. Sie wusste, dass es ihm im Grunde genauso ging, weswegen das nicht der eigentliche Grund für seine Verstimmung war, >>Was ist denn?<<, fragte sie ihn schließlich ratlos, >>Ich habe doch gesagt, dass ich dich noch immer sehr sexy finde …<<

>>Ich kann wieder ein Vampir werden ...<<, platzte es aus ihm heraus, woraufhin Elin erschrocken aus ihren Kissen fuhr. >>Nein!<<, erwiderte sie bestimmt, setzte sich ihm gegenüber auf ihre Knie, nahm beschützend seine Hand. Angst schwang in ihrer Stimme, als sie fortfuhr, >>Nein! Sei einfach bei mir! ... Sei bei mir. Bleib bei mir. Ich habe dich gerade erst wieder!<<

Erstaunt über den panischen Ausdruck in ihrem Gesicht, legte er seine Hand beruhigend auf ihre, ließ jedoch nicht locker, >>Bist du sicher, dass du nicht möchtest, dass ich wieder ein Vampir werde? Ich wäre dann wieder unsterblich und wir könnten ...<<

Elin unterbrach ihn energisch mit dem Kopf schüttelnd, >>Ja! Ganz sicher bin ich sicher! Hör auf damit! Hör auf mit diesem Gedanken zu spielen! Bitte! ...<<, flehte sie ihn an, >>Das Universum hat dir diese wenigen, kostbaren Jahre als Mensch geschenkt ... Und damit ist es gut. Ich werde nicht zulassen, dass dein Herz wieder aufhört zu schlagen, es sei denn du hast deine Jahre gelebt und stirbst ganz natürlich. Dann ist es gut. Dann werde ich dich gehen lassen können. Aber ich werde kein Risiko eingehen dich bei der Verwandlung vorzeitig zu verlieren. Ich habe dich ins Leben zurückgeholt, wer weiß, wie dein Körper auf Vampirgift reagieren würde. Also ja! Ich bin mir sicher ... du bleibst ein Mensch!<<

>>Vielleicht will ich das aber nicht.<<, erwiderte er vorsichtig, leicht trotzig. Er war gerührt, wie sehr sie sich um

ihn sorgte. Aber genau das war auch der Punkt. Wenn er ein Vampir wäre, müsste sie sich keine Sorgen um ihn machen. Auch als er noch ein Vampir war hatte sie ihn beschützt, aber da war er in der Lage gewesen ebenfalls auf sie aufzupassen. Das konnte er als Mensch nicht mehr. Er war schwach und zerbrechlich. Bei aller Dankbarkeit, die er für diese zweite Chance empfand, hasste er es schwach und zerbrechlich zu sein. Elin war wundervoll, sie ließ es ihn nicht merken, so gut es ging, sie gab sich Mühe es ihn nicht spüren zu lassen. Er sah ihr in ihre verängstigten Augen, Funken blitzten auf, viele, schnell, sie war wirklich beunruhigt. Traurig ließ er den Kopf hängen, er konnte es nicht ertragen sie so aufgebracht, besorgt zu sehen. Seine Liebe zu ihr schmerzte in seiner Brust, er streichelte mit dem Daumen seiner freien Hand über ihre Wange und flüsterte betrübt, >>Vielleicht will ich einfach mehr Zeit mit dir …<<

>>Lass es bitte nicht darauf ankommen Rai.<<, flehte sie mit zitternder Stimme. Sie wusste, dass sie mit ihrer Besorgnis um ihn übertrieb, aber den Gedanken, absichtlich ein Risiko einzugehen, den ertrug sie nicht, >>Ich verstehe dich. Verstehe was du meinst. Ich will ja auch die Ewigkeit mit dir, aber das ist ein Risiko, das ich nicht eingehen werde … Keine Hexerei! Ich möchte, dass wir diese Zeit zusammen genießen.<<

Er ertrug es nicht länger sie so zu sehen, zog sie in seine Arme, bette ihren Kopf an seiner Brust, streichelte sanft über das Haar an ihrer Schläfe. Küsste sie zärtlich auf die Stirn und flüsterte beruhigend, >>Ok! … Ok … Wir gehen kein Risiko ein. Es ist gut. Wir werden einige wunderbare, glückliche Jahre zusammen haben, bis ich alt bin und du mir eine gute Reise wünschst.<<

>>Oh Rai …<<, seufzte sie erleichtert und kuschelte sich tiefer in seine Arme, >>ich will gar nicht daran denken irgendwann ohne dich sein zu müssen. Das ist ein ganz, ganz furchtbarer Gedanke … Und ich will daran auch gar nicht denken. Aber weiß du, diese Jahre werden verfliegen wie ein Wimpernschlag und ich will keine Sekunde davon vergeuden … Keine Sekunde mit dir missen, in der wir glücklich sind, denn ich bin glücklich mit dir und noch bist du hier und jede Sekunde des Wimpernschlages ist kostbar.<<

Unnachgiebig prasselte der Regen in Strömen gegen die Fensterscheiben, verwischte die Aussicht, verschwamm mit dem Horizont. Raimond hielt die Frau seines Lebens in seinen Armen, sein eigenes Universum. Eine Göttin, die seine Umarmung, als den besten Ort der Welt bezeichnete. Er spürte ihre Nähe, das Glück und die Zufriedenheit dieses Wimpernschlages und widmete diesem Augenblick einen besonderen Platz in seinem Herzen.

www.ingramcontent.com/pod-product-compliance
Lightning Source LLC
Chambersburg PA
CBHW051206120726
47905CB00004B/1009